全本全注全译

笠翁對韻

〔清〕李渔 著
车其磊 注译

图书在版编目（CIP）数据

笠翁对韵 / (清) 李渔著; 车其磊注译. -- 北京：团结出版社, 2021.12
ISBN 978-7-5126-9188-9

Ⅰ.①笠… Ⅱ.①李…②车… Ⅲ.①诗词格律—中国—启蒙读物 Ⅳ.①I207.21

中国版本图书馆CIP数据核字(2021)第196173号

出版：团结出版社
（北京市东城区东皇城根南街84号 邮编：100006）
电话：（010）65228880　65244790（传真）
网址：www.tjpress.com
Email：65244790@163.com
经销：全国新华书店
印刷：三河市富华印刷包装有限公司

开本：145×210　1/32
印张：10.5
字数：230千字
版次：2021年12月　第1版
印次：2025年 7 月　第2次印刷

书号：978-7-5126-9188-9
定价：48.00元

《谦德国学文库》出版说明

人类进入二十一世纪以来,经济与科技超速发展,人们在体验经济繁荣和科技成果的同时,欲望的膨胀和内心的焦虑也日益放大。如何在物质繁荣的时代,让我们获得内心的满足和安详,从经典中获取智慧和慰藉,或许是我们不二的选择。

之所以要读经典,根本在于,我们应当更好地认识我们自己从何而来,去往何处。一个人如此,一个民族亦如此。一个爱读经典的人,其内心世界必定是丰富深邃的。而一个被经典浸润的民族,必定是一个思想丰赡、文化深厚的民族。因为,文化是民族之灵魂,一个民族如果不能认识其民族发展的精神源泉,必定就会失去其未来的生机。而一个民族的精神源泉,就保藏在经典之中。

今日,我们提倡复兴中华优秀传统文化,当自提倡重读经典始。然而,读经典之目的,绝不仅在徒增知识而已,应是古人所说的"变化气质",进一步,是要引领我们进德修业。《易》曰:"君子以多识前言往行,以蓄其德。"实乃读经典之要旨所在。

基于此理念,我们决定出版此套《谦德国学文库》,"谦德",即本《周易》谦卦之精神。正如谦卦初六爻所言:"谦谦君子,用涉大川",我们期冀以谦虚恭敬之心,用今注今译的方式,让古圣先贤的教诲能够普及到每一个人。引导有心的读者,透过扫除古老经典的文字障碍,从而进入经典的智慧之海。

作为一套普及型的国学丛书,我们选择经典,不仅广泛选录以儒家文化为主的经、史、子、集,也将视野开拓到释、道的各种经典。一些大家所熟知的经典,基本全部收录。同时,有一些不太为人熟知,但有当代价值的经典,我们也选择性收录。整个丛书几乎囊括中国历史上哲学、史学、文学、宗教、科学、艺术等各领域的基本经典。

在注译工作方面,版本上我们主要以主流学界公认的权威版本为底本,在此基础上参考古今学者的研究成果,使整套丛书的注译既能博采众长而又独具一格。今文白话不求字字对应,只在保证文意准确的基础上进行了梳理,使译文更加通俗晓畅,更能贴合现代读者的阅读习惯。

古籍的注译,固然是现代读者进入经典的一条方便门径,然而这也仅仅是阅读经典的一个开端。要真正领悟经典的微言大义,我们提倡最好还是研读原本,因为再完美的白话语译,也不可能完全表达出文言经典的原有内涵,而这也正是中国经典的古典魅力所在吧。我们所做的工作,不过是打开阅读经典的一扇门而已。期望藉由此门,让更多读者能够领略经典的风采,走上领悟古人思想之路。进而在生活中体证,方能直趋圣贤之境,真得圣贤典籍之大用。

经典,是一代代的古圣先贤留给我们的恩泽与财富,是前辈先人的智慧精华。今日我们在享用这一份财富与恩泽时,更应对古人心存无尽的崇敬与感恩。我们虽恭敬从事,求备求全,然因学养所限、才力不及,舛误难免,恳请先贤原谅,读者海涵。期望这一套国学经典文库,能够为更多人打开博大精深之中华文化的大门。同时也期望得到各界人士的襄助和博雅君子的指正,让我们的工作能够做得更好!

团结出版社
2017年1月

前 言

李渔(1611-1680),原名仙侣,后改名渔,字笠鸿,号笠翁,别号觉世稗官、笠道人、随庵主人等。浙江兰溪人。素有才子之名,世称"李十郎"。明末清初著名文学家、戏曲家、戏曲理论家,被后世誉为"世界喜剧大师""东方莎七比亚"。

李渔著述颇为丰赡,有《笠翁十种曲》《无声戏》《十二楼》《笠翁一家言》等。其收录于《笠翁一家言》中的《闲情偶寄》,从结构、词采、音律、宾白、科诨、格局六方面讲论戏曲文学,从选剧、变调、授曲、教白、脱套五方面讲论戏曲表演,对我国古代戏曲理论进行了丰富和发展。除上述著作外,李渔还著有一部启蒙儿童教育的著名读物——《笠翁对韵》。这部书自问世以来,不胫而走,与清代车万育所著的《声律启蒙》一起被誉为"诗词启蒙的双璧""吟诗作对的双基"。

《笠翁对韵》以"平水韵"平声三十韵为目编写而成。"平水韵"(平水韵部)以其刊行者南宋山西平水人刘渊而得名。平水韵依据唐人用韵情况，把汉字划分成107个韵部（后平水官员金人王文郁将其减为106韵，后世因之），每个韵部包含若干字。古人作诗（一般在作律、绝诗时）用韵，其韵脚的字必须出自同一韵部，不能错用。因此，为了让儿童迅速记熟每个平声韵部里的韵脚字，李渔特意编写了这部声韵、对仗之书——《笠翁对韵》。

《笠翁对韵》分为上下两卷，每卷各有十五韵部。上卷包括一东、二冬、三江、四支、五微、六鱼、七虞、八齐、九佳、十灰、十一真、十二文、十三元、十四寒、十五删，下卷包括一先、二萧、三肴、四豪、五歌、六麻、七阳、八庚、九青、十蒸、十一尤、十二侵、十三覃、十四盐、十五咸。每个韵部根据其常用韵脚字的多少编写有二至四段不等的段落语句，这样既避免了生字、僻字的编入，减轻了儿童认识生僻字、疑难字的负担，也尽可能多地收录了每个韵部的常用韵脚字，扩大了儿童认字识词的广度和学习文史知识的范围。与《声律启蒙》每个韵部必列三段的体例安排相比，《笠翁对韵》的这种段落安排无疑更具合理性、科学性。

在对仗句式的安排上，《笠翁对韵》的每一段内容都按照由简到繁、由易到难的顺序排列，即先是一字对、再是二字对、再是三字对，三字对后穿插一个二字对，然后扩展为五字对、七字对、十一字对。以本书上卷"一东"的第三段为例，"山对海""华对嵩"是一字对，"四岳对三公""宫花对禁柳""塞雁对江龙"是二字对，"清暑殿，广寒宫"是三字对，"拾翠对题红"是穿插在三字对与五字对之间的二字对，"庄周梦化蝶，吕望兆飞熊"是五字对，"北牖当风停夏扇，南檐曝日省冬烘"是七字对，"鹤舞楼头，玉笛弄残仙子月；凤翔台上，紫箫吹断美人风"是十一字对。纵观此书，每一段对仗句式的安排无不如此，这样灵活多变、错落有致的句式安排，使人读来但觉声韵协调、琅琅上口，不期而然地从中获得一种韵律声调之美，潜移默化地得到有关语音、词汇、修辞等方面的训练。

从编排的内容来看，《笠翁对韵》包涵广泛，搜罗齐备，既有天文、地理、花木、鸟兽、人物、器物等虚实应对，也有寓言神话、经史子集、杂记小说、诗词歌赋等采语选言，无怪乎清朝学者米东居士对此书这样大加称赞："捧而读之，其采择也奇而法，其搜罗也简而赅；其选言宏富，则曹子建八斗才也；其错采鲜明，则江文通五色笔也。班香宋艳，悉入薰陶；水佩风裳，都归裁剪。……洵初学之津梁，而骚坛之嚆矢也。"

《笠翁对韵》固然是一本声律方面的儿童启蒙读物，但它所教给儿童的却绝非只有声律、文史方面的知识，其中还有许多做人处世的道理和中国人素来重视的是非、善恶、正邪、忠奸、美丑之辨。如本书上卷"二冬"第一段的"花萼楼间，仙李盘根调国脉；沉香亭畔，娇杨擅宠起边风"，既赞扬了李唐家族子孙繁衍、欲使国运兴旺的共同理想，也谴责了杨贵妃恃宠而骄、引发安史之乱的不良行为，具有警示意义；又如上卷"三江"第一段的"兴汉推马武，谏夏著龙逄"，既借汉武帝重用马武而兴汉之事说明了选用人才的重要性，也借夏桀不听忠言残杀关龙逄而导致夏亡的事件发出了"亲贤臣，远小人"的告诫；又如上卷"十一真"第二段的"人交好友求三益，士有贤妻备五伦"，直言"人要与有益于自己的三种朋友结交，士要与懂得五种伦常关系的贤妻结合"，其教育意义十分显明，其教导亦十分有益；又如下卷"十三覃"第一段的"萧王待士心惟赤，卢相欺君面独蓝"，以待人赤诚的萧王刘秀和欺君罔上的奸相卢杞对比成文，态度鲜明地予以褒贬，为读者辨别忠奸、善恶提供了一定借鉴……这些都对尚未涉世的儿童的正确价值观、人生观的养成具有重要意义。

《笠翁对韵》在流传过程中，版本较多，各本之间在文字上也有或多或少的差异。本书在校注时既参考了琅环阁古本，也参考了众多当今流行的版本，对于一些有差异的字词，注译者在认真比对、分析的基础上，择善而从，都做了最佳取舍，以期能汇众本之长，将最好的版本呈献给读者。另，本书在注解时，能引用原典的都尽量引用了原典，并对原典中一些阻碍阅读、理解的字、词、句以"（ ）"的形式做了适当的注释，有些还在原典之后加了白话译文，以便读者能够无障碍地阅读。

前修未密，后出转精。

不求最好，只求更好。

希望每一位读者在捧起这本书时都能愉快地阅读，从中获得知识、美感以及其他你想要得到的东西。

自知才学浅薄，难免疏漏百出，敬请各位读者批评指正。

车其磊
2021年10月

目 录

上 卷

一 东 ·· 3
二 冬 ·· 13
三 江 ·· 23
四 支 ·· 30
五 微 ·· 42
六 鱼 ·· 54
七 虞 ·· 65
八 齐 ·· 81
九 佳 ·· 95
十 灰 ·· 108
十一 真 ·· 118
十二 文 ·· 128

十三 元 ……………………………………………… 139

十四 寒 ……………………………………………… 145

十五 删 ……………………………………………… 155

下　卷

一　先 ………………………………………………… 165

二　萧 ………………………………………………… 179

三　肴 ………………………………………………… 188

四　豪 ………………………………………………… 201

五　歌 ………………………………………………… 212

六　麻 ………………………………………………… 224

七　阳 ………………………………………………… 237

八　庚 ………………………………………………… 251

九　青 ………………………………………………… 261

十　蒸 ………………………………………………… 267

十一 尤 ……………………………………………… 274

十二 侵 ……………………………………………… 284

十三 覃 ……………………………………………… 291

十四 盐 ……………………………………………… 300

十五 咸 ……………………………………………… 308

上卷

一 东

天对地，雨对风。大陆对长空①。山花对海树，赤日对苍穹②。雷隐隐③，雾蒙蒙④。日下对天中。风高秋月白⑤，雨霁⑥晚霞红。牛女二星河左右⑦，参商两曜斗西东⑧。十月塞边，飒飒寒霜惊戍旅⑨；三冬江上，漫漫朔雪冷渔翁⑩。

【注释】①大陆对长空：大陆：广阔的陆地。长空：高远的天空。

②赤日对苍穹（qióng）：赤日：红日，红色的太阳。赤，红色。苍穹：苍天，深青色的天空。苍，深青色。穹，天空。

③隐隐：象声词，常形容雷声、车声等。南宋王十朋《雷声》："雷已先声闻隐隐，雨宜洒道即纷纷。"

④蒙蒙：形容云、雾等模糊不清的样子。南宋俞德邻《梅雨》："密雾蒙蒙笼翠幄，轻烟冉冉散青丝。"

⑤白：今读bái，但在平水韵里却属于入声"十一陌"，故此处的"秋月白"可与下句的"晚霞红"相对。

⑥雨霁(jì)：雨后天晴。霁，雨雪停止后天放晴。

⑦"牛女二星"句：牛女：指牛郎星与织女星，二星隔银河而相对。河：特指天河、银河。

⑧"参(shēn)商两曜(yào)"句：参商：参星与商星。参星在西，商星（又称"辰星"）在东，此出彼没，各不相见，故本句言"参商两曜斗西东"。曜：日、月、星的统称，如古人把日、月与金、木、水、火、土五星合称为"七曜"。斗：特指北斗星。按：《左传·昭公元年》载"参""商"二星之来历曰："昔高辛氏有二子，伯曰阏伯（哥哥叫阏伯），季曰实沈（弟弟叫实沈）。居于旷林，不相能也。日寻干戈，以相征讨。后帝不臧（不满意。臧，读zāng），迁阏伯于商丘，主辰，商人是因，故辰为商星。迁实沈于大夏，主参，唐人是因，以服事夏商。"意为从前高辛氏有两个儿子，长子叫阏伯，次子叫实沈，居住在旷林，关系不和睦，每天干戈相见，互相征讨。帝尧不满意这种情况，于是就把阏伯迁徙到商丘，使其主祀辰星，把实沈迁徙到大夏，使其主祀参星，让二人永不相见。后以"参商"比喻亲友隔绝，不能相见。如唐杜甫《赠卫八处士》："人生不相见，动如参与商。"另，"两曜"在古诗文中一般指"日月"，此处特指"两星"。

⑨戍(shù)旅：防守边疆的兵卒。

⑩"三冬江上"二句：三冬：指冬天。冬天共三个月，故称"三冬"。朔(shuò)雪：北方的雪。唐张仲素《塞下曲》："朔雪飘飘开雁门，平沙历乱转蓬根。"

【译文】天与地相对，雨与风相对。广阔的陆地与高远的天空相对。开在山上的花与长在海岸的树相对，红日与青天相对。雷声隐隐与雾气蒙蒙相对。日头之下与天空之中相对。风吹云散，秋月更显洁白;雨止天晴,晚霞格外红艳。牛郎、织女二星分居银河左右,参、商两星分处北斗星的西方、东方。十月的边塞,戍边的将士在飒飒的霜风中惊叹着寒气的来临;冬天的江面,北地的渔翁在漫漫的白雪中忍受着冷气的侵袭。

河对汉①,绿对红。雨伯对雷公②。烟楼对雪洞③,月殿对天宫④。云叆叇⑤,日曈曨⑥。蜡屐对渔篷⑦。过天星⑧似箭,吐魄月⑨如弓。驿旅客逢梅子雨⑩,池亭人抱藕花风⑪。茅店村前,皓月坠林鸡唱韵⑫;板桥路上,青霜锁道马行踪⑬。

【注释】①河对汉:河:特指黄河。汉:汉水,又称"汉江",发源于陕西汉中市,在湖北武汉市汇入长江。按:此句有的版本作"江对汉",亦可。

②雨伯对雷公:雨伯:又称"雨师",古代神话传说中掌管下雨的神。元方回《次韵全君玉和高士马虚中道院》:"号召风师呼雨伯,杖剑叱喝急急律。"雷公:又称"雷神""雷师",古代神话传说中掌管打雷的神。《楚辞·远游》:"左雨师使径侍兮,右雷公以为卫。"按:"伯"在平水韵里属入声"十一陌",故此处"雨伯"可以与"雷公"相对。

③烟楼对雪洞:烟楼:耸立于烟云中的高楼。南宋李纲《张氏二甥寄诗可喜赋此篇以赠之》:"努力年华成宅相,著鞭高跃破烟楼。"雪洞:被雪封住的山洞,比喻华美洁净的居室。南宋姚勉《荐黄平仲过雪岩以诗代简》:"有客有客山水仙,挥毫欲写雪洞天。"

④月殿对天宫:月殿:月中的宫殿,为嫦娥所居。天宫:天上的

宫殿，为天帝、神仙所居。

⑤ 叆叇（ài dài）：云盛貌。西晋潘尼《逸民吟》："朝云叆叇，行露未晞。"

⑥ 曈曚（tóng méng）：初日渐明貌。南唐陈陶《冬夜吟》："展转城乌啼紫天，曈曚千骑衙楼前。"按：此句有的版本作"曈昽（tóng lóng）"，亦可。"曈昽"亦乃"初日渐明貌"。"昽"在平水韵里属上平"一东"。

⑦ 蜡屐对渔篷：蜡屐：涂蜡的木屐。典出南朝宋刘义庆《世说新语·雅量》："或有诣阮（指阮孚，西晋名士），见自吹火蜡屐（以蜡涂木屐），因叹曰：'未知一生当著几量屐（不知一生中能穿多少木屐）！'神色闲畅。"渔篷：渔船上的篷盖，借指渔船、小船。北宋贺铸《广陵山光寺夜集留别黄材昆仲》："渔篷衔尾来，愧尔故人情。"

⑧ 过天星：流星，陨星。因其坠落时划过天空，故称"过天星"。

⑨ 吐魄月：刚被吐出的月，初生的月。古人认为月里有只蟾蜍，月亮的阴晴圆缺都是由蟾蜍的反复吞吐造成的，所以人们将"初生之月"视为"刚被蟾蜍所吐出的月"。魄，古同"霸"，月初生或将没时的微光，后泛指月光。

⑩ "驿（yì）旅客"句：驿旅客：驿站中的旅客。驿，古代供传递公文的人中途休息、换马的地方，此指旅店。梅子雨：即梅雨，是每年六七月份在长江中下游地区出现的一种持续天阴有雨的气候现象，因时值梅子的成熟期，故称"梅雨"。

⑪ "池亭人"句：池亭人：池亭中的人。挹：舀，引取，此处引申

为感受、领受。藕花风：夏天荷花开放时的凉风。元陈旅《建昌胡氏小有楼》："石池正当户，人立藕花风。"

⑫ "茅店村前"二句：茅店：用茅草盖成的旅舍，泛指简陋的乡村客舍。皓月：明月。

⑬ "板桥路上"二句：板桥：用木板架设的桥。青霜：即霜。因司霜之神为青女，故名。锁道：秋霜满道，不利行走，故曰"锁道"。锁，封住。按：此二句与上二句乃化用唐温庭筠《商山早行》"鸡声茅店月，人迹板桥霜"之句而来。

【译文】黄河与汉水相对，绿色与红色相对。雨神与雷神相对。耸立在烟云中的高楼与掩藏于冰雪中的山洞相对，嫦娥居住的月宫与神仙居住的天宫相对。浓云密布与初日渐明相对。涂蜡的木屐与有篷的渔船相对。流星像箭一样划过天际，初月像弓一样悬挂夜空。驿站里的旅客遇到了连绵不断的梅雨，池亭中的游人领受着带有荷香的凉风。明月落入林中，村前的茅舍里传出嘹亮的鸡声；青霜铺满道路，用板架设的桥上印有马儿走过的踪迹。

山对海，华对嵩①。四岳对三公②。宫花对禁柳③，塞雁对江龙④。清暑殿⑤，广寒宫⑥。拾翠对题红⑦。庄周梦化蝶⑧，吕望兆飞熊⑨。北牖⑩当风停夏扇，南檐曝日省冬烘⑪。鹤舞楼头，玉笛弄残仙子月⑫；凤翔台上，紫箫吹断美人风⑬。

【注释】①华对嵩：华：指华山，古称"西岳"，在今陕西省华阴市境内。嵩：指嵩山，古称"中岳"，在今河南省西部。

②四岳对三公：四岳：有两种解释：一指东岳泰山、西岳华山、

南岳衡山、北岳恒山四座山。《左传·昭公四年》："四岳……九州之险也。"西晋杜预注："东岳岱，西岳华，南岳衡，北岳恒。"一指尧帝时的四方诸侯之长。《尚书·尧典》："帝曰：'咨！四岳，汤汤洪水方割……'"西汉孔安国传："四岳，即上羲、和之四子（上文提到的羲、和的四个儿子，指羲仲、羲叔、和仲、和叔），分掌四岳之诸侯，故称焉。"三公：有两种解释：一为星名。《晋书·天文志上》："杓南三星及魁第一星、西三星皆曰三公，主宣德化，调七政，和阴阳之官也。"一为官名，是古代中央三种最高官衔的合称。历代略有不同。周以太师、太傅、太保为三公，西汉以丞相、太尉、御史大夫为三公，东汉以太尉、司徒、司空为三公。按：从本篇原文来看，前文已有"华对嵩"这样山岳对山岳的句子，故"四岳"取"四方诸侯之长"含义的可能性较大。如此，则"三公"取"官名"含义的可能性较大。

③宫花对禁柳：宫花：皇宫中的花。禁柳：禁苑中的柳。禁，皇帝居住的地方，如宫禁、禁苑、禁军等，皆与皇帝的住处有关。

④塞雁对江龙："龙"字在平水韵里属上平"二冬"，不属上平"一东"，故此句有出韵之误。此句有的版本作"塞雁对江鸿"。"鸿"属上平"一东"，故此处用"江鸿"比较恰当。译文从"江鸿"。鸿，大雁。

⑤清暑殿：古代宫殿名，东晋孝武帝所建，故址在今南京鸡鸣山以南。《晋书·孝武帝纪》："太元二十一年春正月，造清暑殿。"《景定建康志》："清暑殿，在台城内，晋孝武帝建。殿前重楼复道，通华林园，爽垲（shuǎng kǎi，高爽干燥）奇丽，天下无比。虽暑月常有清风，故以为名。"

⑥广寒宫：神话传说中月亮里的仙宫。旧题柳宗元《龙城录·明皇梦游广寒宫》载，唐玄宗因道士作法于八月十五日游月中，见一大宫府，上有"广寒清虚之府"的匾额。后遂以"广寒宫"代指月宫。

⑦拾翠对题红：拾翠：古代妇女游春时常拾取翠鸟羽毛以为首饰，故后以"拾翠"作为游春之典。三国魏曹植《洛神赋》："或采明珠，或拾翠羽。"题红：在红叶上题诗。唐孟棨（qǐ）《本事诗·情感第一》："顾况在洛，乘间（趁闲，趁着有空）与三诗友游于苑中，坐流水上，得大梧叶题诗上曰：'一入深宫里，年年不见春。聊题一片叶，寄与有情人。'况明日于上游，亦题叶上，放于波中。诗曰：'花落深宫莺亦悲，上阳宫女断肠时。帝城不禁东流水，叶上题诗欲寄谁？'后十余日，有人于苑中寻春，又于叶上得诗以示况。诗曰：'一叶题诗出禁城，谁人酬和独含情？自嗟不及波中叶，荡漾乘春取次行。'"后遂以"题红"或"题红叶"作为吟咏闺怨、情思或托物传情之典。按："红叶题诗"一事历来记载颇多，且人物各不相同。如唐范摅《云溪友议》谓其人乃唐宣宗时中书舍人卢渥，北宋孙光宪《北梦琐言》谓乃唐僖宗时进士李茵，北宋刘斧《青琐高议》谓乃唐僖宗时儒士于祐，南宋王铚《补侍儿小名录》谓乃唐德宗时进士贾全虚。

⑧庄周梦化蝶：典出《庄子·齐物论》："昔者庄周梦为胡蝶，栩栩然（生动活泼的样子）胡蝶也，自喻（知晓，觉得）适志（得意）与！不知周也。俄然觉，则蘧蘧然（惊喜貌）周也。不知周之梦为胡蝶与，胡蝶之梦为周与？"意为从前庄周梦见自己变成一只活生生的蝴蝶，感到洋洋得意，竟忘了自己是庄周。忽然梦醒，才知道自己还是庄周。不知是庄周做梦化为蝴蝶，还是蝴蝶做梦化为庄周呢？后

遂以"梦蝶"或"庄周梦蝶"喻指人生原属虚幻的思想。庄周:即庄子,名周,战国时期道家的代表人物,与道家始祖老子并称为"老庄"。著有《庄子》一书。按:此句有的版本作"庄周谈幻蝶"。

⑨吕望兆飞熊:事见宋话本《武王伐纣平话》:"却说西伯侯夜作一梦,梦见从外飞熊一只,飞来至殿下。文王惊而觉。至明宣文武至殿外说此梦。有周公旦善能圆梦。周公曰:'此要合注天下将相大贤出世也。梦见熊更能飞者,谁敢当也?合注从南方贤人来也。大王今合行香,南巡寻贤去也。贤不可以伐。'"后周文王出猎,果得贤人姜尚。因此故事,后人便以"飞熊"喻指君主得贤的征兆。吕望:即姜子牙。姜姓,吕氏,名尚,字子牙,号飞熊,西周开国元勋,中国兵学的奠基人。因遇到周文王时,文王曾说:"吾太公望子久矣。"故号之曰"太公望"。后世亦称"吕望"。按:"飞熊"在正史中常作"非罴"或"非熊",如《史记·齐太公世家》:"吕尚盖尝穷困,年老矣,以渔钓奸(求见)周西伯(即周文王)。西伯将出猎,卜之,曰'所获非龙非螭(chī,古代传说中一种没有角的龙),非虎非罴;所获霸王之辅'。于是周西伯猎,果遇太公于渭之阳(山的南面或水的北面谓之'阳'),与语大说(通'悦'),曰:'自吾先君太公曰"当有圣人适(来,归)周,周以兴"。子真是邪?吾太公望子久矣。'故号之曰'太公望',载与俱归(一同乘车而归),立为师(尊为太师)。"如《宋书·符瑞志上》:"将畋(tián,打猎),史遍卜之,曰:'将大获,非熊非罴,天遗汝师以佐昌。臣太祖史畴为禹卜畋,得皋陶。其兆如此。'王至于磻溪之水,吕尚钓于涯,王下趋拜曰:'望公七年,乃今见光景于斯。'"

⑩"北牖(yǒu)当风"句:北牖:北墙上的窗户,朝北的窗户。

牖，窗户。唐王棨(qǐ)《凉风至赋》："北牖闲眠，西园夜宴。"当风：对着风。

⑪"南檐曝(pù)日"句：曝：晒。烘：用火取暖。

⑫"鹤舞楼头"二句：事见明王世贞《列仙全传》："费文祎(yī)，字子安，好道得仙。偶过江夏辛氏酒馆而饮焉。辛复饮之巨觞，明日复来，辛不待索而饮之。如是者数载，略无吝意。乃谓辛曰：'多负酒钱，今当少酬。'于是取桔皮向壁间画一鹤，果蹁跹而舞，回旋宛转，曲中音律，远近莫不集饮而观之。逾十年，辛氏家资巨万矣。一日子安至馆曰：'向饮君酒，所偿何如？'辛氏谢曰：'赖先生画鹤而获百倍，愿少留谢。'子安笑曰：'未讵(jù，岂，怎)为此？'取笛数弄（奏乐或乐曲的一段、一章为'弄'），须臾，白云自空而下，画鹤飞至子安前，遂跨鹤乘云而去。辛氏即于飞升处建楼，名黄鹤楼焉。"意为仙人费子安常去一家辛姓人开的酒店喝酒，欠了很多酒钱。为了酬还辛氏的酒钱，费子安用桔皮在墙上画了一只鹤，客人来时，这只鹤能蹁跹起舞，合乎音律。因此，辛氏赚了很多钱。后费子安又至酒店，吹笛数遍，墙上的鹤飞到子安面前，于是子安骑鹤而去。辛氏就在子安飞升处建了一座楼，名曰"黄鹤楼"。玉笛：笛子的美称。仙子：指仙人费子安。按：唐王毂(gǔ)《报应录》亦载此事："辛氏昔沽酒为业，一先生来，魁伟褴褛（衣服破烂），从容谓辛氏曰：'许饮酒否？'辛氏不敢辞，饮以巨杯。如此半岁，辛氏少无倦色。一日先生谓辛曰：'多负酒债，无可酬汝。'遂取小篮橘皮，画鹤于壁，乃为黄色，而坐者拍手吹之，黄鹤蹁跹而舞，合律应节，故众人费钱观之。十年许，而辛氏累巨万，后先生飘然至，辛氏谢曰：'愿为先生供给如意。'先生笑曰：'吾岂为此。'忽取笛吹数弄，须臾白云

自空下,画鹤飞来,先生前遂跨鹤乘云而去。于此辛氏建楼,名曰黄鹤。"

⑬ "凤翔台上"二句:典出西汉刘向《列仙传》:"萧史者,秦穆公时人也,善吹箫,能致孔雀白鹤于庭。穆公有女,字弄玉,好之,公遂以为妻焉,日教弄玉作凤鸣。居数年,吹似凤声,凤凰来止其屋,公为作凤台,夫妇止其上,不下数年,一旦,弄玉乘凤,萧史乘龙升天而去。"意为秦国有一个名叫萧史的青年,擅长吹箫,箫声能吸引孔雀、白鹤飞来。秦穆公有个女儿,叫弄玉,十分爱慕萧史,秦穆公便成就了二人的婚姻,并修筑了凤台让他们居住。二人在凤台上朝夕以吹箫引凤作乐,数年不下来。有一天,弄玉乘凤萧史乘龙升天而去。紫箫:用紫竹制成的箫。

【译文】高山与大海相对,华山与嵩山相对。四方诸侯之长与朝廷的三公相对。皇宫里的花与禁苑中的柳相对,边塞的大雁与江上的飞鸿相对。清暑殿与广寒宫相对。拾取翠羽作为首饰与借助红叶题诗传情相对。庄周梦见自己化为蝴蝶,吕望是飞熊之梦的兆示。北面的窗户时有凉风吹进,夏天不用摇扇;南侧的屋檐常有暖阳照射,冬天无需烤火。黄鹤在楼头旋舞,仙子吹着玉笛直到月亮将落;凤鸟在台上回翔,美人吹着紫箫直到风声停歇。

二 冬

晨对午,夏对冬。下饷对高舂①。青春对白昼②,古柏对苍松③。垂钓客,荷④锄翁。仙鹤对神龙。凤冠⑤珠闪烁,螭带玉玲珑⑥。三元及第才千顷⑦,一品当朝禄万钟⑧。花萼楼间,仙李盘根调国脉⑨;沉香亭畔,娇杨擅宠起边风⑩。

【注释】①下饷(xiǎng)对高舂(chōng):下饷:收工吃饭。饷,给在田里劳作的人送饭。唐戴叔伦《女耕田行》:"日正南冈下饷归,可怜朝雉扰惊飞。"高舂:黄昏舂米之时。《淮南子·天文训》:"(日)至于渊虞(地名,古代传说太阳戌时经过此地),是谓高舂。"东汉高诱注:"高舂,时加戌(戌时,指19时至21时,别称'黄昏'),民碓舂(duì chōng,用杵臼舂米)时也。"

②青春对白昼:青春:即春天。按照五行学说,春季与青色相配,故称"青春"。《楚辞·大招》:"青春受谢(春天承接着冬天离去。谢,离去),白日昭只(太阳是多么灿烂辉煌。昭,光明。只,助词,无意义)。"东汉王逸注:"青,东方春位,其色青也。"白昼:白

日。唐杜甫《闻官军收河南河北》:"白日放歌须纵酒,青春作伴好还乡。"

③苍松:深青色的松树。此句有的版本作"乔松",亦可。乔松:高大的松树。乔,高。

④荷(hè):扛,担。

⑤凤冠:饰有凤凰样珠宝的帽子,泛指装饰华丽的帽子。

⑥螭(chī)带玉玲珑:螭带:古代一种绣有龙形图案的腰带。螭,传说中一种无角的龙。玲珑:精巧貌。

⑦"三元及第"句:三元:古代的科举考试分为乡试、会试、殿试,其第一名分别为解元、会元、状元,合称"三元"。及第:考中,考上。古代科举考试发榜时,上榜人员有甲乙次第之分,故名。所谓"三元及第"即指接连在乡试、会试、殿试中考取第一名。才千顷:形容才学广博。千顷,极言其广大。顷,百亩为一顷。

⑧"一品当朝"句:一品:古代官品的最高一级。自三国魏以后,官分九品,最高者为一品。每品又分正从,故一品又分为正一品和从一品,正一品是古代官品等级的最高级别。当朝:在朝为官。禄万钟:形容俸禄优厚。万钟,极言其丰厚。钟,古代的一种计量容器。

⑨"花萼楼间"二句:花萼楼:唐玄宗在兴庆宫西南建有花萼楼,常与诸王宴乐其间。事见《旧唐书·让皇帝宪传》:"玄宗于兴庆宫西南置楼,西面题曰'花萼相辉'之楼……玄宗时登楼,闻诸王音乐之声,咸召登楼,同榻宴谑,或便幸其第,赐金分帛,厚其欢赏。"仙李盘根:语本唐杜甫《冬日洛城北谒玄元皇帝庙》:"仙李盘根大,猗兰奕叶光"。比喻唐朝李氏宗室繁衍盛大的状况。国脉:国家的命脉。按:唐李德裕《次柳氏旧闻》亦载"花萼楼"之事:"兴庆

宫,上潜龙之地(唐玄宗未成为皇帝时的居所),即圣历初五王宅也。上性友爱,及即位,立楼于宫之西南垣,署曰'花萼相辉',退朝与诸王游,或置酒为乐。时天下无事,号太平者垂五十年。"

⑩"沉香亭畔"二句:沉香亭:唐玄宗时宫中有沉香亭。诗人李白曾在此应诏作《清平调》三首,其三有句云"解释春风无限恨,沉香亭北倚阑干"。娇杨:指唐玄宗的宠妃杨玉环。史载,唐玄宗因过度宠爱杨贵妃而导致安史之乱。擅宠:独受宠信或宠爱。边风:边关战乱,此特指安史之乱。

【译文】早晨与中午相对,夏天与冬天相对。收工吃饭之时与傍晚舂米之时相对。春季与白天相对,古老的柏树与苍翠的松树相对。垂钓的渔父与扛锄的田翁相对。仙鹤与神龙相对。镶有凤凰的礼冠上珠宝闪烁,绣着龙纹的腰带上玉饰精美。才学广博的士子连中三元,俸禄优厚的官员位居一品。花萼楼上,繁衍盛大的李唐家族能使国家兴亡;沉香亭畔,独受宠爱的杨氏贵妃引发边关战乱。

清对淡,薄①对浓。暮鼓对晨钟②。山茶对石菊③,烟锁对云封。金菡萏④,玉芙蓉⑤。绿绮对青锋⑥。早汤先宿酒⑦,晚食继朝饔⑧。唐库金钱能化蝶⑨,延津宝剑会成龙⑩。巫峡浪传,云雨荒唐神女庙⑪;岱宗遥望,儿孙罗列丈人峰⑫。

【注释】①薄:在平水韵里属于入声"十药",故此处可与"浓"相对。

②暮鼓对晨钟:钟楼和鼓楼(合称"钟鼓楼")是中国古代主

要用于报时的建筑,日出敲钟,日落击鼓。它们多建筑于某些历史悠久的城市的中心地带或宫廷、寺庙内。后人以"晨钟暮鼓"借指时日推移,如南宋陆游《短歌行》:"百年鼎鼎世共悲,晨钟暮鼓无时休"。或比喻使人警觉醒悟的话,如清宣鼎《夜雨秋灯录·玉红册》:"三复此编,可当晨钟暮鼓,唤醒众生。"

③山茶对石菊:山茶:指山茶花。石菊:别称石竹、绣竹,俗称"石菊花",一种石竹科多年生草本植物。茎光滑多枝,花品有粉红、紫红、白色各种。南宋史铸《石菊》:"干弱叶纤花特奇,艳浓九夏到秋时。枝头结实元为药,争奈越中人罕知。"按:"石"在平水韵里属入声"十一陌","菊"在平水韵里属入声"一屋",故此处可与"山茶"相对。

④金菡萏(hàn dàn):黄金打造的莲花。菡萏,本义指莲花的花苞,代指莲花。

⑤玉芙蓉:玉石雕刻的荷花。芙蓉,荷花的别名。

⑥绿绮对青锋:绿绮:指绿绮琴,古琴名,泛指名贵的琴。西晋傅玄《琴赋序》:"……司马相如有琴曰绿绮,蔡邕有琴曰焦尾,皆名器也。"青锋:指青锋剑。因其剑刃锋利,色呈淡青色,故名"青锋剑"。常泛指锋利的宝剑。明祝允明《宝剑篇》:"我有三尺匣,白石隐青锋。"

⑦早汤先宿酒:早汤:早上的醒酒汤。汤,特指醒酒汤。宿酒:隔夜未醒的酒力。宿,隔夜。唐白居易《早春即事》:"眼重朝眠足,头轻宿酒醒。"

⑧晚食继朝饔(yōng):晚食:晚餐,吃晚饭。朝饔:早餐,吃早饭。饔,早饭。《孟子·滕文公上》:"贤者与民并耕而食,饔飧而

治。"东汉赵岐（qí）注："饔飧（yōng sūn），熟食也，朝曰饔，夕曰飧。"

⑨"唐库"句：指唐穆宗于殿前种千叶牡丹，每夜有黄白蝴蝶飞集花间，宫女得之皆库中金玉所化之事。事见《太平广记·伎巧三·韩志和》引唐苏鹗《杜阳编》曰："上（指唐穆宗）于殿前种千叶牡丹，及花始开，香气袭人，一朵千叶，大而且红。上每睹芳盛，叹人间未有。自是宫中每夜，即有黄白蝴蝶万数，飞集于花间，辉光照耀，达曙（直到天明）方去。宫人竞以罗巾扑之，无有不获者。上令张网于宫中，遂得数百。于殿内纵嫔御（帝王的侍妾与宫女）追捉，以为娱乐。迟明（黎明，天快亮的时候）视之，则皆金玉也。其状工巧，无以为比。而内人（宫女）争用丝缕绊其脚，以为首饰。夜则光起于妆奁（梳妆用的镜匣）中。其夜开宝厨（藏宝库），视金屑玉屑藏内，将有化为蝶者，宫中方觉焉。"

⑩"延津"句：典出《晋书·张华传》："华（即张华）闻豫章（古郡名，辖境大致同今江西省）人雷焕妙达纬象（星象），乃要焕宿，屏（屏退）人曰：'可共寻天文，知将来吉凶。'因登楼仰观，焕曰：'仆察之久矣，惟斗牛之间颇有异气。'华曰：'是何祥也？'焕曰：'宝剑之精，上彻于天耳。'……因问曰：'在何郡？'焕曰：'在豫章丰城。'华曰：'欲屈君为宰，密共寻之，可乎？'焕许之。华大喜，即补焕为丰城令。焕到县，掘狱屋基，入地四丈余，得一石函，光气非常，中有双剑，并刻题，一曰龙泉，一曰太阿。……遣使送一剑并土与华，留一自佩。……华得剑，宝爱之，常置坐侧。……华诛，失剑所在。焕卒，子华（雷焕的儿子雷华）为州从事，持剑行经延平津（古代津渡名，晋时属延平县，在今福建南平市东南），剑忽

于腰间跃出堕水,使人没水取之,不见剑,但见两龙各长数丈,蟠萦有文章,没者惧而反。须臾光彩照水,波浪惊沸,于是失剑。华叹曰:'先君化去之言,张公终合之论,此其验乎!'"意为西晋张华常见二十八宿的斗宿和牛宿之间有紫气,便秘密邀请精通星象的雷焕察看天象。雷焕说:"这是宝剑的精气上达于天所致。"张华问:"宝剑在哪里?"雷焕说:"在豫章丰城县。"张华便任命雷焕为丰城县令,让他去掘宝剑。雷焕到了丰城县,果然在县城监狱的屋基下掘得龙泉、太阿两口宝剑,于是雷焕自留一把,送给张华一把。后来张华被诛,其剑不知去向。雷焕死后,他的儿子雷华佩其剑过延平津,剑忽然从腰间跃出跳入水中,派人下水搜寻,只见两龙盘踞在水中。雷华感叹说:"我父亲临终时说'灵异之物,终当化去,不永为人服也',张公在世时曾说'天生神物,终当合耳',今天的情况就是二人话语的验证啊!"雷焕:字孔章,西晋名士。精通天象,曾任丰城县令。

⑪"巫峡浪传"二句:巫峡:长江三峡之一,西起巫山县东大宁河,东至巴东县官渡口。浪传:空传,妄传,没有根据地传说。云雨荒唐神女庙:指楚王游高唐,梦巫山神女,朝云暮雨,王为之立庙之事。典出战国楚宋玉《高唐赋》:"昔者先王尝游高唐,怠而昼寝(白天睡觉),梦见一妇人曰:'妾,巫山之女也。为高唐之客。闻君游高唐,愿荐枕席(愿为你侍寝)。'王因幸之(楚王于是和她同寝)。去而辞曰:'妾在巫山之阳(巫山的南面),高丘之阻(高山的险峻之处),旦为朝云(早上化作云霞),暮为行雨(傍晚变成烟雨)。朝朝暮暮,阳台之下。'旦朝(次日清早)视之,如言。故为立庙,号曰'朝云'。"按:"峡"在平水韵里属入声"十七洽",故此处之"巫峡"可

与下文之"岱宗"相对。

⑫"岱宗遥望"二句：岱宗：泰山的别名。丈人峰：泰山上的一座山峰，因其形状像腰背弯曲的老人，故名。另，丈人峰周围有数座小的山峰与之相配，好像老人的儿孙，故曰"儿孙罗列丈人峰"。

【译文】清与淡相对，薄与浓相对。傍晚的鼓响与清晨的钟声相对。山茶花与石菊花相对，烟雾缭绕与云气弥漫相对。黄金铸造的莲花与玉石雕成的荷花相对。绿绮琴与青锋剑相对。早晨起来要先喝醒酒汤以消除隔夜的醉意，早饭吃过后接着还要吃晚饭。唐穆宗时钱库里的金玉能化成蝴蝶，在延平津雷华佩带的宝剑跃入水中变成蛟龙。巫峡之地，流传着楚王与神女幽会并为其建庙的荒唐故事；远望泰山，群峰像围绕在老人身旁的儿孙一样罗列于丈人峰周围。

繁对简，叠①对重。意懒对心慵②。仙翁对释伴③，道范对儒宗④。花灼灼⑤，草茸茸⑥。浪蝶对狂蜂⑦。数竿君子竹⑧，五树大夫松⑨。高皇灭项凭三杰⑩，虞帝承尧殛四凶⑪。内苑佳人，满地风光愁不尽⑫；边关过客，连天烟草憾无穷⑬。

【注释】①叠：在平水韵里属入声"十六叶"，故此处可与"重"相对。

②慵（yōng）：懒惰，懒散。

③仙翁对释伴：仙翁：年老的神仙，一般是道教的修行者。也可作为对年老德高的道士的敬称。释伴：佛徒，佛教修行者。

④道范对儒宗：道范：道家典范。儒宗：儒家宗师。

⑤灼灼：鲜艳的样子。语出《诗·周南·桃夭》："桃之夭夭（茂盛的样子），灼灼其华（通'花'）。"意为桃树长茂盛，桃花开得鲜艳。按："灼"在平水韵里属入声"十药"，故此处可与下文的"草茸茸"相对。

⑥茸茸（róng róng）：柔细浓密的样子。唐韩翃（hóng）《宴杨驸马山池》："垂杨拂岸草茸茸，绣户帘前花影重。"

⑦浪蝶对狂蜂：浪蝶：任意飞舞的蝴蝶。狂蜂：尽情飞舞的蜜蜂。今有成语"浪蝶狂蜂"，指纵横飞舞的蝴蝶和蜜蜂，或比喻轻薄放荡的男子。

⑧君子竹：即竹。因竹子心虚节贞，耐寒挺立，德比君子，故称为"君子竹"。

⑨大夫松：典见《艺文类聚·木部上·松》引《汉官仪》曰："秦始皇上封太山（即泰山），逢疾风暴雨，赖得松树，因复其道，封为大夫松也。"按：《史记·秦始皇本纪》亦载此事："（秦始皇）乃遂上泰山，立石，封，祠祀。下，风雨暴至，休于树下，因封其树为五大夫。"然未言及所封者乃松树。言始皇所封乃松树者，首见东汉应劭之《汉官仪》。另，"五大夫"乃秦汉时之官爵名，为二十等爵之第九级，非谓"五个大夫"也。后人不明，遂附会"五大夫"为五棵树或五株松矣。《史记·高祖本纪》："项梁益沛公卒五千人，五大夫将十人。"南朝宋裴骃集解引苏林曰："五大夫，第九爵也。"《汉书·食货志下》："千夫如五大夫。"隋颜师古注："五大夫，旧二十等爵之第九级也。至此以上，始免徭役。"

⑩"高皇灭项"句：典出《史记·高祖本纪》："高祖曰：……夫运筹策帷帐之中，决胜于千里之外，吾不如子房（即张良，字子房）。

镇国家,抚百姓,给馈饷(kuì xiǎng,粮饷,军粮),不绝粮道,吾不如萧何。连百万之军,战必胜,攻必取,吾不如韩信。此三者,皆人杰也,吾能用之,此吾所以取天下也。项羽有一范增而不能用,此其所以为我擒也。"高皇:即汉太祖高皇帝刘邦。太祖乃庙号,高皇帝乃其谥号。项:指项羽。在垓下(在今安徽灵壁县以南)被刘邦数十万大军包围,后逃至乌江(在今安徽和县乌江镇)而自刎。三杰:指张良、萧何、韩信。

⑪ "虞帝承尧"句:虞帝:即舜帝。舜乃有虞氏,故称"虞舜"或"虞帝"。承尧:舜帝继承的是尧的帝位,故曰"承尧"。尧,尧帝。尧乃陶唐氏,故又称"唐尧"。殛:杀死,诛杀。四凶:尧舜时代的四个恶名昭著的部族首领。《尚书》谓乃"共工、驩兜(huān dōu)、三苗、鲧(gǔn)"四人。《尚书·舜典》:"流共工于幽州,放驩兜于崇山,窜三苗于三危,殛鲧于羽山。"《左传》谓之"浑敦、穷奇、梼杌(táo wù)、饕餮(tāo tiè)"四人。《左传·文公十八年》:"舜臣尧,宾于四门,流四凶族浑敦、穷奇、梼杌、饕餮,投诸四裔,以御魑魅。是以尧崩而天下如一,同心戴舜以为天子,以其举十六相,去四凶也。"《史记》谓之"浑沌、穷奇、梼杌、饕餮"四人。《史记·五帝本纪》:"昔帝鸿氏有不才子,掩义隐贼,好行凶慝,天下谓之浑沌。少暤氏有不才子,毁信恶忠,崇饰恶言,天下谓之穷奇。颛顼氏有不才子,不可教训,不知话言,天下谓之梼杌。此三族世忧之。至于尧,尧未能去。缙云氏有不才子,贪于饮食,冒于货贿,天下谓之饕餮。天下恶之,比之三凶。舜宾于四门,乃流四凶族,迁于四裔,以御螭魅,于是四门辟,言毋凶人也。"按:从"殛"字来看,此处的"四凶"取《尚书》中所谓的"四凶"的可能性较大。另,"殛"今读jí,

在平水韵里属入声"十三职"。另,《左传》《史记》皆言流四凶,未言杀四凶。《尚书》所言杀者,亦仅一鲧耳,此曰"殛四凶",不知何出。

⑫ "内苑佳人"二句:内苑:皇宫内的庭园,亦指皇宫之内。满地风光:有的版本作"满地风花"。

⑬ "边关过客"二句:边关:边境上的关口。过客:旅客。憾:有的版本作"恨",亦可。

【译文】繁杂与简单相对,叠加与重复相对。意态懒散与心情倦乏相对。年老的仙人与佛教的信徒相对,道教典范与儒家宗师相对。花鲜艳与草柔密相对。任意飞舞的蝴蝶与尽情飞舞的蜜蜂相对。数竿德比君子的竹,五棵官封大夫的松。刘邦能够灭掉项羽凭借的是张良、萧何、韩信这三位英才的能力,虞舜继承唐尧的帝位后诛杀了共工、驩兜、三苗、鲧四个恶名昭彰的坏人。皇宫内苑的美人,看着满园的风光不觉产生了无尽的愁思;边塞关口的过客,望见连天的烟草不觉生发出无穷的憾恨。

三 江

奇对偶①,只②对双。大海③对长江。金盘对玉盏,宝烛对银釭④。朱漆槛⑤,碧纱窗。舞调对歌腔⑥。兴汉推马武⑦,谏夏著龙逄⑧。四收列国群王服⑨,三筑高城众敌降⑩。跨凤登台,潇洒仙姬秦弄玉⑪;斩蛇当道,英雄天子汉刘邦⑫。

【注释】①奇(jī)对偶:奇:奇数,数目不成双的。偶:偶数,数目成双的。

②只:繁体字作"隻",本义为鸟一只,引申为单一或单数,故后世称凡物之单者为"只",如只手、只句、只字、只影等。东汉许慎《说文》:"隻,鸟一枚也。从又,持隹。持一隹曰只,持二隹曰双。"按:"只"在平水韵里有两个音,分别属于上声"四纸"、入声"十一陌"。当"单一或单数"解时,应读入声,故此处可与"双"相对。

③大海:有的版本作"巨海",亦可。

④宝烛对银釭(gāng):宝烛:蜡烛的美称。银釭:银做的灯具。釭,油灯。按:"烛"在平水韵里属入声"二沃",故此处"宝烛"

可与"银缸"相对。

⑤朱漆槛（jiàn）：涂有红漆的栏杆。槛，栏杆。

⑥舞调对歌腔：舞调：跳舞时伴奏的音乐。歌腔：唱歌的腔调。

⑦兴汉推马武：兴汉：有的版本作"兴刘"。从与下文的对仗来看，"兴刘"较为恰当。译文从"兴刘"。兴刘：复兴刘氏王朝，此指光武帝刘秀建立东汉王朝一事。马武：字子张，东汉开国名将。原为绿林军的麾下将领，后归顺刘秀，屡立奇功，位列"云台二十八将"之一。

⑧谏夏著龙逄（páng）：夏：指夏桀，夏朝末代帝王，历史上有名的暴君。龙逄：即夏朝末年的忠臣关龙逄。他屡次向夏桀直言进谏，结果触怒了夏桀，惨遭杀害。

⑨"四收列国"句：指北宋开国名将曹彬平定南唐、后蜀、南汉、北汉等割据势力，帮助宋太祖统一天下之事。事见《宋史·曹彬列传》："曹彬字国华，真定灵寿（今河北灵寿县）人。……二年（指乾德二年，公元964年）冬，伐蜀……彬为都监。……峡中郡县悉下，诸将咸欲屠城以逞其欲，彬独申令戢下（禁止部下。戢，读jí，止，收敛），所至悦服。……开宝二年，（宋太祖）议亲征太原（指征伐北汉），复命（曹彬）为前军都监，率兵先往，次团柏谷，降贼将陈廷山。又战城南，薄于濠桥，夺马千余。及太祖至，则已分砦四面（在四面分设营寨。砦，读zhài，同'寨'），而自主其北。……七年，将伐江南……自出师至凯旋，士众畏服，无轻肆者。"按："群王服"有的版本作"群王伏"，皆可。"服"与"伏"在平水韵里均属入声"一屋"，故可与下句的"降"字相对。

⑩"三筑高城":指唐中宗时,大将张仁愿在边境建筑三座受降城,威镇突厥之事。事见《旧唐书·张仁愿传》:"张仁愿,华州下邽(今陕西渭南临渭区)人也。……(神龙)三年,突厥入寇。朔方军管沙吒忠义为所败。诏仁愿摄御史大夫,代忠义统众。……仁愿请乘虚夺取漠南之地,于河北筑三受降城,首尾相应,以绝其南寇之路。……中宗竟从之。……六旬而三城俱就。以拂云祠为中城,与东、西两城相去各四百余里,皆据津济(关口,渡口),遥相应接,北拓地三百余里,于牛头朝那山北置烽候(烽火台)一千八百所。自是突厥不得度山放牧,朔方无复寇掠,减镇兵数万人。"

⑪"跨凤登台"二句:详见本书上卷"一东"第三段注释⑬。

⑫"斩蛇当道"二句:指汉高祖刘邦起义前,曾夜行泽中,遇大蛇当道,拔剑斩之事。典出《史记·高祖本纪》:"高祖被酒(喝醉酒),夜径泽中,令一人行前。行前者还报曰:'前有大蛇当径,愿还。'高祖醉,曰:'壮士行,何畏!'乃前,拔剑击斩蛇。蛇遂分为两,径开。行数里,醉,因卧。后人来至蛇所,有一老妪(老妇)夜哭。人问何哭,妪曰:'人杀吾子,故哭之。'人曰:'妪子何为见杀(被杀)?'妪曰:'吾,白帝子也,化为蛇,当道,今为赤帝子斩之,故哭。'人乃以妪为不诚,欲告之,妪因忽不见。后人至,高祖觉。后人告高祖,高祖乃心独喜,自负。诸从者日益畏之。"

【译文】奇数与偶数相对,单与双相对。大海与长江相对。金盘与玉盏相对,精美的蜡烛与银制的灯具相对。涂有红漆的栏杆与蒙着碧纱的窗户相对。伴舞的乐曲与唱歌的腔调相对。建立东汉马武厥功至伟,劝谏夏桀关龙逄美名昭著。宋将曹彬平定四国,令众王甘心投降;唐将张仁愿建起三座受降城,令敌人不敢来犯。登上高台骑凤飞去的，是秦国的潇洒美女弄玉；遇蛇挡路拔剑斩之的，是汉朝的英雄天子刘邦。

颜对貌，像对庞①。步辇对徒杠②。停针对搁笔，意懒对心降③。灯闪闪，月幢幢④。揽辔对飞艎⑤。柳堤驰骏马，花院吠村尨⑥。酒晕微酡琼杏颊⑦，香尘浅印玉莲双⑧。诗写丹枫，韩女幽怀流御水⑨；泪弹斑竹，舜妃遗憾积湘江⑩。

【注释】①像对庞：像：形象，相貌。庞：脸的两边鼓起的肌肉，代指脸。

②步辇对徒杠：步辇：古代一种用人抬的代步工具，类似轿子。徒杠：只可容人徒步通过的小桥。《孟子·离娄下》："岁十一月，徒杠成。"南宋朱熹集注："杠，方桥也。徒杠，可通徒行者。"

③心降（xiáng）：即心服，衷心信服或佩服。唐韩愈《奉酬天平马十二仆射暇日言怀见寄之作》："清为公论重，宽作士心降。"

④幢幢（chuáng chuáng）：影子晃动貌。明袁宏道《卫河道中和丘长孺惜别·其一》："坠叶惊沙积蓼窗，射波寒月影幢幢。"

⑤揽辔（pèi）对飞艎（huáng）：揽辔：挽住马缰，代指驾驭马匹。辔，缰绳。北宋王安石《自州追送朱氏女弟至皖口》："揽辔上层冈，下临百仞濠。"飞艎：把船驾驶得飞快。飞，作动词用，使……飞快。艎，大船。按："艎"在平水韵里属下平"七阳"，故此处有出韵之误。"艎"，有的版本作"舱""舡（chuán）"或"艭（shuāng）"。"舱"在平水韵里属下平"七阳"，故不可。舡，船，今读chuán，在平水韵里属上平"三江"，故可用此字。《康熙字典》："舡。《广韵》

《正韵》许江切。《集韵》《韻会》虚江切。并音肛（江韵）。"又："《集韵》枯江切，音腔（江韵）。"艭，小船，在平水韵里属上平"三江"，故亦可用此字。《康熙字典》："艭。《广韵》所江切。《集韵》疏江切。并音双（江韵）。"

⑥尨（máng）：多毛的狗，泛指狗。《诗·召南·野有死麕》："无感我帨兮，无使尨也吠。"意为不要揭动我的围裙呀，莫使你的猎狗吠叫不已。

⑦"酒晕（yùn）微酡（tuó）"句：酒晕：饮酒后脸上泛起的红晕。微酡：酒醉后脸色稍微发红。酡，饮酒脸红的样子，此处作动词用，使……发红。琼：美玉。杏颊：形容女子的脸颊像杏花一样美丽。"颊"在平水韵里属入声"十六叶"。按："微酡"，有的版本作"微醺（xūn）"。微醺：微醉，稍醉。醺，醉。

⑧"香尘浅印"句：香尘：芳香的尘埃，多指由女子行走而带起的尘埃。玉莲：白莲，此处代指女子洁白的双脚。

⑨"诗写丹枫"二句：指唐僖宗时儒士于祐与宫人韩氏在红叶上题诗唱酬，后遂结为夫妇之事。事见北宋刘斧《青琐高议》："唐僖宗时，有儒士于佑晚步于禁衢（宫禁附近的道路。衢，qú，大路）间。…佑临流浣手，久之，有一脱叶差大于他叶，远视之若有墨迹载于其上……佑取而视之，其上诗曰：'流水何太急？深宫尽日闲。殷勤谢红叶，好去到人间。'……（于佑）复题二句，书于红叶上曰：'曾闻叶上题红怨，叶上题诗寄阿谁？'置御沟上流水中俾（bǐ，使）其流入宫中……佑就吉之夕（结婚那天的晚上），乐甚。……既而，韩氏于佑之书笥（书箱。笥，读sì，盛物的方形竹器）中见红叶，大惊曰：'此吾所作之句，君何故得之？'佑以实告。韩氏复曰：'务于水中

复得红叶,不知何人所作也?'乃开笥取之,乃佑所题之诗,相对惊叹,感泣久之,曰:'事岂偶然哉!莫非前定也。'韩氏曰:'吾得叶之初,尝有诗,今尚藏笥中。'取以示佑。诗云:"独步天沟岸,临流得叶时。此情谁会得?肠断一联诗。'闻者莫不叹异惊骇。"丹枫:红色的枫叶。幽怀:幽怨的情怀。御水:宫禁中的河水,此指从宫禁中流出的河水。

⑩"泪弹斑竹"二句:典出西晋张华《博物志》:"尧之二女(传说是娥皇、女英),舜之二妃,曰湘夫人,帝崩,二妃啼,以涕(眼泪)挥竹,竹尽斑。"南朝梁任昉《述异记》亦载此事:"昔舜南巡,而葬于苍梧之野。尧之二女娥皇、女英(都嫁舜为妃),追之不及,相与恸哭(放声痛哭。恸,tòng,极悲哀地大哭),泪下沾竹,竹上文(同'纹')为之斑斑然。"舜妃:指舜的两位妃子娥皇、女英。斑竹:一种茎上有紫褐色斑点的竹子。遗憾:有的版本作"遗恨"。湘江:长江水系之一,主要流域在湖南省。相传舜崩后,娥皇、女英亦投湘水而死,化为湘水之神,故二妃又叫"湘妃",斑竹又叫"湘妃竹"。《初学记·木部·竹》引西晋张华《博物志》:"舜死,二妃泪下,染竹即斑。妃死为湘水神,故曰湘妃竹。"按:《初学记》所引非《博物志》原文,当有所改动。另,"竹"在平水韵里属入声"一屋",故此处之"斑竹"可与上文之"丹枫"相对;"积"在平水韵里属入声"十一陌",故可与上文之"流"字相对。

【译文】容颜与面貌相对,相貌与脸庞相对。用人力抬的小轿与只容徒步通过的小桥相对。停下针与放下笔相对,意态懒散与衷心佩服相对。灯焰闪烁与月影晃动相对。挽住马缰与驾驶快船相对。骏马在柳堤上奔驰,村犬在花园中吠叫。琼玉般美丽的脸颊饮酒后生出淡淡的红晕，白莲般洁白的双脚行走时留下浅浅的尘印。将诗写在红色的枫叶上，韩氏女子的幽怨情怀随着御沟的河水流到了宫墙之外；让泪洒在竹子上形成斑点，舜帝的二位妃子带着满腹的遗憾跃入了湘江之中。

四 支

泉对石①,干对枝②。吹竹对弹丝③。山亭对水榭,鹦鹉对鸬鹚④。五色笔⑤,十香词⑥。泼墨对传卮⑦。神奇韩干画⑧,雄浑李陵诗⑨。几处花街新夺锦⑩,有人香径淡凝脂⑪。万里烽烟,战士边头争保塞⑫;一犁膏雨,农夫村外尽乘时⑬。

【注释】①石:在平水韵里属于入声"十一陌",故此处可与"泉"字相对。

②干对枝:干:树干。枝:树枝。按:此句有的版本作"干对支"。如此则"干"须解作"主干、主体","支"须解作"旁支、分支"。

③吹竹对弹丝:吹竹:吹奏管乐器。竹,代指管乐器,如箫、笛等。"竹"在平水韵里属入声"一屋",故此处"吹竹"可与"弹丝"相对。弹丝:弹奏弦乐器。丝,代指弦乐器,如琴、瑟等。

④鸬鹚(lú cí):俗名"鱼鹰""水老鸦",一种水鸟。羽毛黑色,嘴长且尖端有钩,善潜水捕食鱼类。

⑤五色笔:典出《南史·江淹传》:"尝宿于冶亭,梦一丈夫自

称郭璞,谓淹曰:'吾有笔在卿处多年,可以见还。'淹乃探怀中得五色笔一以授之。尔后为诗绝无美句,时人谓之才尽。"后遂以"五色笔"喻指文才。

⑥十香词:指辽代懿德皇后萧氏所作的十首五言绝句。因这十首绝句分别描写了身体的一个方面且每首诗都以"香"字结尾,故名"十香词"。或曰,《十香词》非萧后所作,乃是当时的佞臣耶律乙辛为了陷害萧皇后而命人作的艳诗。

⑦泼墨对传卮(zhī):泼墨:用墨绘画或写字。传卮:传递酒杯。卮,古代的一种圆形酒器。按:泼,今读pō,在平水韵里属于入声"七曷"。

⑧神奇韩干画:事见唐段成式《酉阳杂俎续集·支诺皋中》:"建中(唐德宗的年号)初,有人牵马访马医,称马患脚(患有足疾),以二十镮(huán,铜钱)求治。其马毛色骨相,马医未常见,笑曰:'君马大似韩干所画者,真马中固无也。'因请马主绕市门一匝,马医随之。忽值韩干,干亦惊曰:'真是吾设色者。'乃知随意所匠(创作,绘制),必冥会(暗合)所肖(xiào,相似,像)也。遂摩挲,马若蹶(跌倒),因损前足,干心异之。至舍,视其所画马本,脚有一点黑缺,方知画通灵矣。马医所获钱,用历数主,乃成泥钱。"意为建中初年,有人牵着患有足疾的马就诊,该马的毛色骨相,马医未曾见过,便笑着说:"您的马很像韩干所画的马,真马中没有这样的马。"于是让马主人牵着马在店门前走一圈,马医跟随其后。在路上忽然遇到韩干,韩干吃惊地说:"这真是我所画的马。"乃知自己随意绘画的马,也能与真马的样子暗合。于是上前摩挲,这时该马显出因前足受伤好像要跌倒的样子,韩干见此心中诧异。回家后,察

看所画之马正是脚上有一点缺墨,这时韩干方知是马画通灵了。马医为马看病所获的钱,经历几个主人后,也变成了泥钱。韩干:唐代画家,京兆蓝田(今陕西蓝田县)人,善画人物,尤善画马,当时称为独步。曾为唐玄宗遍画宫中名马。官至太府寺丞。诗人杜甫在《画马赞》中曾这样称赞韩干:"韩干画马,笔端有神。骅骝老大,腰瘦清新。"

⑨雄浑李陵诗:典出《汉书·苏武传》:"昭帝即位。数年,匈奴与汉和亲。汉求武等。……于是李陵置酒贺武曰:'……异域之人,一别长绝!'陵起舞,歌曰:'径万里兮度沙幕,为君将兮奋匈奴。路穷绝兮矢刃摧,士众灭兮名已隤,老母已死,虽欲报恩将安归?'陵泣下数行,因与武决。"意为汉武帝时,苏武出使匈奴被扣押。汉昭帝即位数年后,匈奴与汉和亲。汉使求苏武等。单于将苏武放还。临别之际,李陵置酒相贺,起舞而歌:"径万里兮度沙幕……"李陵所歌此诗,雄壮浑厚,慷慨悲凉,故曰"雄浑"。另,《古文苑》《文选》尚存李陵《别诗》十余首,前人已证其皆属伪作,故不论也。又,此十余首诗,情调凄怨,略显柔靡,难能以"雄浑"谓之,故此言"雄浑"者,盖指《汉书》中所录之诗而言。李陵:字少卿,西汉飞将军李广长孙。擅长骑射,爱护士卒。初任侍中、建章监,后升骑都尉。天汉二年(公元前99年),随贰师将军李广利出征匈奴,所率五千步兵被八万匈奴兵围困,血战数日,终因力竭被俘,不得已而投降。初李陵本为诈降,后因汉武帝误信谣传夷其三族,遂成真降。元平元年(公元前74年),老死于匈奴。

⑩"几处花街"句:花街:即花街柳巷,喻指妓院或妓院聚集之处。夺锦:事出《新唐书·宋之问传》:"武后(指武则天)游洛南龙

门,诏从臣赋诗,左史东方虬诗先成,后赐锦袍,之问俄顷献,后览之嗟赏,更夺袍以赐。"后遂以"夺锦""夺袍"比喻在竞赛中获胜。

⑪"有人香径"句:香径:花丛间的小路。凝脂:凝固的油脂,比喻人的皮肤细嫩光润。

⑫"万里烽烟"二句:烽烟:烽火台上的报警之烟,借指战争。古代在边塞建有烽火台,若有外敌入侵,便点燃烽火,借烟气传递消息。边头:边地,边疆。唐王昌龄《塞下曲·其四》:"边头何惨惨,已葬霍将军。"保塞:保卫边塞。

⑬"一犁膏雨"二句:一犁:一场。此处用"犁"表示正是农耕的好时节。膏雨:滋润作物的雨水,此特指春雨。膏,润泽,滋润。乘时:乘机,趁势。

【译文】泉水与岩石相对,树干与树枝相对。吹奏管乐器与弹奏弦乐器相对。山边的楼亭与水边的台榭相对,鹦鹉与鸲鹆相对。五色彩笔与十首艳词相对。泼墨绘画与传杯饮酒相对。韩干画的马十分神奇,李陵作的诗非常雄浑。数不清的花街中是谁新近夺得了花魁的称号,芳香的小径上立着一位皮肤细嫩的淡妆美人。烽烟远传万里,战士们在边疆争先恐后地保卫关塞;一场春雨及时降落,农夫们在村外全都趁着时机抓紧耕种。

菹对醢①,赋②对诗。点漆对描脂③。璠簪对珠履④,剑客对琴师。沽酒价⑤,买山资⑥。国色对仙姿⑦。晚霞明似锦,春雨细如丝。柳绊长堤千万树,花横野寺两三枝。紫盖黄旗,天象预占江左地⑧;青袍白马,童谣终应寿阳儿⑨。

【注释】①菹（zū）对醢（hǎi）：菹：腌菜，酸菜。东汉许慎《说文》："菹，酢菜也。"醢：肉酱。《广雅》："醢，酱也。"另，"菹"与"醢"当动词用时，都指古代的一种酷刑，即把人剁成肉酱。然从后文的"赋对诗"来看，此处为名词对名词的可能性较大，故取第一种解释。

②赋：古代的一种文体，讲究文采、韵律，兼具诗歌和散文性质。南朝梁刘勰《文心雕龙·诠赋》："赋者，铺也。铺采摛文，体物写志也。"

③点漆对描脂：点漆：形容人的眼睛像点有黑漆般乌黑明亮。描脂：形容人的肌肤像涂上油脂般细嫩光润。《世说新语·容止》："王右军见杜弘治，叹曰：'面如凝脂，眼如点漆，此神仙中人。'"按："漆"在平水韵里属入声"四质"，故此处"点漆"可与"描脂"相对。

④璠（fán）簪对珠履：璠簪：玉簪。璠，美玉。珠履：饰有珍珠的鞋。按：璠簪，有的版本作"瑶簪"，亦可。瑶，美玉。

⑤沽（gū）酒价：买酒的价钱。沽酒，买酒。典出《晋书·阮修传》"：（阮修）常步行，以百钱挂杖头，至酒店，便独酣畅。"

⑥买山资：为隐居而购买山林所需的钱。资，财物，钱财。典出南朝宋刘义庆《世说新语·排调》："支道林（东晋高僧）因人就深公（即道潜，字法深，东晋高僧）买印山，深公答曰：'未闻巢由（巢父和许由，皆为尧时的隐士）买山而隐。'"按：此句中的"资"，有的版本作"赀"，亦可。赀，同"资"。

⑦国色对仙姿：国色：冠绝一国的美貌。仙姿：非凡的姿容。按："国"在平水韵里属入声"十三职"。

⑧"紫盖黄旗"二句：典出南朝宋裴松之注《三国志》。《三国志·吴志·吴主传》："以太常顾雍为丞相。"裴松之注引三国吴韦昭《吴书》："以尚书令陈化为太常……为郎中令使魏，魏文帝因酒酣（酒喝得尽兴，畅快），嘲问曰：'吴魏峙立（并立，对峙），谁将平一海内者乎？'化对曰：'《易》称帝出乎震（《周易》八卦之一，代表东方），加闻先哲知命，旧说紫盖黄旗，运在东南。'"意为三国时吴国郎中令陈华出使魏国，魏文帝在酒喝得高兴之时问道："吴、魏两国并立，哪个能平定天下呢？"陈华答："《周易》说帝王出于东方，我还听闻从前的圣贤测知天命，都说紫盖黄旗，时运在东南方。"紫盖黄旗：指紫盖般的云气和黄旗般的云气，古代相士认为它们都是帝王符瑞，是王气所在的祥瑞。紫盖，紫色车盖，形容云气。黄旗，黄色旗帜，形容云气。江左：也叫"江东"，长江下游以东地区。古人在地理上以东为左，故称。此指三国时的吴国。

⑨"青袍白马"二句：典出《南史·贼臣传·侯景》："大同（梁武帝的年号）中童谣曰：'青丝白马寿阳（今安徽寿县）来。'景涡阳（今安徽涡阳县）之败，求锦，朝廷所给青布，及是皆用为袍，采色尚青。景乘白马，青丝为辔，欲以应谣。"意为梁武帝大同年间，有首童谣："青丝白马寿阳来"。后来侯景反叛，为了应谣，便整日穿青袍、骑白马。后遂以"青袍白马"喻指乱臣贼子。

【译文】腌菜与肉酱相对，赋与诗相对。眼睛如点漆般黑亮与肌肤如涂脂般白嫩相对。用美玉制成的簪子与装饰有珍珠的鞋子相对，剑客与琴师相对。用来买酒的钱与用来买山的钱相对。绝顶出众的容貌与超凡脱俗的身姿相对。晚霞灿烂似锦绣，春雨细微如丝线。长远的堤岸上环绕着千万棵柳树，郊外的寺院中横斜着两三枝野花。紫盖黄旗的天象,预先兆示出江东是王气的所在;青袍白马的童谣,终究验证了侯景在寿阳的叛乱。

箴对赞①,缶对卮②。萤焰对蚕丝。轻裾③对长袖,瑞草④对灵芝。流涕策⑤,断肠诗⑥。喉舌对腰肢。云中熊虎将⑦,天上凤凰儿⑧。禹庙千年垂橘柚⑨,尧阶三尺覆茅茨⑩。湘竹含烟,腰下轻纱笼玳瑁⑪;海棠经雨,脸边清泪湿胭脂。

【注释】①箴(zhēn)对赞:箴:规劝,告诫,此指箴文,古代一种以告诫规劝为主的有韵之文,如东汉潘勖的《符节箴》。赞:辅助,赞美,此指赞文,古代一种以赞美为主的有韵之文,如西汉司马相如的《荆轲赞》。

②缶(fǒu)对卮(zhī):缶:古代一种圆腹小口的盛酒器。卮:古代一种圆形的盛酒器。按:"缶"本为盛酒器,战国之时,秦国人也常用作乐器,可敲击成曲。东汉许慎《说文》:"缶,瓦器所以盛酒浆,秦人鼓之以节歌。"

③轻裾(jū):轻柔的衣襟。裾,衣服的前后襟。

④瑞草:仙草,吉祥之草。唐卢纶《奉和圣制麟德殿宴百僚》:"玉栏丰瑞草,金陛立神羊。"

⑤流涕策:情感悲痛的策书。涕,眼泪。典出西汉贾谊《治安策》:"臣窃惟事势,可为痛哭者一,可为流涕者二,可为长太息者六,若其它背理而伤道者,难遍以疏举。"

⑥断肠诗:南宋女词人朱淑真有《断肠诗集》《断肠词》传世,此泛指风格凄婉幽怨,读之令人哀痛无限的诗。断肠,形容极

度悲痛,如肠子被割断一样。

⑦云中熊虎将:云中:秦汉时北方有云中郡,在今内蒙古托克托县东北。熊虎将:比喻十分勇猛的将领。

⑧天上凤凰儿:有的版本作"天上凤麟儿",亦可。如作"凤麟儿",当化用唐杜甫《徐卿二子歌》"孔子释氏亲抱送,并是天上麒麟儿"之句。译文从"凤凰儿"。

⑨"禹庙千年"句:典出唐杜甫《禹庙》:"禹庙空山里,秋风落日斜。荒庭垂橘柚,古屋画龙蛇。……"

⑩"尧阶三尺"句:典出《史记·李斯列传》:"尧之有天下也,堂高三尺,采椽不斫,茅茨(cí)不翦。"后以"茅茨不翦"喻指崇尚俭朴,不事修饰。茅茨:茅草盖的屋顶。按:《韩非子·五蠹》亦载"尧阶茅茨"之事,然未言"三尺",故不取。《韩非子·五蠹》:"尧之王天下也,茅茨不翦,采椽不斫。"

⑪"湘竹含烟"二句:湘竹:详见本书上卷"三江"第二段注释⑩。玳瑁(dài mào):爬行纲海龟科的海洋动物。形状似龟,背壳有斑纹,四肢呈鳍足状。甲片黄褐色,有黑斑,光润美丽,可作装饰品,也可入药。此处之"玳瑁"特指用玳瑁甲壳制成的装饰品

【译文】箴文与赞文相对,酒缶与酒卮相对。萤火虫发出的微光与春蚕吐出的细丝相对。轻柔的衣襟与宽大的衣袖相对,瑞草与灵芝相对。情感沉痛、读之令人流泪的策文与语言哀伤、读后令人断肠的诗词相对。喉舌与腰肢相对。云中郡里有大批的勇猛将领,天空之中降下无数的凤凰子孙。大禹庙伫立千年,荒凉的庙院内有几棵果实累累的橘柚;尧屋前的台阶高及三尺,屋顶上未经修剪的茅草已逐渐盖上台阶。烟雾轻笼着湘竹,看起来像女子腰下的

轻纱笼罩着玳瑁;细雨润湿了海棠,看起来像少女脸上的清泪沾湿了胭脂。

争对让,望对思。野葛对山栀①。仙风对道骨②,天造对人为。专诸剑③,博浪椎④。经纬对干支⑤。位尊民物主⑥,德重帝王师⑦。望切⑧不妨人去远,心忙无奈马行迟。金屋闭来,赋乞茂陵题柱笔⑨;玉楼成后,记须昌谷负囊词⑩。

【注释】①野葛对山栀(zhī):野葛:野外的藤葛。葛,一种藤本植物,茎长二三丈,可缠绕他物之上。"葛"在平水韵里属入声"七曷",故此处"野葛"可与"山栀"相对。山栀:山中的栀木。栀,一种常绿灌木,夏季开白花,有浓香,果实椭圆,色黄,可入药,也可做染料。

②仙风对道骨:仙风:仙人的风度。道骨:修道之人的气概。今有成语"仙风道骨",形容人的风骨神采超凡脱俗、与众不同。

③专诸剑:指春秋时刺客专诸将短剑藏于鱼腹中而刺杀吴王僚之事。事见《史记·刺客列传·专诸》:"酒既酣,公子光佯为足疾,入窟室中,使专诸置匕首鱼炙之腹中而进之。既至王前,专诸擘鱼,因以匕首刺王僚,王僚立死。左右亦杀专诸,王人扰乱。"专诸:春秋时刺客,吴国堂邑(今江苏六合县)人。曾受吴公子光指使刺杀吴王僚。虽刺杀成功,但他自己也被吴王僚的手下所杀。

④博浪椎:指张良命力士在博浪沙以一百二十斤铁椎狙击秦始皇之事。事见《史记·留侯世家》:"留侯张良者,其先韩人也。……秦灭韩……悉以家财求客刺秦王,为韩报仇……良尝学礼淮阳(在

淮阳学习礼法)。东见仓海君(秦时东夷秽国的一位君主)。得力士,为铁锥重百二十斤。秦皇帝东游,良与客狙击秦始皇博浪沙中,误中副车(皇帝的从车)。秦皇帝大怒,大索天下,求贼甚急,为张良故也。良乃更名姓,亡匿(逃跑并躲藏起来)下邳。"博浪:即博浪沙,地名,在今河南省原阳县城东郊。

⑤经纬对干支:经纬:织物的纵线(经)和横线(纬)。也指道路,南北为"经",东西为"纬"。干支:即天干地支。中国古人以天干、地支的搭配来纪年、月、日、时,称"干支纪法"。干,天干,又称"十天干",依次为甲、乙、丙、丁、戊、己、庚、辛、壬、癸。支,地支,又名"十二地支",依次为子、丑、寅、卯、辰、巳、午、未、申、酉、戌、亥。两者按固定的顺序互相配合,组成了中国特有的历法——干支纪法。

⑥民物主:人民与万物的主人,借指君王或地方官。民物,泛指人民、万物。东汉蔡邕《陈太丘碑》:"神化着于民物,形表图于丹青。"

⑦帝王师:帝王的老师。北宋王禹偁(chēng)《太师中书令魏国公册赠尚书令追封真定王赵挽歌·其十》:"何处更求廊庙器,是谁重作帝王师。"

⑧望切:殷切地张望。切,殷切,深切。

⑨"金屋闭来"二句:指西汉时陈皇后失宠,别居长门宫,奉百金请司马相如为《长门赋》,武帝见赋而回心转意之事。事见《<长门赋>序》:"孝武皇帝(汉武帝刘彻)陈皇后(即陈阿娇),时得幸,颇妒。别在长门宫,愁闷悲思。闻蜀郡成都司马相如天下工为文,奉黄金百斤,为相如、文君取酒(买酒),因于解悲愁之辞。而相如为文以

悟主上,陈皇后复得亲幸。"金屋:事见《汉武帝故事》:"年四岁,立为胶东王。数岁,长公主嫖(指刘嫖,汉武帝的姑母)抱置膝上,问曰:'儿欲得妇不?'胶东王曰:'欲得妇。'长主指左右长御(宫女之长)百余人,皆云不用。末指其女问曰:'阿娇好不?'于是乃笑对曰:'好!若得阿娇作妇,当作金屋贮之也。'长主大悦;乃苦要上(请求皇上。上,指汉景帝),遂成婚焉。"茂陵:即司马相如。司马相如病退后,闲居茂陵,故称。题柱:事见晋常璩《华阳国志·蜀志》:"蜀郡,州治,属县六……城北十里有晒壬桥,有送客观。司马相如初入长安,题其门曰:'不乘赤车驷马,不过汝下也!'。"按:查《史记》《汉书》,陈皇后被废后并未重新得宠,《〈长门赋〉序》所载乃无稽之谈也。

⑩"玉楼成后"二句:指李商隐为李贺作传,言其临死之际,受天帝所召,去天上为新建成的白玉楼作记之事。事见唐李商隐《李贺小传》:"……恒从小奚奴(奴仆的贱称),骑距驴(驴子的一种),背一古破锦囊,遇有所得,即书投囊中。及暮归,太夫人使婢受囊出之,见所书多,辄曰:'是儿要当呕出心乃始已尔!'上灯,与食,长吉从婢取书,研墨叠纸足成之,投他囊中。……长吉将死时,忽昼见一绯衣人(穿红衣服的人),驾赤虬,持一板书若太古篆或霹雳石文者(上面写着远古的篆体字或石鼓文),云:'当召长吉。'长吉了不能读,欻(xū,忽然,迅速)下榻叩头,言阿弥(我母亲)老且病,贺不愿去。绯衣人笑曰:'帝成白玉楼,立召君为记。天上差乐,不苦也!'长吉独泣,边人尽见之。少之,长吉气绝。"昌谷:即中唐诗人李贺,字长吉。因其为河南府福昌县昌谷乡(今河南省宜阳县)人,故后世称他为"李昌谷"。负囊:背负锦囊。

【译文】争夺与谦让相对,望与思相对。野外的藤葛与山中的栀木相对。仙人的风度与道人的气概相对,天造与人为相对。专诸藏在鱼腹中刺杀吴王僚的短剑与张良在博浪沙命力士投掷的大椎相对。经线纬线与天干地支相对。地位尊贵是百姓和万物的主人,品德高尚是皇帝与君王的老师。殷切地眺望不能阻止离人远去,慌急的心情无法奈何马行缓慢。金屋的门长闭着,陈皇后请求司马相如施展题柱之才为自己写作《长门赋》;白玉楼建成之后,天帝需要诗人李贺运用鬼才之笔为玉楼作记。

五　微

　　贤对圣,是对非。觉奥对参微①。鱼书对雁字②,草舍对柴扉③。鸡晓唱,雉④朝飞。红瘦对绿肥⑤。举杯邀月饮⑥,骑马踏花归⑦。黄盖能成赤壁捷⑧,陈平善解白登危⑨。太白书堂,瀑泉垂地三千丈⑩;孔明祠庙,老柏参天四十围⑪。

　　【注释】①觉奥对参微:觉奥:领悟深奥的道理。参微:探究精微的道理。

　　②鱼书对雁字:鱼书:指书信。古人常将书信夹在鲤鱼形的木板中寄出(后演变为将书信结成双鲤形),故名"鲤书"或"鱼书"。语本《乐府诗集·饮马长城窟行》:"客从远方来,遗我双鲤鱼(鲤鱼形的信匣由一底一盖组成,打开即成双鲤鱼)。呼儿烹鲤鱼,中有尺素书。"雁字:代指书信。典出《汉书·苏武传》:"汉求武等,匈奴诡言武死。后汉使复至匈奴,常惠(人名,苏武侍从)请其守者与俱,得夜见汉使。具自陈过。教使者谓单于,言天子射上林(即上林苑)中,得雁,足有系帛书,言武等在荒泽中。使者大喜,如惠语以让单于。单于视左右而惊,谢汉使曰:'武等实在。'"意为汉朝寻求苏

武等人，匈奴谎称苏武已死。后来汉朝使者又到匈奴，常惠请求看守他的人同他一起去见汉使。常惠见到汉使，述说了这几年在匈奴的情况，并让汉使对匈奴单于说："天子在上林苑中射猎，射得一只大雁，脚上系着帛书，上面说苏武等人在大泽中。"汉使大喜，按照常惠所教的话去质问单于。单于闻言惊恐，向汉使道歉说："苏武等人的确还活着。"于是把苏武等人放归汉朝。后遂以"雁书""雁字"等代称书信。

③草舍对柴扉：草舍：茅屋，代指简陋的居所。柴扉：柴门，代指贫寒的家园。扉，门。

④雉（zhì）：野鸡。

⑤红瘦对绿肥：红瘦：红花凋谢。绿肥：绿叶繁茂。以"瘦"言"红"，以"肥"言"瘦"，皆拟人手法。南宋李清照《如梦令》："试问卷帘人，却道海棠依旧。知否？知否？应是绿肥红瘦。"

⑥举杯邀月饮：语出唐李白《月下独酌》"举杯邀明月，对影成三人。"

⑦骑马踏花归：语出唐人词句："拂石坐来衫袖冷，踏花归去马蹄香。"南宋蔡梦弼《杜工部草堂诗话·卷一》引杨湜《古今词话》："蜀人《将进酒》，尝以为少陵诗，作《瑞鹧鸪》唱之：'昔时曾从汉梁王，濯锦江边醉几场。拂石坐来衫袖冷，踏花归去马蹄香。当初酒贱宁辞醉，今日愁来不易当。暗想旧游浑似梦，芙蓉城下水茫茫。'"

⑧"黄盖"句：指赤壁之战时，黄盖假意投降，以装满膏油、柴草的小船冲入曹军船队，借风纵火之事。典出《三国志·吴书·周瑜传》："瑜部将黄盖曰：'今寇众我寡，难与持久。然观操军船舰，首

尾相接,可烧而走也。'乃取蒙冲斗舰(古代一种装备精良的战船)数十艘,实以薪草(柴草),膏油灌其中。裹以帷幕,上建牙旗(旗竿上饰有象牙的大旗),先书报曹公,欺以欲降。又豫备走舸(预备逃走的小船),各系大船后,因引次俱前。曹公军吏士皆延颈观望(伸着脖颈观望),指言盖降。盖放诸船,同时发火。时风盛猛,悉延烧岸上营落。顷之。烟炎张天,人马烧溺死者甚众,军遂败退,还保南郡。"黄盖:字公覆,三国时吴国名将。赤壁之战时,曾前往曹营诈降,并趁机纵火大破曹军,是赤壁之战的主要功臣之一。官至偏将军、武陵太守。赤壁:指赤壁之战。关于赤壁之战发生的地点,历来说法颇多,较为公认的是在湖北省赤壁市(原蒲圻市)赤壁镇的赤壁山。

⑨"陈平"句:指公元前200年汉高祖刘邦出击匈奴,被匈奴围困白登山,后用陈平之计方得脱险之事。典出《史记·韩信卢绾列传》:"上出白登(山名,在今山西大同城东),匈奴骑围上,上乃使人厚遗阏氏(匈奴冒顿单于的皇后)。阏氏乃说冒顿曰:'今得汉地,犹不能居;且两主不相戹(即"相厄",互相困辱,彼此妨碍。戹,读è,同"厄")。'居七日,胡骑稍引去。时天大雾,汉使人往来,胡不觉。护军中尉陈平言上曰:'胡者全兵(匈奴人都用长枪弓箭。全兵,只有弓矛等兵器而无杂仗),请令强弩傅两矢外向(请命令士兵每张强弩朝外搭两支利箭),徐行出围(慢慢地撤出包围)。'入平城(今山西大同市),汉救兵亦到,胡骑遂解去。"陈平:西汉开国功臣,汉高祖刘邦的重要谋士之一。容貌俊美,足智多谋,善出奇策。刘邦被困白登时,用其计策,重贿冒顿单于的阏氏,方得解围。曾官护军中尉、郎中令、左右丞相,封曲逆侯。

⑩"太白书堂"二句：太白书堂：在庐山香炉峰下，相传安史之乱时李白曾在此隐居读书。太白，即李白，字太白，号青莲居士。瀑泉垂地三千丈：语出李白《望庐山瀑布》："日照香炉生紫烟，遥看瀑布挂前川。飞流直下三千尺，疑是银河落九天。"

⑪"孔明祠庙"二句：孔明祠庙：指武侯祠，在今四川成都市武侯区。孔明，即诸葛亮，字孔明，号卧龙，在世时被封为'武乡侯'，死后追谥为'忠武侯'，故后世常以"武侯"或"诸葛武侯"尊称之。老柏参天四十围：语本杜甫《古柏行》："孔明庙前有老柏，柯如青铜根如石。霜皮溜雨（形容柏皮光滑）四十围，黛色参天二千尺。"四十围：四十人合抱。围，量词，两臂合拢的长度。

【译文】贤与圣相对，是与非相对。领悟深奥的道理与探究精微的事物相对。鱼书与雁字相对，草屋与柴门相对。雄鸡在黎明时报晓与野鸡在清晨时跳飞相对。红花凋谢与绿叶繁茂相对。举起酒杯邀请明月共饮，跨骑骏马踏着落花归来。黄盖假意投降成就赤壁大捷，陈平善出奇谋解除白登之围。李白的读书堂旁，有三千丈高的瀑布飞流落地；诸葛武侯的祠庙里，有四十围粗的古柏高耸入天。

戈对甲①，幄对帏②。荡荡对巍巍③。严滩对邵圃④，靖菊对夷薇⑤。占鸿渐⑥，采凤飞⑦。虎榜对龙旂⑧。心中罗锦绣⑨，口内吐珠玑⑩。宽宏豁达高皇量⑪，叱咤喑哑霸主威⑫。灭项兴刘，狡兔尽时走狗死⑬；连吴拒魏，貔貅屯处卧龙归⑭。

【注释】①戈对甲：戈：古代的一种长柄横刃兵器。甲：铠甲。

②幄(wò)对帏(wéi)：幄：帐幕。帏：帐帘。

③荡荡对巍巍：荡荡：广远的样子。《尚书·洪范》："无偏无党，王道荡荡。"巍巍：高大的样子。《论语·泰伯》："巍巍乎！舜禹之有天下也，而不与焉。"

④严滩对邵圃：严滩：又名"严陵濑(lài)"，在浙江桐庐县南，相传为东汉严光隐居垂钓之处。《后汉书·逸民传·严光》："严光字子陵……少有高名，与光武(即光武帝刘秀)同游学。及光武即位，乃变名姓，隐身不见。帝思其贤，乃令以物色访之。……除为谏议大夫，不屈，乃耕于富春山，后人名其钓处为严陵濑焉。"邵圃：秦代东陵侯邵平在秦亡后，种瓜于长安城东，其瓜园被人称为"邵圃"或"邵园"。圃，种植菜蔬、花草、瓜果的园子。《史记·萧相国世家》："召平(即邵平)者，故秦东陵侯。秦破，为布衣，贫，种瓜于长安城东，瓜美，故世俗谓之'东陵瓜'，从召平以为名也。"后遂以"邵园""邵圃""邵平园""邵平圃"等作为感叹故园变迁的典故。

⑤靖菊对夷薇：靖菊：东晋诗人陶潜谥"靖节"，人称"靖节先生"。其生平爱菊，曾作有"采菊东篱下，悠然见南山"的诗句，故此处以"靖菊"言之。夷薇：商末周初之时，伯夷、叔齐耻食周粟，隐居首阳山，采薇而食，故此处以"夷薇"言之。薇，一种野菜。《史记·伯夷列传》："武王已平殷乱，天下宗周，而伯夷、叔齐耻之，义不食周粟，隐于首阳山，采薇而食之。及饿且死，作歌。其辞曰：'登彼西山兮，采其薇矣。以暴易暴兮，不知其非矣。神农、虞(指虞舜)、夏(指夏禹)忽焉没兮，我安适归矣？于嗟徂(cú，过往，逝)兮，命之衰矣！'遂饿死于首阳山。"

⑥占鸿渐：语出《周易·渐卦》："初六，鸿渐于干（水边）……六二，鸿渐于磐（大石）……九三，鸿渐于陆（陆地）……六四，鸿渐于木……九五，鸿渐于陵（大土山）。"占，占卜。鸿渐，指鸿雁从低到高、循序渐进的飞翔。唐孔颖达疏："……渐进之道自下升高，故取譬鸿飞自下而上也。"

⑦采凤飞：典出《史记·田敬仲完世家》："齐懿仲（当时齐国的大夫）欲妻完（即陈完，陈厉公之子），卜之，占曰：'是谓凤皇于𪅀（即凤凰于飞，凤和凰相偕而飞。皇同"凰"，𪅀同"飞"），和鸣锵锵（qiāngqiāng，象声词，形容乐声洪亮清越）。'"故事讲的是春秋时陈国内乱，陈厉公的儿子田完（因陈国为田氏所统治，故称）为了躲避灾祸而逃到齐国，齐国当时的大夫齐懿仲想把女儿嫁给他，于是就找人来占卜，卜辞中有"凤皇于𪅀，和鸣锵锵"的吉祥之语，于是，齐懿仲就把女儿嫁给了田完。按：此句有的版本作"卜凤飞"，从与前句的对仗来看，作"卜凤飞"更为适宜。译文从"卜凤飞"。

⑧虎榜对龙旂（qí）：虎榜：又称"龙虎榜"。唐贞元八年，欧阳詹与韩愈、李绛等俊杰同时中第，时称"龙虎榜"。典出《新唐书·文艺列传下·欧阳詹》："举进士，与韩愈、李观、李绛、崔群、王涯、冯宿、庾承宣联第，皆天下选，时称'龙虎榜'。"后遂以"龙虎榜"代指进士榜（清代则专称武科进士榜为"虎榜"）。榜，张贴出来的文告或名单。龙旂：绣有龙的旗帜。旂，旗。按："龙旂"有的版本作"龙旗"，误。"旗"字在上平"四支"韵，不在上平"五微"韵，故此处当作"龙旂"。

⑨锦绣：精美鲜艳的丝织品，比喻美好的事物。

⑩珠玑（jī）：珍珠的统称。圆者为珠，不圆者为玑。此处比喻

优美的诗文或词藻。元无名氏《醉写赤壁赋》第一折:"夫人闻知苏轼胸怀锦绣,口吐珠玑,有贯世之才。"

⑪"宽宏豁达"句:语本《史记·高祖本纪》:"仁而爱人,喜施,意豁如也。常有大度,不事家人生产作业。"豁达:心胸开阔,性格开朗。高皇:指汉高祖刘邦。详见本书上卷"二冬"第三段注释⑩。

⑫"叱咤喑(yīn)哑"句:语本《史记·淮阴侯列传》:"项王喑哑叱咤,千人皆废。"叱咤:发怒斥喝。喑哑:发怒吼叫。霸王:指项羽,名籍,字羽。早年跟随叔父项梁起义反秦,项梁阵亡后,率军渡河援救赵王歇。于巨鹿之战击破秦军主力,灭亡秦国。秦亡后自称西楚霸王,定都彭城(今江苏徐州市),大封灭秦功臣及拥立六国贵族为王。后与刘邦发生楚汉之争,终为刘邦所灭。公元前202年,被困垓下,突围至乌江,自刎而死。

⑬"灭项兴刘"二句:指西汉开国功臣韩信帮助刘邦灭掉项羽建立汉朝后,反遭杀害之事。事见《史记·淮阴侯列传》:"信持其首(韩信拿着钟离眜的首级。钟离眜,韩信部将,曾劝韩信谋反),谒高祖于陈。上令武士缚信,载后车。信曰:'果若人言:"狡兔死,良狗烹;高鸟尽,良弓藏;敌国破,谋臣亡。"天下已定,我固当烹!'上曰:'人告公反。'遂械系(戴上镣铐,拘禁起来)信。"狡兔:狡猾的兔子,代指猎物。走狗:猎狗。按:"狡兔死"诸语本春秋时越国大夫范蠡所说,韩信所言不过引用而已。《史记·越王勾践世家》:"范蠡遂去,自齐遗(送,致)大夫种书曰:'蜚(同"飞")鸟尽,良弓藏;狡兔死,走狗烹。越王为人长颈鸟喙,可与共患难,不可与共乐。子何不去?'种见书,称病不朝。人或谗种且作乱,越王乃赐种

剑曰:'子教寡人伐吴七术,寡人用其三而败吴,其四在子,子为我从先王试之。'种遂自杀。"

⑭"连吴拒魏"二句:指赤壁之战前,诸葛亮前赴东吴说服孙权联合抗击曹军之事。事见《三国志·蜀书·诸葛亮传》:"先主至于夏口,亮曰:'事急矣,请奉命求救于孙将军。'时权拥军在柴桑,观望成败……亮曰:'……今将军诚能命猛将统兵数万,与豫州(指刘备。刘备曾任豫州刺史,故称"刘豫州")协规同力,破操军必矣。操军破,必北还,如此则荆、吴之势强,鼎足之形成矣。成败之机,在于今日。'权大悦,即遣周瑜、程普、鲁肃等水军三万,随亮诣(yì,到)先主,并力拒曹公。曹公败于赤壁,引军归邺。"貔貅(pí xiū):传说中的猛兽,此处比喻勇猛的将士。所谓"貔貅屯处"代指猛将聚集的东吴之地。卧龙:比喻隐居而未显达的旷世奇才,此指诸葛亮,字孔明,号卧龙。《三国志·蜀书·诸葛亮传》:"(徐庶)谓先主曰:'诸葛孔明者,卧龙也。将军岂愿见之乎?'"

【译文】戈矛与铠甲相对,帐幕与帐帘相对。荡荡意为"广远"与巍巍意为"高大"相对。严光的垂钓之处与邵平的种瓜之园相对,陶靖节种菊自乐与伯夷叔齐采薇而食相对。占卜到"鸿渐"是地位上升的预兆,占卜到"凤飞"是婚姻美满的象征。虎榜与龙旗相对。心中富有锦绣般的文采,口中吐出珠玉般的言辞。宽宏豁达表现出高祖刘邦的器量,叱咤喑哑显示出霸王项羽的雄威。韩信帮助刘邦灭掉项羽建立汉朝后,就像人们所说的"狡兔死,良狗烹"一样被诛杀了;诸葛亮辅佐刘备为了联合孙吴共抗曹魏,只身来到猛将如云的江东竭力进行游说。

衰对盛，密对稀。祭服对朝衣①。鸡窗对雁塔②，秋榜对春闱③。乌衣巷④，燕子矶⑤。久别对初归。天姿真窈窕⑥，圣德⑦实光辉。蟠桃紫阙来金母⑧，岭荔红尘进玉妃⑨。灞上军营，亚父丹心撞玉斗⑩；长安酒市，谪仙狂兴换银龟⑪。

【注释】①祭服对朝衣：祭服：祭祀时穿的礼服。朝衣：上朝时穿的礼服。

②鸡窗对雁塔：鸡窗：典出南朝宋刘义庆《幽明录》："晋兖州刺史沛国宋处宗，尝买得一长鸣鸡，爱养甚至，恒笼著窗间，鸡遂作人语，与处宗谈论，极有言致（言语的情趣），终日不辍。处宗因此言巧大进。"意为晋兖州刺史宋处宗买得一长鸣鸡，长期养于笼中，放置在窗旁，久而久之鸡竟然能与人谈话。宋处宗终日与鸡谈论不止，因此辩论能力大进。后遂以"鸡窗"指书斋之窗。雁塔：也称"大雁塔"，在今陕西西安城南慈恩寺中。本是大唐玄奘法师为贮藏从印度取回的经像而建立的一座佛塔，自神龙元年（公元705年）以后，唐代故事，凡进士及第，皆列名于此塔，谓之"雁塔题名"。五代王定保《唐摭言》："进士题名，自神龙之后，过关宴后，率皆期集于慈恩塔下题名。"明朱国祯《涌幢小品·雁塔》："塔乃咸阳慈恩寺西浮图院也。沙门玄奘先起五层。永徽中，武后与王公舍钱重加营造，至七层，四周有缠腰。唐新进士同榜，题名塔上，有行次之列。唐韦、杜、裴、柳之家，兄弟同登，亦有雁行之列。故名'雁塔'。"

③秋榜对春闱（wéi）：古代的科举考试分为乡试、会试和殿试。乡试多在秋季八月举行，故又称"秋试""秋闱"。会试多在次年的春季二月举行，故又称"春试""春闱"。秋榜：秋试时公布的榜

单。闱：科举时代对考场、试院的称谓。

④乌衣巷：地名，在今江苏省南京市东南。最初是三国时吴国禁军的驻地。因当时的禁军皆穿黑色军服（即乌衣），故俗称此地为"乌衣巷"。东晋时王导、谢安两大家族都居住于此，人称其子弟为"乌衣郎"。唐时，乌衣巷繁华不再，渐成废墟，故中唐诗人刘禹锡有《乌衣巷》诗感叹曰："朱雀桥边野草花，乌衣巷口夕阳斜。旧时王谢堂前燕，飞入寻常百姓家。"

⑤燕子矶（jī）：地名，在今江苏省南京市北郊的观音山上。因其滨临长江，三面悬空，形似飞燕，故名"燕子矶"。矶，突出江边的岩石或小石山。

⑥天姿真窈窕（yǎo tiǎo）：天姿：超凡出众的姿容，极度美艳的姿色。窈窕：娴静美好的样子。《诗·周南·关雎》："窈窕淑女，君子好逑。"

⑦圣德：崇高的道德，多用于称赞圣人和帝王的德行。唐杜甫《哀王孙》："窃闻天子已传位，圣德北服南单于。"

⑧"蟠桃紫阙"句：指西汉武帝好长生之术，曾于七月七日夜，装饰宫殿，迎接西王母，后西王母至，呼帝共坐，并与帝分食仙桃之事。典出《汉武帝内传》："至七月七日，乃修除宫掖（宫廷，皇宫。掖，读yè，宫中的旁舍，妃嫔居住的地方）之内，设座殿上，以紫罗荐地，燔百和之香，张云锦（织有云纹图案的锦）之帐，然九光之灯，设玉门之枣，酌蒲萄之酒，躬监（亲自督办）肴物，为天官之馔。帝乃盛服立于陛下，敕端门（宫殿的正南门）之内，不得妄有窥者。……至二唱之后（夜间第二次报时后）……唯见王母乘紫云之辇，驾九色斑龙……因呼帝共坐，帝南面，向王母。母自设膳，膳精

非常。……须臾,以盘盛桃七枚,大如鸭子,形圆,色青,以呈王母。母以四枚与帝,自食三桃。桃之甘美,口有盈味。帝食辄录核。母曰:'何谓?'帝曰:'欲种之耳。'母曰:'此桃三千岁一生实耳,中夏地薄,种之不生如何!'帝乃止。"紫阙:帝王宫阙。因帝王上应紫微星,故称其宫阙为"紫阙"。金母:即西王母。西方属金,故称。

⑨"岭荔红尘"句:语出唐杜牧《过华清宫绝句》:"一骑红尘妃子笑,无人知是荔枝来。"玉妃:指唐朝杨贵妃,姓杨名玉环,号太真。杨贵妃喜吃荔枝。每年夏天,玄宗命岭南献荔枝,以飞马送至长安。

⑩"灞上军营"二句:指鸿门宴上,刘邦脱身后,张良代刘邦向项羽奉白璧一双,向范增献玉斗一双,范增怒而拔剑撞破玉斗之事。典出《史记·项羽本纪》:"沛公(指刘邦,时为沛公)已去,间至军中(从小路回到军中),张良入谢(告罪),曰:'沛公不胜杯杓(sháo),不能辞。谨使臣良奉白璧一双,再拜献大王足下;玉斗一双,再拜奉大将军足下。'项王曰:'沛公安在?'良曰:'闻大王有意督过(责罚,责备)之,脱身独去,已至军矣。'项王则受璧,置之坐上。亚父受玉斗,置之地,拔剑撞而破之,曰:'唉!竖子不足与谋。夺项王天下者,必沛公也,吾属今为之虏矣。'"灞上:地名,在今陕西省西安市东。因其在灞水以西的高原上,故名。亚父:指范增,项羽的主要谋士,被项羽尊称为"亚父"。玉斗:玉制的斗形酒器。丹心:赤诚的心。按:"丹心撞玉斗"有的版本作"愤心撞玉斗"。从典故本身及与下文的对仗来看,作"愤心"更为恰当。译文从"愤心"。

⑪"长安酒市"二句:化用"金龟换酒"之典。典出唐李白《对

酒忆贺监二首·序》:"太子宾客贺公,于长安紫极宫一见余,呼余为'谪仙人',因解金龟,换酒为乐,怅然有怀,而作是诗。"清王琦注:"金龟,盖是所佩杂玩之类,非武后朝内外官所佩之金龟也。"谪仙:指李白,字太白,号青莲居士,又号"谪仙人",是唐代伟大的浪漫主义诗人,被后人誉为"诗仙"。狂兴:狂放豪爽的兴致。按:"换银龟"有的版本作"典银龟",皆可。典,抵押换钱。

【译文】盛与衰相对,密与稀相对。祭祀时穿的礼服与上朝时穿的礼服相对。鸡窗与雁塔相对,秋榜与春试相对。乌衣巷与燕子矶相对。长久别离与才刚归来相对。娇艳的姿容娴静美好,崇高的德行光辉显耀。天上的蟠桃由西王母带到汉武帝的宫殿,岭南的荔枝由驿站的快马送到杨贵妃的面前。在灞上的军营,亚父范增愤怒地拔剑撞破了玉斗;在长安的酒市,谪仙李白豪放地解下银龟换酒。

六　鱼

　　羹①对饭，柳对榆。短袖对长裾②。鸡冠对凤尾③，芍药对芙蕖④。周有若⑤，汉相如⑥。王屋对匡庐⑦。月明山寺远，风细水亭虚。壮士腰间三尺剑⑧，男儿腹内五车书⑨。疏影暗香，和靖孤山梅蕊放⑩；轻阴清昼，渊明旧宅柳条舒⑪。

　　【注释】①羹（gēng）：用肉、蛋、菜蔬等做成的浓汤。按："羹"在上古时期一般指带汁的肉，中古以后方多指称"浓汤"。

　　②裾：衣服的前后襟。

　　③鸡冠对凤尾：此句中的"鸡冠"与"凤尾"皆有两种解释，一是取其本义，二是指鸡冠花和凤尾竹。鸡冠花：一种草本植物，夏秋季开花，花多为红色，呈鸡冠状，故称。凤尾竹：竹子的一种。因其叶子像传说中凤凰的尾羽，故称。按：从下文的"芍药对芙蕖"来看，此处的"鸡冠"与"凤尾"解释作"鸡冠花"与"凤尾竹"似乎更为恰当。

　　④芙蕖：荷花的别名。

⑤有若：字子有，春秋时鲁国人，孔子弟子，貌似孔子。孔子死后，弟子思慕，乃共立有若为师，师之如孔子时，后因事避席。按：所谓"春秋时期"在历史上通常指东周的前半期历史阶段，即公元前770年至公元前476年这段历史时期。此段历史时期，周王室尚在，故此处言"周有若"。

⑥相如：指司马相如，字长卿，蜀郡成都人，西汉辞赋家，人称"赋圣""辞宗"，代表作有《子虚赋》《上林赋》等。其与卓文君的爱情故事至今广为流传。

⑦王屋对匡庐：王屋：指王屋山，在今山西阳城、垣曲两县之间。山有三重，其状如屋，故名。匡庐：即庐山，在今江西九江庐山市境内。相传殷周之际有匡俗兄弟七人结庐于此，故称。

⑧三尺剑：古代的剑多长三尺，故称。《史记·高祖本纪》："吾以布衣提三尺剑取天下，此非天命乎？"

⑨五车书：形容读书很多，学问渊博。典出《庄子·天下》："惠施（人名，战国思想家）多方，其书五车。"

⑩"疏影暗香"二句：疏影暗香：语出北宋林逋《山园小梅》："疏影横斜水清浅，暗香浮动月黄昏。"和靖：即林逋，字君复，卒谥"和靖"，北宋钱塘人。性恬淡好古，隐居西湖孤山，终生不仕不娶，以植梅养鹤为乐，自谓"以梅为妻，以鹤为子"，世称"梅妻鹤子"。著有《和靖诗集》《西湖纪逸》等。孤山：山名，在今杭州西湖的西北角。因其四面环水，一山独特，故名"孤山"。

⑪"轻阴清昼"二句：轻阴：疏淡的树荫。清昼：清爽的白天。渊明：即东晋诗人陶渊明，又名陶潜，号"五柳先生"，卒谥"靖节"。诗名尤高，人称'隐逸诗人之宗'。有《陶渊明集》传世。旧宅柳条

舒:典出陶渊明《五柳先生传》:"先生不知何许人也,亦不详其姓字,宅边有五柳树,因以为号焉。"

【译文】羹与饭相对,柳树与榆树相对。短袖与长襟相对。鸡冠花与凤尾竹相对,芍药与荷花相对。东周的有若与西汉的司马相如相对。王屋山与匡庐山相对。月色明亮,远处的山寺隐约可见;轻风微细,空敞的水亭清爽怡人。壮士腰间挂有三尺长剑,男儿腹内藏有五车诗书。疏影横斜、暗香浮动,林和靖在孤山种植的梅花开放了;树荫轻淡、白昼清爽,陶渊明在旧宅旁栽种的柳树其枝叶已经舒展。

吾对汝[①],尔对余。选授对升除[②]。书箱[③]对药柜,耒耜对耰锄[④]。参虽鲁[⑤],回不愚[⑥]。阀阅对阎闾[⑦]。诸侯千乘国[⑧],命妇七香车[⑨]。穿云采药闻仙子[⑩],踏雪寻梅策蹇驴[⑪]。玉兔金乌,二气精灵为日月[⑫];洛龟河马,五行生克在图书[⑬]。

【注释】①吾对汝:吾:与下文的"余"皆是第一人称代词"我"的意思。汝:与下文的"尔"皆是第二人称代词"你"的意思。

②选授对升除:选授:选定人才后授予官职。升除:升迁后任新的官职。除,任命官职。

③书箱:有的版本作"书橱",亦可。

④耒耜(lěi sì)对耰(yōu)锄:耒耜:耒和耜,皆古代的翻土农具。一说耜是古代的翻土农具,耒是耜上的木曲柄。耰锄:耰和锄,前者是弄碎土块、平整土地的农具,后者是松土及除草的农具。一说耰是锄上木柄。

⑤参虽鲁：语出《论语·先进》："柴也愚，参也鲁（迟钝），师也辟（同'僻'，偏激），由也喭（yàn，鲁莽，刚烈）。"这是孔子对高柴（字子羔）、曾参（（zēng shēn，字子舆）、颛孙师（字子张。颛，读zhuān）、仲由（字子路）四个弟子的评价，即高柴愚笨，曾参迟钝，颛孙师偏激，仲由鲁莽。参：指曾参，孔子弟子，春秋时鲁国武城（在今山东省费县西南）人。以修身和孝行著称，后世尊称其为"宗圣"。

⑥回不愚：语出《论语·为政》："子曰：'吾与回言终日，不违（不提相反的意见和问题）如愚。退而省其私（考察他私下的言行），亦足以发，回也不愚。'"意为孔子说："我整天给颜回讲学，他从来不提反对意见和疑问，像个蠢人。课后我考察他私下的言行，发现他对我所讲授的内容很能发挥，可见颜回并不是愚笨的。"回：指颜回，字子渊，孔子弟子，十分贤德好学，后世尊称其为"复圣"。

⑦阀阅对阎闾（yán lú）：阀阅：本指仕官人家为自序功绩而树立在门外的柱子（在左曰阀，在右曰阅），后借指祖先有功业的世家大族。阎闾：本指里巷内外的门，后借指里巷或平民、民间。闾，里巷的大门。阎，里巷的中门。按：阀，今读fá，在平水韵里属入声"六月"。

⑧诸侯千乘（shèng）国：诸侯：古代帝王所分封的各国君主。在其辖区内，拥有军政大权。千乘国：拥有一千辆兵车的国家。春秋时，指中等或较大的诸侯国。乘，古代用四匹马拉的兵车。《论语·学而》："子曰：'道（同"导"，领导，治理）千乘之国，敬事而信，节用而爱人，使民以时。'"

⑨命妇七香车：命妇：古代有封号的妇女，一般是宫中嫔妃和

官员的妻、母才能获得封号。七香车：用多种香料涂饰或用多种香木制作的车，亦泛指华美的车。唐白居易《石上苔》："路傍凡草荣遭遇，曾得七香车辗来。"

⑩"穿云采药"句：指传说东汉明帝时，剡县刘晨、阮肇入天台山采药，得遇仙女，居留半年，回家时发现亲旧零落，邑屋改异，已传到七世孙之事。事见南朝宋刘义庆《幽明录》："汉明帝永平五年，剡县刘晨、阮肇共入天台山取谷皮，迷不得返……逆流二三里，得度山出一大溪，溪边有二女子，姿质妙绝……因邀还家……至暮，令各就一帐宿，女往就之，言声清婉，令人忘忧。十日后欲求还去，女云：'君已来是（来到此地），宿福（前世注定的福分）所牵，何复欲还邪？'遂停半年。……既出，亲旧零落，邑屋改异，无复相识。问讯得七世孙，传闻上世入山，迷不得归。"

⑪"踏雪寻梅"句：相传唐朝诗人孟浩然经常骑着驴子在风雪之中寻梅觅诗。事见元阴时夫《韵府群玉》："孟浩然尝于灞水冒雪骑驴寻梅花，曰：'吾诗思在风雪中驴子背上。'"策：本义指头上有尖刺的竹制马鞭，此处用作动词，指鞭打、驱使。蹇（jiǎn）驴：跛足驴。蹇，跛，行走困难。按："吾诗思在灞桥风雪中驴背上"之言本唐朝诗人郑綮（qǐ）所说。事见北宋孙光宪《北梦琐言》："或曰：'相国（指郑綮，唐昭宗时任宰相，有诗名）近有新诗否？'对曰：'诗思在灞桥风雪中驴子上，此处何以得之？'"因郑綮之诗对后世影响不大，故后人便将此事附会在著名诗人孟浩然的身上。如前引元阴时夫《韵府群玉》云云。又如元费唐臣《贬黄州》第二折："为不学乘槎浮海鸥夷子，生扭做踏雪寻梅孟浩然。"明程羽文《诗本事·诗思》："孟浩然诗思在灞桥风雪中驴子背上。"《金瓶梅词话》第

二十回:"知你许久不曾进里边看桂姐,今日趁着天气落雪,只当孟浩然踏雪寻梅,咱望他望去。"明张岱《夜航船卷一·天文部》:"孟浩然情怀旷达,常冒雪骑驴寻梅,曰:'吾诗思在灞桥风雪中驴背上。'"可知自元代起,一说到"踏雪寻梅",人们便自然而然地将其与孟浩然扯上了关系。

⑫"玉兔金乌"二句:玉兔:白兔。古代传说月亮里有白兔,亦代指月亮。金乌:金色乌鸦。古代传说太阳中有一只黑色的三足乌鸦被金光闪烁的红日光包围,故称"金乌"或"三足金乌",亦代指太阳。二气:阴气和阳气。古人认为万物都由阴阳二气化成,日和月是由阴阳二气的精华集结而成,故又称日为"太阳",月为"太阴"。东汉许慎《说文》:"日,太阳之精也。"又:"月,太阴之精也。"精灵:精灵之气。古人认为是形成万物的本原。

⑬"洛龟河马"二句:洛龟:相传大禹治水时,有神龟自洛水负书而出,大禹据此制定治理国家的九类大法。洛,洛水,黄河下游支流,主河段位于河南洛阳。河马:相传伏羲之时,有龙马自黄河中出而献图,伏羲据之画成八卦。马,此指龙马,神话传说中兼具龙、马形态的动物。五行:古人把宇宙万物划分为木、火、土、金、水五种基本性质的事物,并把它们称之为"五行"。《尚书·洪范》:"五行:一曰水,二曰火,三曰木,四曰金,五曰土。水曰润下(向下滋润),火曰炎上(向上燃烧),木曰曲直(弯曲,舒张),金曰从革(成分致密,善分割),土爰稼穑(播种收获)。润下作咸,炎上作苦,曲直作酸,从革作辛,稼穑作甘。"五行生克:古人认为五行之间存在着相生相克的规律,即"木生火,火生土,土生金,金生水,水生木","木克土,土克水,水克火,火克金,金克木"。相生,互相滋

生,促进助长。相克,互相制约、克制抑制。图书:河图和洛书。

【译文】吾与汝相对,尔与余相对。选定后授职与升迁后任职相对。书箱与药柜相对,用作翻土的农具"耒耜"与用作松土的农具"耰锄"相对。曾参虽然迟钝与颜回并不愚笨相对。世家大族与里巷平民相对。分封的诸侯占据拥有千辆兵车的国家,受封的妇人乘坐七种香料涂饰的马车。有人上山采药遇到仙女,有人骑着跛驴踏雪寻梅。月亮太阳,由阴阳二气的精华集结而成;河图洛书,记载着五行相生相克的道理。

欹①对正,密对疏。囊橐对苞苴②。罗浮对壶峤③,水曲对山纡④。骖鹤驾⑤,侍鸾舆⑥。桀溺对长沮⑦。搏虎卞庄子⑧,当熊冯婕妤⑨。南阳高士吟梁父⑩,西蜀才人赋子虚⑪。三径风光,白石黄花供杖履⑫;五湖烟景,青山绿水在樵渔⑬。

【注释】①欹(qī):歪斜,倾斜。

②囊橐对苞苴(bāo jū):囊橐:泛指口袋。小而无底者曰橐,大而有底者曰囊。苞苴:本指用苇或茅编织成的包裹鱼肉之类食品的用具,泛指包裹、蒲包。苞,苞草。苴,一种野草。按:橐,今读tuó,在平水韵里属于入声"十药",故此处"囊橐"可与"苞苴"相对。

③罗浮对壶峤:罗浮:指罗浮山,在今广东惠州博罗县西北。相传此山乃罗山与浮山相合而成。《艺文类聚·卷七》引《罗浮山记》曰:"罗,罗山也;浮,浮山也。二山合体,谓之罗浮。"壶峤:传说中仙山方壶、员峤的并称。《列子·汤问》:"渤海之东不知几亿万里,

有大壑焉……其中有五山焉：一曰岱舆，二曰员峤，三曰方壶，四曰瀛洲，五曰蓬莱。"杨伯峻集释："《释文》云：峤，渠庙切，山锐而高也。"按：峤，今读qiáo，在平水韵里有两个音，分别属于下平"二萧"和去声"十八啸"。从与"罗浮"的对仗来看，此处应读为去声，即jiào。《康熙字典》："峤，《唐韵》《集韵》《韵会》《正韵》并渠庙切，音轿（啸韵）。"

④纡（yū）：屈曲，曲折。东汉许慎《说文》："纡，绌也，一曰萦也。"

⑤骖鹤驾：乘坐着仙鹤驾驶的车子。骖，本指驾在车子两边的马，此处用作动词，指乘、驾驭。鹤驾，仙人的车驾，亦代指太子的车驾。典出《列仙传·王子乔传》："王子乔，周灵王太子晋也。好吹笙，作凤鸣，游伊洛（伊水和洛水，多指洛阳地区）间，道士浮丘公（古代传说中的仙人）接上嵩山。十余年后，来于山上，告桓良（人名）曰：'告我家，七月七日待我缑氏山（山名，在河南省偃师县）头。'果乘白鹤驻山颠（即山巅，山顶），望之不得到，举手谢（告别）时人而去。"明管讷《题胡长史所藏风晴雨嫩墨竹四首·其二》："寻常每梦鸾笙下，彷佛遥骖鹤驾来。"

⑦侍鸾舆（yú）：侍奉帝王的车驾。有的版本作"待鸾舆"，误。侍，随侍，侍奉。鸾舆，设有鸾旗的车驾，一般为天子所乘坐。舆，车厢。

⑧桀溺对长沮："桀溺"与"长沮"皆是《论语·微子》中提到的楚国的两位隐士："长沮，桀溺耦（ǒu，两个人一起耕地）而耕，孔子过之，使子路问津焉（询问渡口在哪里。津，渡口）。"按：桀，今读jié，在平水韵里属入声"九屑"。

⑧搏虎卞庄子：指春秋时鲁国勇士卞庄子趁两虎相斗而一死一伤之际，一刺而杀两虎之事。事见《史记·张仪列传》："亦尝有以夫卞庄子刺虎闻于王者乎？庄子欲刺虎，馆竖子（旅馆中的童仆）止之，曰：'两虎方且食牛，食甘必争，争则必斗，斗则大者伤，小者死，从伤而刺之，一举必有双虎之名。'卞庄子以为然，立须（站立等待）之。有顷，两虎果斗，大者伤，小者死。庄子从伤者而刺之，一举果有双虎之功。"搏虎：打虎。卞庄子：春秋时鲁国的大夫，以勇力闻名，食邑于卞，谥庄。

⑨当熊冯婕妤（jié yú）：指西汉元帝时，帝游虎圈，有熊跑出，欲上殿，冯婕妤冲在元帝前面挡住，左右格杀熊之事。事见《汉书·外戚传下·孝元冯昭仪传》："建昭（汉元帝年号）中，上幸虎圈斗兽，后宫皆坐。熊佚出（逃出，跑出。佚，读yì，同'逸'）圈，攀槛欲上殿。左右贵人傅昭仪等皆惊走，冯婕妤直前当熊而立，左右格杀熊。上问：'人情惊惧，何故前当熊？'婕妤对曰：'猛兽得人而止，妾恐熊至御坐，故以身当之。'元帝嗟叹，以此倍敬重焉。"冯婕妤：名媛，西汉上党潞（今山西省潞安）人，左将军执金吾冯奉世之女。元帝时，入宫为婕妤。因其曾为元帝挡住跑出兽圈的熊，为帝所重，立为昭仪。哀帝时，为人诬陷，自杀。婕妤，宫中嫔妃的等级称号。

⑩"南阳高士"句：典出《三国志·蜀书·诸葛亮传》："亮躬耕陇亩，好为《梁父吟》。"南阳高士：指诸葛亮，他在《前出师表》中说自己曾"躬耕于南阳"。南阳，东汉郡名，即今河南省南阳市。梁父：即《梁父吟》，又作《梁甫吟》，乐府楚调曲名。《艺文类聚》卷十九载诸葛亮所吟《梁父吟》曰："步出齐城门，遥望荡阴（在今山东淄博临淄区一带）里。里中有三坟，累累正相似。问是谁家墓，田

疆古冶氏(指田开疆、古冶子、公孙接,三人皆齐景公手下的勇士。此句因字数限制,只提到了田开疆、古冶子)。力能排南山,又能绝地纪。一朝被谗言,二桃杀三士。谁能为此谋,相国齐晏子(指春秋时期齐国名相晏婴)。"

⑪"西蜀才人"句:指西汉蜀人司马相如撰《子虚赋》,汉武帝读后大加赞叹之事。事见《史记·司马相如列传》:"司马相如者,蜀郡成都人也,字长卿。……客游梁。梁孝王令与诸生同舍,相如得与诸生游士居数岁,乃著《子虚》之赋……居久之,蜀人杨得意为狗监(为汉武帝掌管猎狗的官),侍上。上读《子虚赋》而善之,曰:'朕独不得与此人同时哉!'得意曰:'臣邑人(同邑的人,同乡的人)司马相如自言为此赋。'上惊,乃召问相如。"西蜀才人:指司马相如,因其为蜀郡成都人,故称。子虚:指《子虚赋》,是司马相如早期客游梁孝王之时写的一篇赋文。

⑫"三径风光"二句:三径:典出东汉赵岐《三辅决录·逃名》:"蒋诩(字符卿,西汉末年人)归乡里,荆棘塞门,舍中有三径,不出,唯求仲(人名)、羊仲(人名)从之游。"后以"三径"借指归隐者的居处。东晋陶潜《归去来辞》:"三径就荒,松菊犹存。"黄花:特指菊花。杖履:手杖和鞋子,此处用作动词,引申为拄杖漫步。

⑬"五湖烟景"二句:五湖:特指太湖,古今著名风景区。春秋时,范蠡辅佐越王勾践成就霸业后,辞官归隐,乘扁舟泛五湖而去。《吴越春秋·勾践伐吴外传·勾践二十四年》:"二十四年九月丁未,范蠡辞于王……乃乘扁舟,出三江,入五湖,人莫知其所适。"唐崔涂《春夕旅怀》:"自是不归归便得,五湖烟景有谁争。"按:"在樵渔"有的版本作"任樵渔",从意义上来说,"任"字更好,故译文从

"任"字。渔樵：渔人和樵夫，此处用作动词，指打鱼砍柴。

【译文】斜与正相对，密与疏相对。口袋与包裹相对。罗山、浮山合体为"罗浮山"与方壶、员峤二山并称为"壶峤"相对，水岸曲折与山路萦回相对。乘坐仙鹤驾驶的车子，随侍设有鸾旗的车驾。楚国的二位隐士桀溺与长沮相对。下庄子一举杀死了两虎，冯婕妤为汉元帝挡住了恶熊。南阳的高士诸葛亮喜欢吟诵《梁父吟》，西蜀的才人司马相如能够创作《子虚赋》。庭园风光清幽，退居的隐士悠闲地在白石黄花之间拄杖漫步；太湖烟景绝佳，渔人和樵夫随意地在青山绿水之间打鱼砍柴。

七　虞

　　红对白①,有对无。布谷对提壶②。毛锥对羽扇③,天阙对皇都④。谢蝴蝶⑤,郑鹧鸪⑥。蹈海对归湖⑦。花肥春雨润,竹瘦晚风疏。麦饭豆糜终创汉⑧,莼羹鲈脍竟归吴⑨。琴调轻弹,杨柳月中潜去听⑩;酒旗斜挂,杏花村里共来沽⑪。

　　【注释】①白:在平水韵里属入声"十一陌",故此处可与"红"相对。

　　②布谷对提壶:布谷:指布谷鸟,因其鸣声似催人耕种"布谷",故名。南宋陆游《夜闻蟋蟀》:"布谷布谷解劝耕,蟋蟀蟋蟀能促织。"提壶:即鹈鹕,又名"提壶芦""提胡芦",因其鸣声似劝人饮酒"提壶",故称。唐刘禹锡《和苏郎中寻丰安里旧居寄主客张郎中》:"池看科斗(同'蝌蚪')成文字,鸟听提壶忆献酬。"

　　③毛锥对羽扇:毛锥:即毛笔。因毛笔的笔头以毛制成,形状如锥,故称。南宋陆游《醉中作行草数纸》:"驿书驰报儿单于,直用毛锥惊杀汝。"羽扇:用长羽毛制成的扇子。北宋苏轼《念奴

娇·赤壁怀古》:"羽扇纶巾,谈笑间,樯橹灰飞烟灭。"

④天阙对皇都:天阙:天上的宫阙或天子的宫阙,亦指朝廷或京都。唐韩愈《赠刑部马侍郎》:"暂从相公平小寇,便归天阙致时康。"皇都:京城,国都。唐韩愈《早春呈张水部》:"最是一年春好处,绝胜花柳满皇都。"

⑤谢蝴蝶:北宋诗人谢逸有蝴蝶诗三百首,人呼为"谢蝴蝶"。事见南宋魏庆之《诗人玉屑》:"谢学士吟蝴蝶诗三百首,人呼为'谢蝴蝶'。其间绝有佳句,如'狂随柳絮有时见,舞入梨花何处寻',又曰'江天春晚暖风细,相逐卖花人过桥'。古诗有'陌上斜飞去,花间倒翅回',又云'身似何郎全傅粉,心如韩寿爱偷香'。终不若谢句意深远。"

⑥郑鹧鸪:晚唐诗人郑谷作有《鹧鸪》诗,语句警绝,人称"郑鹧鸪"。事见《唐才子传》卷九:"谷字守愚,袁州宜春人。……幼颖悟绝伦,七岁能诗。司空侍郎图与史同院,见而奇之,问曰:'予诗有病否?'曰:'大夫《曲江晚望》云:"村南斜日闲回首,一对鸳鸯落渡头。"此意深矣。'图拊谷背曰:'当为一代风骚主也。'……乾宁四年,为都官郎中,诗家称'郑都官'。又尝赋《鹧鸪》警绝,复称'郑鹧鸪'云。"郑谷《鹧鸪》诗全文为:"暖戏烟芜锦翼齐,品流应得近山鸡。雨昏青草湖边过,花落黄陵庙里啼。游子乍闻征袖湿,佳人才唱翠眉低。相呼相应湘江阔,苦竹丛深日向西。"

⑦蹈海对归湖:蹈海:跳海自杀。语出《史记·鲁仲连邹阳列传》:"彼秦者,弃礼义而上首功之国也,权使其士,虏使其民。彼即肆然而为帝,过而为政于天下,则连(指鲁仲连,又名鲁连,战国时齐国人)有蹈东海而死耳,吾不忍为之民也。"《晋书·甘卓传》:

"昔鲁连匹夫，犹怀蹈海之志，况受任方伯，位同体国者乎。"归湖：指春秋时范蠡辅佐越王勾践成就霸业后，乘舟泛湖而去之事。详见本书上卷"六鱼"第三段注释⑬。

⑧"麦饭豆糜（mí）"句：指东汉光武帝刘秀称帝前，驰兵至饶阳芜蒌亭，众皆饥疲，冯异上豆粥，后至南宫，遇大风雨，异复进麦饭、菟肩，因复渡滹沱河至信都之事。事见《后汉书·冯异传》："光武对灶燎衣（烤湿衣服），异复进麦饭、菟肩（tú jiān，一种葵类野菜）。"又曰："至饶阳芜蒌亭（故址在今河北省饶阳县滹沱河滨）。时天寒烈，众皆饥疲，异上豆粥。……六年春，异朝京师。……诏曰：'仓卒无蒌亭（即"芜蒌亭"）豆粥，虖沱河（即"滹沱河"）麦饭，厚意久不报。'异稽首（叩头）谢曰：'臣闻管仲谓桓公曰："愿君无忘射钩（射中其衣带钩。管仲最初是公子纠的臣属，为了帮助公子纠争夺齐国国君之位，曾以箭射齐桓公，误中其衣带钩），臣无忘槛车（囚车。齐桓公夺得齐国国君之位后曾囚禁管仲）。"齐国赖之。臣今亦愿国家无忘河北之难，小臣不敢忘巾车（有帷幕的车子）之恩。'"麦饭：用磨碎的麦煮成的饭。豆糜：以小豆煮成的粥。"麦饭""豆糜"皆野人农夫之食。汉：指刘秀创立的东汉，又称"后汉"。

⑨"莼（chún）羹鲈脍（kuài）"句：指西晋文学家张翰因思念家乡的菰菜、莼羹、鲈鱼脍而弃官归去之事。事见《晋书·文苑列传·张翰》："张翰字季鹰，吴郡吴人（今江苏苏州市）也。……有清才，善属文，而纵任不拘，时人号为'江东步兵'。……齐王冏（jiǒng，同'冏'）辟为大司马东曹掾。……翰因见秋风起，乃思吴中菰菜、莼羹、鲈鱼脍，曰：'人生贵得适志，何能羁宦数千里以要名爵乎！'

遂命驾（命人驾驶车马）而归。"后遂以"莼羹鲈脍"作为思乡辞官之典。莼羹：莼菜做的羹。鲈脍：也作"鲈鲙"，鲈鱼脍。脍，细切的肉、鱼。按："莼羹"有的版本作"蓴羹"，亦可。蓴，同"莼"。

⑩"琴调轻弹"二句：事见明冯梦龙《警世通言第一卷·俞伯牙摔琴谢知音》："伯牙解囊取琴，转轴调弦，弹出一曲。曲犹未终，指下'刮喇'一声响，琴弦断了一根。……伯牙惊讶，心想：'这是荒山了。要是在城郭村庄，或者有聪明好学的人，偷听我弹琴，所以琴声忽变，才会弦断。在这荒山下，哪有听琴的人？哦，我知道了，想必是仇家差来的刺客；不然，或者是盗贼，想等更深之后，登船劫我财物的。'喊叫左右：'给我上岸搜检一番。不在柳阴深处，定在芦苇丛中！'左右领命，唤齐众人，正要搭跳板上岸，忽然听见岸上有人答应：'舟中大人，不必见疑。小子并非奸盗之流，是个樵夫（此即钟子期）。因为打柴晚归，遇上狂风骤雨，雨具不能遮蔽，只得潜身岩畔。听君雅操，少住听琴。'……当即命童子重添炉火，再燃名香，就在船舱中和子期顶礼八拜。伯牙年长为兄，子期为弟。今后兄弟相称，生死不负。"潜：秘密地，暗中。

⑪"酒旗斜挂"二句：杂用唐杜牧《清明》："借问酒家何处有，牧童遥指杏花村"与明姚鹏《玉湾春晓》"渔唱时闻杨柳月，酒旗斜挂杏花风"诗句而成。酒旗：古代酒店悬挂于门前或路边的用以招揽生意的布旗。沽：买，买酒。

【译文】红与白相对，有与无相对。布谷鸟与提壶鸟相对。毛笔与羽扇相对，天宫与京城相对。以蝴蝶诗得名的谢逸与以鹧鸪诗著称的郑谷相对。投海明志与泛湖归隐相对。在春雨的滋润下花朵开得肥厚，在晚风的吹拂中竹枝更显清瘦。冯异献上麦饭豆粥辅佐刘秀创立东汉,张翰因怀念吴地的莼羹鲈脍而弃官归乡。琴调轻弹,有人躲在月光洒照的杨柳树下暗暗倾听;酒旗斜挂,人们呼朋引伴地前往杏花村中买酒痛饮。

罗对绮①,茗②对蔬。柏秀对松枯。中元对上巳③,返璧对还珠④。云梦泽⑤,洞庭湖⑥。玉烛对冰壶⑦。苍头犀角带⑧,绿鬓象牙梳⑨。松阴白鹤声相应⑩,镜里青鸾影不孤⑪。竹户半开,对牖⑫不知人在否?柴门⑬深闭,停车还有客来无?

【注释】①罗对绮(qǐ):罗:轻软的丝织品。绮:有文彩的丝织品。"罗""绮"连用多借指丝绸衣裳。唐沈佺期《夜游》:"管弦遥辨曲,罗绮暗闻香。"

②茗:茶。唐陆羽《茶经》:"茶者,南方之嘉木也……其名有五:一曰茶……四曰茗……。"按:"茗"在平水韵里属上声"二十四迥",故此处可与"蔬"相对。

③中元对上巳(sì):中元:指中元节,俗称"七月半",即农历七月十五日,在这一天主要有祭祖、放河灯、祀亡魂、焚纸锭等习俗。上巳:指上巳节,俗称"三月三",在这一天主要有水边沐浴以消除不祥、祭祀宴饮、曲水流觞、郊外游春等习俗。

④返璧对还珠:返璧:指蔺相如"完璧归赵"一事。典出《史记·廉颇蔺相如列传》:"赵惠文王时,得楚和氏璧。秦昭王闻之,使人遗赵王书,愿以十五城请易璧。……赵王……求人可使报秦者,未得。……相如曰:'王必无人,臣愿奉璧往使。城入赵而璧留秦;城不入,臣请完璧归赵。'赵王于是遂遣相如奉璧西入秦。……秦王

坐章台见相如,相如奉璧奏秦王。……相如视秦王无意偿赵城,乃前曰:'璧有瑕,请指示王。'王授璧,相如因持璧却立,倚柱,怒发上冲冠,谓秦王曰:'……臣观大王无意偿赵王城邑,故臣复取璧。大王必欲急臣,臣头今与璧俱碎于柱矣!'秦王恐其破璧,乃辞谢固请,召有司案图,指从此以往十五都予赵。……相如度秦王虽斋,决负约不偿城,乃使其从者衣褐,怀其璧,从径道亡,归璧于赵。"意为战国时赵惠文王得到一块和氏璧。秦昭王听闻,便致书赵惠文王,说自己愿意以十五座城池交换。赵惠文王派蔺相如入秦。蔺相如将璧呈献给秦昭王。见秦昭王没有用城邑交换的意思,便走上前说:"璧上有个小斑点,让我指给大王看。"秦王把璧交给他,相如于是手持璧玉退后几步,靠在柱子上,怒发冲冠,对秦昭王说:"我看大王没有给赵王十五城的意思,所以我又取回宝璧。如果大王一定要逼我,我的头今天就同宝璧一起撞碎在柱子上!"秦王怕他把宝璧弄碎,就向他道歉请他不要如此,并叫人把地图取来,指出哪十五座城要给赵国。蔺相如在秦国待了几日后,估计秦昭王绝没有以城换璧的诚心,就与侍从乔装打扮,带着和氏璧从小路逃回赵国,将璧奉还给赵王。后遂以"归赵""返璧"等比喻物归原主。还珠:指东汉时合浦郡盛产珍珠,因贪官搜刮,珠移别处,后孟尝任太守,革除弊政,去珠复还之事。典出《后汉书·循吏列传·孟尝》:"(孟尝)迁合浦(汉代郡名,在今广东海康县一带。)太守。郡不产谷实,而海出珠宝,与交阯(亦作'交趾',古地名,在今越南北部)比境,常通商贩,贸籴(mào dí,买进粮食)粮食。先时宰守并多贪秽,诡人(奸诈的商人)采求,不知纪极(终极,限度),珠遂渐徙于交阯郡界。于是行旅不至,人物无资,贫者饿死于道。尝(即孟尝)

到官,革易前敝,求民病利。曾未踰岁,去珠复还,百姓皆反其业,商货流通,称为神明。"意为孟尝升任合浦郡太守。郡中不产粮食,但海里出产珠宝,同临界交阯,常常互相通商,购买粮食。先前的太守们多是贪婪污浊之人,奸商滥采珍珠,珠贝无法生存,都迁往交阯海域去了。因此商人不来买卖,百姓生活穷困,多有饿死。孟尝到任后,革易敝政,弄清对百姓不利和有利的地方。不到一年,原来离开的珠贝全都返回合浦海域,百姓反其旧业,商货又流通起来,孟尝被誉为是神明之人。后遂以"还珠"或"合浦还珠"比喻地方官政绩卓著,治理有方。

⑤云梦泽:古代大泽名,是云泽和梦泽的合称,故址在今湖北省江汉平原一带。唐孟浩然《望洞庭湖赠张丞相》:"气蒸云梦泽,波撼岳阳城。"

⑥洞庭湖:湖泊名,位于湖南省北部,长江的南侧。因湖中有洞庭山(今称君山)而得名。唐李白《陪族叔刑部侍郎晔及中书贾舍人至游洞庭五首·其四》:"洞庭湖西秋月辉,潇湘江北早鸿飞。"

⑦玉烛对冰壶:玉烛:烛的美称。"烛"在平水韵里属入声"二沃",故此处"玉烛"可与"冰壶"相对。冰壶:盛冰的玉壶,常比喻人的品德清白廉洁。唐姚崇《冰壶诫序》:"冰壶者,清洁之至也。君子对之,示不忘乎清也。夫洞澈无瑕,澄空见底,当官明白者,有类是乎。故内怀冰清。外涵玉润。此君子冰壶之德也。"

⑧苍头犀角带:苍头:头发灰白的老人。苍,灰白色。犀角带:饰有犀角的腰带,只有有品级的官员才能使用。

⑨绿鬓象牙梳:绿鬓:青黑的鬓发。绿,黑色。在古诗文中,以"绿"形容眉、发时,"绿"当作"黑"或"青黑"解。如李白《古风

十九首·其一》:"中有绿发翁,披云卧松柏。"杜牧《阿房宫赋》:"绿云(比喻众女黑润而稠密的头发)扰扰,梳晓鬟也。"苏轼《南歌子》:"寸恨谁云短,绵绵岂易裁。半年眉绿未曾开。"象牙梳:用象牙制成的梳子。唐崔涯《嘲李端端》:"爱把象牙梳插鬓,昆仑山上月初明。"

⑩"松阴白鹤"句:出自《周易·中孚》:"鸣鹤在阴(鹤在树阴下鸣叫),其子和之(小鹤在旁边跟着鸣叫)。"

⑪"镜里青鸾"句:典出南朝宋范泰《鸾鸟》诗序:"昔罽宾王(罽宾国的君王。罽宾,汉朝时之西域国名。罽,读jì)结罝(jū,网)峻卯之山,获一鸾鸟。王甚爱之。欲其鸣而不致也,乃饰以金樊(金笼),飨以珍羞(喂给珍贵的食物。珍羞,同'珍馐',珍奇名贵的食物)。对之愈戚(悲伤),三年不鸣。其夫人曰:'尝闻鸟见其类而后鸣,何不悬镜以映之。'王从其意,鸾睹形悲鸣,哀响冲霄,一奋而绝。"后遂以"镜鸾"作为夫妻分离之典。青鸾:古代传说中凤凰一类的神鸟,赤色多者为凤,青色多者为鸾。按:此句言"影不孤",喻指夫妻已然团聚,不再像以往一样彼此形单影只。

⑫对牖(yǒu):对着窗户。牖,窗户。

⑬柴门:用柴木做的门,多代指简陋贫寒的家室。唐刘长卿《逢雪宿芙蓉山主人》:"柴门闻犬吠,风雪夜归人。"有的版本作"柴关",亦可。柴关,即柴门。

【译文】罗与绮相对,茶与蔬相对。柏树壮茂与松树老枯相对。中元节与上巳节相对,战国的蔺相如能把璧玉带回赵国与汉朝的孟尝能使珠贝迁还合浦相对。云梦泽与洞庭湖相对。"玉烛"是蜡烛的美称与"冰壶"是君子的象征相对。头发灰白的老人腰间系着饰有犀牛角的腰带,鬈发青黑的女子头上插着用象牙做成的梳子。松荫下白鹤的叫声彼此呼应,铜镜里青鸾的影子不再孤单。竹门半开,不知屋里是否有人正在对着窗户凝思;柴门紧闭,不知门前是否还有客人停车来访。

宾对主,婢对奴①。宝鸭对金凫②。升堂对入室③,鼓瑟对投壶④。砚合璧⑤,颂联珠⑥。提瓮对当垆⑦。仰高红日近,望远白云孤。歆向秘书窥二酉⑧,机云芳誉动三吴⑨。祖饯⑩三杯,老去常斟花下酒;荒田五亩,归来独荷月中锄⑪。

【注释】①婢对奴:婢:女仆。奴:奴隶,奴仆,一般针对男性而言。

②宝鸭对金凫:宝鸭:鸭形香炉。南宋范成大《减字木兰花》:"宝鸭金寒,香满围屏宛转山。"金凫:凫形香炉。凫,一种水鸟,俗称"野鸭"。清厉荃《事物异名录·器用·香炉》:"金猊、宝鸭、金凫,皆焚香器也。"

③升堂对入室:升堂:登上厅堂,比喻学问技艺刚入门。入室:进入内室,比喻学问技艺已有高深的造诣。今有成语"升堂入室"比喻学识或技艺由浅入深地达到很高的成就。语出《论语·先进》:"由也升堂矣,未入於室也。"北宋邢昺疏:"言子路之学识深浅,譬如自外入内,得其门者。入室为深,颜渊是也;升堂次之,子路是也。"

④鼓瑟对投壶:鼓瑟:弹瑟。《诗经·唐风·山有枢》:"子有酒食,何不日鼓瑟?"投壶:古代宴会上的一种娱乐活动。宾主依次把

箭投向壶口，投中多者胜，负者饮酒。《礼记·投壶经》："壶颈修七寸，腹修五寸，口径二寸半，容斗五升。壶中实小豆焉，为其矢之跃而出也。矢以柘若棘，长二尺八寸，无去其皮，取其坚而重。投之胜者饮（使……饮酒）不胜者，以为优劣也。"

⑤觇（chān）合璧：觇：观察，看。合璧：即"日月合璧"，是一种太阳与月亮并现于空中的天文现象，这种现象多发生在地球公转到太阳与月球之间或月球公转到地球与太阳之间时。古人认为这是一种吉兆。《汉书·律历志上》："日月如合璧，五星如联珠。"

⑥颂联珠：颂：颂扬，赞颂。联珠：也作"连珠"，又称"五星联珠"，是一种金、木、水、火、土五行星同时出现于一方的天文现象。古人认为这是一种祥瑞之兆。今有成语"联珠合璧"比喻美好的事物汇聚一起。《竹书纪年》卷上："帝在位七十年，景星（祥瑞之星）出翼，凤凰在庭，朱草生，嘉禾（一种生长异常的禾苗，古人认为是吉兆）秀，甘露润，醴泉出，日月如合璧，五星如连珠。"

⑦提瓮对当垆：提瓮：《后汉书·列女传·鲍宣妻》："勃海（即勃海郡，在今河北沧州一带）鲍宣妻者，桓氏之女也，字少君。宣尝就少君父学，父奇其清苦，故以女妻之，装送资贿（资财，财货）甚盛。宣不悦……妻乃悉归侍御（泛指婢妾）服饰，更著短布裳，与宣共挽鹿车（古时的一种小车）归乡里。拜姑（婆婆）礼毕，提瓮出汲，修行妇道，乡邦称之。"后遂以"提瓮"作为修行妇道、甘于贫苦的典故。当垆：典出《史记·司马相如列传》："相如与俱之临邛（今四川邛崃），尽卖其车骑，买一酒舍酤酒（买酒），而令文君当垆。相如身自著犊鼻裈（dú bí kūn，古代的一种短裤，形如犊鼻，故名），与保庸（受雇用的仆役）杂作，涤器（洗涤器物）于市中。"垆，放酒坛

的土台。

⑧"歆（xīn）向秘书"句：歆向秘书：西汉成帝时刘向、刘歆父子皆曾奉命领校秘书，在天禄阁整理校订国家收藏的图书，故此处曰"歆向秘书"。歆：指刘歆，字子骏，刘向之子。汉成帝时，入天禄阁，协助其父整理校订国家藏书。父死后，继父未竟之业，部次群书。所撰《七略》，是我国第一部分类图书。向：指刘向，字子政，西汉文学家。所撰《别录》，是我国最早的图书公类目录。二酉：指大酉山上的大酉洞和小酉山上的小酉洞，一在今湖南辰溪县境内，一在今湖南沅陵县境内，相传是秦时为避秦廷"焚书坑儒"的藏书之地。《太平御览》卷四九引南朝宋盛弘之《荆州记》："小酉山上石穴中有书千卷，相传秦人于此而学，因留之。"《辰溪县志》："大酉洞去邑治里许，在龟山南。旧传有七十五石室，琴案棋局，石床丹墀具焉，盖仙灵之宅也。"又云："昔秦人藏书室。"后遂以"二酉"代称丰富的藏书。唐陆龟蒙《寄淮南郑宝书记》："五丁驱得神功尽，二酉搜来秘检疏。"

⑨"机云芳誉"句：机云：西晋陆机、陆云兄弟以文闻名天下，合称"二陆"。机：指陆机，字士衡。《晋书》称其："少有异才，文章冠世。"代表作有《文赋》《辩亡论》《吊魏武帝文》《君子行》《长安有狭邪行》《赴洛道中作》等。云：指陆云，字士龙。《晋书》言其："六岁能属文，性清正，有才理。"代表作有《答兄平原诗》《答张士染诗》《新书》十篇等。芳誉：美好的名声。三吴：晋时指吴兴、吴郡、会稽三地。陆机、陆云皆吴郡（今江苏苏州）人，故此处曰"机云芳誉动三吴"。

⑩祖饯：饯行。祖，本义指出行时祭祀路神，引申为饯行。饯，

设酒食送行。

⑪"荒田五亩"二句：杂用东晋陶潜《归园田居·其一》"开荒南野际,守拙归田园"与《归园田居·其三》"晨兴理荒秽,带月荷锄归"诗句而来。荷(hè)：扛,担。

【译文】客人与主人相对,女仆与男奴相对。鸭形香炉与兔形香炉相对。登上厅堂与进入内室相对,弹瑟与投壶相对。观看日月并现的天象与颂扬五星联珠的奇观相对。鲍宣妻提瓮打水与卓文君当垆卖酒相对。仰视高空,觉得红日很近；眺望远处,看见白云孤飞。刘向、刘歆父子都以校书秘书的身份在天禄阁中编订群书,陆机、陆云兄弟都以美好的文才和名声震动三吴地区。花影下摆设三杯饯别的酒,彼此为年华的老去而举杯；月色中锄完五亩荒田,独自扛着锄头回家。

君对父,魏对吴①。北岳对西湖②。菜蔬对茶荈③,苴藤对菖蒲④。梅花数⑤,竹叶符⑥。廷议对山呼⑦。两都班固赋⑧,八阵孔明图⑨。田庆紫荆堂下茂⑩,王裒青柏墓前枯⑪。出塞中郎,羝有乳时归汉室⑫；质秦太子,马生角日返燕都⑬。

【注释】①魏对吴：魏：战国时魏国,今山西南部、河南中北部、陕西东部、河北南部一带。或指三国时魏国。吴：春秋时吴国,在今浙江一带。或指三国时吴国。

②北岳对西湖：北岳：即恒山,五岳之一,位于山西浑源县。西湖：湖名,在浙江杭州城西。

③荈(chuǎn)：老茶,采摘时间较晚的茶。《康熙字典》：

"荈,茶叶老者。《类篇》:'茶晚取者名荈。'"

④苣(jù)藤对菖蒲(chāng pú):苣藤:即胡麻,一年生草本植物,籽可榨油。菖蒲:水生植物,叶狭长,花淡黄色,根茎亦可入药。民间在端午节常将其与艾叶扎束,挂在门前,据说可以辟邪。按:此句中"藤"乃平声,"蒲"亦乃平声,故有失对之误。

⑤梅花数:即梅花易数,古代的一种占卜法。相传是北宋哲学家邵雍在梅园赏花时见两只麻雀因争枝坠地而发明,故称"梅花数"。

⑥竹叶符:又名"竹使符",汉时竹制的信符。《汉书·文帝纪》:"初与郡守为铜虎符(用于发兵)、竹使符(用于发兵之外的其余征调)。"唐颜师古注引应劭曰:"竹使符皆以竹箭五枚,长五寸,镌刻篆书,第一至第五。"后泛指地方官吏的印符或代指地方官。唐房孺复《酬窦大闲居见寄》:"名惭竹使宦情少,路隔桃源归思迷。"

⑦廷议对山呼:廷议:在朝廷上发表议论。山呼:西汉元封元年春,武帝登嵩山,从祀吏卒皆闻三次高呼万岁之声。后遂以"嵩呼"或"山呼"作为臣民对皇帝的祝颂仪式,即叩头高呼"万岁"三次。事见《汉书·武帝纪》:"元封元年。……春正月,行幸缑氏(古地名,在今河南偃师市东南)。诏曰:'……翌日亲登嵩高,御史乘属,在庙旁吏卒咸闻呼万岁者三。登礼罔不答。其令祠官加增太室祠,禁无伐其草木。……'行,遂东巡海上。"唐颜师古注引荀悦曰:"万岁,山神称之也。"

⑧两都班固赋:东汉史学家、文学家班固,字孟坚,作有《西都赋》和《东都赋》,合称《两都赋》。西都,指长安。东都,指洛阳。

⑨八阵孔明图：三国时期蜀汉丞相、军事家诸葛亮，字孔明，善摆八阵图。《三国志·蜀书·诸葛亮传》："亮性长于巧思，损益连弩，木牛流马，皆出其意；推演兵法，作八陈图，咸得其要云。"八阵图：由八种阵势组成的图形，用来操练军队或作战。

⑩"田庆"句：典出南朝梁吴均《续齐谐记》："京兆田真兄弟三人共议分财，生赀（生业，财产）平均，唯堂前一株紫荆树，共议欲破三片，明日就截之。其树即枯死，状如火然（形状像被火烧过一样。然，同'燃'）。真往见之大惊，谓诸弟曰：'树本同株，闻将分斫（砍，削），所以憔悴，是人不如木也。'因悲不自胜，不复解树，树应声荣茂。兄弟相感，合财宝。遂为孝门。真仕至太中大夫。"后遂以"紫荆"作为有关兄弟之典。按："堂下茂"有版本作"堂下萎"，亦可。萎，干枯，枯槁、

⑪"王裒（póu）"句：指西晋王裒因父亲被司马昭杀害，决定不臣朝廷，并每日在父亲墓前跪拜痛哭，以致墓旁的柏树为之枯萎之事。典出《晋书·王裒传》："王裒，字伟元，城阳营陵（今山东省潍坊市南）人也。祖修，有名魏世。父仪，高亮雅直，为文帝司马。东关之役，帝问于众曰：'近日之事，谁任其咎？'仪对曰：'责在元帅。'帝怒曰：'司马欲委罪于孤邪！'遂引出斩之。裒少立操尚，行己以礼……痛父非命，未尝西向而坐，示不臣朝廷也。于是隐居教授，三征七辟皆不就（三次征召、七次授官皆不应召）。庐于墓侧，旦夕常至墓所拜跪，攀柏悲号，涕泪著树，树为之枯。"

⑫"出塞中郎"二句：指西汉时苏武出使匈奴，被扣押，匈奴王让他去北海放牧公羊，并说要等到公羊产乳时才放他回去之事。典出《汉书·李广苏建传》（苏建，苏武的父亲，苏武事迹附于《苏

建传》后):"单于愈益欲降之,乃幽武,置大窖中,绝不饮食。天雨雪,武卧啮(niè,咬、吃)雪,与毡毛并咽之,数日不死。匈奴以为神,乃徙武北海(今俄罗斯贝加尔湖)上无人处,使牧羝(dī,公羊),羝乳始得归。别其官属常惠等,各置他所。武既至海上,廪食(公家供给的粮食。廪,读lǐn)不至,掘野鼠去草实而食之。杖汉节牧羊,卧起操持,节旄尽落。"意为匈奴单于想使苏武投降,就幽禁了苏武,把他放在地窖之中,不供给饮食。天下雪,苏武卧着吃雪,同毡毛一起吞下充饥,多日不死。匈奴人以为他有神助,就把他流放到北海没有人的地方,让他放牧公羊,等到公羊产乳时才能回国。至于苏武的随从官吏常惠等人,则分别投放到其它地方。苏武来到北海后,匈奴人不供给他粮食,他就挖掘野鼠、收集草木的果实来吃。苏武以汉朝的旌节牧羊,不论起睡都拿着不放,以致系在节上的牦牛尾毛全部脱尽。出塞中郎:指苏武。苏武在天汉元年(公元前100年)奉汉武帝之命以中郎将身份持节出使匈奴,故称"出塞中郎"。羝(dī):公羊。

⑬"质秦太子"二句:事见东汉王充《论衡·感虚篇》:"燕太子丹朝于秦,不得去,从秦王求归。秦王执留之,与之誓曰:'使日再中,天雨粟,令乌白头,马生角,厨门木象(木雕的人像)生肉足,乃得归。'当此之时,天地祐之,日为再中,天雨粟,乌白头,马生角,厨门木象生肉足。秦王以为圣,乃归之。"意为战国时燕国太子丹去朝见秦王,被秦王扣留。秦王说:"如果午后的太阳能回到天之正中,天上下粟米,乌鸦的头变白,马头生角,厨房门上木雕的人像生出肉脚,就放你回去。"其后果然发生这些怪象,秦王便把燕太子放了回去。质秦太子:在秦国做人质的太子,指燕太子丹。按:本句中的

"燕"读yān。"燕"在平水韵里有两个音,分别属于下平"一先"、去声"十七霰"。"先"部中的"燕"指燕国、燕地、燕山。"霰"部中的"燕"指燕子这种鸟。故此句中的"燕"应读作平声。

【译文】君王与父亲相对,魏国与吴国相对。北岳与西湖相对。菜蔬与茶荈相对,胡麻与菖蒲相对。梅花易数与竹箭信符相对。朝堂议政与高呼万岁相对。班固作有《两都赋》,诸葛亮善摆八阵图。田庆兄弟决定不再分家后堂下的紫荆树又荣茂起来了,王裒日夜在父亲的墓旁跪拜痛哭以致墓旁的青柏都枯萎了。苏武以中郎将之职出使匈奴被扣留后,被告知要等到公羊产乳才能回归汉朝;燕太子丹朝见秦王被扣押为人质后,被告知要等到马头生角才能返回燕国。

八 齐

鸾对凤,犬对鸡。塞北对关西①。长生对益智②,老幼对旄倪③。颁竹策④,剪桐圭⑤。剥枣对蒸梨⑥。绵腰如弱柳⑦,嫩手似柔荑⑧。狡兔能穿三穴隐⑨,鹪鹩权借一枝栖⑩。甪里先生,策杖垂绅扶少主⑪;於陵仲子,辟纑织履赖贤妻⑫。

【注释】①塞北对关西:塞北:边塞以北,一般指长城以北。关西:通常指函谷关或潼关以西的地区。

②长生对益智:长生:延长生命。《庄子·在宥》:"无劳女(同'汝',你)形,无摇女精,乃可以长生。"益智:增益智慧。南宋叶适《送赵几道邵武司户》:"书多前益智,文古后垂名。"

③旄倪:老人和小孩。旄,同"耄",八十、九十岁的人,泛指年老。倪,小孩,幼儿。语出《孟子·梁惠王下》:"王速出令(大王赶快发布命令),反其旄倪(把俘虏的老人和孩子送回去)。"

④颁竹策:典出《北史·杨素传》:"及平齐之役,素请率麾下(部下)先驱,帝从之,赐以竹策曰:'朕方欲大相驱策(驾御鞭

策,引申为驱使,役使),故用此物赐卿。'"意为北周武帝宇文邕(yōng)率军攻北齐,杨素请为先锋,武帝应允,并赐他一条竹鞭,说:"我正要驱使天下,所以把此物赐给你。"颁,赏赐。竹策,竹鞭。

⑤剪桐圭:指周成王剪桐叶为圭,封弟叔虞于晋之事。典出《吕氏春秋·审应览第六》:"成王与唐叔虞燕居(闲居),援梧叶以为圭(一种上尖下方的玉器,多用作礼器),而授唐叔虞曰:'余以此封女(同'汝')。'叔虞喜,以告周公。周公以请曰:'天子其封虞邪?'成王曰:'余一人与虞戏也。'周公对曰:'臣闻之,天子无戏言。天子言,则史书之,工诵之,士称之。'于是遂封叔虞于晋。"意为周成王与弟弟叔虞闲居玩乐,把桐叶当作玉圭送给叔虞,说:"我把这个封给你。"叔虞大喜,告诉了周公。周公请示成王说:"您真要封赐叔虞吗?"成王说:"我和他开玩笑呢!"周公对成王说:"我听说,天子无戏言。天子只要说了,史官就会记录下来,乐工就会奏成乐章歌颂,士人就会到处传扬。"于是周成王把晋封给叔虞。今有成语"桐叶封弟"即源出于此。按:西周之时,晋属唐国,故晋叔虞又称"唐叔虞"。另,"枫叶封弟"之事《史记·晋世家》亦有所载:"成王与叔虞戏,削桐叶为圭以与叔虞,曰:'以此封若。'史佚因请择日立叔虞。成王曰:'吾与之戏耳。'史佚曰:'天子无戏言。言则史书之,礼成之,乐歌之。'于是遂封叔虞于唐。"与《吕氏春秋》所载,略有不同。

⑥剥枣对蒸梨:剥枣:打枣。《诗经·豳(bīn)风·七月》:"八月剥枣,十月获稻。"蒸梨:当作"蒸藜",煮野菜。典出《孔子家语·七十二弟子解·曾参》:"曾参,南武城人,字子舆,……志存孝

道,故孔子因之以作《孝经》。……参后母遇之无恩,而供养不衰。及其妻以藜烝(同'蒸')不熟,因出之。人曰:'非七出(也称"七去",中国封建社会休弃妻子的七种理由)也。'参曰:'藜蒸小物耳,吾欲使熟,而不用吾命,况大事乎?'遂出之,终身不取妻。"意为孔子的弟子曾参十分有孝道。他的后母对他很不好,但他仍供养孝敬她。有次,他的妻子没把藜羹蒸熟,曾参为此要休她。有人说:"你妻子没有犯七出的条款啊!"曾参答:"蒸藜羹是小事,我让她蒸熟,而她却不听我的话,何况是大事呢?"于是曾参休掉妻子,终身不再娶妻。后遂以"蒸藜"作为妇人有过失或出妻之典。按:"蒸藜"在古文献中常有用作"蒸梨"者,误。然用之者既多,相沿成俗,后世遂将"蒸梨"视为"蒸藜"之讹用,其意则同于"蒸藜"也。译文从"蒸藜"。

⑦绵腰如弱柳:绵腰:柔软的腰。弱柳:即柳枝,柳条。因柳条柔弱,故称。

⑧嫩手似柔荑:语出《诗经·卫风·硕人》:"手如柔荑,肤如凝脂。"南宋朱熹集传:"茅之始生曰荑,言柔而白也。"柔荑:柔软而白嫩的茅草新芽。

⑨"狡兔"句:即"狡兔三窟"之意。典出《战国策·齐策四》:"冯谖(对孟尝君)曰:'狡兔有三窟(洞穴),仅得免其死耳;今君有一窟,未得高枕而卧也;请为君复凿二窟。'"后遂以"狡兔三窟"比喻隐蔽的地方或方法多,便于避祸。狡兔,狡猾的兔子。

⑩"鹪鹩(jiāo liáo)"句:典出《庄子·逍遥游》:"鹪鹩巢于深林,不过一枝;偃鼠(即鼹鼠)饮河,不过满腹。"鹪鹩:俗称"巧妇鸟",一种小鸟,羽毛赤褐色,尾短而翘,善鸣唱。

⑪"甪(lù)里先生"二句：指汉高祖刘邦欲废掉太子刘盈，吕后用张良计，请来商山四皓辅佐太子，遂使高祖辍废太子之议之事。事见《汉书·王贡两龚鲍传》："汉兴有园公、绮里季、夏黄公、甪里先生，此四人者，当秦之世，避而入商雒（即商洛，今陕西商洛市，在汉代是上雒县和商县的地域合称）深山，以待天下之定也。自高祖闻而召之，不至。其后吕后用留侯计，使皇太子卑辞束帛致礼，安车迎而致之。四人既至，从太子见，高祖客而敬焉，太子得以为重，遂用自安。"甪里先生：西汉初年著名隐士，"商山四皓"之一，河内轵（河内郡轵县，今河南济源市轵城镇）人，姓周名术，字元道，人称"霸上先生"或"甪里先生"。甪里，古地名，在今江苏吴县西南。或传周术曾在甪里隐居修道，故称"甪里先生"。策杖：拄杖。垂绅：大带下垂，比喻臣下恭敬地侍奉君上。《礼记·玉藻》："凡侍于君，绅垂。"唐孔颖达疏："绅，大带也。身直则带倚，盘折（折身，折腰）则带垂。"少主：年少的君主，此指太子刘盈。

⑫"於(wū)陵仲子"二句：指战国时齐国贤士陈仲子，见其兄食禄万钟，以为不义，遂避兄离母，携妻子迁居於陵，自己织屦，妻辟纑以换取食物之事。典出《孟子·滕文公下》："匡章曰：'陈仲子岂不诚廉士哉？居於陵，三日不食，耳无闻，目无见也。……'孟子曰：'于齐国之士，吾必以仲子为巨擘（jù bò，大拇指，比喻杰出优秀的人物或在某一方面居于首位的人物）焉。虽然，仲子恶能廉？……'曰：'是何伤哉？彼身织屦，妻辟纑，以易之也。'曰：'仲子，齐之世家也。兄戴，盖禄万钟；以兄之禄为不义之禄而不食也，以兄之室为不义之室而不居也，辟兄离母，处于於陵。……'"於陵仲子：即陈仲子，本名陈定，字子终，战国时齐国隐士。因曾居于於

陵,故人称"於陵仲子"。於陵,古地名,在今山东周村及邹平东南一带。辟纑(lú):搓治麻线。纑,麻线。织履:编织草鞋。履,鞋子。按:"织履"有的版本作"织屦(jù)",亦可。屦,用麻、葛等制成的鞋,泛指鞋。从典故原文来看,"织屦"更为恰当。

【译文】鸾与凤相对,狗与鸡相对。长城以北与潼关以西相对。延长生命与增益智慧相对,长幼与老少相对。北周武帝把一条竹鞭赐给杨素与西周成王以桐叶为圭分封叔虞相对。打枣与蒸藜相对。绵软的腰肢像柔软的柳条,白嫩的细手像柔嫩的茅芽。狡猾的兔子可以备下三个洞穴藏身,弱小的鹪鹩不过占据一根树枝栖息。甪里先生拄着拐杖、躬身垂带地辅佐年少的太子,於陵仲子偕同妻子用编织草鞋、纺麻织布的方法隐居过活。

鸣对吠,泛对栖①。燕语对莺啼。珊瑚对玛瑙②,琥珀对玻璃③。绛县老④,伯州犁⑤。测蠡对燃犀⑥。榆槐堪作荫⑦,桃李自成蹊⑧。投巫救女西门豹⑨,赁浣逢妻百里奚⑩。阙里门墙,陋巷规模原不陋⑪;隋堤基址,迷楼踪迹亦全迷⑫。

【注释】①泛对栖:泛:漂浮,漂流。栖:止息,居息。

②珊瑚对玛瑙(mǎ nǎo):珊瑚:一种由海底珊瑚虫分泌出的外壳长期凝聚在先辈珊瑚的石灰质遗骨堆上而形成的东西,形态多呈树枝状,颜色鲜艳美丽,可以做装饰品。玛瑙:一种玉髓类矿物,颜色光美,上有各种颜色的环带条纹,可做成饰物或器皿。按:"珊瑚"有的版本作"砗磲(chē qú)",亦可。砗磲:一种海洋生物,壳大而厚,略呈三角形,可制器皿及装饰品。古诗文中的"砗磲"多指

其甲壳,古称七宝之一。

③琥珀对玻璃:琥珀:古代松柏树脂的化石,晶莹透明有光泽,色淡黄、褐或红褐,可制成装饰品。玻璃:古代所谓的"玻璃"通常指水晶玻璃,又称"琉璃"。与今天所谓的"玻璃"相比,它只是玻璃的一个种类,其范畴远较玻璃小得多。

④绛县老:代指老人或高寿之人。典出《左传·襄公三十年》:"二月癸未,晋悼夫人食舆人(役卒,工人)之城杞(修筑杞城。城,动词,修建、建筑。杞,杞城,春秋时晋国的城池)者,绛县人或年长矣,无子而往,与于食。有与疑年,使之年。曰:'臣,小人也,不知纪年。臣生之岁,正月甲子朔,四百有四十五甲子矣,其季(弟弟)于今三之一也。'吏走问诸朝。师旷(人名,晋国大臣)曰:'……七十三年矣。'"意为二月二十二日,晋悼公的夫人请修筑杞城的役卒吃饭,绛县人中有一个年长之人,没有儿子而自己去服役,也参与了这次宴会。有人问他的年龄,他说:"不知道年龄,只知道生在正月甲子朔,至今已有四百四十五甲子了。"有官吏询问朝中的博学之人。师旷计算了一下说:"他已经七十三岁了。"

⑤伯州犁:子姓,伯氏,名州犁,春秋时晋国人。晋厉公时,其父因遭受谗言而被杀。于是伯州犁逃至楚国,任太宰。鄢陵(今河南鄢陵县)之战中曾为楚王讲解晋军的布阵情况,但楚国仍旧战败。后楚公子围谋反,恐伯州犁不服,乃杀之。

⑥测蠡对燃犀:测蠡:"以蠡测海"的略语,指用瓢测量海水,比喻以浅陋的见识去测度事物。蠡,瓢。语出《汉书·东方朔传》:"以筦(同'管')窥天,以蠡测海。"燃犀:点燃犀角以照物,比喻能明察事物,洞察奸邪。事见《晋书·温峤列传》:"至牛渚矶,水深不

可测,世云其下多怪物,峤遂爇(huǐ,烧,燃)犀角而照之。须臾,见水族覆火,奇形异状,或乘马车著赤衣者。"

⑦榆槐堪作荫(yìn):语出东晋陶潜《归园田居·其一》:"榆柳荫后檐,桃李罗堂前。"

⑧桃李自成蹊:典出《史记·李将军列传》:"桃李不言,下自成蹊(xī,小路)。"意为桃李不主动招呼人,采摘果实的人自然会在它下面走出一条小路。比喻道德高尚,自然会影响人,受到人们的敬仰。

⑨"投巫救女"句:据《史记·滑稽列传》载,战国魏文侯时,邺地(今河北临漳县一带)官员与巫祝勾结,常以河伯娶妻之名榨取钱财。后西门豹为邺令,在河伯娶妻时,托言所选女子不美,先后将巫祝及其弟子投入河中,自此,邺地再无敢说为河伯娶妻之人。《史记·滑稽列传》:"顾谓三老、巫祝、父老曰:'是女子不好,烦大巫妪为入报河伯,得更求好女,后日送之。'即使吏卒共抱大巫妪投之河中。有顷,曰:'巫妪何久也?弟子趣(同'趋',前往)之!'复以弟子一人投河中。有顷,曰:'弟子何久也?复使一人趣之!'复投一弟子河中。凡投三弟子。……邺吏民大惊恐,从是以后,不敢复言为河伯娶妇。"西门豹:生卒年不详,战国时魏国人。任邺令时,趁河伯娶妻的机会,惩治了地方恶霸,随后颁布律令,禁止巫风,兴修水利,寓兵于农,很快使邺城民富兵强,成为战国时期魏国的东北重镇。

⑩"赁浣(huàn)逢妻"句:典出《乐府解题》引东汉应劭《风俗通》:"百里奚为秦相,堂上乐作,所赁浣妇(洗衣妇)自言知音,因援琴抚弦而歌。其歌曰:'百里奚,五羊皮。忆别时,烹伏雌(母

鸡)。春黄齑(黄色的腌菜。齑,读jī,腌菜),炊扊扅(yǎn yí,门闩),今日富贵忘我为。'问之,乃其故妻,还为夫妇也,亦谓之扊扅(也把这首歌称为《扊扅歌》)。"意为百里奚成为秦相后,有次在堂上听人奏乐。他家雇用的一个洗衣妇人自称也懂音乐,百里奚便让她抚弦而歌。妇人歌唱的内容都是百里奚贫时居家的情况,于是百里奚认出,这个洗衣妇就是他失散多年的妻子,遂与她"还为夫妇"。赁浣:雇用洗衣服的人。赁,租赁,雇用。浣,洗,此指洗衣服的人。百里奚:春秋时虞国人。虞国灭亡后成为奴隶,秦穆公用五张黑羊皮将其从市井中换回,封为大夫,故人称"五羖(gǔ,黑色的公羊)大夫"。后任秦国宰相,辅佐秦穆公成就霸业,使秦国成为春秋五霸之一。按:明汪芝《西麓堂琴统》亦载"百里奚相堂听琴"之事:"秦穆公举以为相,因燕情乐,所赁浣妇自言知音,呼之上堂,援琴而歌,词意凄烈,问之,乃其妻也,还为夫妇,后人遂有此作(指《扊扅歌》)。"

⑪"阙(què)里门墙"二句:阙里:相传是孔子最初的讲学之所,在今山东曲阜城内阙里街,因有两石阙,故名。《孔子家语·七十二弟子解》:"颜由,颜回父,字季路,孔子始教学于阙里,而受学,少孔子六岁。"陋巷:简陋的小巷,此指颜回的居所。《论语·雍也》:"子曰:'贤哉!回也。一箪食,一瓢饮,在陋巷。人不堪其忧,回也不改其乐。贤哉!回也。'"原不陋:语出《论语·子罕》:"子欲居九夷(中国古代对于东方少数民族的通称,泛指偏远之地)。或曰:'陋,如之何?'子曰:'君子居之,何陋之有?'"

⑫"隋堤基址"二句:隋堤:隋炀帝为到扬州游览,在汴渠(今河南商丘市至永城市之间的汴河故道,已淤没)两岸筑堤栽柳,后

人谓之"隋堤"。迷楼:隋炀帝所建官殿,故址在今江苏省扬州市西北郊。相传此楼富丽工巧,千门万户,一入便终日不得出,故称"迷楼"。唐冯贽《南部烟花记·迷楼》:"迷楼凡役夫数万,经岁而成。楼阁高下,轩窗掩映,幽房曲室,玉栏朱楯,互相连属。帝大喜,顾左右曰:'使真仙游其中,亦当自迷也。'故云。"明陶宗仪《说郛》卷三十二引《迷楼记》曰:"即日诏有司,供其木材,凡役夫数万,经岁而成。……回环四合,曲屋自通。千门万户,上下金碧。……工巧云极,自古无有也。……人误入者,虽终日不能出。帝幸之,大喜,顾左右曰:'使真仙游其中,亦当自迷也,可目之曰迷楼。'"按:"亦全迷"有的版本作"已全迷",从前文文义来看,作者意在构成反对,故作"已全迷"更为恰当。译文从"已全迷"。

【译文】鸟鸣与狗吠相对,漂游与止息相对。燕语与莺啼相对。珊瑚与玛瑙相对,琥珀与玻璃相对。绛县老人与伯氏州犁相对。以瓢测海与燃犀照水相对。榆槐茂盛可以遮挡日光,桃李无言下面自然出现小路。西门豹把巫祝投入河中救下众多少女,百里奚雇佣洗衣妇却遇到自己从前的妻子。孔子讲学的阙里,颜回居住的陋巷,因为有君子在就并不显得狭小简陋;隋炀帝建造了隋堤,又建造了迷楼,如今它们的基址和踪迹都已迷失于荒野了。

燕对赵①,楚对齐②。柳岸对桃蹊③。纱窗对绣户④,画阁对香闺⑤。修月斧⑥,上天梯⑦。蟛蜞对虹霓⑧。行乐游春圃⑨,工谀病夏畦⑩。李广不封空射虎⑪,魏明得立为存麑⑫。按辔徐行,细柳功成劳王敬⑬;闻声稍卧,临泾名震止儿啼⑭。

【注释】①燕(yān)对赵：燕：古国名，战国七雄之一，在今河北北部、辽宁西部一带。赵：古国名，战国七雄之一，在今山西一带。按：此句有的版本作"越对赵"，误。"越""赵"皆仄声，故不取。

②楚对齐：楚：春秋战国时古国名，在今湖北、湖南一带。齐：春秋战国时古国名，今山东省的大部分地区都属于当时的"齐国"。

③桃蹊(xī)：桃树众多的地方。蹊，小路。唐韩愈《闻梨花发赠刘师命》："桃蹊惆怅不能过，红艳纷纷落地多。"有的版本作"桃溪"，亦可。

④绣户：雕饰华美的门户。南北朝陈叔宝《东飞伯劳歌》："雕轩绣户花恒发，珠帘玉砌移明月。"

⑤画阁对香闺：画阁：饰有彩绘的楼阁。唐王维《洛阳女儿行》："画阁朱楼尽相望，红桃绿柳垂檐向。"香闺：充满芳香的闺房，多代指青年女子的居室。唐温庭筠《菩萨蛮》："翠钿金压脸，寂寞香闺掩。"

⑥修月斧：典出唐段成式《酉阳杂俎·天咫》："大和(唐文宗的年号)中，郑仁本表弟，不记姓名，尝与一王秀才游嵩山……见一人布衣，甚洁白，枕一幞(fú，包裹，包袱)物，方眠熟。……再三呼之，乃起坐，顾曰：'来此。'二人因就(于是靠近)之，且问其所自。其人笑曰：'君知月乃七宝合成乎？月势如丸，其影，日烁其凸处也。常有八万二千户修之，予即一数(我即修月人之一)。'因开幞，有斤凿(斧头与凿子)数事，玉屑饭两裹，授与二人曰：'分食此。虽不足长生，可一生无疾耳。'乃起，与二人，指一支径(小路，岔路)：'但由此，自合官道矣。'言已不见。"

⑦上天梯：语出东汉王逸《九思·伤时》："缘天梯兮北上，登

太一兮玉台。"天梯,登天的阶梯。

⑧蝃蝀(dì dōng)对虹霓:蝃蝀:虹的别称。《诗经·鄘风·蝃蝀》:"蝃蝀(同'蝃蝀')在东,莫之敢指。"毛传:"蝃蝀,虹也。"虹霓:又作"虹蜺",雨后或日出、日没之际天空出现的七彩圆弧,常有内外二环,内环称虹,外环称霓(或蜺)。战国楚宋玉《高唐赋》:"仰视山颠,肃何千千,炫燿虹蜺。"按:"蝃蝀"有的版本作"蝃蝀",二者同音同义,亦可。

⑨春圃:春日的园圃。圃,种植菜蔬、花草、瓜果的园子。

⑩工谀(yú)病夏畦(qí):工谀:善于奉承。谀,谄媚,奉承。夏畦:在炎夏中耕田,比喻勤苦劳作。畦,田园中分成的小块的田区,一说五十亩为畦。东汉许慎《说文》:"畦,田五十亩曰畦。"此句语出《孟子·滕文公下》:"胁肩谄笑(耸起双肩,装出奉承的笑容),病于夏畦。"意为耸着双肩装出谄媚的笑容,比在炎热的夏天里耕田还要辛苦。

⑪"李广不封"句:典出《史记·李将军列传》:"尝从行,有所冲陷折关(破关)及格猛兽(击杀猛兽),而文帝曰:'惜乎,子不遇时!如令子当高帝时,万户侯岂足道哉!'"又:"广出猎,见草中石,以为虎而射之,中石没镞(zú,箭头),视之石也。因复更射之,终不能复入石矣。广所居郡闻有虎,尝自射之。及居右北平射虎,虎腾(跳跃)伤广,广亦竟射杀之。"李广:西汉名将。任右北平太守时,匈奴畏惧,不敢侵扰,称其为"飞将军"。按:李广一生与匈奴大小七十余战,多建功勋,然到死终未封侯,故唐人王勃在《滕王阁序》中叹曰:"冯唐易老,李广难封。"

⑫"魏明得立"句:典出《三国志·魏书·明帝纪》南朝宋裴松

之注引《魏末传》曰:"帝(指魏明帝曹睿)常从文帝(指魏文帝曹丕)猎,见子母鹿。文帝射杀鹿母,使帝射鹿子,帝不从,曰:'陛下已杀其母,臣不忍复杀其子。'因涕泣。文帝即放弓箭,以此深奇之,而树立之意定。"魏明:指魏明帝曹睿,字元仲,魏文帝曹丕长子,公元226年至239年在位。能诗文,与曹操、曹丕并称魏氏"三祖"。麑(ní):幼鹿。

⑬"按辔徐行"二句:西汉大将周亚夫驻兵细柳营,军纪甚严。文帝去慰劳军队,因无军令而不得入。于是文帝遣使者持节诏周亚夫:"吾欲入劳军。"经周亚夫传令,营门方开,文帝得入,"按辔徐行"。犒劳完军队后,文帝出,"称善者久之"。典出《史记·绛侯周勃世家》:"文帝之后六年,匈奴大入边。乃以宗正(官名,负责皇族内部事务的长官)刘礼为将军,军霸上(古地名,在今陕西西安市东);祝兹侯(封号)徐厉为将军,军棘门(古地名,在今陕西咸阳东北);以河内守(河内太守。河内,郡名,在今河南北部地区)亚夫为将军,军细柳(古地名,在今陕西省咸阳西南,渭河北岸):以备胡。上(指汉文帝)自劳军。至霸上及棘门军,直驰入,将以下骑送迎。已而之细柳军,军士吏被甲(穿着铠甲。被,通'披',穿),锐兵刃,彀(gòu,张满弓)弓弩,持满。天子先驱至,不得入。……于是上乃使使持节诏将军:'吾欲入劳军。'亚夫乃传言开壁门(营门)。……于是天子乃按辔徐行(按住马缰,使马缓行)。至营,将军亚夫持兵揖(手持兵器作揖)曰:'介胄之士不拜(盔甲在身的将士不便跪拜。介,铁甲。胄,头盔),请以军礼见。'天子为动,改容式车(俯身扶在车前横木上,表示尊敬。式,通'轼',车前的横木)。使人称谢(告知):'皇帝敬劳将军。'成礼而去。既出军门,群臣皆惊。文帝

曰:'嗟乎,此真将军矣!曩(nǎng,从前、过去)者霸上、棘门军,若儿戏耳,其将固可袭而虏也。至于亚夫,可得而犯邪!'称善者久之。"后遂以"细柳营""亚夫营"形容治军有方、军容整肃。

⑭"闻声稍卧"二句:指唐德宗时名将郝玼镇守原州(治所在今甘肃镇原县),虏不敢过临泾(古地名,在今甘肃镇原县南),一道其名可以吓住啼哭的小儿使不再啼哭之事。典出《新唐书·郝玼(cǐ)传》:"郝玼,不记其乡里。贞元中为临泾镇将,……卒诏城临泾(皇帝最终下诏允许在临泾建筑城池),为行原州,以玼为刺史,戍之。自是虏不敢过临泾。玼在边积三十年,每讨贼,不持糗粮(干粮。糗,读qiǔ,炒熟的米或面等,泛指干粮),取之于敌。获虏必刳剔(kū tī,剖杀、割剥)而归其尸,虏大畏,道其名以怖(吓唬)啼儿。"按:郝玼之事,《旧唐书》亦有所载:"郝玼者,泾原之戍将也。贞元中,为临泾镇将,勇敢无敌,声振虏庭。……元和三年,佐请筑临泾城,朝廷从之。仍以为行凉州,诏玼为刺史以戍之。自此西蕃入寇,不过临泾。玼出自行间,前无坚敌。在边三十年,每战得蕃俘,必刳剔而归其尸,蕃人畏之如神。赞普下令国人曰:'有生得郝玼者,赏之以等身金。'蕃中儿啼者,呼玼名以怖之。"文字与《新唐书》不同,故一并录于此,以供读者参考。

【译文】燕国与赵国相对,楚国与齐国相对。栽有柳树的堤岸与种有桃树的小路相对。罩有轻纱的窗与雕饰华美的门相对,饰有彩绘的楼阁与年轻女子的居室相对。修月的斧头与登天的阶梯相对。蟛螘与虹霓相对。为了及时行乐人们去春日的园圃中游玩,对人阿谀谄媚比在炎夏里劳作还要辛苦。李广空有射虎之能却终生未曾封侯,魏明帝因为不忍射杀幼鹿才得以被立为皇帝。汉文帝拉住缰绳骑马缓行,周亚夫的细柳营军纪严明令文帝心生敬意;一闻其声敌人就不敢出击,临泾守将郝玼的名声大得足能吓得小儿不敢啼哭。

九 佳

门对户,陌①对街。枝叶对根荄②。斗鸡对挥麈③,凤髻对鸾钗④。登楚岫⑤,渡秦淮⑥。子犯对夫差⑦。石鼎⑧龙头缩,银筝雁翅排⑨。百年诗礼延余庆⑩,万里风云入壮怀⑪。能辨名伦,死矣野哉悲季路⑫;不由径窦,生乎愚也有高柴⑬。

【注释】①陌:田间小路。东晋陶潜《桃花源记》:"阡陌交通,鸡犬相闻。"

②根荄(gāi):植物的根。荄,根。东汉许慎《说文解字》:"荄,草根也。"

③挥麈(zhǔ):挥动用麈尾制成的拂尘,可驱赶蚊蝇或作助谈之用。麈,鹿一类的动物,其尾可做拂尘。北宋欧阳修《和圣俞聚蚊》:"抱琴不暇抚,挥麈无由停。"

④凤髻对鸾钗:凤髻:古代一种高如飞凤的发髻。唐宇文氏《妆台记》:"周文王于髻上加珠翠翘花,傅之铅粉,其髻高名曰凤髻。"鸾钗:鸾形的钗子。唐李商隐《河阳诗》:"湿银注镜井口平,鸾钗映月寒铮铮。"

⑤楚岫(xiù)：楚地山峦。岫，本指山洞，泛指山峦、峰峦。唐韦迢《早发湘潭寄杜员外院长》："楚岫千峰翠，湘潭一叶黄。"按：此句或用"楚王游高唐而梦遇神女"之事，详见本书上卷"二冬"第二段注释⑪。若此，"楚岫"则专指巫山矣。

⑥秦淮：指秦淮河，流经南京。相传乃秦始皇命人凿山引江而成，故名。

⑦子犯对夫差(chāi)：子犯：即狐偃，字子犯，春秋时晋国重臣，晋文公的舅舅。曾帮助晋文公重耳登上王位，并辅佐其称霸诸侯。夫差：姬姓，姑苏(今江苏省苏州市)人，春秋时吴国最后一代君王。曾一度称霸，后被越王勾践灭国，自杀而死。

⑧石鼎：陶制的烹茶用具。唐皮日休《冬晓章上人院》："松扉欲启如鸣鹤，石鼎初煎若聚蚊。"

⑨银筝雁翅排：银筝上的弦柱，每弦一柱，斜列如雁翅，故曰"银筝雁翅排"。

⑩余庆：遗留给子孙后辈的德泽。《周易·坤》："积善之家，必有余庆。"

⑪"万里风云"句：化用唐韩愈《送石处士赴河阳幕》："风云入壮怀，泉石别幽耳"。壮怀，豪壮的胸怀。

⑫"能辨名伦"二句：名伦：名分伦常。死矣野哉：皆孔子评价季路之语。语见《论语·子路》："子曰：'野哉(粗鲁啊)，由也！君子于其所不知(君子对他不了解的事情)，盖阙如也(采取存疑的态度)。'"《史记·仲尼弟子列传》："孔子闻卫乱，曰：'嗟乎，由死矣！'已而果死。"季路：孔子弟子，姓仲，名由，字子路，一字季路。初仕鲁，任季氏家宰。后事卫，任卫国大夫孔悝(kuī)的蒲邑宰。周

敬王四十年（公元前480年），卫国内乱，季路战死。《史记·仲尼弟子列传》："子路为卫大夫孔悝之邑宰。蒉聩（即蒯聩，卫灵公之子）乃与孔悝作乱，谋入孔悝家，遂与其徒袭攻出公（卫出公）。出公奔鲁，而蒉聩入立，是为庄公。方孔悝作乱，子路在外，闻之而驰往。遇子羔出卫城门，谓子路曰：'出公去矣，而门已闭，子可还矣，毋空受其祸。'子路曰：'食其食者不避其难。'子羔卒去。有使者入城，城门开，子路随而入。造蒉聩（见到蒉聩），蒉聩与孔悝登台。子路曰：'君焉用孔悝？请得而杀之。'蒉聩弗听。于是子路欲燔（fán，焚烧）台，蒉聩惧，乃下石乞、壶黡（皆人名）攻子路，击断子路之缨。子路曰：'君子死而冠不免（君子即使临死，也要衣冠整齐）。'遂结缨而死（在系好帽缨的过程中被人杀死。结缨，系好帽带）。"按："能辨名伦"有的版本作"莫辨名伦"，若如此，则对季路含有贬义，与作者"悲季路"的语气不合，故不取。另，下文言"高柴"贬义明显，故此处应含褒义，作"能辨名伦"更为恰当。

⑬"不由径窦（dòu）"二句：径窦：门径。径，小路。窦，洞穴，空穴。生平愚也：皆孔子评价高柴之语。语见《史记·卫康叔世家》："孔子闻卫乱，曰：'嗟乎！柴也其来乎？由也其死矣。'"《论语·先进》："柴也愚。"高柴：孔子弟子，字子羔，历任鲁国费宰、郈（hòu）宰、武城宰和卫国的士师。卫国政变时，高柴逃离卫国，并劝子路也不要进城，但子路拒绝了他的劝阻，结果入城被杀。详见上注释⑫。

【译文】门与户相对，小路与大街相对。枝叶与根茎相对。斗鸡与挥麈相对，凤形发髻与鸾形簪钗相对。登上楚地山峦与渡过秦淮河水相对。晋国重臣子犯与吴国君王夫差相对。烹茶用的石鼎上盘缩着龙头,银筝上的弦柱斜列如雁翅。传承百年的诗礼之家必有德泽留给后辈,飘扬万里的风云景物全都可以纳入豪壮的胸怀。懂得名分伦常,粗鲁的季路在卫国的内乱中英勇战死;不知圣学门径,愚笨的高柴从卫国内乱中偷生逃出。

冠对履①,袜对鞋。海角对天涯②。鸡人对虎旅③,六市对三街④。陈俎豆⑤,戏堆埋⑥。皎皎对皑皑⑦。贤相聚东阁⑧,良朋集小斋⑨。梦里山川书越绝⑩,枕边风月记齐谐⑪。三径萧疏,彭泽高风怡五柳⑫;六朝华贵,琅琊佳气种三槐⑬。

【注释】①冠对履:冠:帽子。履:鞋子。

②海角对天涯:海角:本指伸入海中的狭长陆地,常形容极偏僻遥远的地方。天涯:天边,常指极僻远的地方。北宋陆游《蝶恋花》:"海角天涯行略尽,三十年间,无处无遗恨。"

③鸡人对虎旅:鸡人:皇宫里负责报时的卫士。汉代制度,宫中不得畜鸡,卫士候于朱雀门外,传鸡唱。虎旅:有力如虎的军队,借指勇猛善战的军队。唐李商隐《马嵬·其二》:"空闻虎旅鸣宵柝,无复鸡人报晓筹。"

④六市对三街:"六市"与"三街"均指都市的大街闹市。按:"三街六市"之语多见于明清小说之中。如《西游记》第三回:"风起处,惊散了傲来国君王,三街六市,都慌得关闭门户,无人敢走。"

⑤陈俎(zǔ)豆:语出《史记·孔子世家》:"孔子为儿嬉戏,常陈俎豆,设礼容。"俎豆:古代祭祀、宴飨时盛食物用的两种礼器,俎为四脚方形,豆为高足圆形,后常以"俎豆"泛指礼器。

⑥戏堆埋：典出西汉刘向《列女传·母仪·邹孟轲母传》："邹孟轲之母也，号孟母。其舍近墓。孟子之少也，嬉游为墓间之事，踊跃筑埋（很爱学筑坟埋葬等事）。孟母曰：'此非吾所以居处子（安顿儿子）也。'乃去舍市傍。其嬉戏为贾人（商贩。贾，gǔ）炫卖（沿街叫卖）之事。孟母又曰：'此非吾所以居处子也。'复徙（迁移）舍学宫之傍。其嬉游乃设俎豆揖让进退。孟母曰：'真可以居吾子矣。'遂居之。及孟子长，学六艺，卒成大儒之名。君子谓孟母善以渐化。"这就是"孟母三迁"的故事。

⑦皎皎（jiǎo jiǎo）对皑皑（ái ái）：皎皎：洁白貌。《诗·小雅·白驹》："皎皎白驹，在彼空谷。"皑皑：雪白的样子，常形容霜雪、白骨等。唐卢照邻《失群雁》："三秋北地雪皑皑，万里南翔渡海来。"

⑧贤相聚东阁：指西汉武帝时公孙弘为丞相别立客馆，东向开门，以招揽贤才，一起谋议朝廷大事之事。《汉书·公孙弘传》："弘自见为举首，起徒步，数年致宰相封侯，于是起客馆，开东阁以延贤人，与参谋议。"贤相：指公孙弘，姓公孙，名弘，西汉武帝时人，汉代儒家学派的代表人物之一，曾任丞相，封平津侯。东阁，东向的小门，后常代指宰相招致、款待宾客的地方。

⑨良朋集小斋：指唐人柳公绰家有个小书斋，每逢处理私事、接待宾客等，柳公绰都在小斋里进行之事。典出北宋司马光《家范·治家》："唐河东节度使柳公绰，在公卿间最有家法。中门东有小斋，自非朝谒（朝见，上朝）之日，每平旦（清晨）辄出至小斋，诸子仲、郢等皆束带（系好衣带，借指衣冠整齐）晨省（早晨向父母问安）于中门之北。公绰决公私事，接宾客，与弟公权及群从弟再食，

自旦至暮(从早到晚)不离小斋。"

⑩越绝：指《越绝书》，是东汉袁康所撰的一本记载吴、越两国历史及伍子胥、范蠡等人活动的史书，其中有大量的异闻传说，故后人多将其视为杂史、野史，不将其视为正史。

⑪齐谐：人名，一说是书名。语出《庄子·逍遥游》："齐谐者，志怪者也。"唐成玄英疏："姓齐名谐，人姓名也；亦言书名也，齐国有此俳谐(诙谐戏谑)之书也。"后之谈笑说怪之书，多以"齐谐"命名，如《齐谐记》《续齐谐记》《新齐谐》等。此处的"齐谐"当为书名。

⑫"三径萧疏"二句：三径：语出东晋陶潜《归去来兮辞》："三径就荒，松菊犹存。"萧疏：萧条，凄凉。彭泽：指陶潜。陶潜曾为彭泽县(古县名，在今江西省北部)令，故后人常以"彭泽"代指陶潜，称其为"陶彭泽"。《晋书·隐逸传·陶潜传》："性嗜酒，而家贫不能恒得。……执事者闻之，以为彭泽令。"五柳：详见本书上卷"六鱼"第一段注释⑪。

⑬"六朝华贵"二句：指北宋兵部侍郎王祐曾手植三槐于庭，曰'吾子孙必有为三公者'，后其子王旦果为宰相，天下谓之三槐王氏之事。典出《宋史·王旦列传》："祐手植三槐于庭，曰：'吾之后世，必有为三公者，此其所以志也。'……真宗即位，拜(王旦，王祐之子)中书舍人……咸平三年，又知贡举，锁宿(锁闭于科举试场内)旬日，拜给事中、同知枢密院事。逾年(过了一年)，以工部侍郎参知政事(职位相当于副宰相)。"关于此事北宋邵雍《邵氏见闻录》和苏轼《三槐堂铭叙》亦有所载。《邵氏见闻录》："二郎者，文正公旦也，祐素知其必贵，手植三槐于庭，曰'吾子孙必有为三公者'。已而

果然。天下谓之王氏。"《三槐堂铭叙》:"故兵部侍郎晋国王公显于汉、周之际,历事太祖、太宗,文武忠孝,天下望以为相,而公卒以直道不容于时。盖尝手植三槐于庭,曰:'吾子孙必有三公者。'已而其子魏国文正公相真宗皇帝于景德、祥符之间。朝廷清明,天下无事之时,享其福禄荣名者十有八年。"六朝华贵:王祐历仕后晋、后汉、后周三朝,入宋后历仕太祖、太宗二朝,其子王旦历仕太宗、真宗二朝,父子合仕六朝,故此处言"六朝华贵"。琅琊(láng yá):古地名,在今山东省东南部。此地诞生有三大家族,即琅琊诸葛氏、琅琊王氏、琅琊颜氏。王祐家族在世系上属于琅琊王氏,故此处以"琅琊"言之。佳气:美好的云气。古代以为是吉祥、兴隆的象征。三槐:相传周代宫庭外植有三棵槐树,三公朝见天子时,面向三槐而立。后遂以"三槐"喻指三公。《周礼·秋官·朝士》:"面三槐,三公位焉。"按:"种三槐"有的版本作"毓(yù)三槐",亦可。译文从"种三槐"。毓,养育。

【译文】帽子与鞋子相对,袜子与鞋子相对。海角与天涯相对。学鸡报时的宫人与勇猛如虎的军队相对,六市与三街相对。孔子小时喜欢陈列俎豆与孟子少时爱玩筑造墓穴相对。皎皎与皑皑相对。西汉丞相公孙弘开东阁招揽贤才,唐节度使柳公绰在小斋招待好友。《越绝书》中记载了一些异想的山川景物,《齐谐记》里讲述了许多听来的风月故事。院中的三径已然萧条,高风亮节的陶潜便在宅边种下五棵柳树以愉悦性情;父子加起来能共仕六朝,是因为王祐凭借琅琊王氏家族的灵气在庭前种下了三棵槐树。

勤对俭,巧对乖。水榭对山斋①。冰桃对雪藕②,漏箭对更牌③。寒翠袖④,贵荆钗⑤。慷慨对诙谐⑥。竹径风声籁⑦,花溪月影筛⑧。携囊佳韵随时贮⑨,荷锄沉酣到处埋⑩。江海孤踪,云浪风涛惊旅梦⑪;乡关⑫万里,烟峦云树切归怀。

【注释】①水榭对山斋:水榭:水边亭阁。唐权德舆《奉和圣制九月十八日赐百僚追赏因书所怀》:"秋堂丝管动,水榭烟霞生。"山斋:山中的居室。南朝梁萧统《晚春》:"风花落未已,山斋开夜扉。"

②冰桃对雪藕:冰桃:鲜脆爽口的桃子。南宋杨万里《题左正卿寿慈堂》:"冰桃碧藕脆如酥,一筋千岁母子俱。"雪藕:雪白的嫩藕。唐杜甫《陪诸贵公子丈八沟携妓纳凉晚际遇雨二首·其一》:"公子调冰水,佳人雪藕丝。"

③漏箭对更牌:漏箭:古代漏壶中用作计时指针的箭。南宋陆游《晨起》:"夜润熏笼暖,灯残漏箭长。"更牌:又名"更筹""更签",古代夜间报更用的计时竹签。

④翠袖:青绿色衣袖,是富贵之家的女子的服饰,可代指佳人、美人。唐杜甫《佳人》:"天寒翠袖薄,日暮倚修竹。"

⑤荆钗:荆枝制作的髻钗,是贫家妇女的用物,可代指贫家妇女。唐李山甫《贫女》:"平生不识绣衣裳,闲把荆钗亦自伤。"

⑥慷慨对诙谐:慷慨:情绪激昂,或指人性格豪爽。魏晋阮籍《咏怀·其五十三》:"壮士何慷慨,志欲威八荒。"诙谐:谈吐幽默风趣。唐杜甫《社日》:"尚想东方朔,诙谐割肉归。"

⑦竹径风声籁(lài):竹径:竹林中的小径。籁,本义为古代的一种三孔竹制管乐器,后引申为从孔穴中发出的声音,也泛指一切声

音。如天籁(指物自然而然发出的声音)、人籁(指人口吹奏出的声音)、万籁(指自然界的各种声响)等。此处用作动词,指风穿竹径的声音像吹籁一样美妙。

⑧花溪月影筛:花溪:有的版本作"花蹊",亦可。从文义与对仗来说,作"花蹊"更为恰当。译文从"花蹊"。筛:一种多小孔的器具,此处用作动词,指花下的月影像筛过一样散落在路面。

⑨"携囊"句:指唐朝诗人李贺携囊贮诗之事。详见本书上卷"四支"第四段注释⑩。佳韵:美好的诗句。

⑩"荷锄"句:典出《晋书·刘伶传》:"常乘鹿车(古代的一种小车),携一壶酒,使人荷锸(chā,铁锹,掘土的工具)而随之,谓曰:'死便埋我。'其遗形骸如此。"荷锄:扛着锄头。沉酣:饮酒尽兴,酣畅。按:此句中的"锄"与上句中的"囊"皆为平声,故有失对之误。

⑪"江海孤踪"二句:孤踪:孤独的踪迹,孤单的身影。旅梦:旅人思乡之梦。

⑫乡关:犹故乡。唐崔颢《黄鹤楼》:"日暮乡关何处是,烟波江上使人愁。"

【译文】勤劳与俭省相对,巧和乖相对。水边亭阁与山中屋室相对。新鲜的脆桃与雪白的嫩藕相对,计时用的竹箭与报更用的竹签相对。身著翠袖的美人在寒冷的天气中倍感孤独凄凉,头戴荆钗的贫妇由于勤劳贤惠而受到世人的敬重。微风穿过竹径的声音像吹籁一样美妙,透过花枝洒落的月影像被筛过一样零碎。孤独的身影在江海间漂泊,云浪风涛惊醒了旅人的思乡美梦;故乡远在万里之外,迷蒙的烟峦云树牵动了游子的归家情怀。

楠对梓①,桧对楷②。水泊③对山崖。舞裙对歌袖,玉陛对瑶阶④。风入袂⑤,月盈怀⑥。虎兕对狼豺⑦。马融堂上帐⑧,羊侃水中斋⑨。北面黉宫宜释菜⑩,东巡岱畤定燔柴⑪。锦缆春江,横笛洞箫通碧落⑫;华灯夜月,遗簪堕翠遍香街⑬。

【注释】①楠(nán)对梓(zǐ):楠:一种常绿乔木,木材坚固,可作建筑材料,也可用于制作船只、器物等。梓:一种落叶乔木,材质优良,可供建筑及制作木器用。按:"楠"有的版本作"杞(qǐ)",误。"杞"在平水韵里属上声"四纸",如与"梓"对,则为仄声对仄声,属于失对,故此处应作"楠"。

②桧(guì)对楷(jiē):桧:一种常绿乔木,木材桃红色,有香气,可作建筑材料。楷:一种落叶乔木,木材可制器具,种子可榨油。按:"楷"在平水韵里有两个音,分别属于上平"九佳"和上声"九蟹",作"树木"解时,当读平声,故此处应读作jiē,不能读作kǎi。

③水泊:湖泽。"泊"在平水韵里属入声"十药",故此处"水泊"可与"山崖"相对。

④玉陛对瑶阶:玉陛:帝王宫殿的台阶。唐王昌龄《夏月花萼楼酺宴应制》:"玉陛分朝列,文章发圣聪。"瑶阶:玉砌的台阶,多用作石阶的美称。瑶,美玉。唐杜牧《秋夕》:"瑶阶夜色凉如水,坐看牵牛织女星。"

⑤风入袂(mèi):风入衣袖。袂,衣袖。北宋赵抃《寄谢云安知军王端屯田》:"坐来风入袂,归去月流波。"

⑥月盈怀:月光满怀。盈,满,充满。

⑦虎兕(sì)对狼豺(chái)：兕：雌犀牛。豺：俗称"豺狗"，狼的一种，形似犬而残猛如狼。李时珍《本草纲目》："豺，处处山中有之，野狼属也。俗名豺狗，其形似狗而颇白，……其体细瘦而健猛……喜食羊。"

⑧马融堂上帐：典出《后汉书·马融列传上》："融才高博洽（学识广博），为世通儒，教养诸生，常有千数。……善鼓琴，好吹笛，达生任性，不拘儒者之节。居宇器服，多存侈饰。常坐高堂，施绛纱帐（红色的纱帐），前授生徒，后列女乐，弟子以次相传，鲜有入其室者。"马融：字季长，茂陵（今陕西省兴平县东北）人，东汉学者，有《马季长集》传世。

⑨羊侃水中斋：典出《梁书·羊侃传》："侃性豪侈，善音律，自造《采莲》《棹歌》两曲，甚有新致。姬妾侍列，穷极奢靡。……初赴衡州，于两艋艀(fú，短而小的船)起三间通梁（屋梁相通）水斋，饰以珠玉，加之锦缋(huì，彩绘)，盛设帷屏，陈列女乐，乘潮解缆，临波置酒，缘塘傍水，观者填咽（堵塞，拥挤，形容观看的人很多）。"羊侃：字祖忻，泰山郡梁父县（今山东省新泰市）人，南朝梁将领。历任徐、青、冀、兖(yǎn)四州刺史，后迁侍中、太子左卫率、司徒左长史、都官尚书，册封高昌县侯。

⑩"北面黉(hóng)宫"句：北面：面向北。古代臣拜君、卑拜尊、幼拜长时，皆面向北而行礼。黉宫：西周之时，称学校为"黉宫"或"学宫"。那时的"黉宫"不但是讲学、学习之所，也是举行乡饮、大射或祭祀之礼的地方。释菜：古代入学时祭祀先圣先师的一种典礼，即以苹蘩之属奠祭之。释，舍。《周礼·春官·大胥》："春入学舍采合舞。"东汉郑玄注："舍，即释也；采，读为菜。始入学，必释菜

礼先师也。菜，苹（同'萍'）蘩（fán，白蒿）之属。"按："释菜"有的版本做"拾芥"。典出《汉书·夏侯胜传》："胜每讲授，常谓诸生曰：'士病不明经术；经术苟明，其取青紫如俯拾地芥耳（获得高官显爵就像俯下身拾取地上的芥草一样容易。青紫，古时公卿服色，借指高官显爵）。"后遂以"拾芥"或"拾地芥"比喻获取极易。然察文义，"北面""黉宫"皆与学子礼仪有关，故用"释菜"较为恰当。如用"拾芥"，则不合文义矣。译文从"释菜"。

⑪"东巡岱畤（zhì）"句：东巡：指天子巡视东方。语出《尚书·舜典》："岁二月，东巡守，至于岱宗（即泰山）。"岱：泰山的别称。古代的封禅大典多在泰山举行。畤：古代祭祀天、地、五帝（五方上帝，管东南中西北五方的神祇）的固定场所。东汉许慎《说文》："畤，天地五帝所基址祭地也。"燔（fán）柴：古代祭天的仪式，即将玉帛、牺牲等置于积柴上而焚之。《仪礼·觐礼》："祭天，燔柴……祭地，瘗（yì，掩埋，即在祭祀时在地上挖一坑穴，将玉帛、牺牲等祭品埋入地下，以供神祇享用）。"《尔雅·释天》："祭天曰燔柴。"北宋邢昺疏："祭天之礼，积柴以实牲体、玉帛而燔之，使烟气之臭上达于天，因名祭天曰燔柴也。"

⑫"锦缆春江"二句：锦缆：锦制的缆绳，此处代指装饰精美的船。洞箫：箫分有封底和无封底者，无封底者称洞箫。碧落：天空，青天。唐白居易《长恨歌》："上穷碧落下黄泉，两处茫茫皆不见。"

⑬"华灯夜月"二句：此二句描写的是元宵节的热闹景况。华灯：彩灯，雕饰精美的灯。北宋柳永《迎新春》："庆嘉节，当三五，列华灯，千门万户。"遗簪堕翠：指出来游玩的妇女掉落在街上的珠

玉首饰。南宋吴自牧《梦梁录·元宵》:"正月十五日元夕节,乃上元天官赐福之辰……公子王孙,五陵年少(指富豪子弟),更以纱笼喝道,将带佳人美女,遍地游赏。人都道玉漏频催,金鸡屡唱,兴犹未已。甚至饮酒醺醺,倩(请,使)人扶着,堕翠遗簪,难以枚举(难以数清)。"

【译文】楠树与梓树相对,桧树与楷树相对。湖泽与山崖相对。舞裙与歌袖相对,"玉陛"是皇宫台阶的专称与"瑶阶"是石砌台阶的美称相对。清风入袖与月光满怀相对。虎、兕与狼、豺相对。马融在堂上设下绛帐教授学徒,羊侃在水上建起亭馆饮酒娱乐。学子入学时要面向北方呈上萍藻之类的祭物以祭祀先圣先师,天子东巡至泰山时要把玉帛、牺牲等祭品放在积柴之上焚烧以祭祀上天。春天的江面上停泊着系有锦缆的大船,船中传出的箫笛之声响彻云天;夜月下的城市张灯结彩,街道上随处可见出来游玩的妇女们不小心掉落的珠玉首饰。

十 灰

春对夏,喜对哀。大手对长才①。风清对月朗,地阔②对天开。游阆苑③,醉蓬莱④。七政对三台⑤。青龙壶老杖⑥,白燕玉人钗⑦。香风十里望仙阁⑧,明月一天思子台⑨。玉橘冰桃,王母几因求道降⑩;莲舟藜杖,真人原为读书来⑪。

【注释】①大手对长才:大手:"大手笔"的略语,指工于文辞有大成就的人,即写作诗文的高手。唐僧鸾《赠李粲秀才》:"飒风驱雷暂不停,始向场中称大手。"长才:出众的才能,优异的才能。唐白居易《答杜兼谢上河南少尹知府事表文》:"亚理以明慎选,专领以展长才。"

②地阔:有的版本作"地辟",从词性与文义来说,作"地辟"更为恰当。辟,开。今有成语"开天辟地"(亦作"天开地辟"),指盘古氏开辟天地、创立世界之事,或比喻有史以来。

③阆(làng)苑:传说中仙人的住处。唐王勃《梓州郪县灵瑞寺浮图碑》:"玉楼星峙,稽阆苑之全模;金阙霞飞,得瀛洲之故事。"

④蓬莱：传说中的神山，泛指仙境。《史记·封禅书》："自威、宣、燕昭使人入海求蓬莱、方丈、瀛洲。此三神山者，其传在勃海中。"

⑤七政对三台：七政：通常指北斗七星。因七星各主日、月、五星，故称"七政"。《史记·天官书》："北斗七星，所谓'旋（同'xuán'，北斗七星中的第二星）、玑（北斗七星中的第四星）、玉衡以齐七政'。"三台：星名。《晋书·天文志上》："三台六星，两两而居……西近文昌二星曰上台，为司命，主寿；次二星曰中台，为司中，主宗室；东二星曰下台，为司禄，主兵。"

⑥青龙壶老杖：指壶公赠费长房竹杖，后竹杖化为青龙之事。事见《太平广记·神仙十二·壶公》："壶公者，不知其姓名也。……常悬一空壶于屋上，日入之后，公跳入壶中。人莫能见，唯长房（即费长房，东汉术士，《后汉书》有传）楼上见之，知非常人也。……房忧不得到家，公以一竹杖与之曰：'但骑此，得到家耳。'房骑竹杖辞去，忽如睡觉，已到家。家人谓是鬼，具述（详细陈述）前事，乃发棺视之，唯一竹杖，方信之。房所骑竹杖，弃葛陂（长满葛藤的山坡）中，视之乃青龙耳。"意为东汉费长房从壶公学仙，未成辞归。壶公送给他一根竹杖，让他骑着回家。费长房骑着竹杖片刻就到了家。到家后，他把竹杖扔在长满葛藤的山坡中，后来察视，发现竹杖竟然化为青龙。此事《后汉书·方术列传下·费长房》和东晋葛洪《神仙传·壶公》亦有所载。

⑦白燕玉人钗：典出东汉郭宪《洞冥记·卷二》："神女留玉钗以赠帝，帝以赐赵婕妤（即赵飞燕，汉成帝妃子。婕妤，读jié yú，宫中嫔妃的等级称号）。至昭帝元凤（汉昭帝年号）中，宫人犹见此钗。

黄諴(读chēn)欲之。明日示之,既发匣,有白燕飞升天。后宫人学作此钗,因名玉燕钗,言吉祥也。"意为西汉成帝时,有神女进一燕钗,帝赐赵婕妤。昭帝时宫人碎之,化白燕飞去。白燕:金丝雀一类的鸟,古代以为瑞鸟。

⑧望仙阁:南朝陈后主所建的阁楼。《南史·后妃传下·张贵妃》:"至德二年,乃于光昭殿前起临春、结绮、望仙三阁。高数十丈,并数十间。……内有宝床宝帐,其服玩之属,瑰丽皆近古未有。每微风暂至,香闻数十里,朝日初照,光映后庭。……后主自居临春阁,张贵妃居结绮阁,龚、孔二贵妃居望仙阁,并复道交相往来。"

⑨思子台:汉武帝时太子刘据因受人诬陷而自杀,后武帝知其冤,作思子宫,并建归来望思之台于湖县(古县名,西汉初年置,旧址在今河南阌乡县西南)。《汉书·武五子传》:"上怜太子无辜,乃作思子宫,为归来望思之台于湖(指湖县)。天下闻而悲之。"

⑩"玉橘冰桃"二句:玉橘:即"白橘"。相传周穆王会王母于瑶池,食碧藕白橘而得长生。事见《太平广记·神仙二·周穆王》:"又登群玉山,西王母所居,皆得飞灵冲天之道。而示迹托形者,盖所以示民有终耳。况其饮琬琰(琬圭与琰圭,比喻晶莹美好的事物)之膏,进甜雪之味,素莲黑枣,碧藕白橘,皆神仙之物,得不延期长生乎?"冰桃:相传西王母曾降临汉武帝宫中,享帝以紫芝、仙桃。详见本书上卷"五微"第三段注释⑧。王母:即西王母。

⑪"莲舟藜杖"二句:指太乙真人降天禄阁,燃藜杖,照刘向读书之事。《天平广记·感应一·刘向》:"汉刘向,于成哀(西汉成帝、哀帝)之际,校书于天禄阁,专精覃思(深思。覃,读tán,深广)。夜有老人,着黄衣,藜杖扣阁而进。见向暗中独坐诵书,老人

乃吹杖端，烂然火明，因以照向。说开辟已前事，乃授《洪范》五行之文。向裂衣及绅（撕下衣服衣带），以记其言。至曙而去，请问姓名，云：‘我是太乙之精，闻金卯之姓（即刘姓。‘刘’的繁体字的左边乃‘金’‘卯’二字合成），有博学者，下而观之焉。’乃出怀中竹榜，有关天文地图之事。子歆（即刘向之子刘歆），从向授此术。”或传太乙真人乃乘莲舟而来，故曰“莲舟藜杖”。藜杖：用藜茎制成的手杖。真人：指太乙真人。

【译文】春与夏相对，喜与哀相对。文辞高妙与才能优异相对。风清与月朗相对，地辟与天开相对。游玩于阆苑仙境与醉饮于蓬莱仙山相对。北斗七星与三台六星相对。十里香风自望仙阁中飘出，一天明月在思子台上照耀。因为有人求取长生之道，西王母数次带着玉橘、冰桃降临人间；为了给刘向照明读书，太乙真人乘着莲舟、扶着藜杖来到天禄阁中。

朝对暮，去对来。庶矣对康哉[①]。马肝对鸡肋[②]，杏眼对桃腮[③]。佳兴适[④]，好怀开[⑤]。朔雪[⑥]对春雷。云移鳷鹊观[⑦]，日晒凤凰台[⑧]。河边淑气迎芳草[⑨]，林下轻风待落梅。柳媚花明，燕语莺声浑是[⑩]笑；松号柏舞，猿啼鹤唳总成哀[⑪]。

【注释】①庶矣对康哉：庶矣：庶，众多。矣，助词。语出《论语·子路》：“子适（往，到……去）卫，冉有仆（动词，驾御车马）。子曰：‘庶矣哉！’冉有曰：‘既庶矣又何加（再，增加）焉？’曰：‘富之。’曰：‘既富矣，又何加焉？’曰：‘教之。’”意为孔子到卫国去，冉有为他驾车子。孔子说：“人口真是众多啊！”冉有说：“人口已经很多了,下一步应该怎么做呢?"孔子说:"使他们富裕起来。"冉有说:"已经富裕了,下一步又该怎么做呢?"孔子说:"教育他们。"康哉:康,太平,安定。哉,助词。语出《尚书·益稷》:"(皋陶)乃赓(继续)载歌曰:'元首明哉,股肱良哉,庶事康哉。'"意为舜的臣子皋陶继续歌唱道:"君王贤明啊,群臣贤良啊,一切事情都和乐安定啊!"

②马肝对鸡肋:马肝:马的肝。相传马肝有毒,食之能致人死命。《汉书·儒林传·辕固》:"食肉毋食马肝,未为不知味也。"唐颜师古注:"马肝有毒,食之喜杀人,幸得无食。"鸡肋:鸡的肋骨。比喻没多少意味但弃之又觉可惜的事物。语出南朝宋裴松之注《三国志·魏志·武帝纪》引晋司马彪《九州春秋》:"时王欲还,出令曰:'鸡肋。'官属不知所谓。主簿杨修便自严装,人惊问修:'何以知之?'修曰:'夫鸡肋,弃之如可惜,食之无所得,以比汉中,知王欲还也。'"

③杏眼对桃腮:杏眼:眼如杏,形容眼的形状很美。桃腮:腮如桃,形容脸颊粉红美丽。

④佳兴适:指"王子猷雪夜访戴"之事。典出《世说新语·任诞》:"王子猷(即王徽之,字子猷,王羲之之子)居山阴(古地名,今浙江绍兴),夜大雪,眠觉,开室,命酌酒(斟酒,饮酒)。四望皎然,因起彷徨,咏左思(字太冲,西晋文学家)《招隐诗》。忽忆戴安道(即戴逵,字安道。学问广博,隐居不仕),时戴在剡(shàn,剡县,古地名,今浙江嵊州新昌县),即便夜乘小船就之。经宿方至,造(到,到达)门不前而返。人问其故,王曰:'吾本乘兴而行,兴尽而返,何必见戴?'"佳兴:好的兴致。适:往,到……去。

⑤好怀开：语出北宋陈师道《绝句》："书当快意读易尽，客有可人期不来。世事相违每如此，好怀百岁几回开？"好怀：好兴致。

⑥朔雪：北方的雪。唐戴叔伦《吊畅当》："朔雪恐迷新冢草，秋风愁老故山薇。"

⑦鹧鹊观（zhī què guàn）：宫观名，西汉武帝所建。鹧鹊，传说中的异鸟。《三辅黄图·汉宫》："建元（汉武帝年号）中作石关、封峦、鹧鹊观于苑垣内。"

⑧日晒凤凰台：晒：有的版本作"丽"。丽，过，经过。《淮南子·俶（chù）真训》："夫贵贱之于身也，犹条风（东风，春风）之时丽也。"东汉高诱注："丽，过也。"译文从"晒"。凤凰台：古台名，在今江苏南京市南。相传有三凤凰集此，人遂起台于山，谓之"凤凰台"。唐李白《登金陵凤凰台》："凤凰台上凤凰游，凤去台空江自流。"

⑨"河边淑气"句：与下句俱出唐孙逖《和左司张员外自洛使入京中路先》："忽睹云间数雁回，更逢山上正花开。河边淑气迎芳草，林下轻风待落梅。秋宪府中高唱入，春卿署里和歌来。共言东阁招贤地，自有西征谢傅才。"淑气：温和之气。

⑩浑是：全是，满是。唐白居易《醉后题李马二妓》："艳动舞裙浑是火，愁凝歌黛欲生烟。"

⑪"松号（háo）柏舞"二句：松号：指风吹过松树时发出的声音像在号叫一样。号，大呼，大叫。柏舞：指柏树随风摇摆好像在跳舞一般。鹤唳（lì）：鹤鸣。唳，高亢的鸣叫。

【译文】朝与暮相对，去与来相对。人民众多与国家安定相对。马肝有毒与鸡肋无味相对，眼美似杏与腮艳如桃相对。偶尔引发美好的兴致与难得具有舒畅的心情相对。北方的雪与春天的雷相对。白云飘过鸤鹊观,太阳照耀凤凰台。温和的气息轻拂着河边的芳草,轻细的微风吹落了林中的梅花。春天里绿柳成荫鲜花怒放,莺燕的啼鸣听起来好像充满欢笑;秋风中松树呼号柏树起舞,猿鹤的啼叫听起来好像带着哀伤。

忠对信,博对赅①。忖度②对疑猜。香消对烛暗,鹊喜对蛩哀③。金花报④,玉镜台⑤。倒挈对衔杯⑥。岩巅横老树,石磴⑦覆苍苔。雪满山中高士卧⑧,月明林下美人来⑨。绿柳沿堤,皆因苏子来时种⑩;碧桃满观,尽是刘郎去后栽⑪。

【注释】①赅(gāi):完备。今有成语"言简意赅",形容说话或写文章简明扼要而意义周全。

②忖(cǔn)度:推测,思量。语出《诗经·小雅·巧言》:"他人有心,予忖度之。"按:"忖度"之"度"今读duó,在平水韵里属入声"十药",故此处可与"疑猜"相对。

③鹊喜对蛩(qióng)哀:鹊喜:民间传说鹊能报喜,故又称鹊为"喜鹊"。蛩哀:蟋蟀鸣于秋季,其声哀切,故古人常将其与哀伤、孤寂、落寞的情绪相连。如唐秦韬玉《长安书怀》:"长有归心悬马首,可堪无寐枕蛩声。"蛩,蟋蟀。

④金花报:古代科举考试后公布考中进士者的姓名时常贴以金花,故后世以"金花报"或"金花帖"代指进士榜单。另,古代考中状元者寄家信报喜的帖子,也称"金花报"。南宋洪迈《容斋续笔·金花帖子》:"唐进士登科,有金花帖子……以素绫为轴,贴以金花。"

南宋赵彦卫《云麓漫钞》卷二:"国初,循唐制,进士登第者,主文以黄花笺,长五寸许,阔半之,书其姓名,花押其下,护以大帖,又书姓名于帖面,而谓之牓帖,当时称为金花帖子。"

⑤玉镜台:玉制的镜台,此指东晋温峤娶其姑之女,以玉镜台为聘之事。事见《世说新语·假谲》:"温公(即温峤)丧妇,从姑(即姑姑)刘氏,家值乱离散,唯有一女,甚有姿慧,姑以属公觅婚。公密有自婚意,答云:'佳婿难得,但如峤比云何?'姑云:'丧败之余,乞粗存活,便足慰吾余年,何敢希(希望)汝比?'却后(过后)少日,公报姑云:'已觅得婚处,门地粗可,婿身名宦,尽不减峤。'因下玉镜台一枚。姑大喜。既婚,交礼,女以手披纱扇,抚掌大笑曰:'我固疑是老奴,果如所卜!'玉镜台,是公为刘越石长史,北征刘聪所得。"意为东晋温峤北征刘聪,获玉镜台一枚。从姑有女,嘱代觅婿,温有自婚意,说:"佳婿难得,和我一样的行不行?"姑言:"战乱之际,只要能粗略生活,就足以安慰我的晚年了,哪还敢希求像你这样的女婿。"过了几日,温峤告诉姑母已觅得佳婿,并送了玉镜台作为聘礼。等到结婚,行了交拜礼以后,新娘用手拨开纱扇,拍手大笑说:"我本来就疑心是你这个老家伙,果然不出所料。"后遂以"玉镜台"作为婚娶聘礼的代称。

⑥倒斝(jiǎ)对衔杯:倒斝:倒酒。斝,古代一种圆口三足的酒器。北宋王圭《和永叔思白兔戏答公仪忆鹤杂言》:"玉山沧海莫放翻然归,纤腰绿鬓何妨为君倒金斝。"衔杯:口含酒杯,指饮酒。南北朝何逊《赠韦记室黯别诗》:"促膝今何在,衔杯谁复同。"

⑦石磴(dèng):石台阶。南朝梁萧统《开善寺法会》:"牵萝下石磴,攀桂陟松梁。"

⑧ "雪满山中"句：与下句俱出明高启《梅花》："琼姿只合在瑶台，谁向江南处处栽？雪满山中高士卧，月明林下美人来。寒依疏影萧萧竹，春掩残香漠漠苔。自去何郎无好咏，东风愁寂几回开。"高士卧：典出西晋周斐《汝南先贤传》："时大雪积地丈余，洛阳令身出案行（巡视），见人家皆除雪出，有乞食者。至袁安门，无有行路。谓安已死，令人除雪入户，见安僵卧（躺着不动）。问何以不出。安曰：'大雪人皆饿，不宜干人（求人，向人求食）。'令以为贤，举为孝廉也。"

⑨ "月明林下"句：事见南宋胡仔《苕溪渔隐丛话》后集卷三十《东坡五》引唐柳宗元《龙城录》云："隋开皇中，赵师雄迁罗浮（今广东惠州市博罗县，境内有罗浮山）。一日天寒，日暮，于松竹林间见美人，淡妆素服出游。时已昏黑，残雪未消，月色微明，师雄与语，言极清丽，芳香袭人，因与之叩酒家共饮。少顷，一绿衣童来歌舞，师雄醉寝，但觉风寒袭人。久之，东方已白，起视，乃在梅花树下，上有翠羽，啾嘈（形容鸟的鸣声喧杂细碎）相顾，月落参横（参星横斜，指夜深），但惆怅而已。"按：高启之诗，本咏梅花，此句又用与梅花相关的典故，可谓贴切至极。

⑩ "绿柳沿堤"二句：指北宋元祐年间苏轼出守杭州，令人疏浚西湖，并沿堤种植花柳，人号苏公堤之事。事见《宋史·河渠志·东南诸水下》："轼既开湖，因积葑草（一种水生植物，又称'芜菁''蔓菁'。葑，读fēng）为堤，相去数里，横跨南、北两山，夹道植柳，林希（人名，时任知府）榜曰'苏公堤'，行人便之，因为轼立祠堤上。"

⑪ "碧桃满观（guàn）"二句：典出唐刘禹锡《元和十年自朗

州至京戏赠看花诸君子》（又名《玄都观桃花》）："紫陌红尘拂面来，无人不道看花回。玄都观里桃千树，尽是刘郎去后栽。"元和十年（公元815年），刘禹锡从朗州被召回京。他去玄都观观赏桃花时，写下此诗。同年，刘禹锡又因触怒权贵，被贬连州。十四年后，他重被召还，再游玄都观，写下另一篇《再游玄都观》的诗。诗云："百亩庭中半是苔，桃花净尽菜花开。种桃道士归何处？前度刘郎今又来。"诗前有序云："贞元二十一年为屯田员外郎，时此观未有花木。是岁，出牧连州，寻贬朗州司马。居十年，召至京师，人人皆言有道士手植仙桃，满观如红霞，遂有前篇（指《玄都观桃花》）以志一时之事。旋又出牧，于今十有四年，复为主客郎中。重游玄都（指玄都观），荡然无复一树，唯兔葵燕麦动摇于春风耳。因再题二十八字，以俟后游。时大和二年三月。"观：道教的庙宇称为"观"，此指玄都观，唐朝著名的道观，以遍植桃花而闻名。

【译文】忠与信相对，广博与完备相对。忖度与疑猜相对。香烟消散与烛光暗淡相对，鹊报喜与蛩哀鸣相对。"金花报"代表金榜题名与"玉镜台"代表婚娶聘礼相对。倒酒与含杯相对。岩石顶上老树横斜，石台阶上青苔覆盖。大雪满山时，高士袁安在家中独卧；明月映照下，梅花仙子自林间走来。西湖堤上遍布绿柳，它们都是苏轼出守杭州时栽种的；玄都观里尽是碧桃，它们都是刘禹锡离开京城后栽种的。

十一 真

莲对菊①,凤对麟。浊富对清贫②。渔庄对佛舍③,松盖对花茵④。萝月叟⑤,葛天民⑥。国宝对家珍⑦。草迎金埒马⑧,花醉玉楼⑨人。巢燕三春尝唤友⑩,塞鸿八月始来宾⑪。古往今来,谁见泰山曾作砺⑫;天长地久,人传沧海几扬尘⑬。

【注释】①菊:在平水韵里属入声"一屋",故此处可与"莲"相对。

②浊富对清贫:浊富:通过不正当途径获取财富。清贫:生活清寒贫苦。唐姚崇《冰壶赋》:"与其浊富,宁比清贫!"

③渔庄对佛舍:渔庄:渔村。元郭翼《南湖有怀》:"月里吹笙眠复阁,花间移艇过渔庄。"佛舍:佛堂。北宋苏轼《自雷适廉宿于兴廉村净行院》:"荒凉海南北,佛舍如鸡栖。"按:"佛舍"有的版本作"蟹舍",亦可,但从对仗的严格程度来说,作"蟹舍"更为恰当。译文仍从"佛舍"。蟹舍:渔村,渔家。南宋范成大《倪文举奉常将归东林且以赠行》:"我亦吴松一钓舟,蟹舍漂摇几风雨。"

④松盖对花茵：松盖：松树的树冠状如伞盖，故称。唐钱起《中书王舍人辋川旧居》："藤长穿松盖，花繁压药栏。"花茵：落花铺地如茵，可以坐卧，故称。或指绣有花朵的垫褥、毯子等。茵，垫褥。北宋释德洪《次韵见寄喜雨》："荡晴香雾吹红藕，迥地花茵叠紫苔。"

⑤萝月叟：月下行走在藤萝缠绕的山间的老人。萝，爬蔓植物。叟，男性老人。

⑥葛天民：葛天氏治理下的人民，借指思想纯朴，生活闲适的人。葛天氏，传说中的上古帝王，其治世不言而信，不化而行，是中国知识分子理想的社会状态。东晋陶潜《五柳先生传》："衔觞赋诗，以乐其志。无怀氏（传说中的上古帝王）之民欤？葛天氏之民欤？"

⑦家珍：家中的珍宝。今有成语"如数家珍"，指好像数自己家藏的珍宝那样清楚，比喻某人对所讲的事情十分熟悉。

⑧草迎金埒（liè）马：与下句俱出唐孟浩然（或作张子容）《长安早春》："关戍惟东井，城池起北辰。咸歌太平日，共乐建寅春。雪尽青山树，冰开黑水滨。草迎金埒马，花伴玉楼人。鸿渐看无数，莺歌听欲频。何当遂荣擢，归及柳条新。"金埒：用钱币筑成的界墙。典出南朝宋刘义庆《世说新语·汰侈》："王武子（指王济，字武子，西晋外戚大臣）被责，移第北邙（移居北邙山下。北邙，指北邙山，在今河南省洛阳市北）下。于时人多地贵，济好马射（王济好骑马射箭），买地作埒（买了块地围起来作骑射场），编钱匝地竟埒（将铜钱串起来，围绕马场一周，作为界墙）。时人号曰'金埒'（一作'金沟'）。"后遂以"金埒"借指豪侈的骑射场。埒，矮墙。

⑨玉楼：借指华丽的楼。南宋辛弃疾《苏武慢》："歌竹传觞，探梅得句，人在玉楼。"

⑩"巢燕三春"句：指春天燕子的叫声好像在寻求志同道合的朋友。典出《诗经·小雅·伐木》："伐木丁丁（形容伐木声），鸟鸣嘤嘤（形容鸟鸣声）。出自幽谷，迁于乔木（高大的树木）。嘤其鸣矣，求其友声。相彼鸟矣（仔细观察那只小鸟），犹求友声。矧伊人矣（何况我们这些人。矧，读shěn，况且），不求友生（怎能不求取朋友呢）？"三春：指春天。春天共有三个月，故称。

⑪"塞鸿八月"句：指八月时塞外的鸿雁由北方飞到南方，犹如去南方做客一般。《礼记·月令》："季秋之月……鸿雁来宾。"《逸周书·时训》："寒露之日，鸿雁来宾。"

⑫泰山曾作砺：语出《史记·高祖功臣侯者年表》："封爵之誓曰：'使河如带，泰山若厉（同'砺'，磨刀石），国以永宁，爰及苗裔（后代子孙）。'"意为汉高祖刘邦平定天下后，分封爵位，其誓词曰："即使黄河细得像衣带，泰山平得象磨刀石，你们的封国也会永远安宁，还要把对你们的恩泽延及给后代。"

⑬"沧海几扬尘"：典出东晋葛洪《神仙传·王远》："麻姑自说云：'接待以来（从上次接见以来），已见东海三为桑田（三次变为桑田）。向到蓬莱，水又浅于往者（水又比过去浅了），会时略半也（计算时间大约才过了一半），岂将复还为陵陆（山陵与陆地）乎？'方平（指王远，字方平，东汉桓帝时人，曾弃官入山习道，后传在丰都平都山升天成仙）笑曰：'圣人皆言，海中复扬尘也（东海又要干涸，行将扬起尘土）。'"后遂以"沧海扬尘"或"沧海桑田"比喻世事变化极大。沧海：古代对东海的别称，也可泛指大海。

【译文】莲花与菊花相对,凤凰与麒麟相对。不义而富与清贫自守相对。渔村与佛堂相对,松荫似盖与花铺如茵相对。藤月掩映下的老翁与葛天氏治下的人民相对。国宝与家珍相对。青草地迎来曾在以铜钱围成的跑马场上跑过的骏马,美丽的鲜花让玉楼中的佳人为之沉醉。春天筑巢燕子的叫声好像在召唤朋友,八月塞外鸿雁的南飞好像是去南方做客。古往今来,有谁曾见过泰山平得像磨刀石;天长地久,人们都传说沧海已经几度变为桑田。

兄对弟,吏对民。父子对君臣。勾丁对补甲①,赴卯对同寅②。折桂客③,簪花人④。四皓对三仁⑤。王乔云外舄⑥,郭泰雨中巾⑦。人交好友求三益⑧,士有贤妻备五伦⑨。文教南宣,武帝平蛮开百越⑩;义旗西指,韩侯扶汉卷三秦⑪。

【注释】①勾丁对补甲:勾丁:捉拿壮丁,抓丁拉夫。勾,捉拿,逮捕。丁,能担任赋役的成年男子。补甲:补充兵员。甲,铠甲,此指穿着铠甲的人,即兵士。按:"补甲"有的版本作"甫甲",误。"补"的繁体作"補","甫甲"当为"補甲"在传抄过程产生的错讹。

②赴卯对同寅:赴卯:旧时官署规定从卯时(上午五至七时)开始办公,故"赴卯"指去办公、去上班。同寅:原指同具敬畏之心,后指在一处做官的人,即同僚。寅,恭敬,敬畏。此处属"借对",即字面上取"寅"的时间意义(寅时,凌晨三时至五时)与前面的"卯"相对,而实际上却是用的它的"恭敬"之意,如此在字面上"同寅"就与"赴卯"构成了对仗。语出《尚书·皋陶谟》:"同寅协恭(友好合作),和衷(和睦同心)哉。"按:因旧时官署从卯时开始办公,

故那时称查点到班人数为"点卯",称吏役到官衙听候点名为"应卯",称吏役到官衙签到为"画卯"。

③折桂客:典出《晋书·郤诜(xì shēn)传》:"武帝于东堂会送,问诜曰:'卿自以为何如?'诜对曰:'臣举贤良对策,为天下第一,犹桂林之一枝,昆山之片玉。'"意为郤诜到雍州任刺史,晋武帝在东堂(偏殿)集合百官给他送行。晋武帝问:"卿自以为何如?"郤诜回答:"臣举贤良的对策,为天下第一,好像桂树林里的一枝花,昆山上的一块玉。"后遂以"折桂"比喻科举及第,获得功名。

④簪花人:古代殿试得中者,赏令簪花,以显其荣。另,明清时考中秀才者,亦可披红簪花。另,古时每逢喜庆、郊祀大典,帝王亦常赐花群臣,令其佩戴。簪花,插花于冠。《宋史·舆服志》:"幞头(古代男子用的一种头巾)簪花,谓之簪戴。……中兴,郊祀、明堂礼毕回銮,臣僚及扈从并簪花,恭谢日亦如之。……太上两宫上寿毕,及圣节、及锡(同'赐')宴、及赐新进士闻喜宴,并如之。"清陈康祺《郎潜纪闻》卷三:"新进士释褐(脱去平民衣服,比喻始任官职)于国子监,祭酒、司业皆坐彝伦堂,行拜谒簪花礼。"

⑤四皓对三仁:四皓:又称"商山四皓",指秦末隐居商山的东园公、绮里季、夏黄公、甪(lù)里先生四人。四人须眉皆白,又隐居商山,故名"商山四皓"。事见本书上卷"八齐"第一段注释⑪。三仁:特指殷商末年的微子、箕子、比干三位仁人。语出《论语·微子》:"微子去之,箕子为之奴,比干谏而死。孔子曰:'殷有三仁焉。'"

⑥王乔云外舄(xì):指东汉王乔飞凫入朝之事。典出《后汉书·方术列传上·王乔》:"王乔者,河东(今山西南部地区)人也。

显宗(即东汉明帝,庙号显宗)世,为叶令(叶县县令。叶县,东汉县名,在今河南叶县)。乔有神术,每月朔望(农历每月的初一和十五),常自县诣台朝。帝怪其来数,而不见车骑,密令太史伺望之。言其临至,辄有双凫从东南飞来。于是候凫至,举罗(捕鸟的网)张之,但得一只舄(鞋子)焉。乃诏尚方(制造帝王所用器物的官署)诊视(察看),则四年中所赐尚书官属履也(是四年中赐给尚书官属的鞋)。"后遂以"王乔履""凫舄"等,喻指仙术。王乔:东汉人,传说中的长寿仙人。

⑦郭泰雨中巾:《后汉书·郭符许列传·郭太传》:"尝于陈梁间行,遇雨,巾一角垫(头巾的一角折迭起来),时人乃故折巾一角,以为'林宗巾'。"意为东汉名士郭太,字林宗。一日道中遇雨,头巾沾湿,一角折迭。时人效之,故意折巾一角,称"林宗巾"。后遂以"角巾""林宗巾""折角巾"等泛指文士、隐士的头巾和冠饰。郭泰:字林宗,东汉名士,太原郡介休(今属山西省)人。按:"郭太"应作"郭泰",东汉名士。《后汉书》中写作"郭太",乃是因为《后汉书》的著者范晔其父名泰,为避讳,故将"郭泰"改写作"郭太"。

⑧三益:三种有益于人的朋友。语出《论语·季氏》:"孔子曰:'益者三友,损者三友。友直(同正直的人交朋友),友谅(同诚信的人交朋友。谅,诚信,诚实),友多闻(同见多识广的人交朋友),益矣。'"

⑨五伦:又称"五常"指君臣、父子、兄弟、夫妻、朋友之间五种伦理关系,即"父子有亲,君臣有义,夫妇有别,长幼有序,朋友有信"(语见《孟子·滕文公上》)。

⑩"文教南宣"二句:文教:文章教化,礼乐法度。宣:宣扬,宣

传,广泛传播。武帝:指汉武帝,他曾平定南蛮百越。蛮:中国古代对南方少数民族的泛称。百越:亦作"百粤",是我国古代对南方越人的总称。因其部落众多,故总称"百越",如汉时有闽越、瓯越、南越、骆越等。

⑪ "义旗西指"二句:义旗:为正义而战的军队的旗帜,借指义师或起义的军队。韩侯:指韩信,汉初名将,封淮阴侯,故称"韩侯"。三秦:秦亡以后,项羽三分关中之地,封秦降将章邯为雍王于咸阳以西,司马欣为塞王于咸阳以东,董翳为翟王于上郡,合称为"三秦"。据《史记·淮阴侯列传》载,韩信曾向刘邦献计,让其出兵攻打三秦。"今大王举而东,三秦可传檄而定也。"刘邦听从韩信的建议,出兵三秦,很快便占领三秦之地,从此有了与项羽对抗的根据地。"遂听信计,部署诸将所击。八月,汉王举兵东出陈仓,定三秦。"

【译文】兄与弟相对,吏与民相对。父子与君臣相对。征调壮丁与补充兵员相对。前往官署上班与同在一处做官相对。汉初四位须眉皆白的隐士与殷末三位具有仁德的贤人相对。王乔乘着鞋子化成的飞凫从云外赶来,郭泰戴着一角折迭的湿头巾在雨中行走。人要与有益于自己的三种朋友结交,士要与懂得五种伦常关系的贤妻结合。文明教化南传,汉武帝平定南方的百越各族;正义之师西征,韩信辅佐刘邦占领三秦之地。

申对午①,侃对訚②。阿魏对茵陈③。楚兰对湘芷④,碧柳对青筠⑤。花馥馥⑥,叶蓁蓁⑦。粉颈对朱唇。曹公奸似鬼⑧,尧帝智如神⑨。南阮才郎差北富⑩,东邻丑女效西颦⑪。色艳北堂,草号忘忧忧甚事⑫;香浓南国,花名含笑笑何人⑬。

【注释】①申对午:申:十二地支之一,排第九位。午:十二地支之一,排七位。

②侃(kǎn)对訚(yín):侃:温和快乐的样子。訚:和颜悦色而态度诚恳的样子。《论语·乡党》:"朝,与下大夫言,侃侃如也;与上大夫言,訚訚如也。"意为孔子在朝廷上,与下大夫交谈,和气而快乐;与上大夫交谈,正直而恭敬。

③阿魏对茵陈:阿魏:一种有臭气的植物,可入药。唐贯休《桐江闲居作十二首·其三》:"茶和阿魏暖,火种柏根馨。"茵陈:一种有香气的草本植物,可入药。唐杜甫《陪郑广文游何将军山林·其七》:"棘树寒云色,茵陈春藕香。"

④楚兰对湘芷:楚兰:生长于楚地的兰草。兰,香草名。湘芷:生长在湘江边的芷草。芷,香草名。

⑤青筠(yún):青竹。筠,竹子的青皮,借指竹子。北宋释道潜《春晚·其三》:"怪雨盲风卷却春,傍栏萧瑟只青筠。"

⑥馥馥:形容香气浓烈。南宋史铸《粉团菊》:"秋来残腊方抛弃,幻作篱边馥馥花。"

⑦蓁蓁(zhēn zhēn):形容草木茂盛的样子。《诗经·周南·桃夭》:"桃之夭夭,其叶蓁蓁。"南宋朱熹集传:"蓁蓁,叶之盛也。"

⑧曹公奸似鬼:曹公:指曹操,位至三公,人称"曹公"。奸似鬼:奸诈似鬼,形容极其奸诈。按:曹操在《三国演义》中是一个非常奸诈的反面人物,但正史对他的评价却绝非如此。《三国志·魏

书·武帝纪》:"评曰:'太祖运筹演谋,鞭挞宇内,擥申、商之法术,该韩、白之奇策,官方授材,各因其器,矫情任算,不念旧恶,终能总御皇机,克成洪业者,惟其明略最优也。抑可谓非常之人,超世之杰矣。'"

⑨尧帝智如神:语出《史记·五帝本纪》:"帝尧者,放勋(帝尧名放勋)。其仁如天,其知(同'智')如神。"

⑩"南阮才郎"句:典出《晋书·阮咸传》:"咸任达不拘,与叔父籍(指阮籍)为竹林之游,当世礼法者讥其所为。咸与籍居道南,诸阮居道北,北阮富而南阮贫。七月七日,北阮盛晒衣服,皆锦绮粲目(灿烂耀眼),咸以竿挂大布(宽幅粗布)犊鼻(即犊鼻裈,古代的一种短裤,形如犊鼻,故名。裈,kūn,裤子)于庭。人或怪之,答曰:'不能免俗,聊复尔耳!'"意为阮咸放达不羁,喜欢与叔父阮籍一同游玩。阮咸与阮籍住在道路南侧,还有些阮氏族人住在道路北侧。住在北侧的阮氏族人富裕,住在南侧的阮氏族人贫穷。七月七日盛行晒衣,道路北侧的阮氏族人所晒的都是锦绮等华丽的衣服,阮咸却用竹竿把自己的粗布短裤挂在庭院中晾晒。有人对此感到奇怪,阮咸说:"我不能免俗,姑且只能这样了!"按:"差北富"有的版本作"羞北富",亦可。从词句含义的丰富性来说,作"羞北富"。译文从"羞北富"。

⑪"东邻丑女"句:《庄子·天运》:"西施(越国美女)病心而颦(皱眉)其里,其里之丑人见而美之,归亦捧心(按着胸口)而颦其里。其里之富人见之,坚闭门而不出;贫人见之,挈(qiè,携)妻子而去之走。彼知颦美而不知颦之所以美。"意为西施心痛,皱着眉头,其邻里的丑女看见了觉得很美,于是也捂着胸口皱着眉头。邻里

的富人见了,关紧大门而不出;穷人见了,带着妻子儿女远走他乡。这个丑女知道皱着眉头美,却不知皱眉为什么美。后遂以"效颦"作为胡乱摹仿而弄巧成拙之典。今之成语"东施效颦"即源出于此。

⑫"色艳北堂"二句:与下二句俱出北宋丁谓《山居》:"草解忘忧忧底事,花名含笑笑何人。"北堂:与居室相连的北侧的房屋,是家中主妇的盥洗之处,借指妇女的居处。《仪礼·士昏礼》:"妇洗在北堂。"东汉郑玄注:"北堂,房中半以北。"唐贾公彦疏:"房与室相连为之,房无北壁,故得北堂之。"草号忘忧:指忘忧草,又称萱(xuān)草,一种多年生草本植物。古人认为种植此草,可以使人忘忧,因称"忘忧草"。南朝梁任昉《述异记》:"萱草,一名紫萱,又名忘忧草,吴中书生谓之疗愁。"

⑬"香浓南国"二句:南国:我国南方。因含笑花产于我国南部,故言"香浓南国"。花名含笑:指含笑花,一种木兰科常绿灌木。因其花开常不满,如含笑状,故名"含笑花"。

【译文】申与午相对,坦诚温和与正直恭敬相对。阿魏与茵陈相对。生长于楚地的兰草与生长在湘江边的芷草相对。花香浓郁与草叶茂盛相对。粉嫩的脖颈与红润的嘴唇相对。曹操奸诈似鬼,帝尧智慧如神。住在道南的阮氏才子并没有因为不如住在道北的阮氏族人富裕而羞愧,住在东边邻居家的丑女胡乱摹仿西施的捧心皱眉反而使自己更加丑陋。北堂的忘忧草茎叶茂盛,它名叫忘忧却不知在忧愁什么事呢?南方的含笑花香气浓烈,它名叫含笑却不知在嘲笑什么人呢?

十二 文

忧对喜,戚对欣①。二典对三坟②。佛经对仙语,夏耨对春耕③。烹早韭④,剪春芹。暮雨对朝云。竹间斜白接⑤,花下醉红裙⑥。掌握灵符五岳篆⑦,腰悬宝剑七星纹⑧。金锁未开,上相趋听宫漏永⑨;珠帘半卷,群僚仰对御炉熏⑩。

【注释】①戚对欣:戚:忧愁,悲伤。欣:喜悦,欢乐。按:"戚"在平水韵里属入声"十二锡",故此处可与"欣"相对。

②二典对三坟:二典:《尚书》中的《尧典》《舜典》合称为"二典"。三坟:上古时的三皇之书。西汉孔安国《尚书传序》:"伏羲、神农、黄帝之书,谓之三坟。言大道也。"

③夏耨(nòu)对春耕:夏耨:夏天锄草。耨,一种锄草的农具,此处作动词,指锄草。春耕:春天耕耘。耘,除草。

④早韭(jiǔ):早春时候的韭菜。《南齐书·周颙(yóng)传》:"文惠太子问颙:'菜食何味最胜?'颙曰:'春初早韭,秋末晚菘(sōng,白菜)。'"

⑤竹间斜白接：典出《世说新语·任诞》："山季伦（山简，字季伦）为荆州，时出酣畅。人为之歌曰：'山公时一醉，径造高阳池（池园名，当时在襄阳）。日莫（同'暮'）倒载归，酩酊无所知。复能乘骏马，倒着白接䍦（头巾，巾帽）。举手问葛强（人名，山简的爱将），何如并州儿？'"白接：即白接䍦（lí），白色的巾帽。

⑥醉红裙：醉倒在女人的红裙之下。红裙，红色裙子，代指美人。唐韩愈《醉赠张秘书》："不解文字饮，惟能醉红裙。"

⑦"掌握"句：道教传说，法术高超的道士可以掌握五岳灵符，统领鬼神。五岳：指东岳泰山、南岳衡山、西岳华山、北岳恒山、中岳嵩山。道教符箓中有《五岳真形图》，相传为太上道君所传，有免灾致福之效。其中的"五岳"即指泰山、嵩山等五岳。又传道教镇宅符中，最厉害的是五岳镇宅符。由此可知道教符箓中凡带有"五岳"字样的都是十分厉害、灵验的符箓。箓（lù），即符箓，道士所画的可以驱使鬼神、免除病邪的符号或帖子。

⑧"腰悬"句：语出唐王维《赠裴旻将军》："腰间宝剑七星纹，臂上雕弓百战勋。"宝剑七星纹：即七星剑，古代嵌饰有北斗七星图纹的宝剑。

⑨"金锁未开"二句：上相：对宰相的尊称。宫漏：古代宫中计时的用具，因用铜壶滴漏，故称"宫漏"。永：时间长。唐李商隐《龙池》："夜半宴归宫漏永，薛王沉醉寿王醒。"

⑩"珠帘半卷"二句：珠帘半卷：古诗词常用语。如唐和凝《宫词百首·其三十七》："珠帘半卷开花雨，又见芭蕉展半心。"北宋周邦彦《芳草渡》："听碧窗风快，珠帘半卷疏雨。"南宋陆游《夜游宫》："宴罢珠帘半卷。画檐外，蜡香人散。"珠帘：以珍珠串成的帘

子。御炉:御用的香炉。按:"半卷"有的版本作"乍卷"。按理来说,朝堂之上不应"珠帘半卷",故此处作"乍卷"较为恰当。乍卷,刚刚卷起。

【译文】 忧愁与欢喜相对,悲伤与喜悦相对。《尚书》中的《尧典》《舜典》与上古时的三皇之书相对。佛经与仙语相对,夏季锄草与春天耕耘相对。烹炒新生的韭菜与采剪春天的芹菜相对。傍晚的雨与早晨的云相对。竹林间有人斜戴着白帽穿过,花树下有人与美人调笑醉饮。手中握着五岳灵符以驱神役鬼,腰间挂着七星宝剑以斩妖降魔。金锁尚未打开,早来的宰相已经在宫门前伫听了很久的漏声;珠帘刚刚卷起,上朝的群臣就已站立在香烟缭绕的朝堂等待帝王的垂询。

词对赋[1],懒对勤。类聚对群分[2]。鸾箫对凤笛[3],带草对香芸[4]。燕许笔[5],柳韩文[6]。旧话对新闻。赫赫周南仲[7],翩翩晋右军[8]。六国说成苏子贵[9],两京收复郭公勋[10]。汉阙陈书,侃侃忠言推贾谊[11];唐廷对策,岩岩直谏有刘蕡[12]。

【注释】 ①词对赋:词:古代的一种诗体,讲究韵律,句式长短不一,故又称"长短句"。赋:详见本书上卷"四支"第二段注释②。

②类聚对群分:类聚:将同类的事物汇聚在一起。群分:将不同的事物以类区分。语出《周易·系辞上》:"方以类聚,物以群分。"

③鸾箫对凤笛:鸾箫:箫声如鸾鸣,形容箫声美好。凤笛:笛声

似凤鸣,形容笛声美好。"鸾箫""凤笛"多形容乐声美好。明李时行《若耶溪泛舟》:"鸾箫凤笛遥相和,共倒金樽醉不休。"

④带草对香芸:带草:又名"书带草",一种叶子细长而十分坚韧的草。相传东汉学者郑玄常把它当作带子来束书,故名。唐李贤注《后汉书·郡国四·东莱郡》引《三齐记》曰:"郑玄(字康成,东汉著名学者)教授不其山,山下生草大如薤(xiè,草名),叶长一尺余,坚韧异常,土人名曰'康成书带'。"香芸:一种香草,俗称"七里香",古人常用其防避蠹虫。南宋刘克庄《鹊桥仙》:"香芸辟蠹,青藜烛阁,天上宝书万轴。"

⑤燕许笔:唐朝名臣燕国公张说、许国公苏颋(tǐng)皆以文章显世,人称"燕许大手笔"。事见《新唐书·苏颋传》:"自景龙(唐中宗李显的年号)后,与张说以文章显,称望(名望)略等,故时号'燕许大手笔'。"

⑥柳韩文:唐代古文家韩愈、柳宗元俱以文章名世,后人常将他们并称为"韩柳"。此处因为平仄对仗的缘故,作者故意将其颠倒为"柳韩"。北宋欧阳修《唐柳宗元般舟和尚碑跋》:"子厚(即柳宗元,字子厚)与退之(即韩愈,字退之),皆以文章知名一时,而后世称为韩柳者,盖流俗之相传也。"按:"柳韩文"有的版本作"韩柳文",误。若如此,则失对矣。

⑦赫赫周南仲:语出《诗经·小雅·出车》:"赫赫南仲,猃狁(xiǎn yǔn,同'猃狁',我国古代北方少数民族名,又称'戎'、'狄',战国后称'匈奴')于襄(同'攘',平息,扫除)。……赫赫南仲,薄(同'搏',打击)伐西戎(即猃狁)。……赫赫南仲,猃狁于夷(扫平)。"赫赫:威武的样子。周南仲:即南仲,周宣王时的大将,曾

率兵击败侵犯周国的少数民族猃狁。

⑧翩翩晋右军：翩翩：风流潇洒的样子。晋右军：东晋著名书法家王羲之，曾任右军将军，人称"王右军"。

⑨"六国说（shuì）成"句：指战国时纵横家苏秦以合纵之术说服六国联合抗秦，从而身份显贵，佩戴六国相印之事。事见《史记·苏秦列传》："于是六国从合而并力焉。苏秦为从约长（有合纵之约的六国之长。从约，合纵之约），并相六国。"六国：指战国时期的齐、楚、燕、韩、赵、魏六国。说：说服，劝说。按："苏子贵"有的版本作"苏子业"。从对仗来说，"苏子业"更能与下文的"郭公勋"构成对仗，但从语义的丰富性来说，"苏子业"不如"苏子贵"好。译文从"苏子贵"。

⑩"两京收复"句：指唐朝名将郭子仪平定安史之乱，收复长安、洛阳两京，因其功勋卓著，被封为汾阳王之事。事见《旧唐书·郭子仪传》："郭子仪，华州郑县（今陕西渭南华州区）人。子仪长六尺余，体貌秀杰。……（天宝）十四载，安禄山反。……（天宝十五载）七月，肃宗即位，以贼据两京，方谋收复，诏子仪班师。……是月（至德二年三月），安禄山死，朝廷欲图大举，诏子仪还凤翔。四月，进位司空，充关内、河东副元帅。五月，诏子仪帅师趋京城。……九月，从（跟从。时郭子仪任中军副帅）元帅广平王率蕃汉之师十五万进收长安。……翌日，广平王入京师，老幼百万，夹道欢叫……十月……子仪奉广平王入东都（指洛阳），陈兵于天津桥南，士庶欢呼于路。……（上元）三年二月，河中军乱……后辈帅臣未能弹压，势不获已，遂用子仪为朔方、河中、北庭、潞、仪、泽、沁等州节度行营兼兴平、定国副元帅，充本管观察处置使，进封汾阳郡王，出

镇绛州。……史臣曰：'天宝之季，盗起幽陵，万乘播迁，两都覆没。天祚土德，实生汾阳。……七八年间，其勤至矣，再造王室，勋高一代。……自秦、汉已还，勋力之盛，无与伦比。'"两京：指唐朝的东都洛阳和西都长安。郭公：指郭子仪，唐代政治家、军事家。

⑪"汉阙（què）陈书"二句：汉阙：汉代朝廷。阙，皇宫门前两边供瞭望的楼台，借指宫廷、朝廷。陈书：陈奏上书。侃侃：刚直貌。贾谊：西汉初年政论家、文学家，曾多次上书汉文帝，直切地指出西汉王朝的危机，建议及早采取补救措施。代表作有《过秦论》《论积贮疏》《陈政事疏》《治安策》等。

⑫"唐廷对策"二句：对策：古时取士考试的一种形式，即由朝廷出题就政事、经义等设问，应试者在考试中书写作答。岩岩：威严。刘蕡（fén）：字去华，幽州昌平（今北京昌平）人。唐宝历二年（826年）进士。为人耿介嫉恶，沉健有谋，曾在"贤良方正"科举考试中，直斥宦官专权，主张除掉宦官，考官大为叹服，但不敢录取。同场登科之人有名李郃（hé）者，曰："蕡逐我留，吾颜其厚邪！"乃上疏请让功名。后官秘书郎，因宦官诬害，贬柳州司户参军，不久客死异乡。新旧《唐书》皆有传。《新唐书·刘蕡传》："太和二年，举贤良方正直言极谏。……所对六千言，直斥权宦，陈兴除之道，辞气慷慨。士人读其辞，至感慨流涕者。是时，考策官冯宿、贾餗（sù）、庞严见蕡对嗟伏（叹服），以为过古晁、董（指晁错、董仲舒），而畏中官（宦官）眦睚（zì yá，怒目而视，借指仇怨），不敢取。"

【译文】词与赋相对，懒惰与勤奋相对。将同类的事物聚在一起与将不同的事物以类区分相对。箫声如鸾鸣与笛声似凤叫相对，带草与香芸相对。盛唐时期的燕国公、许国公以文笔名世与中唐时期的柳宗元、韩愈以古文著称相对。旧话与新闻相对。西周的南仲威武不凡,东晋的王羲之风流潇洒。成功说服六国联合抗秦,苏秦因此显贵;收复洛阳、长安两京,郭子仪功勋卓著。汉文帝时群臣的上书中,能忠言直陈的首推贾谊;唐文宗时士子的对策中,敢直言极谏的唯有刘蕡。

言对笑,绩对勋。鹿豕对羊羵①。星冠对月扇②,把袂对书裙③。汤事葛④,说兴殷⑤。萝月⑥对松云。西池青鸟使⑦,北塞黑鸦军⑧。文武成康为一代⑨,魏吴蜀汉定三分⑩。桂苑秋宵,明月三杯邀曲客⑪;松亭夏日,薰风一曲奏桐君⑫。

【注释】①鹿豕(shǐ)对羊羵(fén):鹿豕:鹿和猪,常比喻山野无知之物。《孟子·尽心上》:"舜之居深山之中,与木石居,与鹿豕游,其所以异于深山之野人者几希。"羊羵:即羵羊,古代传说中的土中神怪。《国语·鲁语下》:"季桓子(即季孙斯,春秋时鲁国执政)穿井,获如土缶(一种圆腹小口的瓦器),其中有羊焉。使问之仲尼(孔子,字仲尼)曰:'吾穿井而获狗,何也?'对曰:'以丘之所闻,羊也。丘闻之:木石之怪曰夔、魍魉,水之怪曰龙、罔象,土之怪曰羵羊。'"

②星冠对月扇:星冠:又称"七星冠",上有七星图案的帽子,常为道士所戴。唐戴叔伦《汉宫人入道》:"萧萧白发出宫门,羽服星冠道意存。"月扇:即团扇。因其形如满月,故称。语本西汉班婕妤(jié yú,宫中嫔妃的等级称号)《怨歌行》:"裁为合欢扇,团团似明月。"

③把袂（mèi）对书裙：把袂：拉住衣袖，引申为把臂或握手。袂，衣袖。唐刘长卿《送贾三北游》："把袂相看衣共缁（zī，黑色），穷愁只是惜良时。"书裙：在衣裙上写字。典出《宋书·羊欣列传》："羊欣字敬元，泰山南城（今山东省新泰县）人也。……美言笑，善容止。泛览经籍，尤长隶书。不疑（即羊不疑，羊欣的父亲）初为乌程令（乌程县令），欣时年十二，时王献之为吴兴太守，甚知爱之。献之尝夏月入县，欣著新绢裙昼寝（白天睡觉，午睡），献之书裙数幅而去。欣本工书，因此弥善（更好，更有长进）。"后遂以"书裙"借指友好过访。

④汤事葛：商汤服事葛伯。语出《孟子·梁惠王下》："惟仁者为能以大事小（只有仁德之人才可以以大事小），是故汤事葛，文王（周文王）事昆夷（也作'混夷'，周朝初年的西戎国名）。"汤：商王朝的建立者，亦称"成汤""商汤"。事：侍奉，服侍。葛：葛国，夏朝末年的一个小国，故城在今河南省宁陵县北十五里，此处指葛国的统治者葛伯。

⑤说（yuè）兴殷：指傅说辅佐殷高宗武丁实现中兴之事。典出《史记·殷本纪》："武丁（即殷高宗）夜梦得圣人，名曰说（yuè）。以梦所见视群臣百吏，皆非也。于是乃使百工营求之野，得说于傅险中。是时说为胥靡（xū mí，古代服劳役的奴隶或刑徒），筑于傅险（即傅岩，古地名，位于今山西运城市平陆县东）。见于武丁，武丁曰是也。得而与之语，果圣人，举以为相，殷国大治。故遂以傅险姓之，号曰傅说。"意为殷高宗武丁梦见他得到一个可以辅政的圣人，名字中有"说"字。上朝时，他观察群臣，皆非梦中之人。于是他就派人去野外找寻，在"傅岩"得到了傅说。当时傅说是一个奴隶，正在傅

岩修筑城墙。傅说见到武丁,武丁说:"正是梦中的圣人。"武丁与之交谈后,更确信傅说就是梦中所见的圣人,于是拜他为相,从而使殷朝政治修明,经济繁荣,实现了中兴。说:指傅说,商朝殷高宗时的宰相,曾辅佐殷商高宗武丁安邦治国,成就"武丁盛世"。傅乃赐姓,因殷高宗是在傅岩得到的傅说,故赐姓"傅"。

⑥萝月:高居山间藤萝之上的明月。唐沈佺期《入少密溪》:"相留且待鸡黍熟,夕卧深山萝月春。"

⑦西池青鸟使:典出《艺文类聚·鸟部中·青鸟》引《汉武故事》曰:"七月七日,上于承华殿斋。正中,忽有一青鸟从西方来,集殿前,上问东方朔。朔曰:'此西王母欲来也。'有顷,王母至。有二青鸟如乌,侠侍(在两侧侍奉。侠,同'夹')王母旁。"西池:即瑶池。相传为西王母所居,故称"西池"。青鸟使:神话传说西王母有三只青鸟代为取食报信。后遂以"青鸟"或"青鸟使"借指传递书信的使者。唐李商隐《无题》:"蓬山此去无多路,青鸟殷勤为探看。"

⑧北塞黑鸦军:典出《新五代史·唐庄宗纪上》:"克用(即李克用)少骁勇,军中号曰'李鸦儿'……(中和)三年正月,出于河中,进屯乾坑。巢党(黄巢的党羽)惊曰:'鸦儿军至矣!'"北塞:北方边塞。李克用本神武川新城(今山西省代县雁门关北部)人,又长期担任河东(今山西南部地区)节度使,盘踞河东,故此处以"北塞"言之。黑鸦军:即鸦儿军,是李克用组建的一支骁勇善战的军队。因李克用别号"李鸦儿",故称"鸦儿军"。又因为鸦之毛羽多为黑色,故又名"黑鸦军"。

⑨"文武成康"句:周文王、武王、成王、康王都是西周初年的君王,故称"文武成康为一代"。

⑩ "魏吴蜀汉"句：三国时期魏、吴、蜀三国鼎立，三分天下，故称"魏吴蜀汉定三分"。蜀汉，即三国时的蜀国。因刘备在成都称帝时，国号为"汉"，故称"蜀汉"，又称"刘蜀"。

⑪ "桂苑秋宵"二句：桂苑：种有桂树的林园。秋宵：秋夜。明月三杯：化用唐李白《月下独酌》："举杯邀明月，对影成三人。"曲客：酒客，酒友。曲，指酒曲，酿酒发酵的酵母，俗称酒引子。《尚书·说命》："若作酒醴（lǐ，甜酒），尔惟曲糵。"按："曲客"有的版本作"麯客"或"麴客"，亦可。"麯""麴"皆同"曲"。

⑫ "松亭夏日"二句：薰风一曲：指《南风歌》，相传是舜所作，因其中有"南风之薰兮"的句子，故称"薰风"或"薰风歌"。《史记·乐书》："故舜弹五弦之琴，歌《南风》之诗而天下治……夫《南风》之诗者生长之音也，舜乐好之，乐与天地同意，得万国之欢心，故天下治也。"又，《孔子家语·辩乐解》："昔者舜弹五弦之琴，造《南风》之诗，其诗曰：'南风之薰（和暖，温和）兮，可以解吾民之愠（yùn，怨恨，恼怒）兮；南风之时兮，可以阜（fù，使……富有，使用……盛多）吾民之财兮。'唯修此化，故其兴也勃焉，德如泉流，至于今王公大人述而弗忘。"桐君：琴的别称。因桐木可制琴，故称。北宋陈师道《次韵苏公西湖观月听琴》："人生亦何须，有酒与桐君。"

【译文】言与笑相对，业绩与功勋相对。鹿豕与羊羵相对。有七星图案的帽子与形如满月的团扇相对，拉住衣袖与作书于裙相对。商汤服事葛伯，傅说振兴殷商。高居于藤萝之上的明月与飘荡在松树之间云气相对。西王母在瑶池养着三只传信的青鸟，李克用在北塞建有一支善战的黑鸦军。周文王、武王、成王、康王造就出强盛的西周,魏、吴、蜀三国鼎立形成了三分天下的局面。在秋夜的桂苑中,举起酒杯邀请明月和朋友与自己共饮;在夏日的松亭间,陈设桐琴弹奏一曲《南风》古调。

十三 元

卑对长，季对昆①。永巷对长门②。山亭对水阁，旅舍对军屯③。扬子渡④，谢公墩⑤。德重对年尊⑥。承乾对出震⑦，叠坎对重坤⑧。志士报君思犬马⑨，仁王养老察鸡豚⑩。远水平沙，有客泛舟桃叶渡⑪；斜风细雨，何人携榼杏花村⑫。

【注释】①季对昆：季：兄弟中排行最后的，泛指弟弟。昆：兄长，哥哥。"昆""季"连用指兄弟。

②永巷对长门：永巷：宫中长巷，或泛指深巷、长巷。北宋陈师道《放歌行·其一》："春风永巷闭娉婷，长使青楼误得名。"长门：指长门宫，相传汉武帝的皇后陈阿娇失宠后曾幽居于此。后遂以"长门"借指失宠女子居住的寂寥凄清的宫院。详见本书上卷"四支"第四段注释⑧。

③旅舍对军屯：旅舍：旅店，旅馆。军屯：屯军之处，指军营、戍所。屯，聚集，引申为戍守、驻扎。

④扬子渡：也作"杨子渡"，古津渡名，在今江苏省邗江南。

⑤谢公墩：又称"谢安墩"，在今江苏南京城东的蒋山上。相传是东晋谢安与王羲之的登临之处，故名。唐李白《登金陵冶城西北谢安墩》："冶城访古迹，犹有谢安墩。"自注："此墩即晋太傅谢安与右军王羲之同登，超然有高世之志，余将营园其上，故作是诗。"

⑥德重对年尊：德重：道德高尚。年尊：年高，年长。

⑦承乾对出震：承乾：承受天命，成为帝王。乾，《周易》八卦之一，象征天。出震：指帝王发号施令犹如雷声一般。震，《周易》八卦之一，象征雷，此处引申为帝王发布的号令。

⑧叠坎对重坤：叠坎：重叠的坎卦，象征重重险阻。叠，重，积。坎，《周易》八卦之一，象征水、坑洼，代表险难。重坤：重积的坤卦，象征厚大的恩德。坤，《周易》八卦之一，象征地、女性，代表温顺、宽厚。《周易·坤》："地势坤，君子以厚德载物。"按："叠坎"有的版本作"习坎"，亦可。《周易·坎》："《象》曰：习坎，重险也。"高亨注："本卦乃二坎相重，是为'习坎'。习，重也；坎，险也。故曰：'习坎，重险也。'""叠坎"与"习坎"意思相同，但从用典的角度来说，作"习坎"更好。

⑨"志士报君"句：志士：有远大志向的人。犬马：此指像犬马那样为人效劳。《三国演义》第三八回："孔明见其意甚诚，乃曰：'将军既不相弃，愿效犬马之劳。'"

⑩"仁王养老"句：典出《孟子·梁惠王上》："王欲行之则盍（同'何'，为什么）反其本矣？五亩之宅，树之以桑，五十者可以衣帛矣。鸡豚（小猪，也泛指猪）狗彘（zhì，猪）之畜，无失其时，七十者可以食肉矣。百亩之田，勿夺其时，八口之家可以无饥矣。谨庠序

（古代的学校）之教，申之以孝悌之义，颁白（同'斑白'，头发花白）者不负戴（以背负物，以头顶物，借指劳作）于道路矣。老者衣锦食肉，黎民不饥不寒，然而不王者，未之有也。"仁王：能施行仁政的王者。鸡豚：鸡和猪，代指家畜。

⑪"远水平沙"二句：平沙：广阔平坦的沙地或原地。泛舟：行船，坐船游玩。桃叶渡：渡口名，在今江苏省南京市秦淮河畔。相传东晋王献之曾在此送其爱妾桃叶，故名"桃叶渡"。《乐府诗集·清商曲辞二·桃叶歌》郭茂倩解题引《古今乐录》："《桃叶歌》者，晋王子敬（即王献之，字子敬）所作也。桃叶，子敬妾名，缘于笃爱，所以歌之。"《隋书·五行志》："陈时，江南盛歌王献之《桃叶》诗，云：'桃叶复桃叶，渡江不用楫。但渡无所苦，我自迎接汝。'"按："泛舟"有的版本作"放舟"，亦可。放舟，开船，行船。

⑫"斜风细雨"二句：斜风细雨：语出唐张志和《渔父歌·其二》："青箬笠，绿蓑衣，斜风细雨不须归。"携榼：提着酒壶。榼，古代盛酒的器具，今读kē，在平水韵里属入声"十五合"。杏花村：泛指卖酒处。语出唐杜牧《清明绝句》："借问酒家何处有，牧童遥指杏花村。"

【译文】卑与长相对，弟与兄相对。幽深的宫巷与凄清的长门宫相对。山间的亭台与水边的楼阁相对，旅店与军营相对。扬子渡与谢公墩相对。德高与年长相对。"承乾"意指承受天命与"出震"意指发布号令相对，"叠坎"象征险阻重重与"重坤"象征恩德厚大相对。有志之士报答君主甘愿效犬马之劳，仁德之王奉养老者不能忽视鸡豚的养殖。河水远流，沙地平广，有人乘着船从桃叶渡出发顺水游玩；风儿轻微，雨儿斜细，是谁携着酒壶到杏花村买酒品尝？

君对相,祖对孙。夕照对朝暾①。兰台对桂殿②,海岛对山村。碑堕泪③,赋招魂④。报怨对怀恩⑤。陵埋金吐气⑥,田种玉生根⑦。相府珠帘垂白昼⑧,边城画角⑨动黄昏。枫叶半山,秋去烟霞堪倚杖⑩;梨花满地,夜来风雨不开门⑪。

【注释】①夕照对朝暾(tūn):夕照:夕阳,亦指傍晚的阳光。南宋陆游《野饮》:"平堤渐放春无绿,细浪遥翻夕照红。"朝暾:初升的太阳。亦指早晨的阳光。暾,刚升起的太阳。唐陈元光《晓发佛潭桥》:"朝暾催上道,兔魄欲西沈。"

②兰台对桂殿:兰台:战国时楚台名。战国楚宋玉《风赋》序:"楚襄王游于兰台之宫,宋玉、景差侍。"另,汉代宫内收藏典籍的地方,也称"兰台"。《汉书·百官公卿表上》:"御史大夫……有两丞,秩千石。一曰中丞,在殿中兰台,掌图籍祕书。"桂殿:月宫。传说月亮里有桂树,故名。元萨都剌《和马伯庸除南台中丞以诗赠别》:"桂殿且留修月斧,银河未许度星轺。"另,古人也常把寺观殿宇或后妃居住的深宫美称为"桂殿"。如北周庾信《奉和同泰寺浮屠》:"天香下桂殿,仙梵入伊笙。唐李白《长门怨·其二》:"桂殿长愁不记春,黄金四屋起秋尘。"

③碑堕泪:典出《晋书·羊祜(hù)传》:"襄阳百姓于岘山祜平生游憩之所建碑立庙,岁时飨祭焉。望其碑者莫不流涕,杜预因名为堕泪碑。"羊祜,字叔子,魏晋时人。长期镇守荆州,德政卓著,甚得民心。死后,襄阳百姓为纪念他建碑立庙。见其碑者,莫不堕泪。杜预因名为"堕泪碑"。

④赋招魂:宋玉哀屈原之死,作有《招魂赋》。东汉王逸序

《楚辞·招魂》曰:"《招魂》者,宋玉之所作也。招者,召也。以手曰招,以言曰召。魂者,身之精也。宋玉怜哀屈原,忠而斥弃,愁懑(mèn,烦闷)山泽,魂魄放佚(散失),厥命将落。故作《招魂》,欲以复其精神,延其年寿,外陈四方之恶,内崇楚国之美,以讽谏怀王,冀(jì,希望)其觉悟而还之也。"

⑤报怨对怀恩:报怨:报复仇怨。怀恩:感念恩德。

⑥陵埋金吐气:典出《景定建康志》:"周显王三十六年(公元前333年),楚子熊商(即楚威王)败越,尽取故吴地。以此地有王气,因埋金以镇之,号曰金陵(今之南京)。"或传埋金者乃秦始皇。《景定建康志》:"父老言秦(始皇)厌东南王气,铸金人埋于此。"

⑦田种玉生根:指杨伯雍种石生玉并获美妇之事。典出东晋干宝《搜神记》卷十一:"杨公伯雍,雒阳县(今河南洛阳)人也,本以侩卖(做中间人介绍买卖,侩,读kuài,为买卖双方说合的经纪人)为业,性笃孝,父母亡,葬无终山,遂家焉。山高八十里,上无水,公汲水作义浆于坂(bǎn,山坡,斜坡)头,行者皆饮之。三年,有一人就饮,以一斗石子与之,使至高平好地有石处种之,云:'玉当生其中。'杨公未娶,又语云:'汝后当得好妇。'语毕,不见。乃种其石,数岁,时时往视,见玉子生石上,人莫知也。有徐氏者,右北平著姓女,甚有行(品行),时人求,多不许;公乃试求徐氏,徐氏笑以为狂,因戏云:'得白璧一双来,当听为婚。'公至所种玉田中,得白璧五双,以聘。徐氏大惊,遂以女妻公。天子闻而异之,拜为大夫。乃于种玉处四角,作大石柱,各一丈,中央一顷地名曰'玉田'。"后遂以"种玉"比喻缔结良姻。

⑧"相府"句：相府：古代丞相治事的官邸。珠帘垂白昼：即"昼日垂帘"，比喻清闲无事。典出《南史·顾觊之传》："觊之御繁以约，县用无事。昼日垂帘，门阶闲寂。"此句是说丞相理政有方，把国家治理得太平无事，相府的珠帘可以整日垂着，没有人前来报告事情。

⑨画角：表面有彩绘的号角，此指画角之声。角，号角，军队中传令、报警用的吹奏乐器，形似喇叭。南朝梁简文帝《折杨柳》："城高短箫发，林空画角悲。"

⑩倚杖：拄杖，拄着手杖。唐王维《辋川闲居赠裴秀才迪》："倚杖柴门外，临风听暮蝉。"

⑪"梨花满地"二句：杂用唐刘方平《春怨》"寂寞空庭春欲晚，梨花满地不开门"与北宋李重元《忆王孙》词"欲黄昏，雨打梨花深闭门"之句。

【译文】君王与宰相相对，祖与孙相对。傍晚的阳光与早晨的阳光相对。兰台是汉廷藏书之地与桂殿是后妃所居之宫相对，海岛与山村相对。堕泪碑与招魂赋相对。报复仇怨与感念恩德相对。楚威王埋金清凉山可是依旧镇不住金陵的王气，杨伯雍种下石子竟意外地收获了美玉。（国家太平无事）相府的珠帘整日低垂，（游子离家已久）边城的角声在黄昏中听来格外凄凉。枫叶染红半山，深秋的风景真是值得拄杖欣赏；梨花飘落满地，夜晚的风雨难惊动神伤的人儿使她开门一看。

十四　寒

家对国，治①对安。地主对天官②。坎男对离女③，周诰对殷盘④。三三暖⑤，九九寒⑥。杜撰对包弹⑦。古壁蛩声匝⑧，闲亭鹤影单。燕出帘边春寂寂，莺闻枕上漏珊珊⑨。池柳烟飘，日夕郎归青琐闼⑩；砌花雨过，月明人倚玉栏杆⑪。

【注释】①治：此处是形容词，指社会安定、太平。《荀子·天论》："禹以治，桀以乱，治乱非天也。"

②地主对天官：地主：土地神。《史记·封禅书》："八神……二曰地主，祠泰山梁父（泰山下的一座小山，古之帝王常在此祭奠山川、土地）。"天官：天上有官职的神仙。南宋吴自牧《梦粱录·元宵》："正月十五日元夕节，乃上元天官赐福之辰。"

③坎男对离女：坎男：坎，《周易》八卦之一，象征家庭里的中男（次子，诸子中居长幼之间者），故称"坎男"。离女：离，《周易》八卦之一，象征家庭里的中女（次女，诸女中居长幼之间者）。

④周诰对殷盘：周诰：指《尚书·周书》中的《大诰》《康诰》《酒诰》《召诰》《洛诰》等篇。殷盘：指《尚书·商书》中《盘庚》

篇(《盘庚》分上中下三篇)。唐韩愈《进学解》："周《诰》、殷《盘》,佶屈聱牙。"

⑤三三暖:农历三月三日,古称"上巳节"。其时正当暮春,天气暖和,故人们多在此日举行修禊(古人于上巳节到水边嬉戏采兰,以驱除不祥,称为"修禊(xì)")活动。南宋吴自牧《梦粱录·三月》:"三月三日上巳之辰,曲水流觞故事,起于晋时。唐朝赐宴曲江,倾都禊饮踏青,亦是此意。右军王羲之《兰亭序》云:'暮春之初,修禊事。'杜甫《丽人行》:'三月三日天气新,长安水边多丽人。'形容此景,至今令人爱慕。"

⑥九九寒:农历九月九日为"重阳节"。其时正当晚秋,天气转寒,故此处言"九九寒"。重阳节,中国传统节日,在这一天人们有登高游宴、佩戴茱萸、饮菊花酒等习俗。

⑦杜撰对包弹:杜撰:虚构,没有根据地编造。南宋王楙(mào)《野客丛书·杜撰》:"杜默为诗,多不合律。故言事不合格者为杜撰……然仆又观俗有杜田、杜园之说,杜之云者,犹言假耳。"包弹:指责,批评。明徐渭《南词叙录》:"包拯为中丞,善弹劾,故世谓物有可议者曰'包弹'。"然察古书,"包弹"一词唐诗既有,如此则不可谓之包拯事矣。唐李商隐《杂纂》:"筵上包弹品味。"或曰《杂纂》非李商隐所作,乃后人之伪托,待考。

⑧匝:环绕。"匝"今读zā,在平水韵里属入声"十五合"。

⑨"莺闻枕上"句:漏:漏壶,古代滴水计时的仪器。珊珊:象声词,形容漏壶滴水的声音。

⑩青琐闼(tà):雕刻有青色连环状花纹的门。青琐,装饰门窗的青色连环花纹,常见于宫廷或富贵人家的门窗上。闼,门。唐李颀

《送綦(qí)毋三谒房给事》:"徒言青琐闼,不爱承明庐。"

⑪"砌花雨过"二句:砌:台阶。月明人倚玉栏杆:语出唐崔橹《华清宫三首·其一》:"明月自来还自去,更无人倚玉栏干。"

【译文】家与国相对,太平与安宁相对。地神与天神相对。坎卦象征中男与离卦象征中女相对,《尚书·周书》中的《大诰》《康诰》等篇与《尚书·商书》中的《盘庚》上中下三篇相对。三月初三气候温暖,九月初九气候凉寒。凭空捏造与直言批评相对。古旧的墙壁四周充满蟋蟀的叫声,寂静的水亭旁边有只身影孤单的仙鹤。春日寂寂,燕子从屋下的帘间穿过;滴漏珊珊,黄莺在晨睡人的窗前啼鸣。池边的杨柳飘拂如烟,傍晚时分下班的官员穿过青琐宫门回到家中;雨后的阶花花叶尽湿,明月之下佳人倚靠着玉制的栏杆思念远人。

肥对瘦,窄对宽。黄犬对青鸾①。指环对腰带,洗钵对投竿②。诛佞剑③,进贤冠④。画栋对雕栏⑤。双垂白玉箸⑥,九转紫金丹⑦。陕右棠高怀召伯⑧,河南花满忆潘安⑨。陌上芳春,弱柳当风披彩线⑩;池中清晓,碧荷承露捧珠盘⑪。

【注释】①黄犬对青鸾:黄犬:典出《晋书·陆机传》:"初机有骏犬,名曰黄耳,甚爱之。既而羁于京师,久无家问,笑与犬曰:'我家绝无书信,汝能赍(jī,带,携带)书取消息不?'犬摇尾作声。机乃为书以竹盛之而系起颈,犬寻路南走,遂至其家,得报还洛。其后因以为常。"意为西晋文学家陆机养了一条狗,名叫黄耳,陆机很喜爱它。后来陆机在京师洛阳作官,家中久无音信,于是陆机就对狗说:"我家没有书信来,你能带信来回往返吗?"狗很高兴,摇着尾巴叫了几声。陆机便写好书信,装在竹筒里,系在犬颈上,犬沿着大路,去了陆家中,并把陆机家人的信带回洛阳。以后陆机便常常以狗传递家信。青鸾:详见本书上卷"七虞"第二段注释⑪。

②洗钵对投竿:洗钵:典出《景德传灯录卷十·赵州从谂(从谂,唐赵州禅师的法号)条》:"僧问:'如何是佛?'师云:'殿里底。'僧云:'殿里者岂不是泥龛塑像?'师云:'是。'僧云:'如何是佛?'师云:'殿里底。'僧问:'学人迷昧,乞师指示。'师云:'吃粥也未?'僧云:'吃粥也。'师云:'洗钵去。'其僧忽然省悟。"钵:一种似碗而浅,底平,口略小的盛食器具,常为僧侣所用。"钵"今读bō,在平水韵里属入声"七曷",故此处可与"投竿"相对。投竿:投放钓竿,借指垂钓。三国魏嵇康《四言》:"放棹投竿,优游卒岁。"另,"投"也可作"抛弃、丢掉"解,如此则"投竿"当解作丢掉钓竿、罢钓,借指出仕。三国魏应璩《与从弟君苗君胄书》:"昔伊尹辍耕,郅恽(zhì yùn,东汉人)投竿,思致君于有虞(舜为有虞氏),济蒸人(民众,百姓)于涂炭(烂泥和炭火,比喻极困苦的境遇,或借指陷入灾难的人民)。"

③诛佞(nìng)剑:典出《汉书·朱云传》:"臣愿赐尚方斩马剑,断佞臣一人以厉(警惕)其余。"诛佞:诛杀佞臣。佞,奸邪谄媚的人。

④进贤冠:古时儒者所戴,唐时定为文官朝见皇帝的一种礼冠。《后汉书·舆服志下》:"进贤冠,古缁(zī,黑色)布冠也,文儒者之服也。"《新唐书·车服志》:"进贤冠者,文官朝参、三老五更(相传古代统治者设三老五更,以尊养老人,此处代指位尊年长的

老人)之服也。"

⑤画栋对雕栏：画栋：有彩绘装饰的梁柱。栋，房屋的脊檩。唐王勃《滕王阁诗》："画栋朝飞南浦云，珠帘暮卷西山雨。"雕栏：雕有花纹彩饰的栏杆。南唐李煜《虞美人》"雕栏玉砌应犹在，只是朱颜改。"

⑥双垂白玉箸(zhù)：典出明陶宗仪《辍耕录·嗓》："王(王和卿，元代散曲家)忽坐逝，而鼻垂双涕尺余，人皆叹骇。关(关汉卿，元代戏剧作家)来吊唁，询其由，或对云：'此释家所谓坐化也。'复问鼻悬何物，又对云：'此玉箸(玉制的筷子，佛家喻指坐化时垂下的鼻涕。箸，筷子)也。'"一说此句并未用典，所谓"双垂白玉箸"是指双眼流下两条玉箸似的眼泪。玉箸，比喻眼泪。南北朝刘孝威《独不见》："谁怜双玉箸，流面复流襟。"唐李白《闺情》："玉箸夜垂流，双双落朱颜。"北宋杨亿《洛意》："泪迹不成双玉箸，身轻谁赋六铢衣。"明李攀龙《乌栖曲·其三》："美人空床夜不眠，双双玉箸下灯前。"明王世贞《从军五更转·其五》："闺中双玉箸，点点为辽西。"可见，在古诗文中以"玉箸"喻指眼泪，几成常态。

⑦九转紫金丹：九转：九次烧炼，道教认为丹的炼制有一转至九转的区别，九转之丹最为珍贵，其效果也最佳。东晋葛洪《抱朴子·内篇·金丹》："一转之丹，服之三年得仙。二转之丹，服之二年得仙。……九转之丹，服之三日得仙……其转数多，药力盛，故服之用日少，而得仙速也。"后以"九转"形容经过许多步骤，并非一定实指"烧炼九次"。紫金丹：丹药的一种，相传服之可以长生。唐杜甫《将赴成都草堂途中有作先寄严郑公·其四》："生理只凭黄阁老，衰颜欲付紫金丹。"清仇兆鳌注引《云笈七签》："合丹法：火至

七十日，药成，五色飞华，紫云乱映，名曰紫金，其盖上紫霜，名曰神丹。"

⑧"陕右棠高"句：典出《史记·燕召(shào)公世家》："召公奭(shì)与周王同姓，姓姬。周武王之灭纣，封召公于北燕(今北京一带，是燕国的前身)。其在成王时，召王为三公。自陕以西，召公主之。自陕以东，周公主之。……召公之治西方(西部一带)，甚得兆民和(很受广大民众的拥戴)。召公巡行乡邑(到乡村城镇去巡察)，有棠树，决狱政事其下(在树下判断官司，处理政事)，自侯伯至庶人各得其所，无失职者。召公卒，而民人思召公之政，怀棠树不敢伐，歌咏之，作《甘棠》之诗。"南朝宋裴骃《史记集解》引《史记正义》曰："《括地志》云：'召伯庙在洛州寿安县西北五里。召伯听讼甘棠之下，周人思之，不伐其树，后人怀其德，因立庙，有棠在九曲城东阜上。'"陕右：即引文中所说的"陕以西"。古人以东为左，以右为西，故称"陕以西"为"陕右"。棠：棠树，今称"棠梨树"或"铁梨树"，一种落叶乔木，树身高大，树皮灰褐色，多生于荒郊、山脚、路边或道旁。召伯：即召公，姬姓，名奭，西周宗室大臣，与周武王、周公旦同辈。因其采邑在召(今陕西岐山西南)，故称"召公"或"召伯"。按：《甘棠》之诗见于《诗经·召南》，曰："蔽芾(浓密茂盛的样子。芾，读fèi，草木茂盛)甘棠，勿翦(jiǎn，剪其枝叶)勿伐，召伯所茇(bá，草舍，此处用作动词，指居住，停息)。蔽芾甘棠，勿翦勿败，召伯所憩(qì，休息)。蔽芾甘棠，勿翦勿拜(屈，弯，挽其枝以至地)，召伯所说(shuì，停止，歇息)。"《毛诗序》云："《甘棠》，美召伯也。召伯之教，明于南国。"东汉郑笺云："召伯听男女之讼，不重烦百姓，止舍小棠之下而听断焉，国人被其德，说

其化,思其人,敬其树。"南宋朱熹《诗集传》云:"召伯循行南国,以布文王之政,或舍甘棠之下。其后人思其德,故爱其树而不忍伤也。"

⑨"河南花满"句:典出唐白居易《白氏六帖》:"潘岳为河阳(古县名,在今河南省孟县西。)令,种桃李花,人号曰:'河阳一县花。'"潘安:本名潘岳,字安仁,荥阳中牟(今河南中牟县)人,西晋文学家。

⑩"陌上芳春"二句:陌:田间小路,泛指道路。芳春:春天。因春天多花木之香,故称。弱柳:详见本书上卷"八齐"第一段注释⑦。披彩线:新柳的柳条嫩黄如金,细长如线,故称。

⑪"池中清晓"二句:清晓:清晨,天刚亮时。承露捧珠盘:化用汉武帝造金茎玉盘以承露之典。《汉书·郊祀志上》:"其后又作柏梁、铜柱、承露仙人掌之属矣。"唐颜师古注:"《三辅故事》云:建章宫承露盘高二十丈,大七围,以铜为之,上有仙人掌承露,和玉屑饮之。"此处之"珠盘"比喻带露的荷叶。

【译文】肥与瘦相对,窄与宽相对。黄毛家犬与青色鸾鸟相对。指环与腰带相对,清洗钵盂与投放钓竿相对。诛佞剑与进贤冠相对。饰有彩绘的梁柱与雕有花饰的栏杆相对。高僧坐化时会流出两条玉筷般的鼻涕,道士炼丹时需要经过九转之功才能制出珍贵的紫金丹。棠树高大,陕西人民时常怀念召公的德政;花满全城,河阳百姓时常忆起潘安的业绩。春天,路旁纤柔的柳条像金线一样在风中披散飘动;清晨,池中碧绿的荷叶像珠盘一样承托着颗颗露珠。

行对卧,听对看。鹿洞对鱼滩①。蛟腾对豹变②,虎踞对龙蟠③。风凛凛④,雪漫漫⑤。手辣对心酸⑥。莺莺对燕燕⑦,小小对端端⑧。蓝水远从千涧落⑨,玉山⑩高并两峰寒。至圣不凡,嬉戏六龄陈俎豆⑪;老莱大孝,承欢七秩舞斑斓⑫。

【注释】①鹿洞对鱼滩:鹿洞:有鹿出没的山洞。或曰特指白鹿洞。唐贞元中李渤隐居读书于此,养有一白鹿,故名。南唐时建学馆于此,北宋初改学馆为书院,世称"白鹿洞书院"。南宋时理学家朱熹在此讲学,影响颇大。鱼滩:有鱼游动的水滩。或曰特指"严陵滩"。"严陵滩",又称"严陵濑(lài,浅滩,从沙石上流过的水)",东汉严光(字子陵)隐居垂钓之处。《后汉书·严光传》:"除为谏议大夫,不屈,乃耕于富春山,后人名其钓处为严陵濑焉。"按:白鹿洞在今江西庐山五老峰东南,严陵滩在今在浙江桐庐县南。

②蛟腾对豹变:蛟腾:蛟龙腾跃,比喻人大显才能。唐王勃《滕王阁序》:"腾蛟起凤(形容人很有文采),孟学士之词宗。"豹变:语出《周易·革》:"君子豹变,其文蔚(有文采)也。"意为君子的变化(包括事业、地位、德行等)像豹纹一样,越来越文采显明。按:幼豹之毛文采不明,随其长大,则光泽文采愈加明显斑斓,是以谓之"豹变"。

③虎踞对龙蟠:虎踞:像虎一样蹲踞,比喻地形雄壮险要。踞,蹲或坐。龙蟠:像龙一样盘卧,比喻山势雄壮绵延。蟠,盘绕。今有成语"虎踞龙盘",形容地势险要。唐李白《永王东巡歌·其四》:"龙蟠虎踞帝王州,帝子金陵访古丘。"

④凛凛:寒冷的样子。唐郭震《萤》:"秋风凛凛月依依,飞过

高梧影里时。"

⑤漫漫：广远无际的样子，遍布的样子。唐章碣《春别》："柳陌虽然风袅袅，葱河犹自雪漫漫。"

⑥手辣对心酸：手辣：手段狠辣。心酸：心中悲痛。

⑦莺莺对燕燕："莺莺"与"燕燕"皆是姬妾之名。语本北宋苏轼《张子野年八十五尚闻买妾述古令作诗》："诗人老去莺莺在，公子归来燕燕忙。"清王文诰辑注："李厚曰：'唐贞元中，有张生者，遇崔氏女於于蒲，小名莺莺（事唐元稹《莺莺传》）……'任居实曰：'或说张祜（唐代诗人）妾名燕燕。'"

⑧小小对端端：小小：指南朝齐时钱塘名妓苏小小，后人常以其泛指妓女。《乐府诗集·〈苏小小歌〉序》："《乐府广题》曰：'苏小小，钱塘名倡也。盖南齐时人。'"端端：指唐朝扬州名妓李端端，当时的诗人崔涯赞其"一朵能行白牡丹"，明代画家唐寅作有《李端端图》，并题诗曰："善和坊里李端端，信是能行白牡丹。谁忆扬州金满市，胭脂价到属穷酸。"后人常以其泛指妓女。

⑨"蓝水"句：与下句俱出唐杜甫《九日蓝田崔氏庄》："老去悲秋强自宽，兴来今日尽君欢。羞将短发还吹帽，笑倩旁人为正冠。蓝水远从千涧落，玉山高并两峰寒。明年此会知谁健？醉把茱萸仔细看。"蓝水：即蓝溪，在蓝田山下。

⑩玉山：即蓝田山，在今陕西蓝田县东。因盛产美玉，故名。

⑪"至圣不凡"二句：详见本书上卷"九佳"第二段注释⑤。至圣：道德智能最高的人，此特指孔子。

⑫"老莱大孝"二句：事见唐朝徐坚《初学记·卷十七·人部上·孝第四》引《孝子传》曰："老莱子至孝，奉二亲。行年七十，著

五彩褊襕（即'斑斓'）衣，弄雏鸟于亲侧。"后以"老莱衣""老莱娱亲"等作为孝养父母的典故。今《二十四孝》中亦载此事。老莱：春秋时楚国隐士。年七十，父母犹存，常著五色彩衣为儿戏以娱亲。承欢：迎合人意，求取欢心，此指侍奉父母。七秩：七十岁。秩，十年为一秩。斑斓：色彩错杂灿烂貌，此指色彩错杂灿烂的衣裳。按："老莱娱亲"之事亦见《艺文类聚》。《艺文类聚》卷二十引《列女传》（疑误，或应为刘向《孝子传》）："老莱子孝养二亲，行年七十，婴儿自娱，着五色彩衣，尝取浆上堂，跌仆，因卧地为小儿啼，或弄乌鸟于亲侧。"

【译文】行与卧相对，听与看相对。有鹿出没的山洞与有鱼游动的水滩相对。蛟龙腾跃与豹纹变化相对，像虎一样蹲踞的地形与像龙一样盘卧的山势相对。风寒冷与雪广远相对。手段狠辣与心情酸痛相对。莺莺是张生的妻子与燕燕是张祜的姬妾相对，南朝齐时钱塘名妓苏小小与唐代扬州名妓李端端相对。蓝溪的水远远地从千条溪涧中流淌过来，玉山的两座山峰高耸冷峻相并而立。孔子德行不凡，六岁的时候就把摆列俎豆当作游戏玩耍；老莱子为人十分孝顺，七十岁了依然穿着彩色的衣服逗父母开心。

十五　删

　　林对坞①,岭对湾②。昼永对春闲③。谋深对望重④,任大对投艰⑤。裾袅袅⑥,佩珊珊⑦。守塞对当关⑧。密云千里合,新月一钩弯。叔宝君臣皆纵逸⑨,重华父母是嚚顽⑩。名动帝畿,西蜀三苏来日下⑪;壮游京洛,东吴二陆起云间⑫。

　　【注释】①坞(wù):四面高中间低的场所,如花坞、柳坞、竹坞等。

　　②湾:河水弯曲处。有的版本作"峦",误。"峦"在平水韵里属"十四寒",不属"十五删"。

　　③昼永对春闲:昼永:白昼漫长。宋林逋《病中谢马彭年见访》:"山空门自掩,昼永枕频移。"春闲:春日无事可做,常生闲愁,谓之"春闲"。唐薛能《下第后春日长安寓居三首·其三》:"草碧余花落,春闲白日长。"

　　④谋深对望重:谋深:谋划深远。望重:名望很大。

　　⑤任大对投艰:任大:担当大的责任。明末清初王夫之《读通

鉴论·宣帝》："见善若惊,见不善如仇,君子犹谓其量之有涯而不可以任大。"投艰:赋予艰巨的任务。《尚书·周书·大诰》:"予造天役,遗大投艰于朕身。"唐孔颖达疏:"投掷此艰难之事于我身。"

⑥裾袅袅:裾:衣服的前后襟,代指衣裙、衣裳。袅袅:随风摆动的样子。

⑦佩珊珊:语出唐杜甫《郑驸马宅宴洞中》:"自是秦楼压郑谷,时闻杂佩声珊珊。"佩:系在衣带上的装饰品,多以金、银、玉为之。珊珊:形容玉佩撞击之声。

⑧守塞对当关:守塞:守卫边塞。北宋范仲淹《送河东提刑张太博》:"诸将切切议,谓宜守塞垣。"当关:把守关口。唐李白《蜀道难》:"剑阁峥嵘而崔嵬,一夫当关,万夫莫开。"

⑨"叔宝君臣"句:指南朝陈后主与臣子江总、孔范等人时常宴饮,纵情声色之事。典出《南史·陈后主本纪》:"后主讳叔宝,字元秀,小字黄奴,宣帝嫡长子也。……后主愈骄,不虞(忧虑,担心)外难,荒于酒色,不恤(xù,顾及)政事,左右嬖佞(bì nìng,得宠的奸伪小人)珥貂者(插戴貂尾的人,借指贵官显宦)五十人,妇人美貌丽服巧态以从者千余人。常使张贵妃、孔贵人等八人夹坐,江总、孔范等十人预宴,号曰'狎客'。先令八妇人襞(bì,裁,裂,剖分)采笺(小幅彩色纸张,常供题咏或书信之用。采,同'彩'),制五言诗,十客一时继和,迟则罚酒。君臣酣饮,从夕达旦,以此为常。而盛修宫室,无时休止。税江税市,征取百端。刑罚酷滥,牢狱常满。"纵逸:恣纵放荡。

⑩"重华父母"句:典出《史记·五帝本纪》:"尧曰:'悉举贵戚及疏远隐匿者。'众皆言于尧曰:"有矜(无妻的人,贫苦可怜的

人)在民间,曰虞舜。'尧曰:'然,朕闻之。其何如?'岳(即四岳,四方诸侯之长)曰:'盲者子。父顽,母嚚,弟傲,能和以孝,烝烝(谓孝德之厚美)治,不至奸。'尧曰:'吾其试哉。'于是尧妻之二女,观其德于二女。"意为尧帝选择继位者,众人推荐了舜。尧说:"我听说过此人,其德行怎么样呢?"四岳答道:"他是盲人的儿子。父亲顽钝,母亲愚昧,弟弟傲慢,但他却不受他们影响,德行美厚,没有变成奸邪之人。"重华:指舜,姚姓,有虞氏,名重华。嚚(yín)顽:愚昧顽钝。嚚,暴虐,愚顽。

⑪"名动帝畿(jī)"二句:事见北宋王辟之《渑水燕谈录·才识》:"嘉祐(宋仁宗年号)初,(苏洵)与二子轼、辙至京师。欧阳文忠公(即欧阳修,谥号文忠)献其书于朝,士大夫争持其文,二子举进士亦皆在高第。于是,父子名动京师。而苏氏文章擅天下,目其文曰'三苏',盖洵为老苏、轼为大苏、辙为小苏。"帝畿:又称"京畿",指京都及其附近地区。畿,国都四周的地区。三苏:指苏洵、苏轼、苏辙父子三人,他们的家乡在眉州眉山(今属四川眉山),故此处言"西蜀三苏"。日下:京都,京城。古人常把皇帝比作天日,故称皇帝所在的都城为"日下"。

⑫"壮游京洛"二句:事见《晋书·陆机传》与《晋书·陆云传》。《晋书·陆机传》:"陆机,字士衡,吴郡人也。少有异才,文章冠世,伏膺儒术,非礼不动。……至太康末,与弟云俱入洛,造太常张华。华素重其名,如旧相识,曰:'伐吴之役,利获二俊。'张华荐之诸公,后太傅杨骏辟为祭酒。"《晋书·陆云传》:"云字士龙,六岁能属文,性清正,有才理。少与兄机齐名,虽文章不及机,而持论过之,号曰'二陆'。吴平,入洛。刺史周浚召为从事,谓人曰:'陆士

龙当今之颜子也。'"壮游：怀抱壮志而远游。京洛：即洛阳，因西晋的都城在洛阳，故称。二陆：指西晋文学家陆机、陆云兄弟二人。云间：江苏松江县（今属上海市）古称"华亭"，别称"云间"。明陶宗仪《辍耕录·诗谶》："'潮逢谷水难兴浪，月到云间便不明。'松江古有此语。谷水、云间，皆松江别名也。"按：此处之"云间"与上文之"日下"均出南朝宋刘义庆《世说新语·排调》："荀鸣鹤（即荀隐，字鸣鹤，西晋颍川人）、陆士龙（即陆云，字士龙，江苏松江人）二人未相识，俱会张茂先（即张华，字茂先，西晋名臣）坐。张令共语。以其并有大才，可勿作常语。陆举手曰：'云间（古代松江又称云间）陆士龙。'荀答曰：'日下荀鸣鹤。'"徐震堮校笺："日下，指京都。荀，颍川人，与洛阳相近，故云。"

【译文】林与坞相对，山岭与河湾相对。白昼漫长与春日闲懒相对。谋划深远与名望广大相对，担当大任与赋予重任相对。衣裙轻盈飘动与玉佩叮咚作响相对。防守边塞与把守关口相对。浓密的云从千里之外飘来聚合，初升的月像一枚弯钩在空中斜挂。陈后主君臣都很恣纵放荡，舜帝的父母非常愚昧顽钝。西蜀的苏洵、苏轼、苏辙父子三人来到京都，很快名声就震动了整个都城；东吴的陆机、陆云兄弟二从家乡松江出发，怀抱壮志去京都洛阳寻求施展才能的机会。

骄对傲，吝对悭①。讨逆对平蛮②。忠肝对义胆，雾鬓对云鬟③。埋笔冢④，烂柯山⑤。月貌对天颜⑥。龙潜终得跃⑦，鸟倦亦知还⑧。陇树飞来鹦鹉绿⑨，湘筠密处鹧鸪斑⑩。秋露横江，苏子月明游赤壁⑪；冻云迷岭，韩公雪拥过蓝关⑫。

【注释】①吝(lìn)对悭(qiān)："吝""悭"都指过分爱惜钱财，当用而舍不得用。

②讨逆对平蛮：讨逆：讨伐叛逆。平蛮：平定野蛮民族。蛮，中国古代对南方少数民族的泛称，也可泛指粗野未开化的民族。

③雾鬓对云鬟："雾鬓""云鬟"均形容女子的头发浓密秀美像云雾一般。南宋辛弃疾《木兰花慢》："云雨珠帘画栋，笙歌雾鬓云鬟。"

④埋笔冢：典出唐李肇《唐国史补》卷中："长沙僧怀素好草书，自言得草圣（东汉张芝，山草书，人称'草圣'）三昧，弃笔堆积，埋于山下，号曰'笔冢'。"后遂以"笔冢"比喻人习字刻苦。冢，坟墓。

⑤烂柯山：典出南朝梁任昉《述异记》："信安郡（在今浙江衢州）石室山，晋时王质伐木，至，见童子数人，棋而歌，质因听之。童子以一物与质，如枣核，质含之，不觉饥。俄顷，童子谓曰：'何不去？'质起，视斧柯烂尽，既归，无复时人。"意为晋代王质到石室山砍柴，看见几个童子有的在下棋有的在唱歌，于是王质近前去听。有个童子给了王质一个枣核样的东西，王质吃下后，顿时没有了饥饿感。过了一会，童子问王质："你怎么还不走？"王质这才起身，捡视斧头却发现木头的斧柄已经完全腐烂了。等他回到山下，与他同时代的人都已经没有了。后以"烂柯"喻指岁月流逝，人事变迁。柯，斧柄。

⑥月貌对天颜：月貌：像皎月般美丽的容貌。今有成语"花容月貌"，形容女子容貌姣美。明高明《琵琶记·官媒议婚》："然有花容月貌，怎如我自家骨肉。"天颜：一般指天子的容颜。唐杜甫《紫

宸殿退朝口号》:"昼漏稀闻高阁报,天颜有喜近臣知。"

⑦龙潜终得跃:语出《周易·乾》:"初九,潜龙,勿用。……九四:或跃在渊,无咎。"是讲事物从小到、从弱到强、从隐到显的过程。龙潜:龙潜藏深渊,比喻君子屈居下位,隐而未显。潜,隐藏。

⑧鸟倦亦知还:语出东晋陶潜《归去来兮辞》:"云无心以出岫(xiù,山穴,峰峦),鸟倦飞而知还。"

⑨"陇树"句:鹦鹉,多产于陇西(古郡名。在今甘肃省东南部一带),故此处以"陇树"言之。陇:甘肃一带地区。因其地有陇山,古代又曾在此设陇西郡,故称。鹦鹉绿:即绿鹦鹉。因鹦鹉的羽毛多为绿色,故称。此处因为平仄的要求,作者故意颠倒词序。按:因鹦鹉多产于陇西,故在古诗文中又常称其为"陇鸟""陇客""陇禽"。唐李商隐《五言述德抒情诗献上杜七兄仆射相公》:"陇鸟悲丹嘴,湘兰怨紫茎。"北宋梅尧臣《和刘原甫白鹦鹉》:"雪衣应不妒,陇客幸相饶。"唐吴融《浙东筵上有寄》:"陇禽有意犹能说,江月无心也解圆。"

⑩"湘筠(yún)"句:湘筠:湘竹。详见本书上卷"三江"第二段注释⑩。筠,竹子的青皮,代指竹子。鹧鸪斑(zhè gū):鹧鸪,中国南方的一种留鸟,胸前多白色斑点,如珍珠,故称"鹧鸪斑"。此处因为平仄要求,乃作者故意颠倒词序,即指胸前多斑点的鹧鸪,不可理解为"鹧鸪胸前的斑点"。

⑪"秋露横江"二句:指北宋诗人苏轼于秋夜泛舟赤壁之下后作《前赤壁赋》一事。苏轼《前赤壁赋》:"壬戌(宋神宗元丰五年,即公元1082年)之秋,七月既望(农历十六日。既,过了。望,农历

十五日),苏子与客泛舟游于赤壁之下。……少焉(一会儿),月出于东山之上,徘徊于斗牛之间。白露(白茫茫的水汽)横江(笼罩江面。横,横贯,笼罩),水光接天。纵一苇之所如(任凭小船飘荡。一苇,像苇叶那么小的船,比喻极小的船),凌万顷之茫然(越过极为宽阔旷远的江面。茫然,旷远的样子)。"苏子:指苏轼,"子"是古代对男子的美称。赤壁:在今湖北黄冈市江滨,山形如壁而有赤色,故称。

⑫"冻云迷岭"二句:语出唐韩愈《左迁至蓝关示侄孙湘》:"一封朝奏九重天,夕贬潮州路八千。欲为圣明除弊事,肯将衰朽惜残年。云横秦岭家何在,雪拥蓝关马不前。知汝远来应有意,好收吾骨瘴江边。"韩公:指韩愈,"公"是古代对男性长者或老人的尊称。另,韩愈谥号"文",人称"韩文公"。蓝关:即蓝田关,在今陕西省蓝田县东南。

【译文】骄与傲相对,吝与悭相对。讨伐叛逆与平定蛮夷相对。忠肝与义胆相对,秀密似雾的发鬟与蓬松如云的发髻相对。唐代怀素埋藏废笔的处所与西晋王质烂掉斧柄的石室山相对。"月貌"形容姣美的容貌与"天颜"特指天子的容颜相对。龙潜藏深渊终有一日会腾跃,鸟在外飞倦自然知道返回巢穴。陇山的树丛里飞来几只绿羽的鹦鹉,湘江边的竹林茂密处栖息着许多胸多斑点的鹧鸪。秋夜的露气笼罩江面,苏轼趁着明亮的月色前往赤壁泛舟游玩;寒冷的云雾隔遮住终南山,韩愈在积雪拥塞的蓝田关前立马徘徊。

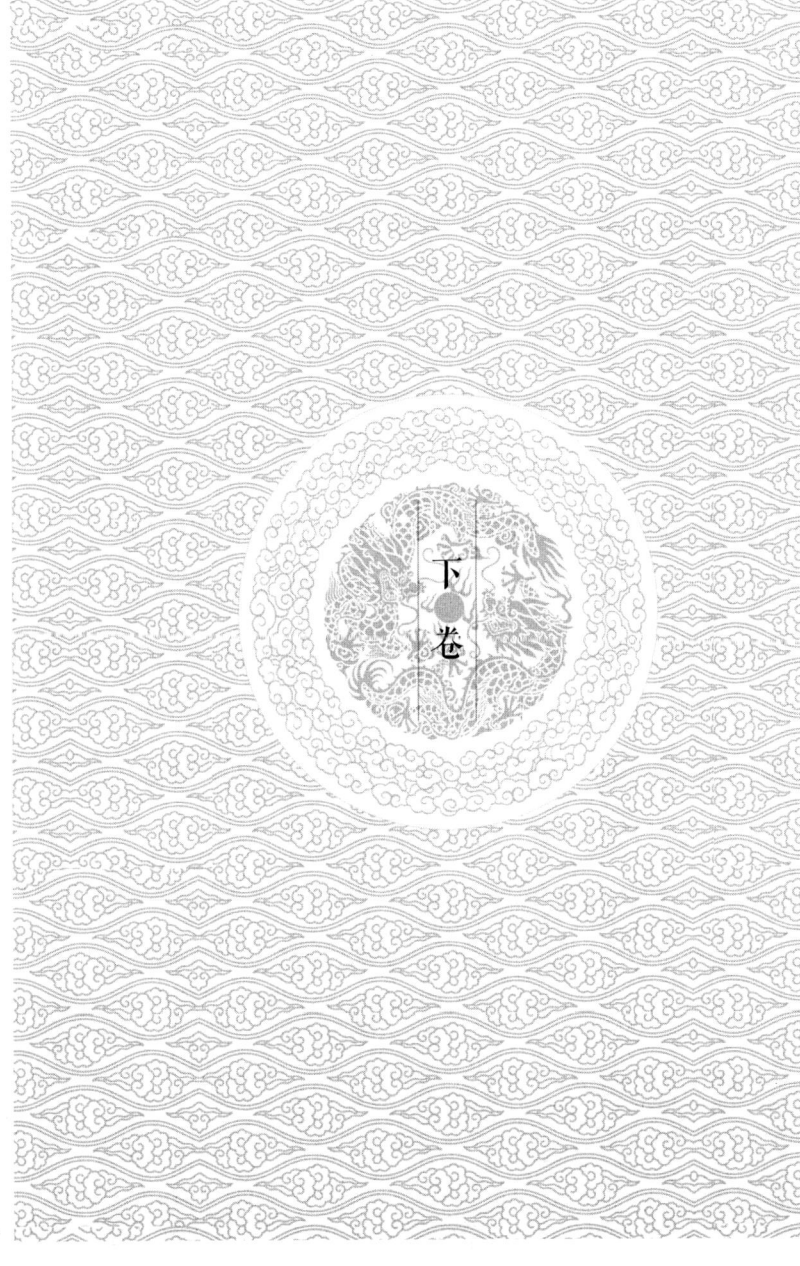

下卷

一 先

寒对暑,日对年。蹴鞠对秋千①。丹山对碧水②,淡雨对轻烟。歌宛转③,貌婵娟④。雪赋对云笺⑤。荒芦栖宿雁⑥,疏柳噪秋蝉⑦。洗耳尚逢高士笑⑧,折腰肯受小儿怜⑨。郭泰泛舟,折角半垂梅子雨⑩;山涛骑马,接䍦倒着杏花天⑪。

【注释】①蹴鞠(cù jū)对秋千:蹴鞠:也作"蹴鞫",我国古代的一种球类运动,有点类似于现代的足球。最初是军中的一种带有习武和健身性质的游戏,后流行于民间。《汉书·枚乘传》:"弋猎射,驭狗马,蹴鞠刻镂。"唐颜师古注云:"蹴(踢),足蹴之也;鞠,以韦(熟牛皮)为之,中实以物,蹴蹋为戏乐也。"秋千:我国传统的体育游戏。以两绳系于木架,下拴一横板,人坐或站在横板上,两手分握两绳,前后往返摆动。

②丹山对碧水:丹山:传说中出产凤凰的山。《山海经·南山经》:"丹穴之山……有鸟焉,其状如鸡,五采而文,名曰凤皇(同'凤凰')。"碧水:绿水。唐李白《早春寄王汉阳》:"碧水浩浩云茫茫,美人不来空断肠。"

③宛转：今人多写作"婉转"，形容声音抑扬动听。明刘易《吴姬年十五》："当筵歌宛转，闲坐弄参差。"

④婵娟：姿态、容貌美好的样子。南北朝萧统《长相思》："徒见貌婵娟，宁知心有忆。"

⑤雪赋对云笺：雪赋：南朝宋谢庄著有《雪赋》。云笺：有云状花纹的纸。笺，制作精良的小幅纸张。另，笺也是古代的一种文体，如书札、奏记之类在古代都称为"笺"。此处属于借对，即字面上取"笺"的"文体名"的意义与"赋"相对，而实际上却是用的它的"小幅纸张"的意义。

⑥荒芦栖宿雁：荒芦：荒败的芦苇丛。宿雁：归巢栖息的雁。

⑦疏柳噪秋蝉：疏柳：秋日稀疏之柳。噪：鸣叫，啼叫。秋蝉：特指寒蝉，又称寒螀（jiāng）、寒蜩（tiáo），蝉的一种，较一般蝉为小，青赤色。《礼记·月令》："（孟秋之月）凉风至，白露降，寒蝉鸣。"按：此句之"秋蝉"不可理解为一般的蝉，因为一般的蝉进入秋天之后是不鸣叫的。

⑧"洗耳"句：典出西晋皇甫谧《高士传·许由》："尧让天下于许由（尧时的隐士）……由于是遁耕（避世隐居而从事农耕）于中岳颍水之阳（山南水北谓之'阳'），箕山之下，终身无经天下色。尧又召为九州岛岛长，由不欲闻之，洗耳于颍水滨。时其友巢父（尧时的隐士）牵犊欲饮之，见由洗耳，问其故。对曰：'尧欲召我为九州岛岛长，恶闻其声，是故洗耳。'巢父曰：'子若处高岸深谷，人道不通，谁能见子。子故浮游（漫游），欲闻求其名誉，污吾犊口。'牵犊上流饮之。"意为许由是尧时的一个隐士，尧想将天下让给他，他不肯，便逃到"颍水之阳，箕山之下"隐居。尧又召他为九州岛岛长，他

觉得尧的话污染了他的耳朵,就去颍水边洗耳。这时他的朋友巢父牵牛经过,问他为什么洗耳。他说:"尧欲召我为九州岛岛长,我厌恶听到这样的话,因此洗耳。"巢父说:"你如果隐居于道路不通的高岸深谷,谁能见到你。你是故意在此漫游隐居,让人知道你隐士的名声,你洗耳的水会污染我的牛的嘴巴。"于是巢父牵着牛去上游饮水。后遂以"洗耳"表示厌闻污浊之声。高士:品行高洁之士,此指巢父。

⑨"折腰"句:典出《晋书·隐逸传·陶潜传》:"郡遣督邮(官名,郡守属吏,掌督察县乡、宣达政令等事)至县,吏白(告诉)应束带(束上衣带,即穿上正装)见之,潜叹曰:'吾不能为五斗米折腰,拳拳(形容小心谨慎)事乡里小人邪!'义熙二年,解印去县,乃赋《归去来兮辞》。"后遂以"折腰"作为屈身事人之典。

⑩"郭泰泛舟"二句:典故详见本书上卷"十一真"第二段注释⑦。梅子雨:详见本书上卷"一东"第二段注释⑩。按:"郭泰泛舟"之事,史书无载。《后汉书》仅载其"与李膺同舟共济,众宾望之,以为神仙焉"之事,与此句句意相差甚大。又,郭泰途中遇雨,史书亦未言其乃"梅子雨",故此句略显拼凑。

⑪"山涛骑马"二句:此二句问题颇多。从"接䍦(lí)倒着"看,所用典故应为山简之事,详见本书上卷"十二文"第一段注释⑤。然若将"山涛骑马"置换为"山简骑马",与前文则有失对之误。然若不改,此二句则又前后不搭,是故存疑于此,以待智者。译文从"山简骑马"。山涛:字巨源,西晋名士,"竹林七贤"之一。历任侍中、吏部尚书、太子少傅、左仆射、司徒等职。有文集十卷,已亡佚,今有辑本。杏花天:杏花开放时节,代指春天。按:"山涛"有的版

本作"山简",如此则失对矣。"接䍦"有的版本作"接篱",误。

【译文】寒冬与暑夏相对,日与年相对。蹴鞠与秋千相对。丹山与碧水相对,微雨与轻烟相对。歌声美妙与姿容美好相对。歌咏白雪的赋与饰有云纹的笺相对。荒败的芦苇丛中栖息着归来的大雁,枝叶稀疏的柳树上留有鸣叫的寒蝉。许由洗耳尚且遭到高士巢父的嘲笑,陶潜又怎肯折腰事人乞求小人的垂怜呢?梅雨连绵的时节,郭泰乘舟游玩,他的头巾因被雨水沾湿而一角折迭;杏花盛开的时候,山简骑马归来,他头上倒戴着白帽显示出醉酒的姿态。

轻对重,脆对坚。碧玉对青钱①。郊寒对岛瘦②,酒圣对诗仙③。依玉树④,步金莲⑤。凿井⑥对耕田。杜甫清宵立⑦,边韶白昼眠⑧。豪饮客吞杯底月⑨,酣游人醉水中天⑩。斗草青郊,几行宝马嘶金勒⑪;看花紫陌,千里香车拥翠钿⑫。

【注释】①碧玉对青钱:碧玉:碧色的玉石。《山海经·北山经》:"又北三百里曰维龙之山,其上有碧玉,其阳有金,其阴有铁。"另,南朝宋汝南王有妾名碧玉,深受宠爱,后世因泛称年轻貌美的婢妾或爱人为"碧玉"。南朝梁元帝《采莲赋》:"碧玉小家女,来嫁汝南王。"青钱:青铜钱。唐杜甫《北邻》:"青钱买野竹,白帻岸江皋。"另,唐朝张鷟(zhuó)才能卓著,八次考试皆中甲等,为官后四次参评皆为最优,人称"青钱学士""万选万中"。事见《新唐书·张荐列传》:"祖鷟(张鷟是张荐的祖父),字文成,早惠绝伦。……调露(唐高宗年号)初,登进士第。考功员外郎骞味道凡所对,称'天下无双',授岐王府参军。八以制举(八次参加科举考试。制举,临时设置的考试科目)皆甲科,再调长安尉,迁鸿胪丞。四参选,判策为铨府最。员外郎员半千数为公卿称:'鷟文辞犹青铜钱,万选万中。'时号鷟'青钱学士'。"后遂以"青钱"比喻优秀的人才,以"青钱万选"比喻文才出众。

②郊寒对岛瘦:语出北宋苏轼《祭柳子玉文》:"元(指元稹)轻白(指白居易)俗,郊寒岛瘦。嘹然(病中呻吟的样子)一吟,众作卑陋。"郊:指孟郊,中唐诗人,其诗多清寒之作,故言"郊寒"。岛:指贾岛,中唐诗人,其诗风格瘦峭,故言"岛瘦"。

③酒圣对诗仙:酒圣:豪饮的人。唐李白《月下独酌》:"所以知酒圣,酒酣心自开。"或曰特指李白。五代王仁裕《开元天宝遗事》:"李白嗜酒,不拘小节,然沉酣中所撰文章未尝错误,而与不醉之人相议事,皆不出太白所见。时人号为'醉圣'。"南宋梅时举《挽赵秋晓》:"酒圣诗狂唐太白,笔精墨妙晋羲之。"诗仙:才华飘逸如仙的诗人。唐白居易《待漏入阁书事奉赠元九学士阁老》:"诗仙归洞里,酒病滞人间。"或曰特指唐代诗人李白。唐孟棨(qǐ)《本事诗·高逸》:"李太白初自蜀至京师,舍于逆旅(旅店,旅馆)。贺监知章闻其名,首访之。既奇其姿,复请所为文。出《蜀道难》以示之。读未竟,称叹者数四,号为'谪仙',解金龟(所佩杂玩之物)换酒,与倾尽醉。"

④倚玉树:典出南朝宋《世说新语·容止》:"魏明帝使后弟(皇后的弟弟)毛曾与夏侯玄共坐,时人谓之'蒹葭倚玉树'。"玉树:神话传说中的仙树,常比喻才华和资质美好的人。

⑤步金莲:典出《南史·齐本纪下·废帝东昏侯纪》:"又凿

金为莲华(同'花')以帖地,令潘妃行其上,曰:'此步步生莲华也。'"后遂以"金莲"称赞美人的步态之美,或借指女子的纤足。

⑥凿井:挖井,掘井。凿,挖掘。

⑦杜甫清宵立:典出唐杜甫《恨别》:"思家步月清宵立,忆弟看云白日眠。"清宵:清静的夜晚。

⑧边韶白昼眠:指东汉边韶昼眠被弟子作歌嘲笑之事。典出《后汉书·文苑列传上·边韶传》:"边韶字孝先,陈留浚仪(今河南开封)人也。以文章知名,教授数百人。韶口辩(能言善辩),曾昼日假卧(和衣而睡),弟子私嘲之曰:'边孝先,腹便便(腹部肥满的样子)。懒读书,但欲眠。'韶潜闻之,应时(立刻,马上)对曰:'边为姓,孝为字。腹便便,五经笥(言其腹中装满经学,有如藏五经的竹箱。笥,读sì,古代盛饭食、衣物或书籍的方形竹器)。但欲眠,思经事。寐与周公通梦,静与孔子同意。师而可嘲,出何典记(重要的书籍典册)?'嘲者大惭。韶之才捷皆此类也。"

⑨"豪饮"句:豪饮:痛饮,纵饮。杯底月:月影落入有酒的酒杯之中,谓之"杯底月"。北宋苏轼《月夜与客饮酒杏花下》:"山城薄酒不堪饮,劝君且吸杯中月。"

⑩"酣游"句:化用唐杜甫《饮中八仙歌》:"知章骑马似乘船,眼花落井水底眠。"酣游:纵情游乐。水中天:天空在水中的倒影,称"水中天"。南宋魏庆之《诗人玉屑》卷一五载:"高丽使过海,有诗云:'水鸟浮还没,山云断复连。'贾岛诈为梢人(艄公,船夫),联下句云:'棹穿波底月,船压水中天。'丽使嘉叹(赞叹)久之,自此不复言诗。"

⑪"斗草青郊"二句:斗草:又称"斗百草",古代的一种游戏,

即比赛者各采花草,然后以所采花草的多少、优劣等定出胜负。南朝梁宗懔(lǐn)《荆楚岁时记》:"五月五日,四民并蹋(同'踏')百草,又有斗百草之戏。"青郊:长满青草的郊野,借指春天的郊野。金勒:金饰的马笼头。勒,套在马头上带嚼子的笼头。

⑫"看花紫陌"二句:紫陌:指京城郊野的道路。陌,田间小路,此处泛指道路。千里:有版本作"十里",从逻辑上来说,作"十里"更为恰当。译文从"十里"。香车:用香木做成的车,泛指华美的车。翠钿(tián):用翠玉制成的首饰,此指佩戴有翠钿的妇人。钿,用金翠珠宝等制成的花朵形首饰。按:"钿"在平水韵里有两个音,分别属于下平"一先"和去声"十七霰"。"霰"韵中的"钿",待年切,读diàn,意为用金银珠宝介壳等镶嵌的器物,如钿带、钿尺、钿车等。"先"韵中的"钿",亭年切,读tián,意为用金翠珠宝等制成的花朵形饰物,如钿钗、钿朵、花钿等。故此处"翠钿"中"钿"应读作平声tián。另,查阅古诗词,"翠钿"中的"钿"皆用作平声。如唐杨莱儿《和赵光远题壁》:"娇别翠钿黏去袂,醉歌金雀碎残尊。"唐令狐楚《游晋祠上李逢吉相公》:"泉声自昔锵寒玉,草色虽秋耀翠钿。"唐杜牧《代吴兴妓春初寄薛军事》:"雾冷侵红粉,春阴扑翠钿。"北宋晏殊《采桑子》:"佳人画阁新妆了,对立丛边。试摘婵娟。贴向眉心学翠钿。"北宋王圭《宫词·其四十九》:"翠钿帖靥轻如笑,玉凤雕钗袅欲飞。"后代之诗词无不如此,故略举数例,不一而足。

【译文】轻与重相对,脆与坚相对。碧色的玉石与青色的铜钱相对。孟郊清寒的诗风与贾岛峭瘦的诗风相对,把酒豪饮的人与诗才如仙的人相对。靠近资质美好的人物与踏着刻有金莲的地面相对。挖井与耕田相对。唐朝杜甫在清宵独立思念家乡,东汉边韶在白天睡觉被人嘲笑。豪饮的酒客一口饮尽映着月影的杯中之酒,纵情的游人乘着小船醉游于倒映着云天的湖面。贵族子弟在长满青草的郊野斗草游戏,他们骑来的带有金饰笼头的宝马分列几行站在路边嘶鸣;戴着翠钿的富家女子来到京城的郊外赏花,他们乘坐的香车排列在路边有十里之远。

吟对咏,授对传。乐矣对凄然[1]。风鹏对雪雁[2],董杏对周莲[3]。春九十[4],岁三千[5]。钟鼓对管弦。入山逢宰相[6],无事即神仙[7]。霞染武陵桃淡淡[8],烟荒隋苑柳绵绵[9]。七碗月团,啜罢清风生腋下[10];三杯云液,饮余红雨晕腮边[11]。

【注释】①乐矣对凄然:乐矣:快乐。矣,语气助词,无意义,相当于"了""啊"。《战国策·楚策一》:"王(楚宣王)抽旃旄而抑兕首,仰天而笑曰:'乐矣,今日之游也。'"凄然:凄凉悲伤的样子。《庄子·渔父》:"客凄然变容曰:'甚矣子之难悟也。'"

②风鹏对雪雁:风鹏:借风力飞行的鹏鸟。《庄子·逍遥游》:"鹏之徙于南冥(天池)也,水击三千里,抟(tuán,凭借)扶摇(旋风)而上者九万里……故九万里,则风斯在下矣,而后乃今培风(乘风);背负青天而莫之夭阏(yāo è,阻拦,阻挡)者,而后乃今将图南(图谋南飞,即飞往南冥)。"雪雁:雁的一种,体形较大,羽毛洁白如雪,故称"雪雁"。元马祖常《北行》:"白鹰随雪雁,黄鼠掘田鼢。"

③董杏对周莲:董杏:指三国时吴人董奉为人治病不收钱,仅

要求重病治愈者,种杏树五株,轻者一株,数年后得杏树十余万株,蔚然成林之事。事见东晋葛洪《神仙传》:"董奉者,字君异,侯官县(古县名,治所在今福建福州市,三国时属吴国)人。……君异居山间,为人治病,不取钱物,使人重病愈者,使栽杏五株,轻者一株,如此数年,计得十万余株,郁然(茂盛貌)成林。"周莲:指北宋大儒周敦颐,性爱莲花,作《爱莲说》一文,盛赞其出淤泥而不染的高洁品质之事。《爱莲说》:"水陆草木之花,可爱者甚蕃(繁多)。晋陶渊明独爱菊。自李唐来,世人甚爱牡丹。予独爱莲之出淤泥而不染,濯(zhuó,洗涤)清涟(水清而有微波,这里指清水)而不妖,中通外直,不蔓不枝,香远益清,亭亭(耸立的样子)净植(洁净地挺立),可远观而不可亵(xiè,亲近而不庄重)玩(玩弄,戏弄)焉。"

④春九十:春天有三个月,共九十天,故称。明张适《雨窗独酌》:"一春九十浑风雨,百里桑麻苦战争。"

⑤岁三千:指王母蟠桃三千岁一熟之事。事见《艺文类聚·果部上·桃》引《汉武故事》曰:"东郡献短人,呼东方朔。朔至,短人因指朔谓上曰:'西王母种桃,三千岁一为子。此儿不良也,已三过偷之矣。'后西王母下,出桃七枚,母因啖二,以五枚与帝。帝留核着前,母问曰:'用此何?'上曰:'此桃美,欲种之。'母笑曰:'此桃三千年一着子,非下土所植也。'"

⑥入山逢宰相:南朝梁时道士陶弘景,字通明,长期隐居茅山,屡聘不出,梁武帝常向他请教国家大事,时人谓之"山中宰相"。典出《南史·陶弘景传》:"国家每有吉凶征讨大事,无不前以咨询。月中常有数信,时人谓为'山中宰相'。"

⑦无事即神仙:意为清闲无事,逍遥自在,这样的生活就如同

神仙。这是古人常有的一种观念，因此在古诗词中也经常见到。如南宋王炎《临江仙》："拂衣归去好，无事即神仙。"南宋崔存《为张莘畴题玉虚道院》："小结烟霞作洞天，日长无事即神仙。"南宋章颖《萧尚书纵目楼》："深居无事即神仙，况阅丹经第几篇。"明程敏政《和答朝宗都宪问难之作·其一》："紫府列衔吾未敢，官曹无事即神仙。"明边贡《题林医士画册》："不须生羽翼，无事即神仙。"不一而足。

⑧ "霞染武陵"句：指东晋陶潜《桃花源记》中所记叙的武陵一渔夫因迷路而偶遇一世外桃源之事。典出东晋陶潜《桃花源记》："晋太元中，武陵人捕鱼为业，缘溪行，忘路之远近。忽逢桃花林……林尽水源，便得一山。初极狭，才通人。复行数十步，豁然开朗。土地平旷，屋舍俨然，有良田美池桑竹之属。阡陌交通，鸡犬相闻。其中往来种作，男女衣着，悉如外人。黄发垂髫，并怡然自乐。"后遂以"武陵溪""桃花源"等喻指避世隐居之地或理想中的美好境地。武陵：古地名，在今湖南常德一带。

⑨ "烟荒隋苑"句：隋苑：隋炀帝所建的林苑，又名西苑，故址在今江苏省扬州市西北。唐杜牧《寄题甘露寺北轩》："天接海门秋水色，烟笼隋苑暮钟声。"清冯集梧注："《一统志》：扬州隋苑，在江都县北七里。"绵绵：形容柳条柔弱的样子。按："隋苑"有的版本作"隋堤"，误。如作"隋堤"，则与前文之"武陵"失对，故不取。

⑩ "七碗月团"二句：中唐诗人卢仝，好茶成癖，曾作有《七碗茶诗》（卢仝所作杂言古诗《走笔谢孟谏议寄新茶》中的一部分，后人截取此部分谓之《七碗茶诗》或《七碗茶歌》），描述品饮新茶给

人带来的美妙感觉:"一碗喉吻润,二碗破孤闷。三碗搜枯肠,惟有文字五千卷。四碗发轻汗,平生不平事,尽向毛孔散。五碗肌骨清,六碗通仙灵。七碗吃不得也,唯觉两腋习习清风生。"月团:团茶的一种。唐卢仝《走笔谢孟谏议寄新茶》:"开缄宛见谏议面,手阅月团三百片。"啜(chuò):饮,喝。

⑪"三杯云液"二句:云液:酒的美称。唐白居易《对酒闲吟赠同老者》:"云液洒六腑,阳和生四肢。"红雨:落在红花上的雨,此处形容女子饮酒后脸色红润的样子。晕(yùn):指酒晕,饮酒后脸上泛起的红晕,此处用作动词,指泛起红晕。

【译文】吟与咏相对,授与传相对。快乐与悲凄相对。乘风飞行的大鹏与洁白如雪的大雁相对,董君异的杏树与周敦颐的莲花相对。春天总共有九十日与仙桃成熟要三千年相对。钟鼓与管弦相对。入山或许能遇到隐居的宰相,清闲无事就如同逍遥的神仙。武陵源花树茂盛,红霞映照着淡淡的桃花;隋苑旧址荒芜,轻烟笼罩着柔软的柳条。喝下七碗月团名茶,腋下犹如生出清风一般凉爽美妙;饮罢三杯云液美酒,腮边泛起的酒晕使脸色更加红润亮艳。

中对外,后对先。树下对花前。玉树对金屋①,叠嶂对平川②。孙子策③,祖生鞭④。盛席对华筵⑤。醉解知茶力⑥,愁消识酒权⑦。彩剪芰荷开冻沼⑧,锦妆凫雁泛温泉⑨。帝女衔石,海中遗魄为精卫⑩;蜀王叫月,枝上游魂化杜鹃⑪。

【注释】①玉树对金屋:玉树:神话传说中天帝住所的仙树。其色碧绿,晶莹如玉,故称。唐李白《拟古·其四》:"清都绿玉树,灼烁瑶台台春。"金元好问《幽兰》:"钧天帝居清且夷,瑶林玉树生光辉。"或指以珠玉装饰的树。《汉武故事》:"上(汉武帝)于是于宫外起神明殿九间……前庭植玉树。植玉树之法,葺珊瑚为枝,以碧玉为叶,花子或青或赤,悉以珠玉为之。"金屋:详见本书上卷"四支"第四段注释⑧。按:"金屋"用汉武帝故事,故"玉树"取后一意义的可能性较大。

②叠嶂对平川:叠嶂:重叠的山峰。叠,在平水韵里属入声"十六叶"。嶂,高如屏障的山峰。南朝梁武帝《直石头》:"夕池出濠渚,朝云生叠嶂。"平川:广阔平坦的原野。川,平地,平野。西汉扬雄《幽州牧箴》:"荡荡平川,惟冀之别。"

③孙子策:春秋时军事家孙武著有兵书十三篇,世称《孙子兵法》或《孙武兵书》。孙武:字长卿,齐人,春秋时兵法家。吴王阖闾用为将,破楚,威逼齐、晋,遂称霸诸侯。著有孙子十三篇。另,战国时齐国军事家孙膑著有《孙膑兵法》,人亦称之为"孙子"。策:古代用竹片或木片记事著书,成编的叫做"策"。

④祖生鞭:典出《晋书·刘琨列传》:"琨少负志气,有纵横之才,善交胜己,而颇浮夸。与范阳祖逖为友,闻逖被用,与亲故书曰:'吾枕戈待旦,志枭逆虏,常恐祖生先吾着鞭(领先于自己,比自己行动快)。'其意气相期如此。"后遂以"祖生鞭""祖逖鞭"等作为勉励人努力进取的典故。祖生:指祖逖(tì),字士稚,西晋末年至东晋初年人。西晋灭亡后,率部北伐。数年间,收复黄河以南大片领土。后见朝廷纷争,国事日非,遂忧愤而死。曾任奋威将军、豫州刺史、镇西将军等。著名的"闻鸡起舞"的故事即由他而来。

⑤盛席对华筵:"盛席"与"华筵"都指丰盛而华美的筵席。唐

杜甫《刘九法曹郑瑕邱石门宴集》:"能吏逢联璧,华筵直一金。"

⑥醉解知茶力:茶能解酒,故言。茶力:茶的功效。

⑦愁消识酒权:酒能消愁,故言。酒权:酒的效用。权,权力,效用。

⑧"彩剪芰(jì)荷"句:指隋炀帝在秋冬季节命人用五色绫锦剪成花叶,遍插池沼,以供游乐之事。明诸圣邻《大唐秦王词话》:"大业十二年,隋炀帝荒淫失政,亲信谗邪,疏弃忠直,大兴宫室,取天下名花异卉,奇兽珍禽,充满苑囿。至秋冬,以五色绫锦,剪成花叶,缀于枝条,常如阳春之艳丽。沼内亦剪彩为菱荷。每遇月明之夕,从宫女数千骑,游玩西苑,作清夜之曲,于马上奏之。自长安至江都,置离宫四十余所,造龙舟往来游幸。酣歌宴乐,殆无虚日。"芰荷:菱叶与荷叶。芰,菱。《楚辞·离骚》:"制芰荷以为衣兮,集芙蓉以为裳。"沼(zhǎo):水池。圆者为池,曲者为沼。

⑨"锦妆凫雁"句:指唐玄宗扩建华清宫汤池,安禄山献上白玉石雕镂的鱼龙凫雁,玄宗大悦,命置于池中之事。事见唐郑处海《明皇杂录》:"玄宗幸华清宫,新广汤池(温泉浴池),制作宏丽。安禄山于范阳,以白玉石为鱼龙凫雁,仍为石梁(石桥,石柱)及石莲花以献,雕镂巧妙,殆非人工。上大悦,命陈于汤中,又以梁横亘汤上,而莲花才出于水际。上因幸华清宫,至其所,解衣将入,而玉龙凫雁皆若奋鳞举翼,状欲飞动。上甚恐,遽命撤去。其莲花至今犹存。"凫:一种水鸟,俗称"野鸭",常群游于湖泊池沼中,能飞。

⑩"帝女衔石"二句:指精卫填海之事。典出《山海经·北山经》:"又北二百里,曰发鸠之山,其上多柘(zhè)木。有鸟焉,其状如乌,文首(头部有花纹。文,同'纹')、白喙(白色的嘴)、赤足

（红色的脚），名曰精卫，其鸣自詨（它的叫声像在呼唤自己的名字。詨，读xiào，呼唤，大叫。）。是炎帝之少女名曰女娃，女娃游于东海，溺（没入水中，淹死）而不返，故为精卫，常衔西山之木石，以堙（yīn，填埋，堵塞）于东海。漳水出焉，东流注于河。"后遂以"精卫填海"比喻不畏艰难，奋斗不懈。帝女：指精卫。因精卫原名女娃，是炎帝之女，溺死东海后，灵魂化为精卫鸟，故称。遗魄：人死后遗存的魂魄。

⑪"蜀王叫月"二句：相传古蜀帝杜宇死后，魂魄化为杜鹃鸟，昼夜啼叫不止，声音凄切，。事见唐李善注《昭明文选·左思蜀都赋》引《蜀记》曰："昔有人姓杜名宇，王蜀，号曰望帝。宇死，俗说云宇化为子规。子规，鸟名也。蜀人闻子规鸣，皆曰望帝也。"蜀王：指杜宇，又号望帝。唐李商隐《锦瑟》："庄生晓梦迷蝴蝶，望帝春心托杜鹃。"游魂：游荡的魂魄。杜鹃：指杜鹃鸟，又名子规。传说为蜀帝杜宇的魂魄所化，常昼夜悲啼，啼则吐血。

【译文】中与外相对，后与先相对。树下与花前相对。玉树与金屋相对，重叠的山峰与广阔的平原相对。孙子的兵书与祖逖的马鞍相对。丰盛的筵席与华美的筵席相对。酒醉解除之后才体会到茶的功力，忧愁消除之后才领会到酒的效用。彩绸剪成的荷花遍布于结冰的池沼中，锦缎制成的凫雁泛游于温暖的泉水里。炎帝之女死后魂魄化为精卫鸟，日日衔着石头来往于海面投石填海；蜀王杜宇死后魂魄化为杜鹃鸟，夜夜在枝头对着明月不断哀啼。

二 萧

琴对笛,釜对瓢①。水怪对花妖。秋声对春色②,白缣对红绡③。臣五代④,事三朝⑤。斗柄对弓腰⑥。醉客歌金缕⑦,佳人品玉箫⑧。风定落花闲不扫,霜余残叶湿难烧。千载兴周,尚父一竿投渭水⑨;百年霸越,钱王万弩射江潮⑩。

【注释】①釜(fǔ)对瓢(piáo):釜:古代的一种锅。瓢:用葫芦干壳做成的勺。

②秋声对春色:秋声:秋天自然界的声音,如风声、虫鸟声、落叶声等。唐刘禹锡《登清晖楼》:"浔阳江色潮添满,彭蠡秋声雁送来。"春色:春天的景色。南宋叶绍翁《游园不值》:"春色满园关不住,一枝红杏出墙来。"

③白缣(jiān)对红绡(xiāo):白缣:白色细绢。缣,细致的丝绢。红绡:红色薄绸。绡,用生丝织成的丝织品,泛指丝绸。按:"缣"为平声,"绡"亦为平声,故此处有失对之误。

④臣五代:在五个王朝做过臣子。如五代时官员冯道,历仕后

唐、后晋、后辽、后汉、后周五朝,被人所不齿。

⑤事三朝:在三个朝代做过官员。如南朝时文学家沈约,历仕南朝宋、齐、梁三朝。按:此句中的"三朝"在古诗文中既可指三个不同的王朝,也可指同一王朝的三个不同帝王的统治时期。至于上句中的"五代",则多指五个不同的王朝。

⑥斗柄对弓腰:斗柄:北斗七星中排成柄状的三星。弓腰:向后弯腰及地如弓形,俗称"下腰"。另,弓腰也指女子的细腰。明刘兑《娇红记》末出:"花困春娇,乱云横翠翘;柳褪弓腰,暖香怵凤绡。"按:"斗柄"有的版本作"斗胆",亦可。斗胆:胆如斗大,形容大胆或胆气豪壮。语出南朝宋裴松之注《三国志·蜀志·姜维传》"杀会(指钟会)及维(指姜维)"引西晋郭颁《魏晋世语》:"维死时见剖,胆如斗大。"

⑦金缕:指《金缕曲》,古曲调名。或指唐代女诗人杜秋娘所作的歌曲《金缕衣》。南宋张元干《贺新郎》:"举大白(大酒杯),听《金缕》。"

⑧玉箫:有的版本作"紫箫",亦可。紫箫,紫竹制成的箫。

⑨"千载兴周"二句:指吕尚垂钓于渭水,后被周文王聘请为太师,辅佐武王灭殷,被周武王尊为尚父之事。详见本书上卷"一东"第三段注释⑧之按语。尚父(fǔ):古代尊礼大臣的称号,意为可尊敬的父辈,此特指吕尚。《诗经·大雅·大明》:"维师尚父,时维鹰扬。"毛传:"尚父,可尚可父。"东汉郑玄笺:"尚父,吕望也。尊称焉。"渭水:今称"渭河",黄河的最大支流,主要流经今甘肃、陕西二省,在陕西渭南市潼关县汇入黄河。

⑩"百年霸越"二句:指五代时吴越王钱镠(liú)筑捍海塘,屡

被潮水冲毁,王因命强弩数百以射潮头,既而潮避钱塘,转向西陵之事。事见《宋史·河渠志七·东南诸水下·浙江》:"浙江通大海,日受两潮。梁开平中,钱武肃王(即吴越王钱镠,谥号武肃王)始筑捍海塘,在候潮门外。潮水昼夜冲激,版筑(两种筑土墙的工具,代指筑墙)不就,因命强弩数百以射潮头,又致祷胥山祠。既而潮避钱塘,东击西陵,遂造竹器,积巨石,植以大木。堤岸既固,民居乃奠。"另,北宋苏轼有《八月十五看潮》诗亦言此事。《八月十五看潮五绝·其五》:"江神河伯两醯鸡(小虫名。醯,读xī),海若(海神)东来气吐霓。安得夫差(人名,春秋时期吴王,这里借指五代时的吴越王钱镠)水犀手,三千强弩射潮低。""三千"句苏轼自注云:"吴越王尝以弓弩射潮头,与海神战,自尔水不进城。"钱王:指五代时吴越王钱镠。弩(nǔ),用机械发箭的弓。

【译文】琴与笛相对,锅与瓢相对。水怪与花妖相对。秋声与春色相对,白色细绢与红色薄绸相对。在五个王朝做过臣子与在三个朝代任过官职相对。星列如斗柄与腰弯如弓形相对。醉酒的客人歌唱《金缕曲》,美丽的女子吹奏白玉箫。风停后落花满地,人虽闲暇却不去清扫;霜降后树叶凋残,叶因潮湿而难以燃烧。吕尚在渭水之滨被周文王聘为太师,从而辅佐文王、武王建立起延续千年的周朝基业;钱镠命人用强弩射退潮头筑成捍海塘,从而为他在吴越之地称霸百年打下基础。

荣对悴[①],夕对朝[②]。露地对云霄[③]。商彝对周鼎[④],殷濩对虞韶[⑤]。樊素口[⑥],小蛮腰。六诏对三苗[⑦]。朝天车奕奕[⑧],出塞马萧萧[⑨]。公子幽兰重泛舸[⑩],王孙芳草正联镳[⑪]。潘岳高怀,曾向秋天吟蟋蟀⑫;王维清兴,尝于雪夜画芭蕉⑬。

【注释】①荣对悴:荣:繁茂,茂盛。悴:枯萎,衰弱。

②夕对朝(zhāo):夕:傍晚。"夕"在平水韵里属入声"十一陌",故此处可与"朝"相对。朝:早晨。

③露地对云霄:露地:无物生长或遮盖于上的土地。《法华经·譬喻品》:"诸子等安稳得出,皆于四衢道中露地而坐。"云霄:天空,高空。南朝宋鲍照《拟行路难·十三》:"我初辞家从军侨,荣志溢气干云霄。"

④商彝(yí)对周鼎:"商彝""周鼎"皆泛指商周时期的青铜器。彝,古代盛酒的器具,常用作宗庙祭祀的礼器。鼎,古代烹煮用的三足两耳的器具,也可置于宗庙作为铭功记绩的礼器。

⑤殷濩(hù)对虞韶:殷濩:商汤时的《濩》乐。濩,亦作"护",指防护下民。虞韶:虞舜时的《韶》乐。东汉应劭《风俗通·声音》:"夫乐者,圣人所以动天地,感鬼神,按万民,成性类者也。故黄帝作《咸池》……舜作《韶》,禹作《夏》,汤作《护》,武王作《武》,周公作《勺》。勺,言能斟勺先祖之道也;武,言以功定天下也;护,言救民也;夏,大承二帝也;韶,继尧也。"

⑥樊素口:与下句"小蛮腰"之典俱见《太平广记·文章一·白居易》:"唐白居易有妓樊素善歌,小蛮善舞。尝为诗曰:'樱桃樊素口,杨柳小蛮腰。'"樊素、小蛮皆白居易之家妓。

⑦六诏对三苗:六诏:唐代西南夷六个部落的总称,即蒙嶲(xī)、越析、浪穹、邆睒(téng shǎn)、施浪、蒙舍(蒙舍处最南,亦称为南诏)六诏。六诏聚居的地方大体在今云南及四川西南部一

带。诏,唐时我国西南少数民族对王或首领的称呼。三苗:古国名。《尚书·舜典》:"窜三苗于三危(地名,今甘肃敦煌一带)。"《史记·五帝本纪》载其地在江、淮、荆州(今河南西部、江西西部、湖南北部)一带。

⑧朝天车奕奕:化用唐苏颋(tǐng)《敬和崔尚书大明朝堂雨后望终南山见示之作》:"奕奕轻车至,清晨朝未央。"朝天:朝见天子。奕奕:众多貌。

⑨萧萧:象声词,形容马鸣声。《诗经·小雅·车攻》:"萧萧马鸣,悠悠旆旌。"

⑩"公子幽兰"句:典出战国屈原《湘夫人》:"沅(沅水,在今湖南省)有芷兮澧(lǐ,澧水,在今湖南省,流入洞庭湖)有兰,思公子兮未敢言。"公子:泛指贵族子弟。古代贵族称公族,贵族子女不分性别,都可称为"公子"。幽兰:兰花。古时由君子佩戴,以象征其品格高洁。泛舸:意同"泛舟",乘船游玩。舸(gě),大船。

⑪"王孙芳草"句:典出《楚辞·招隐士》:"王孙游兮不归,春草生兮萋萋。"王孙:王侯的子孙,泛指贵族子弟。联镳(biāo):并马而行。镳,马勒,马嚼子。

⑫"潘岳高怀"二句:西晋文学家潘岳作有《秋兴赋》,中有"熠耀(指萤火虫。熠,读yì)粲(càn,明亮的样子)于阶闼(tà,门)兮,蟋蟀鸣乎轩屏(堂阶旁的墙壁,或曰堂前屏风)"之句。

⑬"王维清兴"二句:唐代王维作画不分四时,曾作有《袁安卧雪图》一幅,其上绘有雪中芭蕉之景。北宋沈括《梦溪笔谈·书画》:"书画之妙,当以神会,难可以形器求也。世之观画者,多能指摘其间形象、位置、彩色瑕疵而已,至于奥理冥造者,罕见其人。如彦远

(指张彦远，中晚唐画家、绘画理论家）《画评》言：'摩诘（指王维，字摩诘）画物，多不问四时，如画花，往往以桃、杏、芙蓉、莲花同画一景。'予家所藏摩诘画《袁安卧雪图》，有雪中芭蕉，此乃得心应手，意到便成，故造理入神，迥得天意，此难可与俗人论也。"王维：字摩诘，号摩诘居士。唐代开元、天宝年间著名诗人、画家。历官右拾遗、河西节度使判官、吏部郎中、给事中等。唐肃宗干元年间任尚书右丞，故世称"王右丞"。著作有《王右丞集》《画学秘诀》。苏轼评价其诗画曰："味摩诘之诗，诗中有画；观摩诘之画，画中有诗。"清兴：清雅的兴致。

【译文】繁荣与枯萎相对，傍晚与早晨相对。没有植被的土地与飘有云彩的天空相对。商朝的彝与周代的鼎相对，商汤时的《濩》乐与虞舜时的《韶》乐相对。樊素的口像樱桃般红润，小蛮的腰如柳枝般柔细。唐代西南夷的六个部落与尧舜时江淮地区的三苗古国相对。朝见天子的车驾络绎不绝，出塞将士的战马高声嘶鸣。幽兰飘香的秋日，公子们乘船游玩；芳草茂盛的春天，王孙们并骑同行。潘岳志向高远，曾在秋天写下歌咏蟋蟀的句子；王维兴致清雅，曾在雪夜画有雪中芭蕉的美图。

耕对读，牧对樵①。琥珀对琼瑶②。兔毫对鸿爪③，桂棹对兰桡④。鱼贯柳⑤，鹿藏蕉⑥。水远对山遥。湘灵能鼓瑟⑦，嬴女解吹箫⑧。雪点寒梅横小院⑨，风吹弱柳覆平桥。月牖通宵，绛蜡罢时光不减⑩；风帘当昼，雕盘停后篆难消⑪。

【注释】①牧对樵：牧：放养牲畜，也可指放养牲畜的人，即牧民。樵:砍柴,也可指砍柴的人,即樵夫。从前文来看,此处作动词的可能性较大。

②琥珀对琼瑶:琥珀:详见本书上卷"八齐"第二段注释③。琼瑶:泛指美玉。琼,赤色玉。瑶,似玉的美石。

③兔毫对鸿爪:兔毫:兔毛,也可指用兔毛制成的毛笔。毫,长而尖的毛,或指毛笔的头部。鸿爪:鸿雁的爪子,或指鸿雁在泥土上留下的爪印。北宋苏轼《和子由渑池怀旧》:"人生到处知何似,应似飞鸿踏雪泥。雪上偶然留爪印,鸿飞那复计东西。"后遂以"鸿爪"比喻往事留下的痕迹。

④桂棹(zhào)对兰桡(ráo):桂棹:桂木制的船桨,常用作船桨的美称,或代指华美的船。棹,长的船桨。兰桡:用木兰树的木材制成的船桨,常用作船桨的美称,或代指华美的小船。桡,短的船桨。按:"桂棹"有的版本作"桂楫",亦可。"楫"与"棹"同义,都指长的船桨。"楫"今读jí,在平水韵里属入声"十六叶",故可与"桡"相对。

⑤鱼贯柳:用柳条穿过鱼鳃,以便拎提,称"鱼贯柳"。北宋黄庭坚《大雷口阻风》:"得禽多文章,肯顾鱼贯柳。"按:此处有的版本作"鱼潜藻",误。"潜"为平声,如此则与下句之"藏"字失对,故不取。

⑥鹿藏蕉:典出《列子·周穆王》:"郑人有薪(砍柴)于野者,遇骇鹿,御而击之,毙之。恐人见之也,遽而藏诸隍(干涸无水的壕沟)中,覆之以蕉(芭蕉,此指芭蕉叶。或曰同'樵',柴禾),不胜其喜。俄而遗其所藏之处,遂以为梦焉。"意为郑国有个樵夫在野外砍柴,遇到一只受惊的鹿,迎上去打死了它。他怕被人看见,急忙把鹿

藏到一个干涸的沟渠中,用蕉叶盖好,十分高兴。不久后,他忘了藏鹿的地方,便以为这是一场梦。后遂以"蕉鹿"比喻人世间虚幻的事物。

⑦湘灵能鼓瑟:语出《楚辞·远游》:"使湘灵鼓瑟兮,令海若(海神)舞冯夷(河神)。"湘灵:湘水女神。鼓瑟:弹瑟。

⑧嬴女解吹箫:指秦穆公之女弄玉吹箫引凤之事。详见本书上卷"一东"第三段注释⑬。秦国王族姓嬴,弄玉乃秦穆公之女,故称"嬴女"。

⑨"雪点寒梅"句:与下句俱出唐温庭筠《和道溪君别业》:"风飘弱柳平桥(没有弧度的桥)晚,雪点梅花小院春。"

⑩"月牖(yǒu)通宵"二句:月牖:有月光射入的窗户。牖,窗户。南朝陈江总《入龙丘岩精舍诗》:"风窗穿石窦(石穴。窦,读dòu,孔穴,孔洞),月牖拂霜松。"绛蜡:红色的蜡烛。绛,大红色。北宋苏轼《次韵代留别》:"绛蜡烧残玉斝(jiǎ,古代的盛酒器)飞,离歌唱彻万行啼。"

⑪"风帘当昼"二句:风帘:遮蔽门窗的帘子。南朝齐谢朓《和王主簿季哲怨情》:"花丛乱数蝶,风帘入双燕。"雕盘:雕绘有花纹的盘子,泛指精美的盘子。此处指雕盘式样的盘香。篆:指篆烟,盘香的烟缕。因盘香的烟缕宛转如篆字,故称。唐戴叔伦《宫词》:"尘暗玉阶綦(qí,鞋带,引申为足印、足迹)迹断,香飘金屋篆烟清。"

【译文】耕田与读书相对,放牧与砍柴相对。琥珀与琼瑶相对。兔毛与鸿爪相对,用桂木制成的长桨与用木兰木制成的短桨相对。用柳条把鱼穿起来与用蕉叶把鹿藏起来相对。水流广远与山势连绵相对。湘水女神能弹瑟,嬴姓弄玉善吹箫。几株点缀着白雪的寒梅横斜于小院中,无数迎风飘拂的柳枝低垂在平桥上。月光穿窗而入,即使灭掉红烛屋内依然明亮;白日风帘低垂,即使精美的盘香燃尽其篆烟依然盘旋难消。

三 肴

诗对礼①,卦对爻②。燕引对莺调③。晨钟对暮鼓④,野薇对山肴⑤。雉方乳⑥,鹊始巢⑦。猛虎对神獒⑧。疏星浮荇叶⑨,皓月上松梢。为邦自古推瑚琏⑩,从政于今愧斗筲⑪。管鲍相知,能结忘形胶漆友⑫;蔺廉有隙,终为刎颈死生交⑬。

【注释】①诗对礼:诗:特指《诗经》。礼:特指《礼经》。按:礼经,最初指《仪礼》,后则指《礼记》(对《仪礼》做的阐释)。清皮锡瑞《经学通论·三礼》:"汉所谓《礼》,即今十七篇之《仪礼》,而汉不名《仪礼》,专主经言,则曰《礼经》,合记而言,则曰《礼记》。许慎、卢植所称《礼记》,皆即《仪礼》与篇中之记,非今四十九篇之《礼记》也。其后《礼记》之名为四十九篇之记所夺,乃以十七篇之《礼经》别称《仪礼》。"

②卦对爻(yáo):"卦""爻"皆《周易》术语。爻:《周易》中组成卦的符号,有阴阳之分。"—"为阳爻,"--"为阴爻。三爻合成一卦,得八卦;两卦(六爻)相重得六十四卦,称别卦。爻含有交错

和变化之意。《周易·系辞上》:"爻者,言乎变者也。"

③燕引对莺调(tiáo):燕引:即"燕引雏",古诗词常见语,意指母燕引领雏燕。引,带领。唐殷遥《春晚山行》:"野花成子落,江燕引雏飞。"南宋姜特立《鱼燕》:"拍岸鱼遗子,排檐燕引雏。"莺调:即"莺调舌",古诗词常见语,意指黄莺调舌鸣叫。调,调节,调弄。此处言"莺调"乃是拟人手法,意指黄莺像人调弦奏乐一样调节好自己舌头而鸣叫。唐刘庄物《莺出谷》:"欲语如调舌,初飞似畏人。"唐齐己《早莺》:"羽毛新刷陶潜菊,喉舌初调叔夜琴。"按:"莺调"有的版本作"莺捎",亦可。莺捎:即"莺捎蝶",古诗词常见语,意指黄莺捎带着蝴蝶飞行。捎,捎带,顺带。唐杜甫《重过何氏五首·其一》:"花妥莺捎蝶,溪喧獭趁鱼。"北宋李彭《戏次人韵》:"茗碗炉芬清昼永,流莺捎蝶过墙阴。"南宋李从周《风流子》:"春满绮罗,小莺捎蝶,夜留弦索,么凤(亦作'幺凤',鸟名。又称桐花凤。羽毛五色,体型比燕子小。)求凰。"

④晨钟对暮鼓:详见本书上卷"二冬"第二段注释②。

⑤野蔌(sù)对山肴:野蔌:野菜。蔌,菜蔬。山肴:即山间野味,用从山里猎得的鸟兽做成的荤菜。肴,肉制食品。北宋欧阳修《醉翁亭记》:"山肴野蔌,杂然而前陈者,太守宴也。"

⑥雉方乳:野鸡正在孵卵。典出《后汉书·鲁恭传》:"恭随行阡陌,俱坐桑下,有雉过,止其傍。傍有童儿,亲曰:'儿何不捕之?'儿言:'雉方将雏。'亲瞿然(惊讶的样子)而起,与恭诀曰:'所以来者,欲察君之政迹耳。今虫不犯境,此一异也;化及鸟兽,此二异也;竖子(指小孩)有仁心,此三异也。久留,徒扰贤者耳。'还府,具以状白安。"意为东汉鲁恭任中牟县令,河南尹袁安派仁恕掾(官

名)肥亲(人名)去视察他的政绩。鲁恭陪着肥亲来到田间,一起坐在桑树下休息,当时正有一只野鸡飞过,停留在他们身边。旁边有个小孩,肥亲问他:"你为什么不捕捉野鸡?"小孩说:"它将要生小鸟(不能害它)。"肥亲惊讶地站起身,向鲁恭告别说:"我之所以要来,是要看看你为政的情形。现在虫害不侵犯边境(当时周围各县正发生蝗灾),这是第一个特异之处;德化能及于禽兽,这是第二个特异之处;小孩子有仁爱之心,这是第三个特异之处。我再长时间逗留,只能算干扰贤能之人了。"于是,肥亲回到府衙,把情况详细禀报给了袁安。雉:野鸡。乳:孵卵,生子。东汉许慎《说文》:"人及鸟生子曰乳,兽曰产。"

⑦鹊始巢:喜鹊开始筑巢。巢,用作动词,筑巢,建巢。《逸周书·时训解》:"小寒之日雁北乡(向北飞。乡,同'向'),又五日鹊始巢,又五日雉(野鸡)始雊(gòu,雉鸡叫)。"

⑧神獒(áo):传说中能听懂人言的猛犬。獒,一种凶猛的狗,体形比一般的狗高大。

⑨疏星浮荇(xìng)叶:疏星:稀疏的星。荇:一种水生草本植物,根在水底,叶略呈圆形而浮于水面,夏天开黄花。

⑩"为邦"句:典出《论语·公冶长》:"子贡问曰:'赐(即子贡,姓端木,名赐,字子贡)也何如?'子曰:'女(同"汝",你),器也。'曰:'何器也?'曰:'瑚琏也。'"为邦:治理国家。邦,诸侯的封国,泛指国家。瑚琏(hú liǎn):瑚、琏皆宗庙礼器,世人常用之比喻治国安邦之才。《魏书·李平传》:"实廊庙之瑚琏,社稷之桢干。"北宋苏轼《送程之邵签判赴阙》:"念君瑚琏质,当今台阁宜。"

⑪"从政"句：典出《论语·子路》："（子贡）曰：'今之从政者何如？'子曰：'噫！斗筲之人，何足算也。'"从政：参与政事，处理政事。斗筲：斗、筲皆古代量小的容器，世人常用之比喻器量狭小、才识浅薄的人或用作自谦之辞。明末清初顾炎武《岁暮西还时李生云沾方读〈盐铁论〉》："片言折斗筲，笃论垂青史。"

⑫"管鲍相知"二句：典出《史记·管晏列传》："管仲夷吾者（管仲，名夷吾，字仲），颍上（今安徽省颍上县）人也。少时常与鲍叔牙游，鲍叔知其贤。管仲贫困，常欺鲍叔，鲍叔终善遇之，不以为言。已而鲍叔事齐公子小白，管仲事公子纠。及小白立为桓公，公子纠死，管仲囚焉。鲍叔遂进管仲。管仲既用，任政于齐，齐桓公以霸，九合诸侯，一匡天下，管仲之谋也。管仲曰：'吾始困时，尝与鲍叔贾（一起经商），分财利多自与，鲍叔不以我为贪，知我贫也。吾尝为鲍叔谋事而更穷困，鲍叔不以我为愚，知时有利不利也。吾尝三仕三见（被，受）逐于君，鲍叔不以我为不肖，知我不遭时（逢时，遇到好时势）也。吾尝三战三走，鲍叔不以我怯，知我有老母也。公子纠败，召忽（春秋时齐国人，公子纠的谋臣）死之，吾幽囚（囚禁，幽禁）受辱，鲍叔不以我为无耻，知我不羞小节而耻功名不显于天下也。生我者父母，知我者鲍子也。'"管鲍：管仲与鲍叔牙，皆春秋时齐国贤人。两人情谊深厚，相知最深，故后世常以其比喻交谊深厚的朋友。忘形：指朋友相处不拘形迹。唐白居易《效陶潜体诗·其七》："我有忘形友，迢迢李与元。"胶漆：胶与漆，皆黏粘之物，常比喻情感亲密深厚。今有成语"如胶似漆"，形容感情深厚，难解难分。按："结"有的版本作"交"，误。如作"交"，则与下文的"为"字失对，故不取。

⑬"蔺廉有隙"二句：典出《史记·蔺相如列传》："既罢归国（指渑池之会后），以相如功大，拜为上卿，位在廉颇之右。廉颇曰：'我为赵将，有攻城野战之大功，而蔺相如徒以口舌为劳，而位居我上，且相如素贱人，吾羞，不忍为之下。'宣言曰：'我见相如，必辱之。'相如闻，不肯与会。相如每朝时，常称病，不欲与廉颇争列。已而相如出，望见廉颇，相如引车（调转车行方向。引，调转方向）避匿（躲避，躲藏。匿，读nì，躲藏，隐藏）。于是舍人（古代王公贵人的私门之官）相与谏曰：'……今君与廉颇同列，廉君宣恶言而君畏匿之，恐惧殊甚，且庸人（普通人）尚羞之，况于将相乎！……'……相如曰：'夫以秦王之威，而相如廷叱之，辱其群臣，相如虽驽（nú，才能低劣），独畏廉将军哉？顾吾念之，强秦之所以不敢加兵于赵者，徒以吾两人在也。今两虎共斗，其势不俱生。吾所以为此者，以先国家之急而后私仇也。'廉颇闻之，肉袒负荆，因宾客至蔺相如门谢罪。曰：'鄙贱之人，不知将军宽之至此也。'卒相与欢，为刎颈之交。"蔺：指蔺相如。颇：指廉颇，战国末期赵国名将。作战勇猛，屡立战功，初封上卿，后拜相国，封信平君。曾因不满蔺相如以口舌之功被封上卿，扬言要羞辱他。后被蔺相如"以先国家之急而后私仇"的行为所感化，遂负荆请罪，实现了"将相和"。刎颈：即刎颈之交，比喻情谊深挚、能共生死的至交好友。

【译文】诗经与礼经相对，卦与爻相对。母燕引领雏燕飞行与黄莺调节喉舌鸣叫相对。傍晚的鼓响与清晨的钟声相对，野菜与山肴相对。野鸡将要生子与喜鹊开始建巢相对。猛虎与神獒相对。疏星的倒影浮动在水面的荇叶上，皎洁的月亮悬挂于松树的枝干梢。治理国家自古就推重极具才干的人，处理政事至今仍鄙视量小无能之辈。管仲鲍叔牙互相知心,故能结成相处不拘形迹的亲密好友;廉颇蔺相如虽有嫌隙,最终还是成为可共生死的至交好友。

歌对舞,笑对嘲。耳语对神交①。焉乌对亥豕②,獭髓对鸾胶③。宜久敬,莫轻抛。一气对同胞④。祭遵甘布被⑤,张禄念绨袍⑥。花径风来逢客访⑦,柴扉月到有僧敲⑧。夜雨园中,一颗不凋王子柰⑨;秋风江上,三重曾卷杜公茅⑩。

【注释】①耳语对神交:耳语:附耳低语。汉乐府诗《孔雀东南飞》:"下马入车中,低头共耳语。"神交:以精神道义为基础的交往。西晋潘岳《夏侯常侍诔》:"心照神交,惟我与子。"

②焉乌对亥豕:焉乌:"焉""乌(烏)"二字形似,容易混淆致误,故后世常以其代指因形似而产生的文字讹误,或代指因形似而容易混淆的汉字。北宋宋祁《代人乞出表》:"辨色立朝,足居多于跛倚(歪斜而立,倚靠于物);书思记命,目不辨于焉乌。"亥豕:典出《吕氏春秋·察传》:"子夏之晋,过卫,有读史记者曰:'晋师三豕涉河。'子夏曰:'非也,是己亥也。夫己与三相近,豕与亥相似。'至于晋而问之,则曰'晋师己亥涉河'也。"意为子夏到晋国去,经过卫国,听到有个读史书的说:"晋军三豕过黄河。"子夏说:"不对,是己亥日过黄河。古文'己'字与'三'字字形相近,'豕'字与'亥'字相似。"到了晋国探问此事,果然是说晋国军队在己亥那天渡过黄河。后遂以"亥豕"代指书籍传写或刊印中因字形近似而产生的文字讹误。

③獭髓(tǎ)对鸾胶:獭髓:獭的骨髓。一种很好的滋补品,食

之可以益智养神。相传将其与玉屑、琥珀混合,能灭除疤痕。獭,水獭,一种栖息于水边的动物,昼伏夜出,善游水,主食鱼、蛙等。西晋王嘉《拾遗记》:"(孙和)舞水精如意,误伤夫人颊,血流污袴(同'裤')……(太医)曰:'得白獭髓,杂玉与琥珀屑,当灭此痕。'"鸾胶:又称"续弦胶",传说中用凤喙、麟角合煎制成的胶膏,可以粘续弓弩的断弦或折断的刀剑。《海内十洲记·凤麟洲》:"凤麟洲在西海之中,地方一千五百里。洲四面弱水绕之,鸿毛不浮,不可越也。洲上多凤麟数万,各各为群。又有山川池泽及神药百种,亦多仙家。煮凤喙及麟角合煎作胶,名之为续弦胶,或名连金泥。此胶能续弓弩已断之弦,连刀剑断折之金,更以胶连续之处,使力士掣之,他处乃断,所续之际终无所损也。"

④一气对同胞:一气:声气相投的人,一伙。今有成语"沆瀣(hàng xiè)一气",比喻气味相投的人联结在一起,多用于贬义。一,同一。同胞:由相同的父母所生的兄弟姊妹。《汉书·东方朔传》:"同胞之徒无所容居,其故何也?"唐颜师古注引苏林曰:"胞音胞胎之胞也,言亲兄弟。"后引申为同一国家或同一民族的人民(这一意义起于近代以后)。

⑤祭遵甘布被:典出《后汉书·祭遵传》:"遵为人廉约(廉洁俭约)小心,克己奉公,赏赐辄尽与士卒,家无私财,身衣韦裤(皮套裤),布被,夫人裳不加缘(不加边饰),帝以是重焉。"意为东汉祭遵为人廉洁俭约小心谨慎,克己奉公,他得到的赏赐全都分给部下,家无财产,穿皮套裤,盖布被,妻子的衣裳也不加边饰,皇帝因此敬重他。祭遵:字弟孙,颍川颍阳(今河南襄城县颍阳镇)人。东汉开国名将,"云台二十八将"之一。曾任征虏将军,封颍阳侯。

⑥张禄念绨(tí)袍：据《史记·范睢蔡泽列传》载，范睢，字叔，战国时魏国芮城(今山西芮城)人。初为魏国中大夫须贾门客，因出使齐国有功，被须贾妒忌，指其通齐卖魏，几乎被魏相魏齐鞭笞致死。后逃往秦国，化名张禄，成为秦国宰相。时秦国欲伐韩、魏，魏王得知消息，派须贾使秦。范睢闻之，故意穿一身破衣服去见须贾。"须贾意哀之，留与坐饮食，曰：'范叔一寒如此哉！'乃取其一绨袍以赐之。"不久，须贾知道范睢就是秦相张禄，吓得赶忙登门请罪。"于是范睢盛帷帐，待者甚众，见之。须贾顿首言死罪……范睢曰：'汝罪有三耳……然公之所以得无死者，以绨袍(厚缯制成的袍。绨，一种粗厚光滑的丝织品)恋恋，有故人之意，故释公。'乃谢罢。入言之昭王，罢归须贾。"后遂以"绨袍""范叔袍"等作为眷念故旧之典。按："念"有的版本作"恋"，亦可。

⑦"花径"句：化用唐杜甫《客至》："花径不曾缘客扫，蓬门今始为君开。"花径：花间小路。

⑧"柴扉"句：化用唐贾岛《题李凝幽居》："鸟宿池边树，僧敲月下门。"柴扉：柴门，代指贫寒的家园。扉，门。

⑨"夜雨园中"二句：典出《晋书·王祥传》："王祥，字休征，琅邪临沂(今山东省临沂市)人……性至孝……有丹柰(nài，苹果的一种，通称'柰子'。此处指柰树)结实，母命守之，每风雨，祥辄抱树而泣。其笃孝纯至如此。"王子：指王祥，西晋时人，历史上著名的孝子，《二十四孝》中的"卧冰求鲤"就是讲的他的故事。按："凋"有的版本作"雕"，误。凋，草木衰落。若作"雕"，则与文义不合矣。

⑩"秋风江上"二句：指唐代诗人杜甫旅居成都时，一次大风

吹坏了他所居住的茅屋,因此写下《茅屋为秋风所破歌》之事。事见《茅屋为秋风所破歌》:"八月秋高风怒号,卷我屋上三重茅。茅飞渡江洒江郊,高者挂罥长林梢,下者飘转沉塘坳。……安得广厦千万间,大庇天下寒士俱欢颜,风雨不动安如山。呜呼!何时眼前突兀见此屋,吾庐独破受冻死亦足!"三重(chóng):多层,数层。三,泛指多,非实指。

【译文】歌与舞相对,笑与嘲相对。附耳低语与精神交往相对。焉鸟形似易混淆与亥豕形近易讹误相对,可以除疤的獭髓与可以续弦的鸾胶相对。应该长久尊敬与不要轻易抛弃相对。一群好友与同胞兄弟相对。祭遵甘心盖粗布之被,张禄感念赠绨袍之义。风扫花径后巧逢有客来访,月照柴门时正见有僧敲门。夜晚下起大雨,王祥园中的柰树一个果实也未曾掉落;狂风自江面吹来,杜甫茅屋上的茅草被卷走了数层。

衙对舍①,廪对庖②。玉磬对金铙③。竹林对梅岭④,起凤对腾蛟⑤。鲛绡帐⑥,兽锦袍⑦。露果对风梢⑧。扬州输橘柚⑨,荆土贡菁茅⑩。断蛇埋地称孙叔⑪,渡蚁编桥识宋郊⑫。好梦难成,蛩响阶前偏唧唧⑬;良明远至,鸡声窗外正嘐嘐⑭。

【注释】①衙对舍:衙:旧时称"官署"为"衙",如衙堂、府衙。舍:房屋,住宅。

②廪(lǐn)对庖(páo):廪:粮仓。庖:厨房。

③玉磬(qìng)对金铙(náo):玉磬:玉石制成的磬。磬,古代一种用玉、石或金属制成的打击乐器,常悬挂于架上,敲击而鸣。金

铙:铜铙。金,在古诗文中往往指"铜"。铙,铜制圆形敲击乐器,最初用于军中,后广泛用于民间。

④竹林对梅岭:竹林:竹子丛生处,或特指"竹林七贤"。《世说新语·任诞》:"陈留阮籍,谯国嵇康,河内山涛,三人年皆相比,康年少亚之。预此契者:沛国刘伶,陈留阮咸,河内向秀,琅邪王戎。七人常集于竹林之下,肆意酣畅,故世谓'竹林七贤'。"梅岭:种满梅树的山岭,或特指大庾岭。大庾岭在今江西、广东交界处,古时岭上多梅树,故称"梅岭"。唐宋之问《题大庾岭北驿》:"明朝望乡处,应见陇头梅。"

⑤起凤对腾蛟:起凤:凤凰展翅高飞,比喻人才华优异。腾蛟:详见本书上卷"十四寒"第三段注释②。

⑥鲛绡(jiāo xiāo)帐:泛指轻纱帐或薄绢帐。鲛绡,传说中鲛人所织的绡,极薄,后用以泛指薄纱。鲛,鲛人,神话传说中的人鱼。绡,生丝织物。南朝梁任昉《述异记》卷上:"南海出鲛绡纱,泉室潜织,一名龙纱。其价百余金,以为服,入水不濡。"西晋张华《博物志》卷九:"南海外有鲛人,水居如鱼,不废织绩……从水出,寓人家,积日卖绢。将去,从主人索一器,泣而成珠满盘,以与主人。"

⑦兽锦袍:织有兽形图案的锦袍。唐杜甫《寄李十二白二十韵》:"龙舟移棹晚,兽锦夺袍新。"

⑧露果对风梢:露果:沾着露水的果子。唐韦庄《避地越中作》:"露果珠沉水,风萤烛上楼。"风梢:风中摇动的树梢。北宋苏辙《和文与可洋州园亭三十咏·此君庵》:"风梢绕檐匝,霜干当窗净。"按:"露果"有的版本作"露叶",亦可。露叶,沾着露水的

叶子。北宋苏轼《菜羹赋》:"汲幽泉以揉濯,搏露叶与琼根。"

⑨扬州输橘柚:据《尚书·禹贡》载,虞舜时期九州岛每年都要向天子进贡,其中扬州进贡的物品除了金、银、铜、美玉、美石、竹、象牙、犀皮、旄牛尾等,还要把贝锦放在筐子里,把桔柚包起来作为贡品。《尚书·禹贡》:"淮、海惟扬州(淮河与黄海之间是扬州):……厥篚(fěi,筐)织贝(贝锦),厥包(包裹)桔柚,锡贡(锡与贡,古义略同)。"输,交出,交纳。

⑩荆土贡菁茅:据《尚书·禹贡》载,虞舜时期荆州向天子进贡的物品,除了旄牛尾、象牙、犀皮、金、银、铜、椿树、柘木、桧树、柏树、丹砂、竹、磨箭镞的石头外,还要把包裹好的杨梅、青茅和装在筐子里的彩色丝绸、一串串珍珠作为贡品。《尚书·禹贡》:"荆及衡阳惟荆州(荆山与衡山的南面是荆州):……包(包裹)匦(guǐ,杨梅。或曰匣子,小箱子)菁茅,厥篚玄纁(彩色丝绸。玄,赤黑色。纁,读xūn,黄赤色)玑组(用丝绳穿起的小珍珠串。玑,不圆的珍珠。组,丝带)。"青茅:一种三脊茅。古代祭祀时,用以滤酒去渣。或曰束茅立之祭前,浇酒其上,酒渗下,若神饮之。《管子·轻重篇》:"江、淮之间,一茅三脊,名曰青茅。"

⑪"断蛇埋地"句:典出西汉刘向《新序·杂事一》:"孙叔敖为婴儿(幼年)之时,出游见两头蛇,杀而埋之。归而泣,其母问其故,叔敖对曰:'闻见两头之蛇者死。向者(刚才)吾见之,恐去母而死也。'其母曰:'蛇今安在?'曰:'恐他人又见,杀而埋之矣。'其母曰:'吾闻有阴德者天报以福(积有阴德的人,上天就会降福于他。阴德,指有德于人而不为人所知),汝不死也。'及长,为楚令尹(楚国的令尹。令尹,官职名,相当于宰相),未治(还未上任)而

国人信其仁也。"后遂以"埋蛇"作为善行仁爱之典。孙叔：指孙叔敖，春秋时楚国人，名敖，字孙叔，一字艾猎，楚庄王时为楚令尹。

⑫ "渡蚁编桥"句：事见南宋曾慥《类说》卷四七引《遁斋闲览》曰："二宋（指北宋宋郊、宋祁兄弟二人）少，有胡僧（古代泛称西域、北地或外来的僧人为'胡僧'）曰：'小宋他日当魁天下（在科举考试中取得第一名。魁，居首位，第一。古代科举考试，称进士第一名为魁甲）大宋亦不在其下。'后十余年，僧惊谓大宋曰：'公丰神顿异，如能救活数百万命者。'答曰：'贫儒何力及此？'僧曰：'试记之。'宋曰：'堂下比（并列，并排）有蚁穴为暴雨所漂，群蚁缭绕穴傍。吾戏编竹桥以渡之。'僧曰：'是也。小宋今岁首捷，公终不出其下。'比（及，等到）唱第（科举考试后宣唱及第进士的名次），小宋果中魁选。章宪后临朝，谓弟不可先兄，乃以大宋为第一，小宋为第十。"宋郊：即宋庠，字公序，原名郊，入仕后改名庠。北宋仁宗天圣二年进士，历任襄州通判，召直史馆，三司户部判官、参知政事、枢密使、同中书门下平章事等职。英宗时，知亳州，以司空致仕。治平三年卒，年七十一。《宋史》卷二八四有传。当时宋庠与其弟宋祁均以文学知名，著有诗文集四十四卷，惜多散佚。

⑬ "好梦难成"二句：蛩（qióng）响：即蛩声，蟋蟀的叫声。蛩，蟋蟀。唐王维《早秋山中作》："草间蛩响临秋急，山里蝉声薄暮悲。"唧唧：象声词，形容虫、鸟等细碎的鸣声。北宋欧阳修《秋声赋》："但闻四壁虫声唧唧，如助余之叹息。"按："唧"今读jī，在平水韵里有两个音，分别属于入声"四质"和入声"十三职"，两个韵部里的"唧"字意义相同，均可用来形容杂乱细碎的声音或虫鸟的鸣叫声。

⑭"良明远至"二句：良明远至：化用《论语·学而》："有朋自远方来，不亦乐乎？"嘐嘐：象声词，形容鸡、鼠等动物的叫声。唐柳宗元《游朝阳岩遂登西亭二十韵》："晨鸡不余欺，风雨闻嘐嘐。"按："嘐嘐"有的版本作"胶胶"，亦可。胶胶，鸡鸣声。《诗经·郑风·风雨》："风雨潇潇，鸡鸣胶胶。"

【译文】官衙与民舍相对，粮仓与厨房相对。玉磬与铜铙相对。竹林与梅岭相对，飞翔的凤与腾跃的蛟相对。用鲛绡制成的绢帐与织有兽形图案的锦袍相对。沾有露水的果实与风中摇动的树梢相对。扬州向朝廷交纳橘柚，荆州向朝廷进贡青茅。孙叔敖杀蛇埋地令人称道，宋郊编桥渡蚁考试夺魁。好梦难成，偏又愁闻蟋蟀在阶前唧唧作响；良朋远至，恰好听见晨鸡在窗外嘐嘐啼鸣。

四 豪

茭对芡①,荻对蒿②。山麓对江皋③。莺簧对蝶板④,麦浪对松涛。骐骥足⑤,凤凰毛⑥。美誉对嘉褒⑦。文人窥蠹简⑧,学士书兔毫⑨。马援南征载薏苡⑩,张骞西使进葡萄⑪。辩口悬河,万语千言常亹亹⑫;词源倒峡,连篇累牍自滔滔⑬。

【注释】①茭(jiāo)对芡(qiàn):茭:又称"茭白",一种生长在水泽中的植物,嫩茎可作蔬菜食用。北宋邢昺(bǐng)《尔雅疏》:"茭似芹菜,可食。"明李时珍《本草纲目·草八·菰》:"江南人呼菰为茭,以其根交结也。"芡:一种生长在池沼中的水草,体表有刺,叶圆而大,果实富含淀粉,可供食用。按:"芡"有的版本作茨(cí),误。"茨"为平声,若此,则与"茭"失对矣。茨,蒺藜。《诗经·墉风·墙有茨》:"墙有茨,不可扫也。"

②荻对蒿(hāo):荻:一种似芦苇的植物,生在水边,叶子长形,秋天开紫花。唐白居易《琵琶行》:"浔阳江头夜送客,枫叶荻花秋瑟瑟。"蒿:蒿草,一种野草,有白蒿、青蒿、牡蒿、臭蒿之分。《诗经·小雅·鹿鸣》:"呦呦鹿鸣,食野之蒿。"按:"荻"在平水

韵里属入声"十二锡",《韵会》作"亭历切",故此处可与"蒿"相对。

③山麓(lù)对江皋(gāo):山麓:山脚。麓,本义为生长在山脚的林木,借指山脚。唐姚倕(wò)《南源山》:"白雨鸣山麓,青灯语夜阑。"江皋:江岸。皋,水边陆地。战国楚屈原《九歌其三·湘君》:"朝骋骛(急行。骛,读wù,乱跑,奔驰)兮江皋,夕弭(mǐ,停止)节(策,马鞭)兮北渚(水边)。"

④莺簧(huáng)对蝶板:莺簧:形容黄莺的鸣声像笙簧奏乐一般婉转美妙。簧,乐器里用金属或其它材料制成的发声薄片。蝶板:形容蝴蝶的两翅扇动时像在拍板一样。板,乐器中用以按拍的拍板。

⑤骐骥足:典出《三国志·蜀书·庞统传》:"先主(即刘备)领荆州,统(即庞统)以从事守耒阳令,在县不治,免官。吴将鲁肃遣先主书曰:'庞士元非百里才也,使处治中、别驾之任,始当展其骥足耳。'诸葛亮亦言之于先主,先主见与善谈,大器之,以为治中从事。"后遂以"骥足"比喻杰出的才能。骐骥:骏马,良马,常比喻贤才。

⑥凤凰毛:凤凰的羽毛,多省称为"凤毛",常比喻珍贵稀少之物。今有成语"凤毛麟角",比喻珍贵而稀少的人才或事物。北宋苏轼《送冯判官之昌国》:"昼穷经史夜兵律,麟角凤毛多异质。"

⑦美誉对嘉褒:美誉:赞美。誉,称赞,赞美。嘉褒:赞扬,称美。嘉,赞美,颂扬。褒,嘉奖,表扬。

⑧蠹(dù)简:被虫蛀坏的书,泛指古旧而残存的书籍。蠹,蛀虫。唐罗隐《咏史》:"蠹简遗编试一寻,寂寥前事似如今。"

⑨兔毫：用兔毛制成的毛笔，泛指毛笔。金萧贡《假梅》："莫道去非诗破的，兔毫那解写花真。"按：此句有版本作"壮士学龙韬"，亦可。壮士：勇士。龙韬：周朝吕望著有兵书《六韬》，分文韬、武韬、龙韬、虎韬、豹韬、犬韬六卷。故后世常以"龙韬""龙韬豹略""虎略龙韬"等作为兵法、兵书的代称，或借指用兵的谋略。译文从"学士书兔毫"。

⑩"马援南征"句：《后汉书·马援传》："初，援在交址（今越南北部地区），常饵薏苡实（常食用薏苡的果实。饵，服食，吞食），用能轻身省欲，以胜瘴气。南方薏苡实大，援欲以为种，军还，载之一车。时人以为南土珍怪，权贵皆望之。"意为马援征交址时，常服食薏苡的果实，以轻身省欲，防治瘴疠。南方薏苡的果实比较大，马援打算带回北方去种，于是在还军的时候，装了一车回去。马援：字文渊，东汉茂陵（今陕西省兴平县东北）人。光武帝时，任伏波将军，平定交趾。著名的"男儿要当死于边野，以马革裹尸还葬耳"之语，即出自他的口中。薏苡（yì yǐ）：一种草本植物，果实（即"薏苡仁"）淡褐色，含淀粉，可食用、酿酒或入药。按：此句中的"援"与"征"皆为平声，有失替之误。另，"载"有的版本作"装"。从平仄来说，用"载"则与下文的"进"失对，故用"装"较为合适。但从典故本身来说，用"载"则更贴近原文。"装"与"载"义同。

⑪"张骞（qiān）西使"句：事见《史记·大宛列传》："骞身所至者大宛、大月氏、大夏、康居，而传闻其旁大国五六，具为天子言之。曰：'大宛在匈奴西南，在汉正西，去汉可万里。其俗土著，耕田，田稻麦。有蒲陶（同'葡萄'）酒。多善马，马汗血，其先天马子也'……宛左右以蒲陶为酒，富人藏酒至万余石，久者数十岁不败。

俗嗜酒,马嗜苜蓿。汉使取其实来,于是天子始种苜蓿、蒲陶肥饶地。"又,《汉书·西域传上》:"宛王蝉封与汉约,岁献天马二匹。汉使采蒲陶、目宿种归。天子以天马多,又外国使来众,益种蒲陶、目宿离宫馆旁,极望焉。"又,北魏贾思勰《齐民要术》:"汉武帝使张骞至大宛,取蒲陶实,于离宫别馆傍尽种之。"张骞:字子文,西汉汉中成固(今陕西城固县)人。汉武帝时,曾两次出使西域,使汉朝与中亚的文化得以交流,并引进了葡萄、苜蓿、石榴、胡萝卜等物。按:此句中的"骞"与上句中的"援"皆为平声,有失对之误。

⑫ "辩口悬河"二句::辩口:能言善辩的口才。悬河:瀑布,此处指论辩像瀑布一样滔滔不绝。今有成语"口若悬河",指说话象瀑布下泻,滔滔不绝,常比喻人口才极好,能言善辩。亹亹(wěi wěi):形容谈论不绝的样子。

⑬ "词源倒峡"二句:词源倒峡:文辞像倒流的三峡水一样滔滔不绝、浩瀚雄健。语出唐杜甫《醉歌行》:"词源倒流三峡水,笔阵独扫千人军。"连篇累牍(dú):形容篇幅多,文辞长。牍,古代写字用的木简。滔滔:大水奔流貌,常形容事物像流水一样连续不断。

【译文】茭与茭相对,荻与蒿相对。山脚与江岸相对。莺声婉转如吹奏笙簧与蝶翅扇动似拍击乐板相对,风中的麦丛形似波浪与风中的松林声如波涛相对。"骐骥足"喻指杰出的人才与"凤凰毛"喻指珍贵的事物相对。赞美与颂扬相对。文人读书喜读古旧残编,学士写字喜用兔毫毛笔。马援南征交址,装载了一车的薏苡回来;张骞出使西域,带回罕见的葡萄进献。善辩的口才犹如下泻的瀑布,论辩时万语千言时常说个不停;豪迈的文辞好像倒流的峡水,写作时连篇累牍自是奔涌不断。

梅对杏,李对桃。棫朴对旌旄①。酒仙对诗史②,德泽对恩膏③。悬一榻④,梦三刀⑤。拙逸对贤劳⑥。玉堂⑦花烛绕,金殿⑧月轮高。孤山看鹤盘云下⑨,蜀道闻猿向月号⑩。万事从人⑪,有花有酒应自乐;百年皆客,一丘一壑⑫尽吾豪。

【注释】①棫朴(yù pò)对旌旄(jīng máo):棫朴:棫和朴,皆灌木名,古人常燃之祭祀天神。《诗经·大雅》中有《棫朴》篇,用以歌咏周文王善于选取人才并授以适当官职,故后世也常以"棫朴"比喻贤材众多。棫,一种丛生的小树,茎上有刺,果实紫红色,可食。朴,又称"抱木",一种依附水松根而生的小树,有香味,极柔韧。旌旄:泛指旗帜。旌,古代用羽毛装饰的旗子。旄,古代用牦牛尾装饰的旗子。

②酒仙对诗史:酒仙:唐朝李白号"谪仙",又嗜好饮酒,故人称"酒仙"。此处泛指为人潇洒超逸又酷爱饮酒的人。唐杜甫《饮中八仙歌》:"李白斗酒诗百篇,长安市上酒家眠。天子呼来不上船,自称臣是酒中仙。"诗史:唐朝杜甫之诗能反映当时重大社会事件,具有历史意义,人称"诗史"。此泛指能反映某一时期重大社会事件、具有历史意义的诗歌。唐孟棨《本事诗·高逸》:"杜(杜甫)逢禄山之难(指安史之乱。禄山,指安禄山),流离陇蜀,毕陈于诗,推见至隐,殆无遗事,故当时号为诗史。"

③德泽对恩膏:"泽""膏"均有"滋润"之义,故"德泽""恩膏"均可解释为"恩德,恩惠"。汉乐府《长歌行》:"阳春布德泽,

万物生光辉。"明黎光《嘉禾》:"圣皇御寰宇,恩膏被万汇。"按:"德"今读dé,在平水韵里属入声"十三职",多则切或的则切。"泽"今读zé,在平水韵里有两个音,分别属于入声"十药"和入声"十一陌",取"德泽"之义时,音属"陌"韵,直格切或施只切,故此处"德泽"可与"恩膏"相对。

④悬一榻:典出《后汉书·徐稚传》:"徐稚,字孺子,豫章南昌人也。……恭俭义让,所居服其德。……陈蕃为太守,以礼请署功曹,稚不免之,既谒而退。蕃在郡不接宾客,惟稚来特设一榻,去则悬之。"意为东汉徐稚,字孺子,豫章郡南昌县人。为人谦恭节俭、仁义谦让,周围的人都佩服他的品德。当时陈蕃任豫章郡太守,请徐稚暂代功曹一职,徐稚无法推辞,拜见陈蕃之后就退回去了。陈蕃在郡府不接待宾客,只有徐稚来才特意摆设一副坐榻,徐稚离开后就把它悬挂起来。后遂以"悬榻"作为礼待贤士之典。唐杜牧《怀钟陵旧游四首·其二》:"未掘双龙牛斗气,高悬一榻栋梁材。"

⑤梦三刀:《晋书·王濬传》:"濬夜梦悬三刀于卧屋梁上,须臾又益一刀,濬惊觉,意甚恶之。主簿李毅再拜贺曰:'三刀为州字,又益一者,明府其临益州乎?'及贼张弘杀益州刺史皇甫晏,果迁濬为益州刺史。"后遂以"梦三刀"或"三刀梦"作为吉梦或升官之典。唐李德裕《题剑门》:"想是三刀梦,森然在眼然。"

⑥拙逸对贤劳:拙逸:因拙钝而偷享安逸。元张昱《拙逸诗》:"贤哉拙逸翁,可以为世程。"贤劳:因贤能而多受劳苦。《孟子·万章上》:"此莫非王事,我独贤劳也。"明洪应明《菜根谭》:"奢者富而不足,何如俭者贫而有余;能者劳而俯怨,何如拙者逸而全真。"按:"贤劳"有的版本作"贵劳",不知出处。如作"贵劳",当

解释为"因身份显贵而多受劳苦",语义似乎不通,故当以"贤劳"为是。另,"拙"在平水韵里属入声"九屑",如作"贵劳",则"贵"与"拙"失对,故不可取。

⑦玉堂:玉饰的殿堂,泛指华丽的宫殿。东晋孙绰《游天台山赋》:"朱阁玲珑于林间,玉堂阴映于高隅。"

⑧金殿:用黄金装饰的宫殿,泛指华美的宫殿。汉乐府《古歌》:"上金殿,着玉樽。延贵客,入金门。"

⑨"孤山"句:杂用北宋林逋事及唐祖咏《赠苗发员外》"盘云双鹤下,隔水一蝉鸣"诗句。林逋事详见本书上卷"六鱼"第一段注释⑩。盘云:盘旋于云霄。

⑩"蜀道"句:化用唐李白《蜀道难》:"黄鹤之飞尚不得过,猿猱欲度愁攀援。……但见悲鸟号古木,雄飞雌从绕林间。又闻子规啼夜月,愁空山。蜀道之难,难于上青天,使人听此凋朱颜。"号(háo):大声或长声啼叫。

⑪从人:顺从他人,这里指顺从自己(的心意)。

⑫一丘一壑:喻指隐居山野,放情山水。丘,山陵。壑,溪谷。南朝宋刘义庆《世说新语·品藻》:"明帝问谢:'君自谓何如庾亮?'答曰:'端委(古代的礼服,此处用作动词,指穿着礼服)庙堂,使百官准则,臣不如亮;一丘一壑,自谓过之。'"

【译文】梅与杏相对,李与桃相对。椷朴与旄旗相对。嗜酒纵饮的人与具有历史意义的诗相对,仁德广布与恩惠遍施相对。"悬一榻"喻指好客与"梦三刀"预示升官相对。因拙钝而偷享安逸与因贤能而多受劳苦相对。玉堂前花烛围绕,金殿上月轮高悬。在孤山上经常看见白鹤自云霄飞下,在蜀道间时时听到老猿对明月哀啼。万事都顺从人意,有花有酒便能自得其乐;百年如同过客,一丘一壑也该尽展豪情。

　　台对省①,署对曹②。分袂对同袍③。鸣琴对击剑,返辙对回艚④。良借箸⑤,操捉刀⑥。香茗对醇醪⑦。涓泉归海大⑧,寸壤积山高。石室客来煎雀舌⑨,画堂宾至饮羊羔⑩。被谪贾生,湘水凄凉吟《鹏鸟》⑪;遭逸屈子,江潭憔悴著《离骚》⑫。

【注释】①台对省:台:古代中央官署名,如御史台、尚书台。省:古代中央官署名,如中书省、门下省。

　　②署对曹:署:官舍,官府。曹:古代分科办事的官署或部门。

　　③分袂(mèi)对同袍:分袂:分手,分离。南北朝何逊《仰赠从兄兴宁寘(zhì)南诗》:"当怜此分袂,脉脉泪沾衣。"同袍:同穿一袍。语出《诗经·秦风·无衣》:"岂曰无衣,与子同袍。王于兴师,修我戈矛,与子同仇。"后以"同袍"喻指兄弟或同僚、同学等。三国曹植《朔风诗·其三》:"昔我同袍,今永乖别。"

　　④返辙对回艚(cáo):返辙:回车,返行。北宋梅尧臣《赠仆射侍中刘相公挽词三首·其二》:"朱轮空返辙,绿酒尚盈樽。"回艚:犹"回船",掉转船头,驾船返回。艚,小船。按:"回艚"有的版本作"回舠(dāo)",亦可。舠,小船。

　　⑤良借箸(zhù):指刘邦被项羽围困荥阳,郦食其劝其立六国后代为王以共伐楚国,后张良至,言其非计,并借桌上箸为之筹划解说之事。典出《史记·留侯世家》:"食其(指郦食其,刘邦手下的辩士)未行,张良从外来谒。汉王方食,曰:'子房前!客有为我计桡

(ráo，屈弱，削弱)楚权者。'其以郦生语告，曰：'于子房何如？'良曰：'谁为陛下画此计者？陛下事去矣。'汉王曰：'何哉？'张良对曰：'臣请藉（同'借'）前箸为大王筹之。'"后遂以"借箸"代指筹划、计划。良：指张良，字子房，西汉开国功臣，刘邦手下重要谋臣。箸：筷子。

⑥操捉刀：典出《世说新语·容止》："魏武（指曹操）将见匈奴使，自以形陋甚陋，不足雄远国，使崔季珪代，帝自捉刀立床头。既毕，令间谍问曰：'魏王何如？'匈奴使答曰：'魏王雅望（仪表美好）非常，然床头捉刀人，此乃英雄也。'魏武闻之，追杀此使。"意为曹操将接见匈奴来使，担心自己形貌平庸不足以威慑远国，遂使崔季珪代替自己接见匈奴使臣，而自己却捉刀立于床头。接见完毕，派人问匈奴使者："魏王何如？"匈奴使者答曰："魏王仪表非常美好，但床头持刀的人才是真英雄。"后遂以"捉刀"作为代人写文章或顶替人做事之典。操：指曹操，字孟德，三国中曹魏政权的奠基人，谥号"武王"。捉刀：拿刀，持刀。

⑦香茗对醇醪（chún láo）：香茗：香茶。茗，在平水韵里属上声"二十四迥"。醇醪：味厚的美酒。

⑧涓泉归海大：与下句"寸壤积山高"都是积小成大、积少成多的意思。古文献中有许多类似的语句，如《荀子·劝学》："不积小流，无以成江海。"秦李斯《谏逐客书》："是以太山不让土壤，故能成其大；河海不择细流，故能就其深；王者不却众庶，故能明其德。"涓，细小水流。

⑨"石室客来"句：石室：山洞，多代指隐者居住之处。雀舌：指雀舌茶，古代一种以嫩芽焙制成的上等茶。北宋沈括《梦溪笔

谈·杂志一》:"茶芽,古人谓之'雀舌'、'麦颗',言其至嫩也。"

⑩"画堂宾至"句:画堂:饰有彩绘的殿堂,泛指华丽的堂舍。羊羔:指羊羔酒,古代的美酒。因以嫩肥羊肉与酒曲、杏仁等酿造而成,故名。或曰,其色泽白莹,入口绵甘如羊羔之味,故名之。明代冯时化《酒史》:"羊羔酒出汾州孝义县。"明李时珍《本草纲目》:"羊羔美酒健脾胃、益腰身、大补元气。"

⑪"被谪贾生"二句:指西汉贾谊谪为长沙王傅,作《鵩(fú)鸟赋》以自伤之事。典出《鵩鸟赋·序》:"谊为长沙王傅(王府属官,掌赞导,匡过失)三年,有鵩飞入谊舍。鵩似鸮,不祥鸟也。谊即以谪居长沙,长沙卑湿,谊自伤悼,以为寿不得长,乃为赋以自广也。其辞曰:……"贾谊:西汉初年政论家、文学家。少有才名,十八岁时,就因善文被人称颂。文帝时任博士,迁太中大夫,受大臣排挤,贬为长沙王太傅,故后世亦称贾长沙、贾太傅。三年后被召回长安,为梁怀王太傅,不久亡故,时仅三十三岁。湘水:即湘江,长江支流,流经长沙。鵩鸟:猫头鹰一类的鸟,古人认为是不祥之鸟。此指贾谊所作的《鵩鸟赋》。

⑫"遭谗屈子"二句:指战国时楚国大夫屈原遭佞臣靳尚毁谤,被楚怀王疏远,流放汉北地区(今河南西峡、淅川、内乡一带),忧愁幽思而作《离骚》之事。事见《史记·屈原贾生列传》:"屈平疾王听之不聪也,谗谄之蔽明也,邪曲之害公也,方正之不容也,故忧愁幽思,而作《离骚》。"《史记·太史公自序》:"屈原放逐,著《离骚》。"又,《楚辞·渔父》:"屈原既放,游于江潭,行吟泽畔,颜色憔悴,形容枯槁。"屈子:指屈原,名平,又名正则,字灵均,战国时楚国人。曾任左徒、三闾大夫等职。怀王时,遭靳尚等人毁谤,被放

逐于汉北，于是作《离骚》以明心志；顷襄王时被召回，不久又遭谗毁而流放江南，后因不忍见国家沦亡，乃自沉汨罗江而死。著作有《离骚》《九章》《天问》等，对后世文学影响巨大。按：屈原生平曾两次遭到流放：第一次是楚怀王时期，流放地区是汉北一带；第二次是楚顷襄王时期，流放地区是湘沅一带。据后人考证，《离骚》乃屈原第一次流放期间所作，《渔父》乃屈原第二次流放期间所作。此处言"江潭憔悴著《离骚》"，把《离骚》之著作时间误作为第二次流放之时，非李笠翁一人，古人多有此误，故特意表出，以明视听。

【译文】台与省相对，官署与部曹相对。"分袂"喻指分手离别与"同袍"喻指关系亲密相对。弹琴与击剑相对，回车与回船相对。张良借筷子为刘邦筹划，曹操假装卫士持刀立于床头。香茶与醇酒相对。一滴滴细小的泉水汇成大海，一寸寸微小的土壤聚成高山。清幽的岩洞有客来访，主人煎煮雀舌茶以为招待；华丽的堂舍有客来临，主人拿出羊羔酒共同畅饮。贾谊被贬长沙，在湘水边凄凉地吟出《鹏鸟赋》；屈原受谗流放，在江潭边憔悴地写下《离骚》歌。

五 歌

微对巨,少对多。直干对平柯①。蜂媒对蝶使②,雨笠对烟蓑。眉淡扫③,面微酡④。妙舞对清歌⑤。轻衫裁夏葛⑥,薄袂剪春罗⑦。将相兼行唐李靖⑧,霸王杂用汉萧何⑨。月本阴精,岂有羿妻曾窃药⑩;星为夜宿,浪传织女漫投梭⑪。

【注释】①直干对平柯:直干:挺直的树干。北宋王安石《古松》:"森森直干百余寻,高入青冥不附林。"平柯:横平的树枝。柯,树枝。明孙绪《寒鸦万点图二绝·其二》:"高树平柯满上林,夕阳未下昼阴阴。"

②蜂媒对蝶使:蜂媒:蜜蜂传授花粉如媒人一般,故称。蝶使:蝴蝶吸食花蜜,来往于花间,如使者一般,故称。今有成语"蜂媒蝶使",比喻为男女双方居间撮合或传递消息的人。北宋周邦彦《六丑》:"多情为谁追惜,但蜂媒蝶使,时叩窗槅。"

③眉淡扫:即淡画眉。扫,描画。唐张祜《集灵台》:"却嫌脂粉污颜色,淡扫蛾眉朝至尊。"

④面微酡(tuó):即面微红。酡,饮酒后脸红的样子,泛指脸红。明沈周《和天全翁留别钱氏祖席》:"细雨沾衣萦旧缆,春风入面醒微酡。"

⑤清歌:不用乐器伴奏的歌唱,今谓之"清唱"。北宋梅尧臣《留题希深美桧亭》:"乘月时来往,清歌思浩然。"

⑥夏葛:夏天穿的葛衣。葛,植物名,纤维可以织布。唐薛能《水帘吟》:"豪客每来清夏葛,愁人才见认秋檐。"按:"葛"在平水韵里属入声"七曷",故此处可与下句的"罗"相对。

⑦春罗:春天穿的罗衣。罗,轻软的丝织品。唐李贺《神仙曲》:"春罗书字邀王母,共宴红楼最深处。"

⑧"将相兼行"句:将相兼行:指能文能武,文武兼备。将,将帅,代指武事。相,宰相,代指文事。李靖:字药师,京兆三原(今陕西三原)人,唐朝开国名将。屡立战功,曾北灭东突厥,西破吐谷浑,又著有兵书多种(多亡佚,后人录其论兵语为《李卫公问对》),在历史上是一位文武兼备的著名军事家。《旧唐书·王珪传》:"时房玄龄、李靖、温彦博、戴胄、魏征与珪同知国政。后尝侍宴,太宗谓珪曰:'卿识鉴清通,尤善谈论,自房玄龄等,咸宜品藻(品评,评论),又可自量,孰与诸子贤?'对曰:'孜孜(勤勉,不懈怠)奉国(报国,献身为国),知无不为,臣不如玄龄;才兼文武,出将入相,臣不如李靖;……'太宗深然其言,群公亦各以为尽己所怀,谓之确论(精当确切的言论)。"

⑨"霸王杂用"句:霸王杂用:杂用王道(以仁义治天下)与霸道(以武力、刑法、权势等进行统治)。汉初律令多出萧何之手,故曰"霸道"。《汉书·刑法志》:"汉兴,高祖初入关,约法三章曰:

'杀人者死,伤人及盗抵罪。'蠲削(减免。蠲,读juān,免除)烦苛(繁杂苛细的法令),兆民(众民,百姓,)大悦。其后四夷(四方各族)未附,兵革(兵器和铠甲,借指战争)未息,三章之法不足以御奸(禁止邪恶),于是相国萧何捃摭(jùn zhí,摘取、搜集)秦法(秦朝的律法),取其宜于时者,作律九章。"楚汉之争时,萧何留守关中,为刘邦运输粮草,又在后方安抚百姓,推行仁政,故曰"王道"。《史记·高祖本纪》:"镇国家,抚百姓,给馈饷(粮饷),吾不如萧何。"萧何:沛郡丰邑(今江苏丰县)人,西汉开国功臣、丞相。曾采摭秦朝六法,制定实施《九章律》。又主张无为而治,与民休养生息。刘邦平定天下时,论功行赏,列萧何为功臣第一。

⑩ "月本阴精"二句:月本阴精:古人认为月亮是由阴气的精华集结而成,故有此言。详见本书上卷"六鱼"第二段注释⑫。羿妻曾窃药:典出《淮南子·览冥训》:"羿(传说中的神箭手)请不死之药于西王母,姮娥窃以奔月,怅然有丧,无以续之。"东汉高诱注:"姮娥(即嫦娥。姮,读héng),羿妻,羿请不死之药于西王母,未及服之,姮娥盗食之,得仙,奔入月中,为月精也。"

⑪ "星为夜宿(xiù)"二句:宿:星座。浪传:空传,妄传,没有根据地传说。织女漫投梭:典出南朝梁殷芸《小说》:"天河之东有织女,天帝之女也,年年机杼(织机,泛指织布。杼,读zh,织布的梭子)劳役,织成云锦天衣,容貌不暇整(没有时间修饰容貌)。天帝怜其独处,许嫁河西牵牛郎,嫁后遂废织衽(rèn,织布帛的丝缕,此处用作动词,指纺织)。天帝怒,责令归河东,许一年一度相会。涉秋七日,鹊首无故皆髡(kūn,秃),相传是日河鼓(即牵牛)与织女会于河东,役乌鹊为梁以渡,故毛皆脱去。"投梭:放下梭子,即废弃纺

织之事。

【译文】微小与巨大相对,少与多相对。挺直的树干与横平的树枝相对。蜜蜂传播花粉如媒介与蝴蝶来往花间似使者相对,烟雾中穿的蓑衣与风雨中戴的斗笠相对。眉淡画与面微红相对。妙舞与清唱相对。夏季穿的轻衫用葛布裁就,春天穿的薄衣用罗绸剪成。唐朝的李靖兼具文武之才,汉朝的萧何杂用王霸之术。月亮本是阴气的精华集结而成,哪里有什么后羿的妻子偷吃了仙药化为月神的事情?织女本是夜晚天上的星座之一,人们却妄传她是因为与牛郎相爱而废弃了织布之事被天帝责罚化为织女星的。

慈对善,虐对苛①。缥缈对婆娑②。长杨对细柳③,嫩蕊对寒莎④。追风马⑤,挽日戈⑥。玉液对金波⑦。紫诏衔丹凤⑧,黄庭换白鹅⑨。画阁江城梅作调⑩,兰舟野渡竹为歌⑪。门外雪飞,错认空中飘柳絮⑫;岩边瀑响,误疑天半落银河⑬。

【注释】①虐对苛:虐:残害,残暴。苛:残暴,狠毒。

②缥缈对婆娑:缥缈:高远隐约貌。唐杜甫《白帝城最高楼》:"城尖径仄旌旆愁,独立缥缈之飞楼。"婆娑:形容人舞姿优美或树木繁茂纷披的样子。《诗经·陈风·东门之枌》:"子仲之子,婆娑其下。"毛传:"婆娑,舞也。"唐杜甫《恶树》:"方知不材者,生长漫婆娑。"

③长杨对细柳:长杨:连绵的杨柳。杨,杨柳,非指杨树。唐温庭筠《太子西池·其二》:"薄暮香尘起,长杨落照明。"或曰指长杨宫,汉宫殿名。《三辅黄图·秦宫》:"长杨宫在今盩厔县(今陕西周

至县。鳌庢，读zhōu zhì）东南三十里，本秦旧宫，至汉修饰之以备行幸。宫中有垂杨数亩，因为宫名。"细柳：细长的柳条。唐杜甫《哀江头》："江头宫殿锁千门，细柳新蒲为谁绿？"或曰指细柳营，西汉周亚夫驻军之处。详见本书上卷"八齐"第三段注释⑬。

④寒莎（suō）：秋天的莎草。莎，莎草。唐齐己《访自牧上人不遇》："高房度江雨，经月长寒莎。"

⑤追风马：奔驰如风的马，泛指骏马、名马。追风，形容马行疾速。《文选·曹植〈七启〉》："驾超野之驷，乘追风之舆。"唐李善注："超野、追风，言疾也。"

⑥挽日戈：典出《淮南子·览冥训》："鲁阳公（即鲁阳文子，周武王的部下）与韩构难（结仇交战），战酣，日暮，援戈而挥之，日为之反三舍（三座星宿的位置。舍，一个星宿为一舍）。"后遂以"挥戈退日"作为力挽危局之典。

⑦玉液对金波："玉液""金波"皆喻指美酒。元王实甫《西厢记》第二本第三折："他其实咽不下玉液金波。"

⑧紫诏衔丹凤：相传周文王时，有凤凰衔书来献，后其子姬发伐纣灭商，建立周朝，是为武王。事见《艺文类聚卷九九·祥瑞部下》引《春秋元命苞》："火离为凤皇，衔书游文王之都，故武王受凤书之纪。"又《竹书纪年》："文王梦日月着其身，又鸑鷟（凤凰的一种）鸣于岐山。孟春六旬，五纬聚房。后有凤凰衔书，游文王之都。书曰：'殷帝无道，虐乱天下。星命已移，不得复久，灵祇远离，百神吹去。五星聚房，昭理四海。'文王既没，太子发代立，是为武王。"紫诏：皇帝的诏书。古人书信用泥封，并在泥上盖印，皇帝诏书则用紫泥，故名"紫诏"或"紫泥诏"。丹凤：头、翅之羽毛为红色的

凤鸟，常比喻传达诏书的使者。唐黄滔《贺清源仆射新命》："二天在顶家家咏，丹凤衔书岁岁来。"

⑨黄庭换白鹅：指东晋书法家王羲之爱鹅成性，见山阴有道士养群鹅，遂写《黄庭经》与之交换一事。典出《晋中兴书·琅琊王录》："王羲之字逸少。……尤善草隶书。为今古冠绝。累迁为右将军。不乐京师，遂往会稽，与谢安、孙绰等游处。山阴有道士养群鹅，羲之意甚悦。道士云：'为写《黄庭经》。当举群相赠。'乃为写讫（qì，完毕，结束），笼鹅而去。"

⑩"画阁江城"句：典出唐李白《与史郎中钦听黄鹤楼上吹笛》（又作《黄鹤楼闻笛》）："黄鹤楼中吹玉笛，江城五月落梅花。"画阁：饰有彩绘的楼阁，泛指华丽的楼阁。江城：临江的城市，在李白诗中特指江夏（今湖北武昌）。因江夏在长江、汉水滨，故称"江城"。梅作调：即《梅花落》，古代笛曲名。按："画阁"有的版本作画角，误。画角之声乃边地军乐，与黄鹤楼无关，故不取。另，"阁"在平水韵里属入声"十药"，故此句之"画阁"可与下句之"兰舟"相对。

⑪"兰舟野渡"句：兰舟：即木兰舟，用木兰树的木材造的船，常用作船的美称，并不一定实指木兰木所制。野渡：荒郊或村野的渡口。竹为歌：指《竹枝词》，古代巴蜀地区的民歌，多吟咏风土民俗、世态民情及男女爱情。

⑫"门外雪飞"二句：典出《晋书·列女传·王凝之妻谢氏传》："叔父安（指谢安）尝内集，俄而雪骤下，安曰：'何所似也？'安兄子朗（指谢朗，谢安哥哥的儿子）曰：'散盐空中差可拟。'道韫曰：'未若柳絮因风起。'安大悦。"后遂以"咏絮之才"或"柳絮才"赞誉女子富有才华，工于吟咏。按：此事《世说新语·言语》亦有所

载,文字稍有出入,不录。

⑬"岩边瀑响"二句:化用唐李白《望庐山瀑布》:"飞流直下三千尺,疑是银河落九天。"

【译文】慈爱与善良相对,暴虐与严苛相对。缥缈与婆娑相对。连绵的垂杨与细长的柳条相对,娇嫩的花蕊与秋天的莎草相对。策马如风与挥戈退日相对。"玉液"代指美酒与"金波"代指佳酿相对。紫诏由丹凤衔来,白鹅以《黄庭经》换得。画阁耸立在临江的城市,有人在阁中吹奏《梅花落》;兰舟停靠在村野的渡口,有人在舟中歌唱《竹枝词》。门外大雪纷飞,有人错以为是空中飘扬的柳絮;岩边瀑布轰响,有人误以为是天边倾落的银河。

松对竹,荇①对荷。薜荔对藤萝②。梯云对步月③,樵唱对渔歌。升鼎雉④,听经鹅⑤。北海对东坡⑥。吴郎哀废宅⑦,邵子乐行窝⑧。丽水⑨良金皆待冶,昆山⑩美玉总须磨。雨过皇州,琉璃色灿华清瓦⑪;风来帝苑,荷芰香飘太液波⑫。

【注释】①荇(xìng):详见本书下卷"三肴"第一段注释⑧。

②薜荔(bì lì)对藤萝:薜荔:一种蔓生植物。藤萝:紫藤的通称,或泛指蔓生的萝类植物。

③梯云对步月:梯云:以云为梯,犹登云。唐李白《梦游天姥吟留别》:"脚著谢公屐,身登青云梯。"步月:月下散步。唐杜甫《恨别》:"思家步月清宵立,忆弟看云白日眠。"按:此句有的版本作"雕云对镂月",亦可。"雕云"与"镂月"皆比喻施展高超精巧的技艺。

④升鼎雉：指殷高宗武丁祭祀成汤时，有一只野鸡飞到祭祀用的鼎耳上鸣叫之事。典出《尚书·商书·高宗肜（róng，中国商代祭祀的名称）日序》："高宗祭成汤，有飞雉（zhì，野鸡）升（登）鼎耳而雊（gòu，野鸡鸣叫）。"

⑤听经鹅：事见唐韦述《两京记》："净因寺沙门慧远，养一鹅，尝随听经。每闻讲经，则入堂伏听。泛说他事，则鸣翔而出。"

⑥北海对东坡：北海：渤海，泛指北方僻远之地。另，汉代有北海郡。或曰北海为人名，指东汉孔融。孔融曾任北海太守，人称"孔北海"，亦称"北海"。东坡：东边坡地。另，北宋诗人苏轼谪居黄州（今湖北黄冈）时，在黄州东门外辟有耕地数十亩，名之曰"东坡"，并以之作为别号，自称"东坡居士"。苏轼《东坡》："雨洗东坡月色清，市人行尽野人行。莫嫌荦确（险峻不平。荦，读luò）坡头路，自爱铿然曳杖声。"

⑦吴郎哀废宅：指唐代诗人吴融作《废宅》诗以抒发兴亡之感之事。诗曰："风飘碧瓦雨摧垣,却有邻人与锁门。几树好花闲白昼，满庭荒草易黄昏。放鱼池涸蛙争聚，栖燕梁空雀自喧。不独凄凉眼前事,咸阳一火便成原。"吴郎：指吴融，字子华，晚唐诗人。

⑧邵子乐行窝：指北宋道学家邵雍受人尊敬，人们争相仿其居舍建造"行窝"，以待其至之事。事见《宋史·道学列传一·邵雍》："富弼、司马光、吕公著诸贤退居洛中，雅敬雍（平素就很敬重邵雍），恒相从游，为市园宅。雍岁时耕稼，仅给衣食。名其居曰'安乐窝'，因自号'安乐先生'。……春秋时出游城中，风雨常不出，出则乘小车，一人挽之，惟意所适。士大夫家识其车音，争相迎候，童孺厮隶（厮役）皆欢相谓曰：'吾家先生至也。'不复称其姓字。或留信

宿（连宿两夜，泛指两三日）乃去。好事者别作屋如雍所居，以候其至，名曰'行窝'。"邵子：指邵雍，字尧夫，谥康节，北宋著名理学家、诗人。著有《皇极经世》《观物内外篇》《先天图》《伊川击壤集》等。

⑨丽水：古水名，相传金生丽水。《韩非子·内储说上》："荆南之地、丽水之中生金，人多窃采金。"按：此句中的"待冶"有的版本作"入冶"，亦可，但从下句的"须磨"来看，作"待冶"更为适宜。译文从"待冶"。

⑩昆山：即昆仑山，古代产玉之地。《吕氏春秋·重己》："人不爱昆山之玉，江汉之珠，而爱己之一苍璧小玑。"《史记·李斯列传》："今陛下致昆山之玉，有随和之宝。"

⑪"雨过皇州"二句：皇州：京城，帝都。从下文的"华清瓦"来看，此处特指唐朝的都城长安。唐岑参《和贾舍人早朝大明宫》："鸡鸣紫陌曙光寒，莺啭皇州春色阑。"琉璃：详见本书上卷"八齐"第二段注释③。华清：指华清宫，故址在今陕西临潼县城南骊山麓，其地有温泉，名曰"华清池"。

⑫"风来帝苑"二句：帝苑：帝王的园林。荷芰（jì）：荷叶与菱叶。芰，菱。太液：指太液池，汉、唐、元、明、清均有太液池，此指唐朝的太液池，在大明宫含凉殿后，中有太液亭。唐李白《宫中行乐词·其八》："莺歌闻太液，凤吹绕瀛洲。"

【译文】松与竹相对，苻与荷相对。薜荔与藤萝相对。身登云梯与步踏月光相对，樵夫唱的山野俗曲与渔人唱的民歌小调相对。飞到鼎上的野鸡与听人讲经的家鹅相对。北海与东坡相对。唐代吴融作有《废宅》诗哀叹兴衰，宋朝邵雍到处有"行窝"以供游乐。丽水出产的良金也需要冶炼,昆山出产的美玉也需要打磨。雨过京城,华清宫上的琉璃瓦色彩灿烂;风吹帝苑,太液池中的菱荷香四处飘散。

笼对槛①,饵对囮②。及第对登科③。冰清对玉润④,地利对人和⑤。韩擒虎⑥,荣驾鹅⑦。青女对素娥⑧。破头朱泚笏⑨,折齿谢鲲梭⑩。留客酒杯⑪应恨少,动人诗句不须多。绿野凝烟,但听村前双牧笛;沧江积雪,惟看滩上一渔蓑⑫。

【注释】①槛(jiàn):关牲畜野兽的栅栏。

②囮(é):捕鸟时用于引诱鸟的媒鸟。按:此句有的版本作"巢对窝",误。"巢""窝"皆平声,失对。

③及第对登科:及第:科举应试中选,往往特指中进士。因进士榜单有甲乙次第之分,故名。登科:科举考试被录取,也往往指考中进士。五代王仁裕《开元天宝遗事·泥金帖子》:"新进士才及第,以泥金书帖子,附家书中,用报登科之喜。"

④冰清对玉润:"冰清""玉润"皆比喻人神貌美好、品行高洁。冰清,像冰一样清纯。玉润,像玉一样温润。《晋书·卫玠(jiè)传》:"玠字叔宝。年五岁,风神秀异。……及长,好言玄理。……遇有胜日(亲友相聚或风光美好的日子),亲友时请一言,无不咨嗟(赞叹),以为入微。……玠妻父乐广,有海内重名,议者以为'妇公冰清,女婿玉润'。"

⑤地利对人和:地利:地势优越。人和:民心和协。《孟子·公孙丑下》:"天时不如地利,地利不如人和。"

⑥韩擒虎：隋朝名将，原名韩擒豹，字子通，河南东垣（今河南新安县）人。慷慨多智，骁勇善战，曾率五百精兵，直入朱雀门，俘获陈后主，功进上柱国，别封寿光县公，官至凉州总管。

⑦荣驾鹅：即荣成伯，名栾，春秋时鲁国大臣。《左传》载，鲁襄公自楚还，闻季武子攻取卞，欲借楚兵以攻季氏，成伯劝止。后昭公死，季孙氏欲将昭公墓与鲁之群公墓隔离，并予以恶谥，又为成伯劝止。

⑧青女对素娥：青女：传说中掌管霜雪的女神。《淮南子·天文训》："青女乃出，以降霜雪。"素娥：即嫦娥，传说中的月中仙女。因月色洁白，故称其为"素娥"。唐李商隐《霜月》："青女素娥俱耐冷，月中霜里斗婵娟。"

⑨破头朱泚（cǐ）笏（hù）：指唐德宗时，京城兵变，德宗出逃，太尉朱泚欲篡位，司农卿段秀实怒以象牙笏击破其头之事。事见《旧唐书·段秀实传》："明日，泚召秀实议事，源休、姚令言、李忠臣、李子平皆在坐。秀实戎服，与泚并膝（相对而作），语至僭位（篡位），秀实勃然而起，执休腕夺其象笏（象牙笏），奋跃而前，唾泚面大骂曰：'狂贼，吾恨不斩汝万段，我岂逐汝反耶！'遂击之。泚举臂自捍，才中其颡（sǎng，额），流血匍匐而走。凶徒愕然，初不敢动；而海宾（指刘海宾，唐朝将领）等不至，秀实乃曰：'我不同汝反，何不杀我！'凶党群至，遂遇害焉。"朱泚：幽州昌平（今北京昌平区）人，唐朝中期将领。初为幽州卢龙节度使李怀仙部将，后杀怀仙，自领节度使。德宗建中四年，泾原兵哗变京师，德宗出奔奉天，泚窃位为帝，建国号秦，年号应天，后改国号为汉，自号汉元天皇。不久，李晟复京师，泚出走彭原，为部将所杀。笏：古代大臣朝见君主时所执

的手板,用玉、象牙或竹制成,以为指画及记事之用。

⑩折齿谢鲲梭:指西晋名士谢鲲调戏邻家女,女方织,投梭折其两齿之事。事见《晋书·谢鲲传》:"邻家高氏女有美色,鲲尝挑之,女投梭(抛梭,扔梭),折其两齿(打断了他两颗牙齿)。"后遂以"投梭折齿"或"投梭之拒"作为女子拒绝调戏之典。谢鲲:字幼舆,陈郡阳夏(今河南太康县)人,西晋名士。东晋建立后,任豫章太守,世称谢豫章。

⑪酒杯:有的版本作"酒怀",亦可。酒怀,酒量。从语义来说,作"酒怀"更好。译文从"酒怀"。

⑫"沧江积雪"二句:意境近于唐柳宗元《江雪》:"千山鸟飞绝,万径人踪灭。孤舟蓑笠翁,独钓寒江雪。"沧江:青苍色的江水,泛指江水、江流。沧,同"苍",水深绿色。

【译文】关野兽的笼子与圈牲畜的栅栏相对,诱饵与媒鸟相对。应试中选与考试录取相对。像冰一样清纯与像玉一样温润相对,地势优越与人心齐和相对。隋朝名将韩擒虎与春秋贤臣荣驾鹅相对。青女是霜雪女神与素娥是月宫仙子相对。朱泚欲篡帝位被段秀实用笏击破额头,谢鲲调戏邻女被邻女扔梭打落牙齿。打算留客久坐却恨自己的酒量太小,只要有动人的诗句就无需写得太多。烟雾笼罩着绿色的田野,寂静的村庄前只听见两个牧童吹笛的声音;积雪覆盖着青苍的江面,寒冷的沙滩上只看见一个披着蓑衣的渔翁正在垂钓。

六　麻

　　清对浊①，美对嘉②。鄙吝对矜夸③。花须对柳眼④，屋角对檐牙⑤。志和宅⑥，博望槎⑦。秋实对春华⑧。乾炉烹白雪⑨，坤鼎炼丹砂。深宵望冷沙场月⑩，绝塞听残野戍笳⑪。满院松风，鱼声⑫隐隐为僧舍；半窗花月，鹤影依依⑬是道家。

　　【注释】①浊：在平水韵里有两个音，分别属于入声"一屋"和入声"三觉"。当"浑浊"解时，属"屋"韵。唐杜甫《佳人》："在山泉水清，出山泉水浊。"

　　②嘉：美好，如嘉宾、嘉肴。东汉许慎《说文》："嘉，美也。"

　　③鄙吝对矜(jīn)夸：鄙吝：心胸狭窄。唐高适《苦雨寄房四昆季》："携手流风在，开襟鄙吝祛。"也指吝啬，过分爱惜钱财。北齐颜之推《颜氏家训·勉学》："素鄙吝者，欲其观古人贵义轻财。"矜夸：夸耀。矜，自夸，夸大。北齐颜之推《颜氏家训·文章》："孙楚矜夸凌上。"

　　④花须对柳眼：花须：花蕊。因花蕊细长如须，故称。柳眼：

柳叶的嫩芽。因柳叶的嫩芽如人睡眼方展,故称"柳眼"。唐李商隐《二月二日》:"花须柳眼各无赖,紫蝶黄蜂俱有情。"

⑤檐牙:檐际翘出如牙的部分。唐杜牧《阿房宫赋》:"廊腰缦回,檐牙高啄。"

⑥志和宅:指唐朝诗人张志和遭贬黜后,不复出仕,浪迹江湖,自言"愿为浮家泛宅,往来苕霅间"之事。事见《新唐书·隐逸列传·张志和》:"陆羽常问:'孰为往来者?'对曰:'太虚(宇宙,天地)为室,明月为烛,与四海诸公共处,未尝少别心,何有往来?'颜真卿为湖州刺史,志和来谒,真卿以舟敝漏,请更之,志和曰:'愿为浮家泛宅,往来苕、霅(苕溪与霅溪,二水均在今浙江湖州市境内。霅,读zhà)间。'辩捷类如此。"后遂以"泛宅""志和宅""浮家泛宅"等作为以船为家、浪迹江湖之典。南宋胡舜陟《渔家傲》:"今我绿蓑青箬笠,浮家泛宅烟波逸。"明祝允明《家藏刘松年小方》:"湖上烟波志和宅,山阴风雪戴逵家。"志和:指张志和,始名龟龄,字子同,号玄真子,唐代诗人。肃宗时任左金吾卫录事参军,后因事被贬,遂无意出仕,浪迹江湖,自称"烟波钓徒"。著有《玄真子》十二卷,《大易》十五卷,并有《渔夫词》五首、诗七首传世。

⑦博望槎(chá):典出南朝梁宗懔《荆楚岁时记》引西晋张华《博物志》曰:"汉武帝令张骞穷河源,乘槎(木筏)经月(整月,经过一个月)而去,至一处,见城郭如官府,室内有一女织,又见一丈夫牵牛饮河,骞问云:'此是何处?'答曰:'可问严君平(西汉时人,隐居成都,以卜筮为业)。'织女取支机石与骞而还。"张骞曾封博望侯,故后世常以"博望槎"借指行人所乘之舟或代指张骞乘槎至天河一事。按:考今本《博物志》,但言有人乘槎至天河,并未言乘槎

之人即张骞,此张骞之说不知何出。西晋张华《博物志》:"旧说云天河与海通,近世有人居海渚(海岛)者,年年八月有浮槎去来不失期,人有奇志,立飞阁于槎上,多赍(jī,携带)粮,乘槎而去。十余日中,犹观星月日辰,自后芒芒(通'茫茫')忽忽,亦不觉昼夜,去十余日,奄至(突然到达。奄,突然)一处,有城郭状,屋舍甚严,遥望宫中多织妇,见一丈夫牵牛渚次(停在岸边)饮之。牵牛人乃惊问曰:'何由至此?'此人见说来意,并问此是何处。答曰:'君还至蜀郡访严君平则知之。'竟不上岸,因还如期。后至蜀问君平,曰:'某年月日有客星犯牵牛宿。'计年月,正是此人到天河时也。"

⑧秋实对春华:秋实:秋季成熟的谷物及果实,常比喻人的德行成就。春华:即春花,春天的花,常比喻人的德行和才华。华,同"花"。北齐颜之推《颜氏家训·勉学》:"夫学者犹种树也,春玩其华,秋登其实。讲论文章,春华也;修身利行,秋实也。"

⑨乾炉烹白雪:乾炉:与下句之"坤鼎",都是道教对炉、鼎的特殊称呼。道教认为炉、鼎之器法天象地,故有乾(代表天)炉坤(代表地)鼎之喻,内鼎外鼎之称。烹白雪:指用雪水煮茶。唐喻凫《送潘咸》:"煮雪问茶味,当风看雁行。"

⑩"深宵"句:深宵:深夜。沙场:战场。唐祖咏《望蓟门》:"沙场烽火连胡月,海畔云山拥蓟城。"

⑪"绝塞"句:绝塞:极远的边塞。野戍:野外的戍所。戍,防守边疆。北周庾信《至老子庙应诏》:"野戍孤烟起,春山百鸟啼。"笳(jiā):又名胡笳,中国古代北方民族的一种吹奏乐器,类似笛子。

⑫鱼声:敲击木鱼之声。有的版本作"钟声",亦可。

⑬鹤影依依：鹤影：有的版本作"锡影"，误。锡，指锡杖，僧人所持的禅杖，非道人所持，故若作"锡影"则与后面之"道家"不合。依依：隐约貌。按：此句中的"鹤影"既然不能换作"锡影"，则上文中的"鱼声"亦不可换作"钟声"，如不然则难成严对矣（从宽对方面说，作"钟声"亦可，但终不如作"鱼声"妥当）。另，"锡"在平水韵里属入声"十二锡"，《韵会》作"先的切"。

【译文】清与浊相对，美与嘉相对。心胸狭窄与言语浮夸相对。"花须"指细长的花蕊与"柳眼"指柳叶的嫩芽相对，屋角与檐牙相对。唐代隐士张志和浮家泛宅与西汉博望侯张骞乘筏至天河相对。秋天的果实与春天的花朵相对。用乾炉烹煮白雪，用坤鼎炼制丹砂。在寒冷的深夜望着沙场的明月渐渐坠落，在野外的戍所听着边塞的笳声慢慢消歇。满院的松树在微风中摇曳，僧舍里隐约传来敲击木鱼的声音；半窗的花枝在月光下伸展，道观里依稀看见仙鹤飞动的身影。

雷对电，雾对霞。蚁阙对蜂衙①。寄梅对怀橘②，酿酒对烹茶③。宜男草④，益母花⑤。杨柳对蒹葭⑥。班姬辞帝辇⑦，蔡琰泣胡笳⑧。舞榭歌楼⑨千万户，竹篱茅舍两三家。珊枕⑩半床，月明时梦飞塞外；银筝一曲，花落处人在天涯。

【注释】①蚁阙（què）对蜂衙：蚁阙：蚁穴。因其结构复杂，犹如官阙，故称。阙，宫殿。蜂衙：蜂群。因群蜂聚集时，簇拥蜂王，像旧时官吏到上司衙门排班参见，故称"蜂衙"。按："蚁阙"有的版本作"蚁阵"，亦可。蚁阵：蚁群。因蚂蚁行进，常成群结阵，故称

"蚁阵"。

②寄梅对怀橘：寄梅：典出南朝宋盛弘之《荆州记》："陆凯与范晔相善，自江南寄梅花一枝，诣长安与晔。并赠花范诗曰：'折花逢驿使，寄与陇头（陇山，借指边塞）人。江南无所有，聊赠一枝春。'"后遂以"陇头梅""寄梅""驿寄梅花"等借指对朋友的思念之情。北宋徐积《雪·其七》："入竹好鸣寒玉佩，寄梅兼附白云笺。"怀橘：典出《三国志·吴志·陆绩传》："绩年六岁，于九江见袁术。术出橘，绩怀三枚，去，拜辞堕地，术谓曰：'陆郎作宾客而怀橘乎？'绩跪答曰：'欲归遗（带给，赠与）母。'术大奇之。"后遂以"怀橘"表示孝敬父母。唐骆宾王《畴昔篇》："茹荼（比喻受尽苦难。荼，读tú，苦菜）空有叹，怀橘独伤心。"

③烹茶：煮茶，沏茶。南宋陆游《残春无几述意》："试笔书盈纸，烹茶睡解围。"

④宜男草：即萱草。古代传说孕妇佩戴萱草可以生男孩，故称。《艺文类聚》卷八十一引西晋周处《风土记》："宜男，草也，高六七尺，花如莲。宜怀妊妇人佩之，必生男。"

⑤益母花：益母草开的花。益母草，一种药草。明李时珍《本草纲目·草四·茺蔚（chōng wèi）》："此草及子皆充盛密蔚，故名茺蔚。其功宜于妇人及明目益精，故有益母、益明之称。"

⑥杨柳对蒹葭（jiān jiā）：杨柳：杨树与柳树，或指特指垂杨。从后文看，此处应取前义。蒹葭：荻草与芦苇。

⑦班姬辞帝辇：典出《汉书·外戚传下·孝成班婕妤（jié yú）》："成帝游于后庭，尝欲与婕妤（宫中嫔妃的等级称号，此指班婕妤）同辇载，婕妤辞曰：'观古图画，圣贤之君皆有名臣在侧，三代

末主乃有嬖女,今欲同辇,得无近似之乎?'上善其言而止。"后遂以"辞辇""班姬辞辇""班妾辞辇"等作为称颂后妃有德守礼之典。班姬:指班昭,字惠班,东汉史学家班彪之女、班固之妹。博学高才,举止有礼。成帝时被选入宫,立为婕妤。著有《东征赋》《女诫》等。帝辇:皇帝的车驾。辇,车。

⑧蔡琰泣胡笳:相传东汉末年蔡邕之女蔡琰(字文姬)被匈奴所虏,后归汉,作《胡笳十八拍》以自述其悲惨经历。事见唐欧阳询等《艺文类聚》卷四十四引《蔡琰别传》:"琰,字文姬,先适(出嫁,嫁给)河东卫仲道,夫亡无子,归宁(已嫁女子回娘家看望父母)于家,汉末大乱,为胡骑所获,在左贤王部伍中,春月登胡殿,感笳之音,作诗言志曰:'胡笳动兮边马鸣,孤雁归兮声嘤嘤。'"或言《胡笳十八拍》非蔡文姬所作。《乐府诗集·琴曲歌辞·胡笳十八拍》北宋郭茂倩题解:"唐刘商《胡笳曲序》曰:'蔡文姬善琴,能为《离鸾别鹤》之操。胡虏犯中原,为胡人所掠,入番为王后,王甚重之。武帝(指魏武帝曹操)与邕(指蔡邕,蔡琰之父)有旧,敕大将军赎以归汉。胡人思慕文姬,乃卷芦叶为吹笳,奏哀怨之音。后董生(指董祀,蔡琰归汉后重嫁于董祀)以琴写胡笳声为十八拍,今之《胡笳弄》是也。'"孰是孰非,以待君子考证!

⑨舞榭(xiè)歌楼:供歌舞用的楼阁台榭。榭,建筑在台上的房屋。

⑩珊枕:即珊瑚枕,以珊瑚装饰或制成的枕头。

【译文】雷与电相对,雾与霞相对。蚂蚁造穴如宫殿与蜜蜂群集分行列相对。陆凯寄赠梅花传达思念之情与陆绩怀藏橘子表现孝敬之意相对,酿酒与煮茶相对。宜男草与益母花相对。杨柳与荻芦相对。班婕妤拒绝与皇帝共乘一车,蔡文姬悲泣地写下《胡笳十八拍》。千万户歌舞的楼台,两三家简陋的房舍。月明时,床上的佳人枕着珊瑚枕梦见与塞外的丈夫相见;花落处,闺中的少女弹奏着银筝思念远在天涯的情郎。

圆对缺,正对斜。笑语对咨嗟[1]。沈腰对潘鬓[2],孟笋对卢茶[3]。百舌鸟[4],两头蛇[5]。帝里对仙家[6]。尧仁敷率土[7],舜德被流沙[8]。桥上授书曾纳履[9],壁间题句已笼纱[10]。远塞迢迢,露碛风沙何可极[11];长沙渺渺,雪涛烟浪信无涯[12]。

【注释】①笑语对咨嗟:笑语:谈笑,说笑。唐贾岛《喜雍陶至》:"今朝笑语同,几日百忧中。"咨嗟:叹息,赞叹。东汉阮瑀(yǔ)《咏史诗·其二》:"举坐同咨嗟,叹气若青云。"

②沈腰对潘鬓:沈腰:南朝梁文学家沈约写信给好友徐勉,言己老病,百余日中,腰带数次移孔。后遂以"沈腰"作为腰围瘦减之典。事见《梁书·沈约传》:"(沈约)与徐勉素善,遂以书陈情于勉曰:'……百日数旬,革带常应移孔;以手握臂,率计月小半分。以此推算,岂能支久?'"北宋周邦彦《大有》:"仙骨清羸,沈腰憔悴,见傍人、惊怪消瘦。"潘鬓:西晋文学家潘岳年始三十二岁,即生白发。后遂以"潘鬓"作为鬓发初白之典。事见潘岳《秋兴赋》序:"余春秋三十有二,始见二毛。"唐李德裕《秋日登郡楼望赞皇山感而成咏》:"越吟因病感,潘鬓入秋悲。"古人也将二词并用,以形容身体消瘦、头发斑白的憔悴形貌。如南唐李煜《破阵子》:"一旦归为臣虏,沈腰潘鬓销磨。"北宋韦骧《鹊桥仙》:"沈腰潘鬓两休论,共

举白、何须惜醉。"北宋晁端礼《河满子》:"须信沈腰易瘦,争教潘鬓相饶。"南宋张纲《多丽》:"奈潘鬓、霜蓬渐满,况沈腰、革带频宽。"南宋徐伸《转调二郎神》:"想旧日沈腰,而今潘鬓,不堪临镜。"

③孟笋对卢茶:孟笋:典出南朝宋裴松之注《三国志·吴志·孙皓传》"司空孟仁(即孟宗,初名仁,后改宗)"引《楚国先贤传》:"宗母嗜笋。冬节将至,时笋尚未生,宗入竹林哀叹,而笋为之出,得以供母。"后遂以"孟笋"或"孟竹"作为孝亲之典。元郭居敬所编《二十四孝》中的第十七个故事"哭竹生笋"就是讲的孟宗之事。《二十四孝》:"晋孟宗,少丧父。母老,病笃,冬日思笋煮羹食。宗无计可得,乃往竹林中,抱竹而泣。孝感天地,须臾,地裂,出笋数茎,持归作羹奉母。食毕,病愈。"卢茶:唐代诗人卢仝(tóng)好茶,作有《七碗茶歌》以述饮茶之感受。详见本书下卷"一先"第二段注释⑩。

④百舌鸟:一种喙尖而鸣声圆滑的鸟,古人又称其为"反舌鸟""春鸟""翠碧鸟"。《礼记·月令》"(仲夏之月)反舌无声。"东汉郑玄注:"反舌,百舌鸟。"南宋陆游《昼卧闻百舌》:"闲眠不作华胥计,说与春鸟自在啼。"自注:"江南谓百舌为春鸟。"北宋宋祁《益部方物略记·百舌鸟》:"百舌鸟出中蜀山谷间,毛采翠碧。蜀人多畜之。一云翠碧鸟,善效他禽语凡数十种。"

⑤两头蛇:详见本书下卷"三肴"第三段注释⑪。

⑥帝里对仙家:帝里:天帝所居之处,常借指帝都、京都。唐李百药《赋得魏都》:"帝里三方盛,王庭万国来。"仙家:仙人的居所。唐牟融《天台》:"洞里无尘通客境,人间有路入仙家。"

⑦尧仁敷(fū)率土：尧的仁德遍布所有的疆域。敷，传布，铺展。率土：一切的疆域，所有的国土。《诗经·小雅·北山》："率土之滨(四面海滨之内的土地，犹四海之内。率，自)，莫非王臣。"

⑧舜德被流沙：舜的仁德广及荒远的沙漠。被，及，到。流沙：沙漠。沙受风吹而流动，故称。《尚书·禹贡》："东渐于海，西被于流沙。"

⑨"桥上授书"句：指张良年轻时于下邳桥上遇黄石公，公命其为己穿鞋，后授以兵书之事。典出《史记·留侯世家》："良尝间从容步游下邳圯(yí，桥)上，有一老父，衣褐(hè，粗布衣)，至良所，直堕其履(鞋)圯下，顾谓良曰：'孺子(犹小子)，下取履！'良鄂然，欲殴之。为其老，强忍，下取履。父曰：'履我！'良业为取履，因长跪履之。父以足受，笑而去。良殊大惊，随目之。父去里所，复还，曰：'孺子可教矣。后五日平明，与我会此。'良因怪之，跪曰：'诺。'五日平明，良往。……有顷，父亦来，喜曰：'当如是。'出一编书，曰：'读此则为王者师矣。后十年兴。十三年孺子见我济北，谷城山下黄石即我矣。'遂去，无他言，不复见。旦日(天亮时)视其书，乃太公兵法也。良因异之，常习诵读之。"纳履：穿鞋。《乐府诗集·相和歌辞七·君子行》："君子防未然，不处嫌疑间。瓜田不纳履，李下不正冠。"

⑩"壁间题句"句：指唐代王播少孤贫，寄食于扬州惠照寺木兰院，为诸僧厌怠，后显贵，重游旧地，见昔日题壁诗句已被僧人用碧纱笼护之事。事见五代王定保《唐摭言》："王播少孤贫，尝客扬州惠昭寺木兰院，随僧斋餐。诸僧厌怠(厌烦怠慢)，播至，已饭矣。后二纪(古人谓十二年为一纪)，播自重位出镇是邦，因访旧游，向

之题已皆碧纱幕其上。播继以二绝句曰：'三十年前此院游，木兰花发院新修。如今再到经行处，树老无花僧白头。''上堂未了各西东，惭愧阇黎（shé lí，僧人）饭后钟。三十年来尘扑面，如今始得碧纱笼。'"

⑪"远塞迢迢"二句：迢迢：道路遥远貌。露碛（qì）：没有植被覆盖的沙漠。碛，沙漠。

⑫"长沙渺渺"二句：长沙：远长的沙滩。渺渺：广阔无际的样子。雪涛烟浪：语出唐胡曾《五湖》："东上高山望五湖，雪涛烟浪起天隅。"雪涛，白色的波涛。烟浪：犹烟波，烟雾苍茫的水面。信：确实，实在。无涯：无边无际。

【译文】圆与缺相对，正与斜相对。笑语与叹息相对。"沈腰"喻指腰围瘦减与"潘鬓"喻指鬓发初白相对，孟宗哭竹生笋与卢仝饮茶作诗相对。百舌鸟与两头蛇相对。帝王的住处与仙人的居所相对。尧的仁德遍布所有的疆域，舜的仁德广及荒远的沙漠。张良在下邳桥上为黄石公穿鞋，而后黄石公授予他一部兵书；王播在木兰院的墙壁上题诗，二十年后发现他的诗句已被僧人用碧纱笼护。边塞遥远，那荒无草木的沙漠上吹起无穷无尽的风沙砾石；沙滩广阔，那烟雾苍茫的水面上泛起无边无际的白色浪涛。

疏对密，朴对华。义鹊对慈鸦①。鹅群对雁阵②，白苎对黄麻③。读三到④，吟八叉⑤。肃静对喧哗。围棋兼把钓⑥，沉李并浮瓜⑦。羽客片时能煮石⑧，狐禅千劫似蒸沙⑨。党尉粗豪，金帐笼香斟美酒⑩；陶生清逸，银铛融雪啜团茶⑪。

【注释】①义鹘对慈鸦：义鹘：典出唐杜甫《义鹘行》："阴崖有苍鹰，养子黑柏颠。白蛇登其巢，吞噬恣朝餐。……其父从西归，翻身入长烟。斯须领健鹘，痛愤寄所宣。斗上捩孤影，噭哮来九天。修鳞脱远枝，巨颡坼老拳。高空得蹭蹬，短草辞蜿蜒。折尾能一掉，饱肠皆已穿。生虽灭众雏，死亦垂千年。物情有报复，快意贵目前。兹实鸷鸟最，急难心炯然。功成失所往，用舍何其贤。……聊为义鹘行，用激壮士肝。"此诗讲述的是一只健鹘帮助苍鹰复仇，杀死吞噬了苍鹰幼子的白蛇而后杳然飞去不知所踪的故事。鹘，一种凶猛的鸟，鹰属。清仇兆鳌《杜诗详注·义鹘行》题解引周甸注："《埤（pí）雅》：'旧言鹘有义性，有擒有纵。'"慈鸦：即慈乌，乌鸦的一种。相传此鸟能反哺其母，故称。西晋王嘉《拾遗记》："仁鸟，俗亦谓乌，白臆（yì，胸）者为慈乌，则其类也。"明李时珍《本草纲目·禽三·慈乌》："此鸟初生，母哺六十日，长则反哺六十日，可谓慈孝矣。"按："鹘"今读 hú，在平水韵里有两个音，分别属于入声"六月"和入声"八黠"。作"鸷鸟"解时，属"月"韵，《韵会》作"胡骨切"，《唐韵》作"古忽切"。

②雁阵：成列而飞的雁群。唐王勃《滕王阁序》："雁阵惊寒，声断衡阳之浦。"

③白苎（zhù）对黄麻：白苎：白色的苎麻，皮可作为纺织原料。黄麻：麻的一种，茎皮纤维可以造纸。

④读三到：典出南宋朱熹《训学斋规》："余尝谓读书有三到，谓心到、眼到、口到……三到之中，心到最急。心既到矣，眼口岂不到乎？"

⑤吟八叉：唐代诗人温庭筠才思敏捷，每次入场考试，叉手八

次而成八韵,时号"温八叉"。典出五代孙光宪《北梦琐言》:"(温庭筠)才思艳丽,工于小赋,每入试,押官韵作赋,凡八叉手(两手交叉)而八韵成。"后以"八叉"或"吟八叉"比喻才思敏捷。

⑥把钓:手持鱼竿钓鱼。把,持。唐温庭筠《送襄州李中丞赴从事》:"把钓看棋高兴尽,焚香起草宦情疏。"

⑦沉李并浮瓜:古人(今人亦是)夏季食用瓜果,常先将瓜果浸泡于冷水中,故有"沉李浮瓜"之说。三国魏曹丕《与朝歌令吴质书》:"浮甘瓜于清泉,沉朱李于寒水。"

⑧"羽客"句:羽客:指神仙或方士。二者皆能羽化飞升,故称。煮石:道教传说仙人或方士能煮石为饭。唐韦应物《寄全椒山中道士》:"涧底束荆薪,归来煮白石。"

⑨"狐禅"句:狐禅:又称"野狐禅",最初是禅宗对一些妄称开悟而流入邪僻者的称呼,后泛指异端邪说或邪门外道。劫:佛教术语。佛家认为世界经历若干万年毁灭一次,然后重新再开始,这样一个周期叫做一"劫"。蒸沙:语出《楞严经》卷六:"是故阿难若不断淫,修禅定者,如蒸沙石,欲其成饭,经百千劫,只名热沙。何以故?此非饭,本沙石成故。"后以"蒸沙"比喻不可能做成的事情。

⑩"党尉粗豪"二句:与后二句俱事见南宋胡仔《苕溪渔隐丛话前集》:"陶谷,字秀实,为学士,得党太尉家姬。遇雪,陶取雪水烹茶,谓姬曰:'党家有此风否?'对曰:'彼粗人,安有此?但能于销金帐中浅斟低唱,饮羊羔儿酒耳!'陶默然,惭其言。"此事《绿窗新话》亦有所载。南宋皇都风月主人编《绿窗新话·卷下·党家妓不识雪景》:"陶谷得党太尉家姬,遇雪,取雪水烹茶,谓姬曰:'党家儿识此味否?'姬曰:'彼粗人,安知此?但能于销金帐中浅斟低唱,饮

羊羔酒尔！'陶默然。"金帐：又名"销金帐"，嵌有金色线的帷帐、床帐，泛指精美的床帐或帷帐。

⑪"陶生清逸"二句：陶生：指陶谷，字秀实，邠州新平（今陕西彬县）人。早年历仕后晋、后汉、后周，入宋后，先后担任礼部尚书、刑部尚书、户部尚书等职。为人博通经史，隽逸多才，世间多有其风流韵事流传。《宋史》卷二百六十九有传。清逸：清闲安逸。铛（chēng）：古代的一种三足温器，可以温酒、茶、药等。啜：饮。团茶：古代的一种圆形茶饼，较为名贵。

【译文】稀疏与稠密相对，朴素与华丽相对。见义勇为的鹡与慈能反哺的鸦相对。鹅群与雁阵相对，白苎与黄麻相对。朱熹曾说读书要做到心到、眼到、口到，温庭筠作诗叉手八次而成八韵。肃静与喧哗相对。一边围棋一边垂钓，又是沉李又是浮瓜。神仙方士瞬间能煮石成饭，邪门外道历经千劫也不能修成正果。党太尉粗爽豪放，在熏过香的销金帐里斟饮美酒；陶谷清雅安逸，用银铛融雪来烹煮团茶细细品饮。

七 阳

台对阁,沼对塘①。朝雨对夕阳。游人对隐士,谢女对秋娘②。三寸舌③,九回肠④。玉液对琼浆⑤。秦皇照胆镜⑥,徐肇返魂香⑦。青萍夜啸芙蓉匣⑧,黄卷时摊薜荔床⑨。元亨利贞,天地机成化育⑩;仁义礼智,圣贤千古立纲常⑪。

【注释】①沼(zhǎo)对塘:"沼"与"塘"皆泛指水池。古时称圆者为池,曲者为沼,方者为塘。唐裴迪《春日与王右丞过新昌里访吕逸人不遇》:"芙蓉曲沼春流满,薜荔成帷晚霭多。"南宋朱熹《观书有感·其一》:"半亩方塘一鉴开,天光云影共徘徊。"

②谢女对秋娘:谢女:指东晋才女谢道韫。详见本书下卷"五歌"第二段注释⑫。秋娘:指杜秋娘,唐代金陵人。原为镇海节度使李锜(qí)妾。锜谋叛被杀后入官,善诗词及唱《金缕衣》曲,受唐宪宗宠爱,后赐归乡,穷老无依。唐杜牧《杜秋娘诗》:"秋持玉斝(jiǎ,古代酒器)醉,与唱《金缕衣》。"自注:"'劝君莫惜金缕衣,劝君须惜少年时。花开堪折直须折,莫待无花空折枝。'李锜常唱此辞。"

③三寸舌：战国时平原君门客毛遂能言善辩，平原君赞其"三寸之舌，强于百万之师"。典出《史记·平原君传》："平原君已定从（订立合纵的盟约）而归，归至于赵，曰：胜（平原君自称。平原君，嬴姓，赵氏，名胜）不敢复相士（观察人才，鉴别人才）。胜相士多者千人，寡者百数，自以为不失天下之士，今乃于毛先生而失之也。毛先生一至楚，而使赵重于九鼎大吕（比喻说得话力量大，分量重。大吕，大钟）。毛先生以三寸之舌，强于百万之师。胜不敢复相士。"后遂以"三寸舌"指能言善辩或能以言语胜人。

④九回肠：典出西汉司马迁《报任少卿书》："是以肠一日而九回。"后以"九回肠"形容忧思回环往复、郁结难解。

⑤玉液对琼浆："玉液"与"琼浆"都本指仙人的饮品，后喻指美酒。唐白居易《效陶潜体诗·其四》："开瓶泻樽中，玉液黄金脂。"明史谨《雪酒为金粟公赋》："扫归银瓮浑同色，酿出穷浆不见痕。"

⑥秦皇照胆镜：传说秦始皇有照胆镜，能照见人的内脏，用以知人心之正邪。事见《西京杂记》卷三："高祖初入咸阳宫，周行库府，金玉珍宝不可称言。……有方镜，广四尺，高五尺九寸，表里有明，人直来照之，影则倒见。以手扪心而来，则见肠胃五脏，历然无碍。人有疾病在内，掩心而照之，则知病之所在。又女子有邪心，则胆张心动。秦始皇常以照宫人，胆张心动者则杀之。高祖悉封闭，以待项羽。羽并将以东，后不知所在。"

⑦徐肇返魂香：典出明周嘉胄《香乘》引北宋洪刍《香谱》："司天主簿徐肇，遇苏氏子德哥者，自言善为返魂香，手持香炉，怀中以一贴如白檀香末，撮于炉中，烟气袅袅直上，甚于龙脑（指龙脑

香)。德哥微吟曰:'东海徐肇欲见先灵,愿此香烟,用为引导,尽见其父母、曾、高。'德哥云,死经八十年以上者,则不可返。"

⑧"青萍"句:青萍:指青萍剑,古代的宝剑。南宋乐雷发《乌乌歌》:"我当赠君以湛卢、青萍之剑,君当报我以太乙、白鹄之旗。"夜啸:相传宝剑有灵者,常作匣中或壁上鸣。西晋王嘉《拾遗记·颛顼(zhuān xū,远古传说中的帝王)》:"有曳影之剑,腾空而舒。若四方有兵,此剑则飞起指其方,则克伐;未用之时,常于匣里,如龙虎之吟。"唐李白《邺中赠王大》:"紫燕枥下嘶,青萍匣中鸣。"北宋王圭《工部尚书致仕王懿敏公挽词》:"庭下绿槐空自老,匣中长剑为谁鸣。"北宋孔平仲《谕志》:"匣中有神剑,夜夜鸣不休。"芙蓉匣:饰有芙蓉的宝匣。芙蓉,荷花的别名。

⑨"黄卷"句:黄卷:书籍。古人写书用纸,以黄蘖汁染之防蠹,故称书为黄卷。另,古代佛道两家写书常用黄纸,故"黄卷"亦特指道书或佛经。从本句的"薜荔床"来看,此处的"黄卷"指"道书"的可能性较大。薜荔床:用薜荔的藤蔓制成的床,多代指隐士的床榻。薜荔,一种蔓生植物。

⑩"元亨利贞"二句:元亨利贞:《周易》乾卦蕴涵的四种德性。《周易·乾》:"《乾》:元亨利贞。"唐孔颖达疏:"元亨利贞者,是《乾》之四德也。《子夏传》(即《子夏易传》)云:'元,始也;亨,通也;利,和也;贞,正也。'"北宋程颐《程氏易传》:"元亨利贞,谓之四德。元者,万物之始;亨者,万物之长;利者,万物之遂;贞者,万物之成。"天地一机成化育:古人认为《周易》中的"乾"象征天,"坤"象征地,天地都具有"元亨利贞"四种美德,而正是这四种美德才化育出世间万物(不同的是,乾卦的利、贞是于万物无所

不利、无所不贞的,而坤卦的利、贞则只利、贞于顺应天道法则的事物)。《周易·乾·彖(tuàn,《周易》中解释卦义的文字)》:"大哉乾元(乾卦是代表天地之间万事万物的本元),万物资始,乃统(率领)于天。……乾道变化,各正性命,保合太和,乃利贞。首出庶物(万物。庶,众多),万国咸宁。"《周易·乾·文言(专门对乾、坤两卦所作的解释)》:"乾元者,始而亨者也。利贞者,性情也。乾始能以美利利天下,不言所利,大矣哉!"《周易·坤·彖》:"至哉坤元,万物资生,乃顺承天。坤厚载物,德合无疆(边界)。含弘广大,品物(万物。品,众多)咸亨。"《周易·坤·文言》:"坤,至柔而动也刚,至静而德方,后得主而有常,含万物而化光。坤道其顺乎,承天而时行。"

⑪"仁义礼智"二句:仁义礼智:儒家提倡的四种德行。纲常:"三纲五常"的简称,泛指规范、规则或伦理道德。三纲,指君为臣纲,父为子纲、夫为妻纲。五常,指仁、义、礼、智、信。

【译文】台与阁相对,曲沼与方塘相对。朝雨与夕阳相对。游人与隐士相对,东晋才女谢道韫与唐代才女杜秋娘相对。"三寸舌"比喻能言善辩与"九回肠"形容忧思之甚相对。玉液与琼浆相对。秦始皇用照胆镜照察人心之正邪,徐肇用还魂香看见先人的亡灵。青萍宝剑在芙蓉匣中常常夜鸣,黄纸道书在薜荔床上时时摊放。元亨利贞,天地交泰从而化育万物;仁义礼智,圣贤以此制定千古纲常。

红对白,绿对黄。昼永对更长①。龙飞对凤舞,锦缆对牙樯②。云弁使③,雪衣娘④。故国对他乡。雄文能徙鳄⑤,艳曲为求凰⑥。九日高峰惊落帽⑦，暮春曲水喜流觞⑧。僧占名山，云绕双林藏古殿；客栖胜地，风飘落叶响空廊⑨。

【注释】①昼永对更长：昼永：白昼漫长。北宋林逋《病中谢马彭年见访》："山空门自掩，昼永枕频移。"更长：更声漫长，代指夜长。唐杜甫《今夕行》："今夕何夕岁云徂（一年即将过去。云，语助词。徂，逝），更长烛明不可孤。"

②锦缆对牙樯：锦缆：彩丝做的船索。牙樯：用象牙装饰的樯杆。"锦缆""牙樯"常代指装饰华美的游船。唐杜甫《秋兴八首·其六》："珠帘绣柱围黄鹄，锦缆牙樯起白鸥。"

③云弁（biàn）使：指蜻蜓。因蜻蜓头形如弁，故称。弁，古代的一种礼冠。

④雪衣娘：指白鹦鹉。《太平广记》卷四六引唐胡璩《谭宾录·雪衣女》："天宝中，岭南献白鹦鹉，养之宫中。岁久，颇甚聪慧，洞晓言词，上及贵妃，皆呼为雪衣女。"另，《太平御览》卷九二四引唐郑处诲《明皇杂录》："开元中，岭南献白鹦鹉，养之宫中……忽一日，飞上贵妃镜台，语曰：'雪衣娘昨夜梦为鸷鸟所搏，将尽于此乎！'"

⑤雄文能徙鳄：指潮州有鳄鱼为害，韩愈任刺史，作《祭鳄鱼文》以驱之之事。事见《新唐书·韩愈传》："愈至潮洲，问民疾苦，皆曰：'恶溪有鳄鱼，食民畜产且尽，民以是穷。'数日，愈自往视之，令其属秦济以一羊一豚投溪水而祝之……祝之夕，暴风震电起溪中，数日水尽涸，西徙六十里，自是潮无鳄鱼患。"雄文：指《祭鳄鱼文》，《韩昌黎文集》与《古文观止》均有所载，文长不录。

⑥艳曲为求凰：指西汉时成都卓王孙有女文君，新寡，司马相如作《凤求凰》曲以挑之，后文君与之私奔之事。事见《史记·司马相如列传》："是时卓王孙有女文君新寡，好音，故相如缪与令相重（佯装与县令相互敬重。缪，读miù，诈伪，佯装），而以琴心挑之（而用琴声暗自诱发她的爱慕之情）。相如之临邛，从车骑，雍容闲雅甚都（甚为大方）；及饮卓氏，弄琴，文君窃从户窥之，心悦而好之，恐不得当也。既罢，相如乃使人重赐文君侍者通殷勤。文君夜亡奔相如，相如乃与驰归成都。"艳曲：爱情歌曲，此指《凤求凰》，乐府琴曲名。相传司马相如就是弹奏的这首曲子而挑动的卓文君。《艺文类聚·乐部三·歌·汉司马相如〈琴歌〉》："相如游临邛，富人卓王孙家，有女文君。新寡，窃于壁见之。相如因以琴歌挑之曰：'凤兮凤兮归故乡，游遨四海求其凰。有艳淑女在此房，何缘交接为鸳鸯。凤兮凤兮从我栖，得托孳尾永为妃。交情通体心和谐，中夜相从知者谁。'"

⑦"九日高峰"句：典出《晋书·孟嘉传》："（嘉）后为征西桓温参军，温甚重之。九月九日，温燕（通'宴'，举行宴会）龙山，僚佐（官署中协助办事的官吏）毕集。时佐吏并着戎服（军装，战服），有风至，吹嘉帽堕落，嘉不之觉。温使左右勿言，欲观其举止。嘉良久如厕（上厕所），温令取还之，命孙盛作文嘲嘉，着嘉坐处。嘉还见，即答之，其文甚美，四坐嗟叹。"后遂以"落帽"作为重九登高的典故。

⑧"暮春曲水"句：典出东晋王羲之《兰亭集序》："永和（东晋穆帝的年号）九年，岁在癸丑，暮春（阴历三月。暮，晚）之初，会于会稽（kuài jī，郡名，今浙江绍兴）山阴（当时的县名）之兰亭，修

禊(古人于三月三日上巳节到水边洗濯嬉游以驱除不祥,称为'修禊(xì)')事也。群贤(诸多贤士能人。当时集会的有谢安、王献之、孙绰等三十二位社会名流)毕至,少长咸集。此地有崇山峻岭,茂林修竹(高高的竹子),又有清流激湍(流势很急的水),映带左右,引以为流觞曲水,列坐其次。虽无丝竹管弦之盛,一觞一咏,亦足以畅叙幽情。"曲水:引水环曲为渠,以流酒杯。流觞(shāng):古代一种劝酒取乐的方式,即用漆制的酒杯盛酒,放入弯曲的水道中任其飘流,酒杯停在谁的面前,谁就取杯饮酒。

⑨"客栖胜地"二句:胜地:风景优美的地方。明刘基《养志斋记》:"华亭在松江之滨,胜地冠于浙右。"空廊:空寂的走廊。唐贯休《寄杭州宋使君》:"空廊人画祖,古殿鹤窥灯。"

【译文】红与白相对,绿与黄相对。昼永与夜长相对。龙飞与凤舞相对,彩锦制成的缆绳与象牙装饰的桅杆相对。"云弁使"指蜻蜓与"雪衣娘"指白鹦鹉相对。故国与他乡相对。唐代韩愈作《祭鳄鱼文》驱逐鳄鱼,西汉司马相如弹奏《凤求凰》挑动卓文君。在九月九日重阳节龙山的聚会上孟嘉因落帽而写出令人惊叹的美文,在三月三日上巳节兰亭的集会中王羲之与众多贤能之士曲水流觞、畅叙幽情。高僧居住在名山古寺中,那里云雾缭绕、林木茂盛;隐士栖居于风景优美的别墅中,那里风吹树响、叶落空廊。衰对壮,弱对强。

艳饰对新妆①。御龙对司马②,破竹对穿杨③。读班马④,识求羊⑤。水色对山光。仙棋藏绿橘⑥,客枕梦黄粱⑦。池草入诗因有梦⑧,海棠带恨为无香⑨。风起画堂,帘箔影翻青荇沼⑩;月斜金井,辘轳声度碧梧墙⑪。

【注释】①艳饰对新妆:艳饰:装扮得浓艳。新妆:打扮得新颖别致。

②御龙对司马:御龙:官名,帝王近卫官卒。《宋史·仪卫志二》:"行幸仪卫……御龙直百四十二人,御龙骨朵子直二百二十人,并全班祗应。"另,御龙也是复姓。《左传·昭公二十九年》:"有陶唐氏既衰,其后有刘累学扰龙于豢龙氏,以事孔甲,能饮食之。夏后嘉之,赐氏曰御龙。"司马:又称"大司马",官名,掌管军事。三国吴韦昭《辨释名》:"大司马。马,武也,大总武事也。大司马掌军,古者兵车一车四马,故以马名官。训马为武者,取其速行也。"另,司马也是复姓,如司马炎、司马昭。

③破竹对穿杨:破竹:劈竹,比喻循势而下,顺利无阻。《晋书·杜预传》:"昔乐毅藉济西一战以并强齐,今兵威已振,譬如破竹,数节之后,皆迎刃而解,无复着手处也。"今有成语"势如破竹"比喻做事顺利,毫无阻碍。穿杨:"百步穿杨"的简称,意为于百步之处可以射穿杨柳之叶,形容射术非常高超。语本《战国策·西周策》:"楚有养由基者,善射;去柳叶者百步而射之,百发百中。"

④班马:东汉史学家班固和西汉史学家司马迁合称"班马",此处指他们的著作《汉书》和《史记》。

⑤求羊:求仲与羊仲,皆西汉末年隐士。《昭明文选·陶渊明〈归去来辞〉》:"三径就荒,松菊犹存。"唐李善注引东汉赵岐《三辅决录》曰:"蒋诩(西汉末年人。王莽篡位后,告病回乡,终身不仕),字符卿,舍中三径,唯羊仲、求仲从之游,皆推廉逃名不出。"后遂以

"求羊"代指廉洁隐退之士。

⑥仙棋藏绿橘：典出唐牛僧孺《玄怪录》卷三："有巴邛人，不知姓。家有橘园，因霜后，诸橘尽收，余有二大橘，如三四斗盎（大盎。盎，读àng，一种大腹敛口的盆）。巴人异之，即令攀摘，轻重亦如常橘。剖开，每橘有二老叟，须眉皤然，肌体红润，皆相对象戏（棋戏，下棋）。"

⑦客枕梦黄粱：据唐沈既济《枕中记》载，卢生怀才不遇，在邯郸客店中遇见一个道士吕翁，卢生自叹穷困，吕翁便给了他一个枕头，说："子枕吾枕，当令子荣适如志。"当时店主正蒸黄粱（即黄色的小米），卢生倚着枕头入睡，在梦中经历几十年享尽富贵荣华，及醒，才发现是一场空梦，而店主此前蒸的黄粱仍犹未熟。卢翁笑着说："人生之适，亦如是矣。"今之成语"黄粱一梦"（比喻虚幻的事和不能实现的梦想）即源出于此。

⑧"池草入诗"句：典出《南史·谢惠连传》："（惠连）年十岁能属文，族兄灵运嘉赏之，云'每有篇章，对惠连辄得佳语。'尝于永嘉西堂思诗，竟日不就，忽梦见惠连，即得'池塘生春草'，大以为工。常云'此语有神功，非吾语也'。"按："池塘生春草"句见南朝宋谢灵运《登池上楼》诗，全诗为："潜虬（潜游的虬龙）媚幽姿，飞鸿响远音。薄霄愧云浮，栖川怍渊沉。进德智所拙，退耕力不任。徇禄（追求禄位）反穷海，卧疴（kē，病）对空林。衾枕昧节候（卧病衾枕之间不知季节变化），褰开（揭开帷帘，打开窗子）暂窥临。倾耳聆波澜，举目眺岖嵚（山势险峻的样子）。初景革绪风（初春的阳光消除了冬季残留的寒风），新阳改故阴（新春替代了往日的寒冬）。池塘生春草，园柳变鸣禽。祁祁伤豳歌（'采蘩祁祁'这首豳歌使我

悲伤。豳歌,指《诗经·豳风·七月》,中有'春日迟迟,采蘩祁祁'之句),萋萋感楚吟。索居(独居)易永久,离群难处心(安心)。持操(保持节操)岂独古,无闷征(验证,证明)在今。"

⑨"海棠带恨"句：典出北宋惠洪《冷斋夜话》："(刘渊材)尝曰：'吾平生无所恨,所恨者五事耳。'人问其故。渊材敛目(闭目)不言,久之曰：'吾论不入时听,恐汝曹轻易之。'问者力请说,乃答曰：'第一恨鲥鱼多骨,第二恨金橘太酸,第三恨莼菜性冷,第四恨海棠无香,第五恨曾子固(曾巩,字子固)不能诗。'闻者大笑,而渊材瞠目(瞪眼)曰：'诸子果轻易吾论也。'"

⑩"风起画堂"二句：画堂：饰有彩绘的殿堂,泛指华丽的堂舍。帘箔：帘子。箔,在平水韵里属入声"十药",指竹帘。青荇(xìng)：青色的荇菜。荇,详见本书下卷"三肴"第一段注释⑧。

⑪"月斜金井"二句：金井：围有华美井栏的井。辘轳(lù lú)：井上的汲水器。

【译文】衰与壮相对,弱与强相对。妆饰浓艳与装扮新奇相对。复姓御龙与复姓司马相对,"破竹"比喻做事顺利与"穿杨"形容射技高明相对。阅读班固、司马迁的史学著作与结交求仲、羊仲这样的隐士相对。水色与山光相对。巴邛人剖开绿橘发现里面藏有两个老叟正在下棋,卢生枕着仙枕做了一场美梦而醒来时黄粱饭犹未蒸熟。南朝谢灵运因梦见族弟谢惠连而吟出"池塘生春草"的佳句,北宋刘渊材说自己平生有五大遗憾其中一个是"遗憾海棠无香"。微风吹过华丽的堂舍,帘箔的倒影在铺满青荇的池面上摇曳；月光斜照在围有华美井栏的水井上,汲水的辘轳声飘过碧绿的梧桐传到墙外。

臣对子,帝对王。日月对风霜。乌台对紫府①,蔀屋对岩廊②。香山社③,昼锦堂④。雪牖对云房⑤。芬椒涂内壁⑥,文杏饰高梁⑦。贫女幸分东壁影⑧,幽人高卧北窗凉⑨。绣阁探春,丽日半笼青镜色⑩;水亭醉夏,熏风常透碧筒香⑪。

【注释】①乌台对紫府:乌台:御史台。相传汉时御史府中有柏,常有野乌数千栖宿其上,晨去暮来,后因称御史府为"乌府",称御史台为"乌台""柏台"。紫府:传说中神仙住的地方。东晋葛洪《抱朴子·祛惑》:"及至天上,先过紫府,金床玉几,晃晃昱昱(明亮貌),真贵处也。"

②蔀(bù)屋对岩廊:蔀屋:以草席盖顶的房屋,泛指贫家简陋之屋。蔀,覆盖于棚架、屋顶上的草席。北宋王安石《寄道光大师》:"秋雨漫漫夜复朝,可嗟蔀屋望重霄。"岩廊:高峻的廊庑。岩,高险,高峻。唐刘禹锡《庙庭偃松诗》:"影入岩廊行乐处,韵含天籁宿斋时。"按:"屋"在平水韵里属入声"一屋",故此处"蔀屋"可与"岩廊"相对。

③香山社:中唐诗人白居易致仕后,亲近高僧,从受净戒,于香山结社念佛,并自号"香山居士"。《旧唐书·白居易传》:"会昌(唐武宗李炎的年号)中,请罢太子少傅,以刑部尚书致仕,与香山僧如满结香火社。"

④昼锦堂:北宋名相韩琦于故乡相州(今河南省安阳市一带)建有"昼锦堂"。北宋欧阳修《昼锦堂记》:"公在至和(宋仁宗年号)中,尝以武康之节(曾以武康节度使的身份),来治于相(治理相州),乃作'昼锦'之堂于后圃(后园)。"昼锦:语出《汉书·项籍

传》:"羽(指项羽,名籍,字羽)见秦宫室皆已烧残,又怀思东归,曰:'富贵不归故乡,如衣锦夜行。'"另,《史记·项羽本纪》:"项王见秦宫皆以烧残破,又心怀思欲东归,曰:'富贵不归故乡,如衣绣夜行,谁知之者!'"后遂以"昼锦"或"衣锦昼行"作为富贵还乡之典。

⑤雪牖对云房:雪牖:雪光映照的窗户。云房:山云间的房舍,常代指僧道或隐者的居室。唐姚鹄《题终南山隐者居》:"夜吟明雪牖,春梦闭云房。"

⑥芬椒涂内壁:古时富贵之家或宫廷常以芳椒子和泥涂抹内壁,取其温暖芳香和多子之义。南朝梁刘孝威《乌生八九子》:"金栌严兮翠楼肃,蜃壁(以蜃灰涂抹的墙壁)光兮椒泥馥。"《三辅黄图·未央宫》:"椒房殿在未央宫,以椒和泥涂,取其温而芬芳也。"芬椒:又称"芳椒",植物名,其椒实多而香,古人常用之和泥涂壁。

⑦文杏饰高梁:语出西汉司马相如《长门赋》:"刻木兰以为榱(cuī,屋椽)兮,饰文杏以为梁。"文杏:即银杏,木质纹理坚密,是建筑房屋的优质木材。古人诗词中常以"杏梁(文杏木所制的屋梁)"代指华美的建筑。

⑧"贫女"句:典出《战国策·秦策二》:"甘茂(战国时秦国将领,因遭谗毁,而奔逃齐国)亡秦(逃离秦国),且之齐,出关遇苏子(指苏代,战国时纵横家,苏秦之族弟),曰:'君闻夫江上之处女(少女)乎?'苏子曰:'不闻。'曰:'夫江上之处女,有家贫而无烛者,处女相与语,欲去之。家贫无烛者将去矣,谓处女曰:"妾以无烛,故常先至,扫室布席,何爱余明之照四壁者?幸以赐妾,何妨于

处女?妾自以有益于处女,何为去我?'处女相语以为然而留之。今臣不肖,弃逐于秦而出关,愿为足下扫室布席,幸无我逐也。'苏子曰:'善。请重公于齐。'"意为甘茂在逃往齐国的途中遇见苏代,为了让苏代向齐王推荐自己,他对苏代讲了一个寓言故事:"在江边的众多少女中,有一个家贫无烛的女子。女子们商量要把这个家贫无烛的女子赶走。家贫无烛的女子准备离去时对女子们说:'我因为没有烛,所以常常先到,一到便扫屋铺席。你们何必爱惜照在四壁上的那一点余光呢?你们赐给我一点余光,对你们又有什么妨碍呢?我自认为对你们是有用的,为什么一定要赶我走呢?'女子们认为她说的对,便把她留了下来。"听完故事,苏代答应甘茂将设法让齐王重用他。

⑨"幽人"句:典出东晋陶潜《与子俨等疏》:"常言五六月中,北窗下卧。遇凉风暂至,自谓是羲皇上人(伏羲氏以前的人,即太古时期的人。比喻无忧无虑,生活闲适的人)。"后遂以"高卧北窗"形容生活清闲自适。幽人:幽隐之人,隐士。

⑩"绣阁探春"二句:绣阁:女子闺房的美称。或言此处之"绣阁"代指女子。探春:早春郊游。五代王仁裕《开元天宝遗事》:"都人仕女,每至正月半后,各乘车跨马供帐于园圃或郊野中,为探春之宴。"或言此处之"探春"并非出外郊游,而指在绣阁中探望春色。丽日:明媚的阳光。青镜:青色的铜镜。或言此处之"青镜"代指青镜似的水面。

⑪"水亭醉夏"二句:水亭:临水的亭阁。熏风:亦作"薰风",和风,东南风。《吕氏春秋·有始》:"东南曰熏风。"碧筒:指荷叶柄,代指荷。或言指"碧筒杯",古代一种用荷叶制成的饮酒器,误。

如作"碧筒杯"则前后文义不搭矣。或言前有"醉"字,故此处"碧筒"指"碧筒杯"。驳之曰:"此'醉'字当作'沉醉、陶醉'解,不可释作'酒醉'。另,水亭消暑本欲纳凉,酒乃燥热之物,岂有饮酒消暑者乎?"

【译文】臣与子相对,帝与王相对。日月与风霜相对。御史的官署与仙人的居所相对,以席为顶的简陋房屋与富贵之家的高峻廊庑相对。唐朝诗人白居易结有香山社与北宋宰相韩琦建有昼锦堂相对。雪光映照的窗户与山云遮掩的屋舍相对。用芳香的椒泥涂抹宫室内壁,用高大的银杏木制成带有雕饰的房梁。无烛的贫女有幸分得照在东壁上的一点余光,闲适的隐士时常高卧于北窗之下吹风纳凉。在绣阁中探望春色,明媚的阳光照射着青色的铜镜;在水亭边欣赏夏景,和畅的南风吹来碧荷的清香。

八　庚

形对貌,色对声。夏邑对周京①。江云对渭树②,玉磬对银筝。人老老③,我卿卿④。晓燕对春莺。玄霜春玉杵⑤,白露贮金茎⑥。贾客君山秋弄笛⑦,仙人缑岭夜吹笙⑧。帝业独兴,尽道汉高能用将⑨;父书空读,谁言赵括善知兵⑩。

【注释】①夏邑(yì)对周京:夏邑:夏朝的都城。邑,国都,京城,也可泛指一般的城镇。周京:周朝的京城。京,国都。

②江云对渭树:典出唐杜甫《春日忆李白》:"渭北春天树,江东日暮云。"自杜甫此诗之后,人遂多将"江云""渭树"并提,如北宋白玉蟾《贺新郎》:"渭树江云多少恨,离合古今非偶。"南宋刘克庄《次韵庚使左史中书行部·其二》:"渭树江云春复冬,安知今夕一尊同。"明罗泰《送进士汪克绍》:"仙舟桂席懒闻歌,渭树江云奈别何。"渭树:渭水边的树木。

③人老老:典出《孟子·梁惠王上》:"老吾老,以及人之老;幼吾幼,以及人之幼小。"意为尊敬自己家的老人,进而推广到尊敬别人家的老人;爱护自己的孩子,进而推广到爱护别人家的孩子。第

一个"老"是动词,作"尊敬、侍奉"解;第二个"老"是名词,作"老人、长辈"解。

④我卿卿:典出《世说新语笺疏·惑溺》:"王安丰(指王戎,西晋名士,'竹林七贤'之一。因有功,封安丰县侯,故称)妇,常卿安丰。安丰曰:'妇人卿婿,于礼为不敬,后勿复尔。'妇曰:'亲卿爱卿,是以卿卿;我不卿卿,谁当卿卿?'遂恒听(听凭,任凭)之。"意为王戎的妻子常以"卿(古代朋友、夫妇间的爱称)"称呼王戎,王戎觉得于礼不敬,劝她不要这样称呼。王戎的妻子说:"我亲你爱你,才以'卿'称呼你;我不以'卿'称呼你,谁以'卿'称呼你?"第一个"卿"是动词,意为"以卿称之";第二个"卿"是代词,犹言你。后遂以"卿卿我我"作为男女恩爱之典。

⑤玄霜舂(chōng)玉杵(chǔ):据唐裴铏《传奇》载,下第秀才裴航游玩途中遇见一个美貌非凡的妇人,对她十分爱慕。但由于妇人已经嫁人,又操行高洁,裴航不敢冒犯。临别,妇人赠诗一首:"一饮琼浆百感生,玄霜捣尽见云英。蓝桥便是神仙窟,何必崎岖上玉清。"裴航见诗,不解其意。后经蓝桥驿,因口渴,向一老妇求水。老妇让孙女云英端水给裴航喝。裴航见云英艳丽惊人,便向老妇求娶云英。老妇曰:"我今老病,只有此女孙,昨有神仙,遗灵丹一刀圭(中药的量器名),但须玉杵臼捣之百日,方可就吞,当得后天而老。君约取(同'娶')此女者,得玉杵臼,吾当与之也。其余金帛,吾无用处耳。"百日之后,裴航携带玉杵臼,回至蓝桥驿。女微笑曰:"虽然,更为吾捣药百日,方议姻好。"于是,裴航为其捣药,"昼为而夜息,夜则妪收药臼于内室"。某夜,"航又闻捣药声,因窥之,有玉兔持杵臼,而雪光辉室,可鉴毫芒",于是裴航更加坚定了求娶云

英的决心。在娶得云英的当天,裴航去拜见姻亲,发现昔日遇见的美妇竟然是云英的姐姐云翘夫人。玄霜:传说中的仙药。舂:把米、谷等放入石臼捣去皮壳。杵:舂米的木棒。

⑥白露贮金茎:指西汉武帝作金茎玉盘,以承接天露,和玉屑而饮之之事。《汉书·郊祀志上》:"其后又作柏梁、铜柱、承露仙人掌之属矣。"三国魏苏林注:"仙人以手掌擎盘承甘露。"唐颜师古注:"《三辅故事》云:建章宫承露盘高二十丈,大七围,以铜为之,上有仙人掌承露,和玉屑饮之。"金茎:铜柱的美称。东汉班固《西都赋》:"抗仙掌以承露,擢双立之金茎。"唐杜甫《秋兴·其五》:"蓬莱高阙对南山,承露金茎霄汉间。"

⑦"贾(gǔ)客"句:据唐谷神子《博异志》载,有一名叫吕卿筠的商人,善吹笛,一次夜泊君山,把酒吹笛,忽有一老者乘舟而来。"闻君笛声嘹亮,曲调非常,我是以来。"遂出三笛管,"其一人如合拱(合抱。形容笛子粗大),其次大如常人之蓄者,其一绝小,如细笔管。"卿筠请吹大者,老者曰:"大者不可发。"乃取小者吹之,才吹三声,就见"湖上风动,波涛沆瀁(hàng yǎng,犹荡漾,水波微动),鱼鳖跳喷。"卿筠和童仆都吓得骇然变色。贾客:商人。君山:又称"湘山""洞庭山",位于湖南省岳阳市西南的洞庭湖中。

⑧"仙人"句:详见本书上卷"六鱼"第三段注释⑤。缑(gōu)岭:即缑氏山,位于河南省偃师县境内。

⑨"帝业独兴"句:典出《史记·淮阴侯列传》:"上(指汉高祖刘邦)常从容与信(指韩信)言诸将能不(同'否'),各有差。上问曰:'如我能将(统帅,率领)几何?'信曰:'陛下不过能将十万。'上曰:'于君何如?'曰:'臣多多而益善耳。'上笑曰:'多多益善,何为

为我禽（同'擒'）。'信曰：'陛下不能将兵，而善将将，此乃信之所以为陛下禽也。且陛下所谓天授，非人力也。'"汉高：指汉高祖刘邦。

⑩"父书空读"二句：指战国时赵括熟读兵书，却无实践经验，后赵王命其为将，与秦国交战，以致惨败之事。事见《史记·廉颇蔺相如列传》："赵王因以括为将，代廉颇。蔺相如曰：'王以名使括，若胶柱而鼓瑟（比喻固执拘泥，不知变通）耳。括徒能读其父书传，不知合变也。'赵王不听，遂将之。赵括自少时学兵法，言兵事，以天下莫能当。尝与其父奢言兵事，奢不能难，然不谓善。括母问奢其故，奢曰：'兵，死地也，而括易言之。使赵不将括即已，若必将之，破赵军者必括也。'……赵括既代廉颇，悉更约束，易置军吏。秦将白起闻之，纵奇兵，佯（假装）败走，而绝其粮道，分断其军为二，士卒离心。四十余日，军饿，赵括出锐卒自博（同'搏'）战，秦军射杀赵括。括军败，数十万之众遂降秦，秦悉坑之。赵前后所亡凡四十五万。"今有成语"纸上谈兵（比喻空谈理论，不能解决实际问题）"，讲的就是赵括之事。赵括：战国时赵国人，赵国名将马服君赵奢之子。

【译文】形与貌相对，色与声相对。夏朝的都城与周朝的京城相对。江东的暮云与渭北的春树相对，玉磬与银筝相对。人们尊敬老者与我们夫妻恩爱相对。晓燕与春莺相对。用白玉杵舂制仙药，用金茎盘承接天露。商人吕卿筠秋日在君山上弄笛，仙人王子乔深夜在缑山上吹笙。建立帝业，都言刘邦善于用将；空读父书，谁说赵括精通兵法。

功对业,性对情。月上对云行。乘龙对附骥①,阆苑对蓬瀛②。春秋笔③,月旦评④。东作对西成⑤。隋珠光照乘⑥,和璧价连城⑦。三箭三人唐将勇⑧,一琴一鹤赵公清⑨。汉帝求贤,诏访严滩逢故旧⑩;宋廷优老,年尊洛社重耆英⑪。

【注释】①乘龙对附骥:乘龙:比喻趁时而动。《周易·乾》:"时乘六龙以御天。"或比喻得到佳婿。《艺文类聚》卷四十引《楚国先贤传》:"孙儁(jùn,同'俊')字文英,与李元礼俱娶太尉桓焉女。时人谓桓叔元两女俱乘龙,言得婿如龙也。"今有成语"乘龙快婿",比喻佳婿。附骥:典出《史记·伯夷列传》:"颜渊虽笃学,附骥尾而行益显。"唐司马贞《史记索隐》:"苍蝇附骥尾而致千里,以譬颜回因孔子而名彰也。"后遂以"附骥"或"附骥尾"比喻依附先辈或名人之后而成名。

②阆(làng)苑对蓬瀛:阆苑:详见本书上卷"十灰"第一段注释③。蓬瀛:蓬莱和瀛洲,皆传说中的神山,泛指仙境。《史记·封禅书》:"自威、宣、燕昭使人入海求蓬莱、方丈、瀛洲。此三神山者,其传在勃海中。"

③春秋笔:相传孔子作《春秋》,字寓褒贬,不佞不谀,使乱臣贼子惧。后遂以"春秋笔"或"春秋笔法"代指曲折而意含褒贬的文字。

④月旦评:典出《后汉书·许劭(shào)传》:"初,劭与靖(指许靖,字文休,许劭之从兄)俱有高名,好共核论(深刻评议)乡党人物,每月辄更其品题(每月就变换一次品评的对象),故汝南(汉有汝南郡)俗有'月旦评'焉。"后遂以"月旦评"泛指品评人物。月旦:

农历每月的第一天。旦,农历每月的初一。

⑤东作对西成:"东作西成"犹言春种秋熟。语出《尚书·虞书·尧典》:"寅宾出日(恭敬地迎接日出。寅,恭敬。宾,迎接),平秩(辨别测定)东作。……寅饯纳日(恭敬地送别落日。饯,送行。纳日,落日),平秩西成。"东作:太阳东升的时刻,此时农人开始耕作,故"东作"指开始耕作。或言"东作"指春耕。旧题汉孔安国《尚书传》:"岁起于东,而始就耕,谓之东作。"西成:太阳西落的时刻,此时农人陆续收工,故"西成"指收工、停息耕作。或言"西成"指秋天庄稼已熟,农事告成,即"秋熟、秋收、收获"之意。旧题汉孔安国《尚书传》:"秋,西方,万物成。"唐孔颖达《尚书注疏》:"秋位在西,于时万物成熟。"

⑥隋珠光照乘:与下句皆语出南宋陆游《书宛陵集后》:"赵璧连城价,隋珠照乘明。"隋珠:亦作"随珠",隋侯(亦作"随侯")之珠,传说中的宝珠。《淮南子·览冥训》:"譬如隋侯之珠,和氏之璧,得之者富,失之者贫。"东汉高诱注:"隋侯,汉东之国,姬姓诸侯也。隋侯见大蛇伤断,以药傅之,后蛇于江中衔大珠以报之,因曰'隋侯之珠',盖明月珠也。"另,西晋干宝《搜神记》卷二十:"隋县溠水侧,有断蛇邱(同'丘')。隋侯出行,见大蛇被伤,中断,疑其灵异,使人以药封之,蛇乃能走,因号其处断蛇邱。岁余,蛇衔明珠以报之。珠盈径寸,纯白,而夜有光,明如月之照,可以烛室。故谓之'隋侯珠',亦曰'灵蛇珠',又曰'明月珠'。"照乘:指宝珠的光亮能为行走的车辆照明。语出《史记·田敬仲完世家》:"(齐威王)二十四年,与魏王会田于郊。魏王问曰:'王亦有宝乎?'威王曰:'无有。'梁王曰:'若寡人国小也,尚有径寸之珠照车前后各十二乘者

十枚,奈何以万乘之国而无宝乎?'"

⑦和璧价连城:指战国时,赵惠文王得和氏璧,秦昭王寄书赵王,愿以十五城易璧之事。详见本书上卷"七虞"第二段注释④。后遂以"连城之璧"比喻极珍贵的东西。和璧:即和氏璧,传为春秋时楚人卞和所发现,故名。《韩非子·和氏》:"楚人和氏(即卞和)得玉璞(未经琢磨的玉石)楚山中,奉而献之厉王,厉王使玉人相之,玉人曰:'石也。'王以和为诳(欺骗),而刖(yuè,古代的一种酷刑,把脚砍掉)其左足。及厉王薨(hōng,死去),武王即位,和又奉其璞而献之武王,武王使玉人相之,又曰:'石也。'王又以和为诳,而刖其右足。武王薨,文王即位,和乃抱其璞而哭于楚山之下,三日三夜,泣尽而继之以血。王闻之,使人问其故,曰:'天下之刖者多矣,子奚(xī,疑问代词,相当于'何')哭之悲也?'和曰:'吾非悲刖也,悲夫宝玉而题之以石,贞士(志节坚定、操守方正之士)而名之以诳,此吾所以悲也。'王乃使玉人理其璞而得宝焉,遂命曰:'和氏之璧'。"

⑧"三箭三人"句:指唐朝名将薛仁贵东征,与九姓突厥交战,三箭射杀三人,从而吓得其余突厥兵下马请降之事。典出《旧唐书·薛仁贵列传》:"时九姓(指九姓突厥)有众十余万,令骁健数十人逆来(迎前,上前)挑战,仁贵发三矢,射杀三人,自余一时下马请降。仁贵恐为后患,并坑杀之。更就碛北(漠北)安抚余众,擒其伪叶护兄弟三人而还。军中歌曰:'将军三箭定天山,战士长歌入汉关。'九姓自此衰弱,不复更为边患。"

⑨"一琴一鹤"句:指北宋名臣赵抃(biàn)出守成都,以一琴一鹤自随,为政清廉简易之事。事见《宋史·赵抃列传》:"神宗立,

召知谏院(召赵抃回朝任知谏院)。故事(旧例),近臣还自成都者,将大用,必更省府(一定改任省府官职),不为谏官。大臣以为疑,帝曰:'吾赖其言耳(我想借用他的谏议罢了),苟欲用之(如果想任用他),无伤也(也没有什么关系)。'及谢(谢恩时),帝曰:'闻卿匹马(一匹马,喻指单身一人)入蜀,以一琴一鹤自随,为政简易,亦称是乎(也很称职吗)?'未几,擢参知政事。"另,北宋沈括《梦溪笔谈·校证·人事一》:"赵阅道为成都转运使,出行部内,唯携一琴一鹤,坐则看鹤鼓琴至。尝过青城山,遇雪,舍于逆旅(旅馆)。逆旅之人,不知其使者也,或慢狎(轻侮)之,公颓然(和顺的样子)鼓琴不问。"赵清公:指北宋名臣赵抃,字阅道,谥号"清献",故世称"赵清公"或"赵清献公"。

⑩"汉帝求贤"二句:典出《后汉书·逸民传·严光》:"严光字子陵……少有高名,与光武(即光武帝刘秀)同游学。及光武即位,乃变名姓,隐身不见。帝思其贤,乃令以物色访之。后齐国上言:'有一男子,披羊裘钓泽中。'帝疑其光,乃备安车玄纁(黑色和浅红色的布帛,古代帝王常用作延聘贤士的礼品),遣使聘之(派使者礼聘严光)。三反而后至(使者三次往返以后严光才来。反,同'返')。……除为谏议大夫,不屈,乃耕于富春山,后人名其钓处为严陵濑焉。"汉帝:指东汉光武帝刘秀。严滩:又名"严陵濑(lài)",在浙江桐庐县南,相传为东汉严光隐居垂钓之处。

⑪"宋廷优老"二句:指北宋宰相文彦博,致仕后在洛阳与富弼、司马光等人作"洛阳耆英会",终日诗酒相乐之事。事见《宋史·文彦博传》:"(文彦博)与富弼、司马光等十三人,用白居易九老会故事,置酒赋诗相乐,序齿(按年龄大小定宴会席次或饮酒次

序）不序官。为堂，绘像其中，谓之'洛阳耆英会'，好事者莫不慕之。"优老：优待老人。洛社：即洛阳耆英会。耆（qí）英：年高德硕者。耆，古称六十岁曰耆，泛指老年人、长者。

【译文】功与业相对，性与情相对。月亮升起与白云飘浮相对。乘骑飞龙与依附骥尾相对，阆苑仙境与蓬瀛神山相对。春秋笔与月旦评相对。春耕与秋收相对。隋侯珠光照车辆，和氏璧价值连城。唐代名将薛仁贵与九姓突厥交战时三箭射杀三人，北宋名臣赵抃出守成都时只带一琴一鹤。东汉光武帝求访贤才，曾命令使者带着诏书去严滩礼聘自己昔日的老友严光；北宋朝廷十分优待老者，年高望重的文彦博、富弼等人致仕后在洛阳组成"耆英会"诗酒相乐。

昏对旦①，晦②对明。久雨对新晴。蓼湾对花港，竹友对梅兄③。黄石叟④，丹丘生⑤。犬吠对鸡鸣。暮山云外断⑥，新水月中平。半榻清风宜午梦，一犁好雨趁春耕。王旦登庸，误我十年迟作相⑦；刘蕡下第，愧他多士早成名⑧。

【注释】①昏对旦：昏：天刚黑时，傍晚。旦：天刚亮时，早晨。

②晦（huì）：昏暗。北宋欧阳修《醉翁亭记》："晦明变化。"

③竹友对梅兄："竹友""梅兄"皆是对竹、梅的拟人称呼。竹友：即竹，以"友"称之表示亲切。梅兄：即梅，以"兄"称之表示亲切。

④黄石叟：即黄石公，秦汉时人。叟，年老的男人。详见本书下卷"六麻"第三段注释⑧。

⑤丹丘生：即元丹丘，唐朝道士，李白的好友。唐李白《将进酒》："岑夫子（指岑）勋），丹丘生，将进酒，杯莫停。与君歌一曲，请君为我倾耳听。"

⑥暮山云外断：与下句俱出自唐崔湜（shí）《江楼夕望》："楚山霞外断，汉水月中平。"

⑦"王旦登庸"二句：典出《宋史·王旦传》："帝欲相王钦若（宋真宗打算让王钦若任宰相。王钦若，字定国，当时的奸佞之臣），旦曰：'钦若遭逢陛下，恩礼已隆，且乞留之枢密（即枢密院），两府亦均。臣见祖宗朝未尝有南人当国者，虽古称立贤无方，然须贤士乃可。臣为宰相，不敢沮抑（阻遏抑制）人，此亦公议也。'真宗遂止。旦没后，钦若始大用，语人曰：'为王公迟我十年作宰相。'"王旦：字子明，北宋初年名臣，宋真宗时任宰相。登庸：选拔任用。庸，用。《尚书·尧典》："帝曰：畴咨若时登庸。"孔安国传："畴，谁。庸，用也。谁能咸熙庶绩（使国家百业兴旺。咸，全，都。熙，振兴，兴起。庶绩，各种事业），顺是事者，将登用之。"

⑧"刘蕡（fén）下第"二句：详见本书上卷"十二文"第二段注释⑫。下第：科举时代考试不中曰下第，又称"落第"。

【译文】黄昏与早晨相对，昏暗与明亮相对。长时下雨与天刚放晴相对。长有蓼草的水湾与种有花树的河港相对。视竹为友与呼梅为兄相对。黄石公与丹丘生相对。犬吠与鸡鸣相对。傍晚时连绵的青山被白云遮断，月色中新涨的池水与草岸齐平。一阵清风吹来，正宜躺在榻上睡个午觉；一场好雨落下，正该备好犁铧及时春耕。王旦举用贤才，以致佞臣王钦若耽迟十年才成为宰相；刘蕡考试落榜，竟使同场登科之人因在他之前成名而觉得惭愧。

九 青

庚对甲①,巳对丁②。魏阙对彤庭③。梅妻对鹤子④,珠箔对银屏⑤。鸳浴沼,鹭飞汀⑥。鸿雁对鹡鸰⑦。人间寿者相,天上老人星⑧。八月好修攀桂斧⑨,三春须系护花铃⑩。江阁秋登,一水净连天际⑪碧;石栏晓倚,群山秀向雨余⑫青。

【注释】①庚对甲:庚:"十天干"中的第七位。甲:"十天干"中的第一位。详见本书上卷"四支"第四段注释⑤。

②巳对丁:巳:"十二地支"中的第六位。丁:"十天干"中的第四位。

③魏阙对彤(tóng)庭:魏阙:古代宫门外两边高耸的楼观,借指宫廷或朝廷。《庄子·让王》:"身在江海之上,心居乎魏阙之下。"彤庭:汉代宫廷常以红漆涂饰,故后世以"彤庭"泛指宫廷、皇宫。彤,红色。唐杜甫《自京赴奉先县咏怀五百字》:"彤庭所分帛,本自寒女出。"

④梅妻对鹤子:梅妻:以梅为妻。鹤子:以鹤为子。详见本书上卷"六鱼"第一段注释⑩。

⑤珠箔对银屏：珠箔：即珠帘，以珍珠缀成的帘子。银屏：镶银的屏风。唐白居易《长恨歌》："揽衣推枕起徘徊，珠箔银屏逦迤（连接不断）开。"

⑥汀（tīng）：水边平地，小洲。

⑦鹡鸰（jí líng）：一种体小嘴长，头顶黑色，腹部白色的小鸟，常吃昆虫和小鱼。《诗经·小雅·常棣》："脊令（同'鹡鸰'）在原，兄弟急难。"后遂以"鹡鸰"比喻兄弟。

⑧老人星：天上星座名，主寿，故又称"寿星"。《史记·天官书》："狼比地有大星，曰南极老人。老人见，治安；不见，兵起。"唐张守节《史记正义》："老人一星，在弧南，一曰南极，为人主占寿命延长之应。"另，《史记·封禅书》："于杜、亳有三社主之祠、寿星祠。"唐司马贞《史记索隐》："寿星，盖南极老人星也，见则天下理安，故祠之以祈福寿。"

⑨"八月"句：杂用"蟾宫折桂"及"修月斧"之事。八月：古代科举考试的乡试多在秋季八月举行，故此言"八月"。或曰泛指秋季，误。攀桂：犹折桂，攀折桂枝，比喻科考得中。详见本书上卷"十一真"第二段注释③。另，相传蟾宫（月宫，月亮。相传月中有蟾蜍，故称）中有桂树，故后人又常将"折桂"与"蟾宫"牵合，谓之"蟾宫折桂"，比喻科举中第。修月斧：详见本书上卷"八齐"第三段注释⑥。按：月中有桂树之事见唐段成式《酉阳杂俎·天咫》："旧言月中有桂，有蟾蜍，故异书言月桂高五百丈，下有一人常斫之，树创随合。人姓吴名刚，西河人，学仙有过，谪令伐树。"

⑩"三春"句：典出五代王仁裕《开元天宝遗事·花上金铃》："天宝（唐玄宗年号）初，宁王日侍好声乐，风流蕴藉（风雅潇洒。

蕴藉，含蓄内秀），诸王弗如也。至春时，于后园中纫（rèn，搓绳，合丝为绳）红丝为绳，密缀金铃，系于花梢之上。每有鸟鹊翔集，则令园吏掣铃索以惊之，盖惜花之故也。"三春：即春天。春天共有三个月，故称。护花铃：为保护花朵驱赶鸟雀而设置的铃。

⑪天际：天边。唐李白《黄鹤楼送孟浩然之广陵》："孤帆远影碧空尽，惟见长江天际流。"

⑫雨余：雨后，一般指刚下完雨的时候。唐韦应物《春游南亭》："景煦听禽响，雨余看柳重。"

【译文】庚与甲相对，巳与丁相对。"魏阙"借指朝廷与"彤庭"泛指皇宫相对。以梅为妻与以鹤为子相对，珠帘与银屏相对。鸳鸯在池沼中戏水，白鹭在沙洲边飞翔。鸿雁与鹁鸽相对。人间有长寿者，天上有老人星。八月要争取蟾宫折桂，三春要系好护花铃铛。秋日登上江边的楼阁，望见碧净的江水在远处与天相接；清晨倚靠石制的栏杆，望见连绵的群山在雨后更加青秀。

危对乱，泰①对宁。纳陛对趋庭②。金盘对玉箸③，泛梗对浮萍④。群玉圃⑤，众芳亭⑥。旧典对新型⑦。骑牛闲读史⑧，牧豕自横经⑨。秋首田中禾颖重⑩，春余⑪园内菜花馨。旅次凄凉，塞月江风皆惨淡⑫；筵前欢笑，燕歌赵舞独娉婷⑬。

【注释】①泰：平安，安定。今有成语"国泰民安"，指国家太平，人民安乐。

②纳陛对趋庭：纳陛：古代朝廷为某些大臣登殿时特凿的陛级，使登升者不露身，类似于今天的"贵宾专用通道"，这里指登上

台阶。纳,进入。陛,帝王宫殿的台阶。《汉书·王莽传上》:"朱户、纳陛。"唐颜师古注引孟康曰:"纳,内也,谓凿殿基际为陛,不使露也。"趋庭:快步走过庭前。典出《论语·季氏》:"(孔子)尝独立,鲤(指孔鲤,字伯鱼,孔子的儿子)趋(快走)而过庭。曰:'学诗乎?'对曰:'未也。''不学诗,无以言。'鲤退而学诗。他日,又独立,鲤趋而过庭。曰:'学礼乎?'对曰:'未也。''不学礼,无以立。'鲤退而学礼。"后遂以"趋庭"作为子承父教或晚辈受师长教育之典。

③玉箸(zhù):玉制的筷子。唐杜甫《野人送朱樱》:"金盘玉箸无消息,此日尝新任转蓬。"

④泛梗(gěng)对浮萍:泛梗:漂浮的木枝。梗,植物的枝或茎。典出《战国策·齐策三》:"有土偶人(用泥土捏的人)与桃梗(用桃木枝刻的人)相与语。桃梗谓土偶人曰:'子,西岸之土也,挺(揉捏)子以为人,至岁八月,降雨下,淄水至,则汝残矣。'土偶曰:'不然,吾西岸之土也,土则复西岸耳。今子,东国之桃梗也,刻削子以为人,降雨下,淄水至(淄水一来),流子而去(水就会把你冲走),则子漂漂者将何如耳(那时你将不知道漂泊到何处)。'"后遂以"泛梗"比喻四处漂泊。唐贾岛《岐下送友人归襄阳》:"蹉跎随泛梗,羁旅到西州。"浮萍:浮生在水面的萍叶,比喻漂泊不定的人或身世。唐杜甫《又呈窦使君》:"相看万里外,同是一浮萍。"

⑤群玉圃:指群玉山,传说中为西王母的居处。《山海经·西山经》:"玉山,是西王母所居也。"东晋郭璞注:"此山多玉石,因以名云。《穆天子传》谓之'群玉之山'。"或言指杨伯雍种玉为田之事。详见本书上卷"十三元"第二段注释。

⑦。按:"群玉之山"见《穆天子传》卷二:"天子北征东还,乃循黑水。癸巳,至于群玉之山。"

⑥众芳亭:元朝人李巨川建有众芳亭。或曰此非特指,而是指周围种有多种花木的亭子。众芳,百花。北宋林逋《山园小梅》:"众芳摇落独暄妍,占尽风情向小园。"

⑦旧典对新型:旧典:旧日的典章制度。新型:新的类型、法则。

⑧骑牛闲读史:典出《新唐书·李密传》:"李密以蒲鞯(pú jiān,垫在牛背上的蒲草垫子)乘牛,挂《汉书》一帙角上(把一册《汉书》挂在牛角上。帙,读zhì,书的封套,这里书的卷册),行且读。越国公杨素适(正巧,碰巧)见于道,按辔蹑其后(扣着马缰跟随其后。按辔,扣紧马缰使马缓行。蹑,跟踪、跟随),曰:'何书生勤如此?'密识素,下拜。问所读,曰:'《项羽传》。'因与语,奇之。"后遂以"牛角挂书"指人勤奋好学。南宋陆游《对酒》:"牛角挂书何足问,虎头食肉亦非豪。"

⑨牧豕(shǐ)自横经:《后汉书·承宫传》:"(承宫)少孤,年八岁,为人牧豕(放猪)。乡里徐子盛者,以《春秋经》授诸生数百人,宫过息庐下,乐其业,因就听经,遂请留门下,为诸生拾薪(拾柴)。执苦数年,勤学不倦。经典既明,乃归家教授。"后遂以"牧豕听经"作为勤学的典故。横经:横陈经籍,指受业或读书。或言此句用西汉公孙弘事。事见《史记·平津侯主父列传》:"丞相公孙弘者,齐菑川国薛县(今山东寿光市南纪台乡人)人也,字季。少时为薛狱吏,有罪,免。家贫,牧豕海上。年四十余,乃学《春秋》杂说。养后母孝谨。"又《汉书·公孙弘传》:"公孙弘,菑川薛人也。少时为

狱吏,有罪,免。家贫,牧豕海上。年四十余,乃学《春秋》杂说。"按:公孙弘少时"牧豕海上",年四十余乃学《春秋》杂说,其间时岁相隔较大,二者似乎不应并提,故此处应以后汉承宫之事为是。

⑩"秋首"句:秋首:即首秋,指农历七月。禾颖:带芒的谷穗。颖,禾穗。

⑪春余:即余春,残春,暮春。北宋苏轼《司马君实独乐园》:"樽酒乐余春,棋局消长夏。"

⑫"旅次凄凉"二句:旅次:旅行中停留的处所。次,停留,住宿。惨淡:悲惨凄凉。唐岑参《白雪歌送武判官归京》:"瀚海阑干百尺冰,愁云惨淡万里凝。"

⑬"筵前欢笑"二句:筵前:酒席前。燕(yān)歌赵舞:古燕赵之地多出擅长歌舞之歌伎,故曰"燕歌赵舞"。后以泛指美妙的歌舞。唐卢照邻《长安古意》:"罗襦宝带为君解,燕歌赵舞为君开。"娉婷(pīng tíng):姿态美好的样子,此指舞姿优美的样子。

【译文】危与乱相对,太平与安宁相对。登上殿堂的台阶与快步走过庭前相对。金做的盘子与玉制的筷子相对,漂泊的桃枝与浮动的萍叶相对。群玉圃与众芳亭相对。旧日的制度与新定的法则相对。李密边骑牛边读史,承宫边放猪边听经。初秋时节田里的谷穗就已饱满沉重,暮春时分园内的菜花依然散发香气。旅途中心境凄凉,塞月江风都易触发人的悲伤;筵席前心情欢畅,燕歌赵舞都能让人感到优美惬意。

十　蒸

　　蘋对蓼①,芡对菱②。雁弋对鱼罾③。齐纨对鲁缟④,蜀锦对吴绫⑤。星渐没,日初升。九聘对三征⑥。萧何曾作吏⑦,贾岛昔为僧⑧。贤人视履循规矩⑨,大匠挥斤按准绳⑩。野渡春风,人喜乘潮移酒舫⑪;江天暮雨,客愁隔岸对渔灯⑫。

　　【注释】①蘋(pín)对蓼(liǎo):蘋:多年生水生蕨类植物,又称"大萍""田字草"。蓼:水草名,花白色或浅红色,叶味辛,可用以调味。

　　②芡(qiàn)对菱(líng):芡:详见本书下卷"四豪"第一段注释①。菱:水生草本植物,果实有硬壳有角,俗称"菱角"。

　　③雁弋(yì)对鱼罾(zēng):雁弋:射雁的短箭。弋,带绳的短箭。鱼罾:捕鱼的网。罾,一种用木棍或竹竿做支架的方形鱼网。

　　④齐纨(wán)对鲁缟(gǎo):齐纨:齐地出产的白细绢,泛指名贵的丝织品。纨,细绢,细的丝织品。东汉班婕妤《怨歌行》:"新裂齐纨素,皎洁如霜雪。"鲁缟:鲁地出产的轻细白绢,泛指名贵的丝织品。缟,生绢,未经染色的绢。唐杜甫《忆昔·其二》:"齐

纨鲁缟车班班,男耕女桑不相失。"

⑤蜀锦对吴绫(líng):蜀锦:蜀地出产的彩锦,泛指华美名贵的丝织品。锦,有彩色花纹的丝织品。唐杜甫《白丝行》:"缫丝须长不须白,越罗蜀锦金粟尺。"吴绫:吴地出产的一种有纹彩的薄细丝织品,泛指华美名贵的丝织品。绫,一种薄细光滑的丝织品。唐齐己《读李贺歌集》:"清晨醉起临春台,吴绫蜀锦胸襟开。"

⑥九聘对三征:九聘:九次聘请,泛指多次聘请。三征:三次征召,泛指多次征召。此句中的"九""三"皆泛指多次。

⑦萧何曾作吏:萧何曾做过沛县的主吏掾(主管人事的小官)。《汉书·萧何传》:"萧何,沛(县名,今江苏沛县)人也。以文毋害(精通律令文而不以此害人)为沛主吏掾(县令的属吏,负责人事)。高祖为布衣时,数以吏事护高祖。高祖为亭长,常佑(帮助)之。"

⑧贾岛昔为僧:中唐诗人贾岛曾为僧,法名无本,后还俗,登进士第,官长江主簿。元辛文房《唐才子传·贾岛传》:"岛,字阆仙,范阳人也。初,贾岛连败文场,囊箧空甚,遂为浮屠,名无本。来东都,旋往京,居青龙寺。"

⑨"贤人"句:视履:观察其行为。履,踏,引申为行为,行迹。《周易注疏·履》:"视履考祥,其旋元吉。"三国魏王弼注:"祸福之祥,生乎所履处,履之极履道成矣。故可视履而考祥也。"规矩:规,画圆的仪器。矩,画方的工具。《礼记·经解》:"规矩诚设,不可欺以方圆。""规""矩"合用,常代指礼法、法度。

⑩"大匠"句:典出《庄子·徐无鬼》:"郢(yǐng,楚国都城)人垩慢(同'垩墁',读è màn,用石灰涂抹。垩,用以涂饰的白土或石灰。墁,涂抹)其鼻端若蝇翼,使匠石(名为石的巧匠。匠,匠人。

石,匠人的名字)斲之。匠石运斤成风,听(听凭,随意)而斲之,尽垩而鼻不伤,郢人立不失容。"意为郢人在鼻尖上涂了如蝇翼一般薄薄一层白土,让匠石替他削掉,匠石飞快地挥动斧子,呼呼生风,郢人听任其斲削,削净了白土而鼻子完好无损,郢人站在那里面不改色。今有成语"运斤成风",形容技术高妙。大匠:技艺高超的匠人。挥斤:挥动斧子。斤,斧子。准绳:用来测量平直的器具,引申为标准,准则。准,测定平面的水准器。绳,量直线的墨线。

⑪"野渡春风"二句:野渡:荒郊或村野的渡口。酒舫(fǎng):供人载酒游乐的船。舫,船。

⑫渔灯:渔船上的灯火。唐张抃(biàn)《题衡阳泗州寺》:"未知今夜依何处,一点渔灯出苇丛。"

【译文】蘋与蓼相对,芰对菱相对。射雁的短箭与捕鱼的方网相对。齐地产的纨与鲁地产的缟相对,蜀地产的锦与吴地产的绫相对。星渐没与日初升相对。九次聘请与三次征召相对。萧何曾经做过小吏,贾岛曾经出家为僧。贤者为人处世遵循规矩,大匠挥斧制器合乎准则。春风吹拂着郊野的渡口,欢乐的游客趁着涨潮载酒乘船游玩;傍晚的细雨洒落江天,愁闷的游子孤独地凝视着对岸的渔灯。

谈对吐①,谓②对称。冉闵对颜曾③。侯嬴对伯嚭④,祖逖对孙登⑤。抛白纻⑥,宴红绫⑦。胜友对良朋⑧。争名如逐鹿⑨,谋利似趋蝇⑩。仁杰姨惭周不仕⑪,王陵母识汉方兴⑫。句写穷愁,浣花寄迹传工部⑬;诗吟变乱,凝碧伤心叹右丞⑭。

【注释】①吐:口说,陈说。

②谓:称呼,叫作。

③冉闵对颜曾:冉闵:冉求和闵损,皆春秋时鲁国人、孔子弟子。冉求,字子有,性谦退,有才艺,擅长政事,在孔门名列"政事科"。闵损,字子骞,以孝友著称,在孔门中名列"德行科"。颜曾:颜回和曾参,皆春秋时鲁国人、孔子弟子。颜回,字子渊,天资明睿,贫而好学,于孔门弟子中最贤,名列孔门"德行科",后世尊称其为"复圣"。曾参,字子舆,性至孝,孔门晚期最出名的弟子。

④侯嬴对伯嚭(pǐ):侯嬴:战国时魏国人,贤德忠义,慷慨任侠。初为大梁(今河南开封)夷门的守门小吏,后被信陵君迎为上客,帮助信陵君窃符救赵。待到信陵君救赵成功,他却自刎而死。伯嚭:春秋末期楚国人,后奔吴,吴王夫差以为太宰,故又称"太宰嚭"。为人奸佞贪婪,曾受越王勾践贿赂,劝说吴王同越讲和。后勾践灭吴,杀之。

⑤祖逖对孙登:祖逖:字士稚,东晋时期军事家。详见本书下卷"一先"第四段注释④。孙登:字公和,号苏门先生,西晋初年隐士。博才多识,熟读《易经》《老》《庄》之书,善弹一弦琴,与阮籍、嵇康等友善。《晋书·阮籍传》:"籍尝于苏门山遇孙登,与商略终古及栖神导气之术,登皆不应,籍因长啸而退。至半岭,闻有声若鸾凤之音,响乎岩谷,乃登之啸也。"

⑥抛白纻(zhù):获得功名后,抛弃当年作平民时所穿的白纻衣。白纻,白麻布制成的粗布衣服,为平民之衣。纻,纻布,苎麻织成的粗布。北宋王禹偁(chēng)《寄砀山主簿朱九龄》:"利市襕衫(有色官服)抛白纻,风流名纸写红笺。"

⑦宴红绫：典出南宋叶梦得《避暑录话》卷下："唐御膳以红绫饼餤（dàn，有馅的饼类）为重。昭宗光化中，放进士榜，得裴格等二十八人，以为得人。会燕（同'宴'）曲江，乃令太官（掌管膳食的官员）特作二十八饼餤赐之。卢延让在其间。后入蜀为学士。既老，颇为蜀人所易。延让诗素平易近俳，乃作诗云：'莫欺零落残牙齿，曾吃红绫饼餤来。'"后遂"红绫宴"代指进士宴，以"宴红绫"作为考中进士后受到皇帝赐宴恩遇之典。元马祖常《贡院次曹子真尚书韵·其二》："红绫饼餤出宫闱，赐宴恩荣玉殿西。"红绫：即红绫饼餤，古代一种珍贵的饼饵。以红绫裹之，故名。此指红绫宴。明张自烈《正字通·食部》："唐赐进士有红绫餤，南唐有玲珑餤，皆饼也。"

⑧胜友对良朋："胜友""良朋"皆指美好出众的朋友。唐王勃《滕王阁序》："十旬休暇，胜友如云；千里逢迎，高朋满座。"

⑨逐鹿：语出《史记·淮阴侯列传》："秦失其鹿（比喻帝位、政权），天下共逐之，于是高材疾足者先得焉。"后遂以"逐鹿"比喻争夺统治权。这里泛指争夺、相争。

⑩趋蝇：意同"蝇趋"，像苍蝇一样往来飞逐。趋，奔赴，奔向。今有"蝇趋蚁附"，比喻人们见到有吸引力的东西就纷纷奔赴（含贬义）。

⑪"仁杰姨"句：指唐朝狄仁杰为武后相，其姨卢氏有子，杰欲官之，姨曰"止有一子，不欲令其事女主"之事。典出《太平广记·妇人二·卢氏》引《松窗杂录》："狄仁杰之为相也，有卢氏堂姨居于午桥南别墅。姨止有一子，而未尝来都城亲戚家。仁杰每伏腊（伏祭和腊祭之日，或泛指节日）晦朔（农历每月的最后一日和初一日），修礼甚谨。常经雪后休假，仁杰因候卢姨安否。适表弟挟弓矢，携雉

（野鸡）兔而来归，进膳于母，顾揖仁杰，意甚轻简（轻忽简慢）。仁杰因启于姨曰：'某今为相，表弟有何乐从，愿悉力（全力，尽力）从其旨。'姨曰：'相自贵。尔姨止有一子，不欲令其事女主。'仁杰大惭而退。"意为唐朝宰相狄仁杰有个姓卢的堂姨住在午桥之南，狄仁杰每逢节日就去探望。有一次，狄仁杰去探望卢氏，正巧碰见卢氏的儿子打猎回来。狄仁杰说："我今为宰相，表弟如果有什么想做的事，我一定会尽力成全。"卢氏道："宰相自然很显贵，可你姨只有一个儿子，不想让他当官侍奉女主。"狄仁杰感到十分惭愧。周：武则天任女皇时的国号。

⑫"王陵母"句：指楚汉之争时，王陵事汉，其母在楚，知汉必兴，让使者给儿子传话，令其"谨事汉王"之事。事见《史记·陈丞相世家》："王陵者，故沛（县名，今江苏沛县）人，始为县豪，高祖微时，兄事陵。陵少文，任气，好直言。及高祖起沛，入至咸阳，陵亦自聚党数千人，居南阳，不肯从沛公。及汉王之还攻项籍，陵乃以兵属汉。项羽取陵母置军中，陵使至，则东乡（同'向'）坐陵母，欲以招陵。陵母既私送使者，泣曰：'为老妾语陵，谨事汉王。汉王，长者也，无以老妾故，持二心。妾以死送使者。'遂伏剑而死。项王怒，烹陵母。陵卒从汉王定天下。"王陵：生卒年不详，西汉沛人。刘邦起兵时，率众居南阳，后归刘邦，封安国侯。惠帝时官至右丞相。吕后执政，大封吕氏宗族，王陵大加反对，迁任太傅，以称病免。按：在《史记》中，"沛公""汉王""高祖"等称谓皆指刘邦。

⑬"句写穷愁"二句：指唐代诗人杜甫晚年流落蜀中，在成都西郊浣花溪旁建草堂而居之事。浣花：即浣花溪，锦江支流，在今四川成都市西郊。唐诗人杜甫曾在此建草堂而居，世称"浣花草堂"。

寄迹：寄居，暂住。工部：指杜甫。杜甫曾任检校工部员外郎，故后人称之为"杜工部"。

⑭"诗吟变乱"二句：指唐代诗人王维逢安禄山之乱，身陷贼中，作凝碧池诗，以抒发伤感之事。事见《旧唐书·王维传》："禄山陷两都（指唐朝西都长安和东都洛阳），玄宗出幸，维扈从（随侍皇帝出巡）不及，为贼所得。维服药取痢，伪称喑病（诈称哑了。喑，读yīn，哑，不能说话）。禄山素怜之（平素怜爱他），遣人迎置洛阳，拘于普施寺，迫以伪署（强迫他接受伪官）。禄山宴其徒于凝碧宫，其乐工皆梨园弟子、教坊工人。维闻之悲恻（悲伤），潜（暗中，私底下）为诗曰：'万户伤心生野烟，百官何日再朝天？秋槐花落空宫里，凝碧池头奏管弦。'贼平，陷贼官三等定罪（陷没在叛贼中的官分三等定罪）。维以《凝碧诗》闻于行在（皇帝驻跸之地），肃宗嘉之（肃宗称赏他）。"右丞：指王维。王维曾官尚书右丞，故后人称之为"王右丞"。

【译文】 谈论与陈说相对，叫作与称呼相对。冉求、闵损与颜回、曾参相对。战国时的忠义之士侯嬴与春秋时的奸佞之臣伯嚭相对，东晋将领祖逖与西晋隐士孙登相对。获得功名后抛弃平民所穿的白纻衣衫，考中进士后食用皇帝赐予的红绫饼餤。才华出众的朋友与风度美好的朋友相对。像追逐野鹿一样争夺名声，像趋臭苍蝇一样谋求利益。狄仁杰的堂姨因对武周王朝不满而不让儿子出仕，王陵的母亲因为知道刘汉必兴而令儿子谨事汉王。杜甫流落蜀中，在寄居的浣花草堂里写下许多穷愁的诗句；王维被迫出任伪官，在凝碧池头伤心地吟出感叹变乱的悲恻诗篇。

十一 尤

荣对辱,喜对忧。缱绻对绸缪①。吴娃对越女②,野马对沙鸥。茶解渴,酒消愁。白眼对苍头③。马迁修史记④,孔子作春秋⑤。莘野耕夫闲举耜⑥,磻溪渔父晚垂钓⑦。龙马游河,羲圣因图而画卦⑧;神龟出洛,禹王取法以明畴⑨。

【注释】①缱绻(qiǎn quǎn)对绸缪(chóu móu):"缱绻""绸缪"皆形容感情深厚或情意缠绵。北宋王安石《解使事泊棠阴时三弟皆在京师》:"久留非可意,欲去犹缱绻。"西汉李陵《与苏武诗·其二》:"独有盈觞酒,与子结绸缪。"

②吴娃对越女:吴娃:吴地的美女。娃,美女。越女:越地的美女。

③白眼对苍头:白眼:斜视对方时出现白眼珠,表示对人的轻视。典出《晋书·阮籍传》:"籍又能为青白眼,见礼俗之士,以白眼对之。及嵇喜来吊,籍作白眼,喜不怿(yì,欢喜)而退。喜弟康(即嵇康)闻之,乃赍(jī,携带)酒挟琴造焉,籍大悦,乃见青眼(看人时

黑色的眼珠在眼眶中间,即正眼视人,表示对对方的喜爱或器重。青,黑色)。"苍头:头发斑白的老人。苍,灰白。唐王维《送高判官从军赴河西序》:"苍头老将,持汉节以临戎;白面书生,坐胡床而破贼。"另,古代也称奴仆为"苍头"。《汉书·鲍宣传》:"使奴从宾客浆酒霍肉,苍头庐儿皆用致富。"唐颜师古注引孟康曰:"汉名奴为苍头,非纯黑,以别于良人也。"另,古时有些军队以青巾裹头,称"苍头军",简称"苍头"。《史记·项羽本纪》:"少年欲立婴便为王,异军苍头特起。"南朝宋裴骃集解引应劭曰:"苍头特起,言与众异也。苍头,谓士卒皂(黑色)巾,若赤眉、青领,以相别也。"

④马迁修史记:西汉史学家司马迁,字子长,著有《史记》。《史记》是我国第一部纪传体通史,记载了自黄帝时代至汉武帝太初四年间共三千多年的历史。全书包括十二本纪、三十世家、七十列传、十表、八书,共一百三十篇,五十二万六千五百余字。鲁迅先生称赞此书为"史家之绝唱,无韵之《离骚》"。

⑤孔子作春秋:春秋时思想家孔子参照鲁史而作《春秋》。《春秋》是我国第一部编年体史书,记载了自鲁隐公元年至鲁哀公十四年共二百四十二年的历史。该书叙事极为简练,几乎每个句子都暗含褒贬之意,故后人刘勰在《文心雕龙·史传》里这样称赞此书:"褒见一字,贵逾轩冕;贬在片言,诛深斧钺。"

⑥"莘(shēn)野"句:相传商汤时的宰相伊尹最初耕作于有莘国之野,汤使人聘迎之,委任以国政,其后伊尹辅佐商汤讨伐夏桀,建立商朝。《孟子·万章上》:"伊尹耕于有莘之野。"东汉赵岐注:"有莘,国名。伊尹初隐之时,耕于有莘之国。"后遂以"莘野"借指隐居之所。耜(sì):古代的翻土工具。按:伊尹隐耕于莘野之

事唯见于《孟子》,查《史记》,但言其为"处士",并未言其"耕于莘野"。《史记·殷本纪》:"伊尹名阿衡。阿衡欲奸(求见)汤而无由,乃为有莘氏媵臣(随嫁的臣仆。媵,读yìng,随嫁),负鼎俎(鼎和俎,泛指割烹的用具。俎,zǔ,菜板、肉板),以滋味说汤,致于王道。或曰,伊尹处士(隐士),汤使人聘迎之,五反(使者五次往返。反,同'返')然后肯往从汤,言素王(上古帝王)及九主(古代的九位君主,说法不一,一种说法是指三皇、五帝、夏禹)之事。汤举任以国政。"

⑦"磻(pán)溪"句:指吕尚垂钓于渭水,后被周文王礼聘为太师之事。详见本书上卷"一东"第三段注释⑧。磻溪:水名,在今陕西宝鸡市东南,相传是吕尚未遇周文王时的垂钓之处。《韩诗外传》卷七:"吕望行年五十,卖食棘津,年七十,屠于朝歌,九十乃为天子师,则遇文王也。"卷八:"太公望少为人婿,老而见去,屠牛朝歌,赁於棘津,钓于磻溪。"

⑧"龙马游河"二句:相传龙马自黄河中出而献图,伏羲据之画成八卦。事见《礼记·礼运》:"河出马图。"唐孔颖达疏引《尚书中侯·握河纪》:"伏羲氏有天下,龙马负图出于河,遂法之,画八卦。"龙马:神话传说中兼具龙、马形态的动物。羲圣:指伏羲氏,上古"三皇"之一,传说是他发明创造了八卦。按:此二句之注解亦可参见本书上卷"六鱼"第二段注释⑬。

⑨"神龟出洛"二句:相传神龟自洛水负书而出,大禹据此制定《洪范九畴》。洛:洛水,黄河下游支流,主河段位于河南洛阳。取法:取以为法则,效法。畴:类,此指《洪范九畴》,传说是天帝命令神龟带给大禹的治理天下的九类大法。事见《尚书·周书·洪范》:

"天乃锡（通'赐'）禹洪范九畴（九种大法），彝伦攸叙（治国的常理因此定了下来。彝伦，常理，常道）。初一曰五行，次二曰敬用五事（认真做好五件事），次三曰农用八政（努力施行八种政务），次四曰协用五纪（合用五种记时方法），次五曰建用皇极（建立君主的法则），次六曰乂用三德（治民用三种德行。乂，yì，治理，安定），次七曰明用稽疑（明用稽考疑难的方法），次八曰念用庶征（经常思虑各种征兆。庶征，各种征候），次九曰向用五福、威用六极（用五福和六极劝诫臣民）。"旧题西汉孔安国撰《尚书传》："天与禹，洛出书，神龟负文而出，列于背，有数至于九。禹遂因而第之，以成九类。"又，《后汉书·五行志》："禹治洪水，得赐'洛书'，法而陈之，《洪范》是也。"按：此二句之注解亦可参见本书上卷"六鱼"第二段注释⑬。

【译文】荣与辱相对，欢喜与忧愁相对。缱绻与绸缪相对。吴地的美女与越地的佳人相对，野马与沙鸥相对。茶可解渴与酒能消愁相对。露出白眼珠与有了白头发相对。司马迁著有《史记》，孔子作有《春秋》。伊尹曾在莘野悠闲地举耜耕田，吕尚曾在磻溪自在地垂钩钓鱼。龙马自黄河负图而出，伏羲据此画成八卦；神龟从洛水负书而出，大禹据此制定九畴（治理天下的九类大法）。

冠对履①，舄对裘②。院小对庭幽。面墙对膝地③，错智对良筹④。孤嶂⑤耸，大江流。方泽对圆丘⑥。花潭来越唱⑦，柳屿起吴讴⑧。莺懒燕忙三月雨，蛩摧蝉退一天秋。钟子听琴，荒径入林山寂寂⑨；谪仙捉月，洪涛接岸水悠悠⑩。

【注释】①冠对履：冠：帽子。履：鞋子。

②舄（xì）对裘：舄：古代的一种木底鞋，多为富家贵族所穿。西晋崔豹《古今注》："舄，以木置履下，干腊不畏泥湿也。"裘：皮毛大衣。东汉许慎《说文》："裘，皮衣也。"

③面墙对膝地：面墙：面对墙壁，一无所见。语出《尚书·周官》："不学墙面，莅事（临事，遇到事情）惟烦。"意为人不学习如同面对墙壁什么也看不见，遇事就会烦乱。旧题孔安国传："人而不学，其犹正墙面而立，临政事必烦。"后遂以"面墙"比喻不学而识见浅薄。膝地：两膝着地。唐黄滔《丈六金身碑》："檀信（修檀行的信士，犹施主）及门而膝地，童耋（童子与老人。耋，读dié，本义指七八十岁的老人，此泛指老人）遍城而掌胶（双掌紧紧相合。双掌相合，如用胶粘住，故称）。"

④错智对良筹：错智：西汉政治家晁错善辩多智，人称"智囊"。《史记·袁盎晁错列传》："晁错，颍川人也。……以文学为太常掌故。错为人峻直刻深。孝文帝时……诏以为太子舍人、门大夫、家令。以其辩得幸太子，太子家号曰'智囊'。"良筹：指张良借箸为刘邦筹划之事。详见本书下卷"四豪"第三段注释⑤。另，刘邦曾赞扬张良"夫运筹策帷帐之中，决胜于千里之外，吾不如子房"（《史记·高祖本纪》）。后以"良筹"代指良策、妙计。

⑤孤嶂（zhàng）：孤立的高山。嶂，高险如屏障的山。唐杜甫《登兖州城楼》："孤嶂秦碑在，荒城鲁殿余。"

⑥方泽对圆丘：方泽：即方丘，古代祭祀土地神的方坛。因设于泽中，故称。圆丘：古代祭天的圆形高坛，今北京尚存之，曰"天坛"。《广雅·释天》："圆丘大坛，祭天也；方泽大折（大折，谓为坛

于昭晰地也。折，曲也。言方泽之形，四面曲折也），祭地也。"按：此句有版本作"芳泽对园丘"，亦可。芳泽：古代妇女用以洗发或润肤的香脂香膏，后用作妇女的代称。《列子·周穆王》："施芳泽，正蛾眉。"园丘：园中的小山。若取"芳泽对园丘"，则属借对，即表面上用的是"泽"字的"沼泽"之义与"园丘"相对，而实际上却是用的它的"香脂香膏"之义。译文从"方泽对圆丘"。另，"泽"在平水韵里属入声"十一陌"，故此处可与"丘"相对。

⑦越唱：越地的歌曲。

⑧柳屿（yǔ）起吴讴：柳屿：种有许多柳树的小岛。屿，小岛。吴讴：吴地的民歌。讴，民歌，歌谣。

⑨"钟子听琴"二句：详见本书上卷"七虞"第一段注释⑩。

⑩"谪仙捉月"二句：民间传说，唐代诗人李白酒醉后，于牛渚矶（又名"采石矶"，在今安徽省马鞍山市西南长江边）捉月落水而死。事见五代王定保《唐摭言》："李白著宫锦袍，游采石江中，傲然自得，旁若无人，因醉，入水中捉月而死。"另，北宋赵令畤（zhì）《侯鲭（qīng）录》卷六："李白坟，在太平州采石镇民家菜圃中，游人亦多留诗。然州之南有青山，乃有正坟。……世传太白过采石，酒狂捉月。窃意当时槁殡于此。"南宋周必大《二老堂杂志》卷五："世传太白因醉溺江，故有捉月台。而梅圣俞诗云：'醉中爱月江底悬，以手弄月身翻然；不应暴落饥蛟涎，便当骑鲸上青天。'盖信此而为之说也。"元辛文房《唐才子传》："白晚节好黄、老，渡牛渚矶，乘酒捉月，沉水中。"谪仙：指李白。详见本书上卷"五微"第三段注释⑪。洪涛：大的波涛。按：李白捉月溺水而死之事，仅为传说，非事实。《旧唐书·李白传》："永王谋乱，兵败。白坐，长流夜

郎。后遇赦，得还，竟以饮酒过度，醉死于宣城。"《新唐书·李白传》："白晚好黄老，度牛渚矶至姑孰，悦谢家青山，欲终焉。及卒，葬东麓。"二书均未言其捉月而死。至于李白是否捉月而死，南宋洪迈辩之最详。洪迈《容斋随笔卷三·李太白》："世俗多言李太白在当涂采石，因醉泛舟于江，见月影俯而取之，遂溺死，故其地有捉月台。予按李阳冰作太白草堂集序云：'阳冰试弦歌于当涂，公疾亟，草稿万卷，手集未修，枕上授简，俾为序。'又李华作太白墓志，亦云：'赋临终歌而卒。'乃知俗传良不足信，盖与谓杜子美因食白酒牛炙而死者同也。"可知，李白捉月而死之事，妄传也。

【译文】帽子与鞋子相对，重木底鞋与皮毛大衣相对。院小与庭幽相对。面对墙壁与双膝着地相对，晁错富有智慧与张良善于筹划相对。高山耸立与大江奔流相对。祭祀地神的方坛与祭祀天神的圆坛相对。种有鲜花的水潭边有人唱着越地的歌曲，栽有密柳的岛屿上有人唱着吴地的歌谣。在莺闲燕忙中迎来三月的细雨，在蛩鸣蝉唱中送走一季的凉秋。荒径入林，空山寂寂，钟子期躲在柳阴深处听俞伯牙弹琴；江水悠悠，巨涛拍岸，谪仙李白醉酒后在牛渚矶捉月溺水而亡。

　　鱼对鸟，鸽对鸠。翠馆对红楼①。七贤对三友②，爱日对悲秋。虎类狗③，蚁如牛④。列辟对诸侯⑤。陈唱临春乐⑥，隋歌清夜游⑦。空中事业麒麟阁⑧，地下文章鹦鹉洲⑨。旷野平原，猎士马蹄轻似箭；斜风细雨，牧童牛背稳如舟⑩。

　　【注释】①翠馆对红楼："翠馆""红楼"皆指富家女子的住

处,或代指青楼妓院。南宋吴文英《花心动》:"翠馆朱楼,紫陌青门,处处燕莺晴昼。"唐李商隐《春雨》:"红楼隔雨相望冷,珠箔飘灯独自归。"

②七贤对三友:七贤:指竹林七贤。详见本书下卷"三肴"第三段注释④。三友:指益者三友,即友直,友谅,友多闻。详见本书上卷"十一真"第二段注释⑧。或言指松、竹、梅,俗称"岁寒三友"。南宋辛弃疾《念奴娇》:"松篁佳韵,倩君添作三友。"

③虎类狗:典出东汉马援《诫兄子严敦书》:"龙伯高(人名,马援的朋友)敦厚周慎,口无择言(说出的话没有什么可以指责的。择,同'怿',败坏),谦约节俭,廉公有威,吾爱之重之,愿汝曹效之。杜季良(人名,马援的朋友)豪侠好义,忧人之忧,乐人之乐,清浊无所失(交友不问善恶,无论什么人都结交)。父丧致客,数郡毕至。吾爱之重之,不愿汝曹效也。效伯高不得,犹为谨敕(谨慎)之士,所谓刻鹄不成尚类鹜(比喻相差不远。鹄,读hú,天鹅。鹜,读wù,野鸭)者也。效季良不得,陷为天下轻薄子,所谓画虎不成反类狗者也。"后遂以"画虎类狗""画虎类犬"等比喻模仿不到家,反而不伦不类。

④蚁如牛:典出《晋书·殷仲堪列传》:"仲堪父尝患耳聪(听觉敏锐),闻床下蚁动,谓之牛斗。"意为东晋殷仲堪的父亲得了一种听觉特别灵敏的心悸病,听到床下蚂蚁的动静,就以为是牛在相斗。后遂以"蚁斗"或"耳虚闻蚁"形容身体虚弱。北宋苏轼《次韵乐著作野步》:"眼晕见花真是病,耳虚闻蚁定非聪。"按:此事亦见《世说新语·纰漏》:"殷仲堪父病虚悸(体虚心悸),闻床下蚁动,谓是牛斗。"

⑤列辟：在古文献中有二义，一指各位诸侯（后借指公卿百官），一指历代君主。列，诸位，各位。辟，古称天子或诸侯为"辟"。从后文的"诸侯"来看，取第一义的可能性较大，故此处取第一义。

⑥陈唱临春乐：南朝陈后主荒淫，常与贵妃、文臣等游戏宴乐，并制有《玉树后庭花》《临春乐》等曲，令宫女习而歌之。事见《南史·张贵妃传》："后主每引宾客，对贵妃等游宴，则使诸贵人及女学士与狎客共赋新诗，互相赠答，采其尤艳丽者，以为曲调，被以新声。选宫女有容色者以千百数，令习而歌之，分部迭进，持以相乐。其曲有《玉树后庭花》《临春乐》等。"陈：指南朝陈后主。详见本书上卷"十五删"第一段注释⑧。

⑦隋歌清夜游：隋炀帝作有《清夜游曲》，在游玩时常令宫女于马上奏之。事见《资治通鉴·隋纪四》："上（指隋炀帝）好以月夜从宫女数千骑游西苑，作《清夜游曲》，于马上奏之。"隋：指隋炀帝杨广。

⑧麒麟阁：汉代阁名，在未央宫中。西汉宣帝曾令人图画霍光、赵充国等十一功臣像于阁上，以表彰其功绩。典见《汉书·李广苏建列传》："甘露三年……上思股肱之美，乃图画其人于麒麟阁，法其形貌，署其官爵姓名。唯霍光不名，曰大司马大将军博陆侯姓霍氏，次曰卫将军富平侯张安世，次曰车骑将军龙额侯韩增，次曰后将军营平侯赵充国……皆有功德，知名当世，是以表而扬之，明著中兴辅佐……凡十一人，皆有传。"此句言"空中事业麒麟阁"者，是说霍光等人虽然勋绩卓著，享有功名富贵，然而这些终究是空中楼阁，过眼烟云，到头来不过是一场虚幻而已。按："麒麟阁"名称之来历，唐颜师古

注引张晏曰:"武帝获麒麟时作此阁,图画其像于阁,遂以为名。"

⑨鹦鹉洲:长江中的沙洲名,在今湖北省武汉市西南。相传是东汉末年文人祢衡写出《鹦鹉赋》的地方,故名"鹦鹉洲"。又传,祢衡被黄祖杀死后,葬于此。《后汉书·祢衡传》:"祢衡字正平,平原般(今山东临邑)人也。少有才辩,而尚气刚傲,好矫时慢物。……后复侮慢(对人轻忽,态度傲慢)于表(指刘表),表耻不能,,以江夏太守黄祖性急,故送衡与之。祖长子射尤善于衡。射时大会宾客,人有献鹦鹉者,射举卮(zhī,古代盛酒的器皿)于衡曰:'愿先生赋之。'衡揽笔而作,文无加点,辞采甚丽。"此句言"地下文章鹦鹉洲"者,是说祢衡虽死,埋于地下,然其才名文章却依然卓著不朽,流传世间,使得这块地方也因他的《鹦鹉赋》而得名"鹦鹉洲"。

⑩"斜风细雨"二句:斜风细雨:语出唐张志和《渔歌子》:"青箬笠,绿蓑衣,斜风细雨不须归。"牧童牛背稳如舟:化用南宋陆游《牧牛儿》:"溪深不须忧,吴牛自能浮。童儿踏牛背,安稳如乘舟。"

【译文】鱼与鸟相对,鸽与鸠相对。"翠馆"指佳人的居所与"红楼"指女子的住房相对。竹林七贤与益者三友(正直的朋友、诚信的朋友、见多识广的朋友)相对,爱惜时日与伤感秋景相对。画虎不成反类狗与闻蚁动静如牛斗相对。百官与诸侯相对。陈后主常命人演唱《临春乐》,隋炀帝常让人演奏《清夜游》。虽然霍光等人被图画于麒麟阁,但他们的事业终究是一场虚幻;虽然祢衡被埋葬于鹦鹉洲,但他的才名文章却依旧卓著不朽、流传世间。猎士骑着骏马在旷野平原上奔驰,马蹄轻捷得好像飞箭一般;牧童骑着水牛在斜风细雨中渡河,牛背平稳得犹如小船一样。

十二 侵

歌对曲,啸对吟①。往古对来今②。山头对水面,远浦对遥岑③。勤三上④,惜寸阴⑤。茂树对平林⑥。卞和三献玉⑦,杨震四知金⑧。青皇⑨风暖催芳草,白帝城高急暮砧⑩。绣虎雕龙,才子窗前挥彩笔⑪;描鸾刺凤,佳人帘下度金针⑫。

【注释】①啸对吟:啸:撮口作声。东汉许慎《说文》:"啸,吹声也。"吟:咏叹,诵读。

②往古对来今:往古:古昔,从前。来今:现今,今世。今有成语"古往今来",指从古到今。

③远浦(pǔ)对遥岑(cén):远处的水岸。浦,水边,水岸。隋诸葛颖《奉和出颖至淮应令诗》:"遥村含水气,远浦澄天色。"遥岑:远处陡峭的小山。岑,小而高的山。南宋辛弃疾《水龙吟》:"遥岑远目,献愁供恨,玉簪螺髻。"

④勤三上:典出北宋欧阳修《归田录》卷二:"余平生所作文章,多在三上,乃马上、枕上、厕上也。盖惟此尤可以属思(构思)尔。"三上:指马上、枕上、厕上。

⑤惜寸阴：珍惜时间。语出《晋书·陶侃传》："常语人曰：'大禹圣者，乃惜寸阴，至于众人，当惜分阴，岂可逸游荒醉，生无益于时，死无闻于后，是自弃也。'"寸阴：比喻短暂的时间。《淮南子·原道训》："圣人不贵尺之璧，而重寸之阴，时难得而易失也。"按："禹惜寸阴"之事，西晋皇甫谧《帝王世纪》及《晋书·祖纳传》亦有所载。《帝王世纪》："尧命（禹）以为司空，继鲧（gǔn）治水，乃劳身勤苦，不重径尺之璧，而爱日之寸阴。"《晋书·祖纳传》："纳好弈棋，王隐谓之曰：'禹惜寸阴，不闻数棋。'"

⑥平林：平原上的林木。唐李白《菩萨蛮》："平林漠漠烟如织，寒山一带伤心碧。"

⑦卞和三献玉：指春秋时楚人卞和献玉璞于楚王，三献而两刖其足，卞和乃抱玉璞哭于楚山下之事。详见本书下卷"八庚"第二段注释⑦。

⑧杨震四知金：典出《后汉书·杨震传》："（杨震）举茂才（即秀才），迁东莱太守。当之郡，道经昌邑（古县名），故所举荆州茂才王密为昌邑令，谒见（拜见。谒，读yè），至夜怀金十斤以遗（赠给）震。震曰：'故人知君，君不知故人，何也？'密曰：'暮夜无知者。'震曰：'天知，神知，我知，子知。何谓无知！'密愧而出。"杨震：字伯起，弘农华阴(今陕西华阴)人，东汉名臣。历任荆州刺史、东莱太守、司徒、太尉等职。为官公正廉明，不接受私人请托。后因上疏直言时政之弊，触犯权宦，遭到罢免。回乡途中，饮毒酒自尽。

⑨青皇：又称"东皇""青帝"，传说中位于东方的司春之神。南宋黄公度《雨后行花圃》："生意遍宇宙，尽托青皇恩。"

⑩"白帝城高"句：语出唐杜甫《秋兴其一》："寒衣处处催刀

尺，白帝城高急暮砧。"白帝城：在今四川省奉节县东白帝山。东汉初公孙述据此筑城，自称"白帝"，故以为名。暮砧（zhēn）：黄昏时捣衣的砧声。此言"急暮砧"者，是说"黄昏时捣衣的砧声很紧"。砧，捣衣石，此指捣衣的砧声。

⑪"绣虎雕龙"二句：绣虎：三国曹植才思横溢，号为"绣虎"。宋曾慥《类说》卷四引《玉箱杂记》："曹植七步成章，号绣虎。"绣，谓其文采华美；虎，谓其才气雄杰。后遂以"绣虎"喻指才气横溢、文采华丽的人。雕龙：战国时齐国辩士驺奭（shì）善于修饰文辞，若雕镂龙纹，人称"雕龙"。后喻指能对字句精雕细琢而文辞优美的人。《史记·孟子荀卿列传》："驺衍（人名，战国时齐国人，好以"五行阴阳"之说解释社会历史的变迁和王朝的盛衰存亡）之术迂大而闳辩，奭（即驺奭）也文具难施；淳于髡（人名，战国时齐国人，为人博学多才，滑稽多辩。髡，读kūn）久与处，时有得善言。故齐人颂曰：'谈天衍，雕龙奭，炙毂过（烘热车上的油膏，使流油以润滑车轴。比喻言语流畅风趣。过，通'輠'，古时车上盛贮油膏的器具）髡。'"南朝宋裴骃《史记集解》引刘向《别录》："驺奭修衍之文，饰若雕镂龙文，故曰'雕龙'。"彩笔：用南朝江淹之典。详见本书上卷"四支"第一段注释⑤。

⑫金针：针的美称，不一定实指用金制成的针。《敦煌曲子词·倾杯乐》："时招金针，拟貌舞凤飞鸾。"或曰，此处之"金针"用"金针度人"之典。唐冯翊子《桂苑丛谈·史遗》："（采娘）七夕夜陈香筵祈于织女。是夕梦云舆雨盖，蔽空驻车，命采娘曰：'吾织女，祈何福？'曰：'愿丐（乞，求）巧耳。'乃遗一金针，长寸余，缀于纸上，置裙带中，令三日勿语，汝当奇巧。"后遂以"金针"比喻秘法、

诀窍。金元好问《论诗绝句·其三》:"鸳鸯绣了从教看,莫把金针度与(交给,递给,引申为传授、传给)人。"按:此处之"金针",但取一般之解释即可,不必强行掘其典故出处,如若不然,恐不合句义之外,亦且有夹缠不清之失矣。

【译文】歌与曲相对,啸与吟相对。古昔与现今相对。山头与水面相对,远水与遥山相对。欧阳修在马上、枕上、厕上勤奋构思,大禹爱惜每一寸珍贵的光阴。茂盛的树木与平原的林木相对。三次献玉的卞和曾经抱玉哭泣,认为有"四知"的杨震坚决拒受贿金。初春时司春的青皇用温暖的和风催发了芬芳的花草,黄昏时白帝城上捣制寒衣的砧声一阵紧似一阵。才子们在窗前挥笔作文,施展出"绣虎雕龙"般的文才;佳人们在帘下引针穿线,描刺出青鸾彩凤样的图案。

登对眺①,涉对临②。瑞雪对甘霖③。主欢对民乐,交浅对言深④。耻三战⑤,乐七擒⑥。顾曲对知音⑦。大车行槛槛⑧,驷马聚骎骎⑨。紫电青虹腾剑气⑩,高山流水识琴心⑪。屈子怀君,极浦吟风悲泽畔⑫;王郎忆友,扁舟卧雪访山阴⑬。

【注释】①眺:望,往远处看。

②涉对临:涉:蹚水过河,泛指渡水。临:到,至。今有成语"登山临水",指游览山水。

③甘霖:适时好雨。霖,本义指久下不停的雨,后泛指雨。

④交浅对言深:交浅:交情浅。言深:深谈,说出心里话。语出《战国策·赵策四》:"客有见人于服子者,已而请其罪。服子曰:

'公之客独有三罪:望我而笑,是狎(xiá,亲近而态度不庄重)也;谈语而不称师,是倍(同'悖',悖礼,无礼)也;交浅而言深,是乱也。'客曰:'不然。夫望人而笑,是和也;言而不称师,是庸说(平常的议论)也;交浅而言深,是忠也。'"

⑤耻三战:指春秋时鲁国曹沫为将,与齐战,三战三败,失地五百里,沫以为耻,后齐、鲁会盟,沫执短刀劫齐桓公,强迫齐桓公答应"尽归鲁之侵地"之事。事见《史记·刺客列传·曹沫》:"曹沫者,鲁人也,以勇力事鲁庄公。庄公好力。曹沫为鲁将,与齐战,三落败。鲁庄公惧,乃献遂邑的地方以和。犹复认为将。齐桓公许与鲁会于柯而盟。桓公与庄公既盟于坛上,曹沫执短刀劫齐桓公,桓公上下莫敢动,而问曰:'子将何欲?'曹沫曰:'齐强鲁弱,而强国侵鲁亦甚矣。今鲁城坏即压齐境,君其图之。'桓公乃许尽归鲁之侵地(尽数归还侵占鲁国的土地)。既已言,曹沫投其短刀,下坛,北边就臣子之职,色调不会改变,辞令如顾。桓公怒,欲倍其约。管仲曰:'不能。夫贪蝇头小利以自快,弃信于诸侯国,失天地之援,比不上与之。'于是桓公乃遂割鲁侵地,曹沫三战所亡地尽复予鲁。"

⑥乐七擒:指诸葛亮征南夷,七次生擒酋长孟获,又七次释放,最终使其心悦诚服,不复背叛之事。事见南朝宋裴松之注《三国志·蜀志·诸葛亮传》"亮率众南征,其秋悉平"引《汉晋春秋》曰:"亮至南中,所在战捷。闻孟获者,为夷、汉所服,募生致之。既得,使观于营陈之间,问曰:'此军何如?'获对曰:'向者不知虚实,故败。今蒙赐观看营陈,若只如此,即定易胜耳。'亮笑,纵使更战,七纵七禽(同'擒'),而亮犹遣获。获止不去,曰:'公,天威也,南人不复反矣。'"后遂以"七擒"或"七纵七擒"比喻善于运用策略,

使对方心服。按：诸葛亮七擒孟获之事，《三国演义》中也有精彩的记载，虽为小说家之言，亦不妨聊备一说，翻阅怡情。读者可自行察看。

⑦顾曲对知音：顾曲：典出《三国志·吴书·周瑜传》："瑜少精意于音乐，虽三爵（三杯酒。爵，雀形酒杯）之后，其有阙误（缺误，错误），瑜必知之，知之必顾，故时人谣曰：'曲有误，周郎顾。'"后遂以"顾曲""周郎顾"等作为通晓音乐之典。知音：通晓音律。典出《列子·汤问篇》："伯牙善鼓琴，钟子期善听。伯牙鼓琴，志在登高山。钟子期曰：'善哉！峨峨兮若泰山！'志在流水。钟子期曰：'善哉！洋洋兮若江河！'伯牙所念，钟子期必得之。"后遂以"知音"喻指知己好友或能对作品做出深刻而正确的鉴赏的人，以"高山流水"作为知音相赏或乐曲高妙之典。

⑧大车行槛槛（kǎn kǎn）：语出《诗经·王风·大车》："大车槛槛，毳衣（毛毡，此指车上的帐篷。毳，读cuì，兽的毛皮）如菼（tǎn，青绿色的荻，此形容车篷的颜色）。"此二句意为大车奔驰声隆隆，青色毛毡做车篷。大车：古代用牛拉货的车。槛槛：车行声。

⑨驷马聚骎骎（qīn qīn）：语出《诗经·小雅·四牡》："驾彼四骆，载骤骎骎。"此二句意为驾驶着四骆马车，马儿跑得轻快。驷马：同驾一车的四马。驷，古称同驾一车的四马或由四马所驾的车为"驷"。骎骎：形容马跑得很快的样子。

⑩"紫电青虹"句："紫电""青虹"皆古代宝剑名。西晋崔豹《古今注·舆服》："吴大皇帝有宝刀三，宝剑六：一曰白虹，二曰紫电……"明于谦《秋兴用陈绣衣韵》："黄鹄摩云壮气增，青虹贯斗剑光腾。"或言"紫电""青虹"皆形容宝剑的光芒。从句义来看，后

一种解释较为恰当,故取后义。

⑪"高山流水"句:详见上文注释⑦。

⑫"屈子怀君"二句:详见本书下卷"四豪"第三段注释⑫。极浦:遥远的水滨。战国楚屈原《九歌·湘君》:"望涔阳兮极浦,横大江兮扬灵。"东汉王逸注:"极,远也;浦,水涯也。"泽畔:水泽边。

⑬"王郎忆友"二句:详见本书上卷"十灰"第二段注释④。扁(piān)舟:小船。按:王徽之居山阴,访戴逵于剡,而此言"访山阴",乃用典之误。另,卧雪乃安贫清高之典,用于此处不切。又,卧雪乃静态,"访山阴"为动态,岂有一边卧雪一边出访者乎?此句颇为杂凑。

【译文】登高与眺远相对,渡河与临水相对。应时的好雪与适时的好雨相对。君主欢喜与民众安乐相对,交情浅与言谈深相对。曹沫三败于齐后心以为耻,孟获七次被擒后甘心归降。周公瑾能听出琴曲中出现的错误,钟子期能听出琴音中蕴含的情志。牛拉的货车行驶时发出槛槛之声,驾车的四马奔驰时速度十分疾快。看见宝剑腾耀出紫电青虹般的光芒,听出琴音蕴含高山流水的优雅情志。楚国大夫屈原怀想国君,孤独地行走在远浦泽畔对风悲吟;住在山阴的王徽之思念好友,在雪夜坐着小舟乘兴而往。

十三 覃

宫对阙①,座对龛②。水北对天南③。蜃楼对蚁郡④,伟论对高谈⑤。遴杞梓⑥,树梗楠⑦。得一对函三⑧。八宝珊瑚枕⑨,双珠玳瑁簪⑩。萧王待士心惟赤⑪,卢相欺君面独蓝⑫。贾岛诗狂,手拟敲门行处想⑬;张颠草圣,头能濡墨写时酣⑭。

【注释】①阙(què):宫门前两边供瞭望的楼台,常代指宫殿。

②龛(kān):供奉佛像、神位等的小石室或小阁子。

③天南:遥远的南方,泛指南方。今有成语"海北天南",形容距离很远。唐刘禹锡《洛中逢韩七中丞之吴兴口号·其一》:"海北天南零落尽,两人相见洛阳城。"

④蜃楼对蚁郡:蜃楼:蜃,古书上的一种蛟龙。古人认为,其所吐之气,能幻化为楼阁,即所谓之"海市蜃楼(实际上是光线经过海面空气时折射出的幻影)"。《康熙字典》引《本草》(即《本草纲目》)曰:"蜃,蛟之属,其状亦似蛇而大,有角如龙状,红鬣(鱼颔旁的鳍),腰以下鳞尽逆,食燕子。能吁气成楼台城郭之状,将

雨即见，名蜃楼，亦曰海市。其脂和蜡作烛，香闻百步，烟中亦有楼台之形。"或曰"蜃"指大蛤蜊。《礼·月令》："雉（野鸡）入大水为蜃。"东汉郑玄注："大蛤曰蜃。"《国语·晋语九》："赵简子叹曰：'雀入于海为蛤，雉入于淮为蜃。鼋鼍鱼鳖，莫不能化，唯人不能。哀夫！'"三国吴韦昭注曰："小曰蛤，大曰蜃。皆介物（有甲壳的动物），蚌类也。"蚁郡：蚁穴的美称。据唐李公佐《南柯太守传》载，有个叫淳于棼（fén）的人，醉后梦游槐安国，国王以女妻之，并任职南柯郡太守，"荣耀显赫，一时之盛"。后出征失败，公主亦死，被遣回。醒后见槐树下有蚁穴，以斧劈之，里面是用土堆成的亭台楼阁，即梦中所历槐安国。旁有一土城，即梦中之南柯郡。

⑤伟论对高谈："伟论""高谈"皆指高明的言论或谈吐。南宋吴芾（fú）《送王舍人彦正奉祠东归》："伟论峥嵘从古少，高怀恬退似君稀。"西晋陆机《拟今日良宴会诗》："高谈一何绮，蔚若朝霞烂。"

⑥遴（lín）杞梓（qǐ zǐ）：比喻选拔贤才。遴：选择，挑选。杞梓：杞树和梓树，都是优良木材。可比喻优秀的人才。

⑦树楩楠（pián nán）：比喻培养人才。树：种植，引申为培养、培育。楩楠：楩木与楠木，皆大木，适宜于用作柱梁，可比喻栋梁之才。

⑧得一对函三：得一：犹得道。语出《老子》："昔之得一者：天得一以清，地得一以宁，神得一以灵，谷得一以盈，万物得一以生，侯王得一以为天下贞。"三国魏王弼注："一，数之始而物之极也，各是一物之生，所以为主也。物皆各得此一以成。"又《吕氏春秋·论人》："无以害其天则知精，知精则知神，知神之谓得一。凡彼

万形,得一后成。"东汉高诱注:"一,道也。天道生万物,万物得一乃成也。"函三:指包含天、地、人三气。《汉书·律历志上》:"太极元气,函三为一。极,中也。元,始也。"唐颜师古注引孟康曰:"元气始起於子,未分之时,天地人混合为一,故子数独一也。"

⑨八宝珊瑚枕:装饰有许多宝物的珊瑚枕。八宝:民间以石磬、银锭、宝珠、珊瑚、古钱、如意、犀角和海螺为"八宝",此处泛指多种宝物。

⑩双珠玳瑁((dài mào))簪:饰有双珠的玳瑁簪。语出汉乐府《有所思》:"何用问遗君,双珠玳瑁簪。"玳瑁:详见本书上卷"四支"第三段注释⑪。

⑪"萧王待士"句:典出《后汉书·光武本纪》:"受降未尽,而高湖、重连从东南来,与铜马余众合,光武复与大战于蒲阳,悉破降之,封其渠帅(首领)为列侯。降者犹不自安,光武知其意,敕令各归营勒兵(统兵,率兵),乃自乘轻骑按行(巡行,巡视)部陈(军伍行阵)。降者更相语曰:'萧王推赤心(赤诚的心)置人腹中,安得不投死(效死)乎!'由是皆服。"意为东汉光武帝刘秀初封萧王,在讨伐高湖、铜马等乱军时,收降多人,并封其首领为列侯。投降的人中有很多心里不安,刘秀知其意,便让他们各归各营,管理自己的军队,然后自己一个人骑着马去巡视各营队伍。投降者见此都说:"萧王如此推心置腹,赤诚待人,我们怎能不为其效死呢!"于是众人皆信服刘秀。后遂以"推赤"或"推心置腹"比喻以至诚待人。萧王:指刘秀。刘秀起兵之初,被更始帝刘玄封为萧王。

⑫"卢相欺君"句:唐朝卢杞貌陋面蓝,人皆以鬼视之。德宗时任宰相,迫害忠良,欺君罔上,盘剥百姓,做下许多坏事,故《新

唐书》将其列入"奸臣传"。《新唐书·奸臣列传下·卢杞》:"卢杞字子良。……有口才,体陋甚,鬼貌蓝色……逾年(一年以后,第二年。)迁大夫,不阅旬(未经过一旬),擢门下侍郎、同中书门下平章事。既得志,险贼浸露(阴险奸诈之心渐渐显露),贤者媢(mào,嫉妒),能者忌,小忤己(稍微违背己意),不傅(置于)死地不止。……由是主侩(促成双方买卖并从中获取佣金的牙行经纪人)得操其私以为奸,公上所入常不得半,而恨诽之声满天下。及泾师乱(指建中四年泾原兵哗变,京师失守之事),呼于市曰:'不夺而商人僦质(当时政府向民间的一种征借)矣,不税而间架、除陌(即不用缴纳'间架税'和'除陌钱'。'间架税''除陌钱'皆唐德宗时所征杂税名)矣!'其倡和造作以召怨挻(shān,引发,延及)乱,皆杞为之。"卢相:指卢杞,唐德宗时奸相。

⑬"贾岛诗狂"二句:典出后蜀何光远《鉴戒录·贾忤旨》:"(贾岛)忽一日于驴上吟得'鸟宿池中树,僧敲月下门'。初欲作'推'字,或欲作'敲'字,炼之未定,遂于驴上作'推'字手势,又作'敲'字手势。不觉行半坊(来到街市中间)。观者讶之,岛似不见。时韩吏部(指韩愈)权京尹(即京兆尹,官名,治理京畿地区的官员),意气清严,威振紫陌(京城的街道,代指京城)。经第三对呵唱,岛但手势未已。俄为宦者推下驴,拥至尹前,岛方觉悟。顾(回头看,泛指看)问,欲责之。岛具对:'偶得一联,吟安一字未定,神游诗府,致冲大官,非敢取尤(招致罪责),希垂至鉴(希望明察)。'韩立马良久思之,谓岛曰:'作敲字佳矣。'遂与岛并辔(两马并行)语笑,同入府署(即府衙),共论诗道。"今之"推敲(指对字句或事情反复斟酌思考)"一词即源出于此。

⑭"张颠草圣"二句：典出《新唐书·艺文传·张旭》："旭，苏州吴人。嗜酒，每大醉，呼叫狂走（大声呼叫着跑来跑去），乃下笔（这才下笔写字），或以头濡墨而书（有时用头蘸墨汁写字），既醒自视，以为神（以为是神的杰作），不可复得也（再也写不出那么好的字），世呼'张颠'。"草圣：指张旭。张旭善草书，人称"草圣"。当时他的草书、与李白的歌诗、裴旻（mín）的剑舞号称"三绝"。濡（rú）墨：蘸润墨汁。濡，沾湿。

【译文】宫与阙相对，座与龛相对。水北与天南相对。蜃气能幻化成楼阁与蚁穴是梦中的南柯郡相对，超卓的言论与高明的谈吐相对。选拔贤能与培养人才相对。万物得一而生与太极元气包涵天地人三气相对。镶嵌着八种宝物的珊瑚枕，装饰有两颗明珠的玳瑁簪。赤诚的萧王刘秀待人推心置腹，面蓝的奸相卢杞为人欺君罔上。诗狂贾岛，手上模拟着推敲的动作，一边走路一边思考诗句；草圣张旭，大醉后有时用头发蘸润墨汁，酣畅淋漓地作书写字。

闻对见，解对谙①。三橘对双柑②。黄童对白叟③，静女对奇男④。秋七七⑤，径三三⑥。海色对山岚⑦。莺声何哕哕⑧，虎视正眈眈⑨。仪封疆吏知尼父⑩，函谷关人识老聃⑪。江相归池，止水自盟真是止⑫；吴公作宰，贪泉虽饮亦何贪⑬。

【注释】①解对谙（ān）：解：明白，知晓。谙：了解，熟悉。

②三橘对双柑：三橘：指陆绩怀橘之事。详见本书下卷"六麻"第二段注释②。双柑：典出唐冯贽《云仙杂记》卷二："戴颙

(yóng)春携双柑、斗酒,人问何之,曰:'往听鹂声。此俗耳针砭,诗肠鼓吹,汝知之乎?'"意为东晋戴颙携带两个蜜柑和一斗酒出门,有人问他到哪里去。他说:"去听黄鹂的鸣声。黄鹂的鸣声能医治庸俗的听觉而使之高雅,也能鼓动诗肠引发诗兴,你知道吗?"后遂以"双柑"或"双柑斗酒"作为春日雅游之典。

③黄童对白叟:黄童:即黄口小儿,幼童。黄,黄口,本指雏鸟的嘴。雏鸟的嘴上有一圈黄边,长大就消失,故以"黄口"喻指年龄幼小。白叟:白发老人。

④静女对奇男:静女:娴静文雅的女子。静,娴静。《诗经·邶(bèi)风·静女》:"静女其姝(shū,美丽),俟(sì,等待,等候)我于城隅(城边的角落,隅,读yú,角落)。"奇男:不平凡的男子。

⑤秋七七:事见《云笈七签·续仙传·殷文祥》:"殷七七(唐代道士),名文祥,又名道筌,常自称七七,俗多呼之,不知何所人也。……鹤林寺杜鹃花,高丈余,每春末花烂漫。……宝(指周宝,人名,当时镇守浙西的官员)一日谓七七曰:'鹤林之花,天下奇绝,尝闻能开非时之花,此可开否?'七七曰:'可也。'宝曰:'今重九将近,能副此日否?'七七诺之。乃前三日往鹤林寺宿焉。中夜女子来谓七七曰:'道者欲开此花耶?'七七乃问:'何人深夜到此?'女子曰:'妾为上玄(指上天)所命,下司此花(在下界掌管此花),在人间已逾百年,非久即归阆苑(传说中的仙境)去,今与道者共开之,非道者无以感妾。'于是女子倏然(忽然,突然)不见,来日晨起,寺僧或讶花渐拆蕊(即开放),及九日,烂漫若春。"后遂以"七七"作为非时节开花或顷刻开花的典故。北宋苏轼《后十余日复至吉祥寺》:"安得道人殷七七,不论时节遣花开。"南宋周必大《上巳访杨

廷秀》:"四环自斫三三径,顷刻常开七七花。"

⑥径三三:详见本书上卷"六鱼"第三段注释⑫。

⑦山岚(lán):山中的雾气。岚,山间的雾气。唐殷琮《登云梯》:"江树遥分蔼,山岚宛若凝。"

⑧鸾声何哕哕(huì huì):语出《诗经·小雅·庭燎》:"君子至止,鸾声哕哕。"鸾声:銮铃声。鸾,通'銮',古代的车铃。哕哕:有节奏的铃声。

⑨虎视正眈眈:语出《周易·颐》:"颠颐(在上者养在下者),吉。虎视眈眈,其欲逐逐(奔忙于利益的样子),无咎。"眈眈:贪婪而凶狠地注视。

⑩"仪封疆吏"句:典出《论语·八佾(yì)》:"仪(卫国地名)封人(官名,管理诸侯国边疆的官员)请见,曰:'君子之至于斯也,吾未尝不得见也。'从者见之。出曰:'二三子何患于丧乎?天下之无道也久矣,天将以夫子为木铎(木舌的铜铃。古代发布政令时,常摇动木铎来召集百姓。铎,读duó,有舌的大铃)。'"意为一位在仪地防守边界的长官请求见孔子,说:"凡到这里来的贤人君子,我从来没有不能见的。"跟随孔子的弟子就让他见了孔子。他见过孔子出来说:"诸位何必为孔子丧失官位担忧呢?天下无道已经很久了,上天将借他来宣扬大道。"仪:春秋时卫国地名。封:边境、边疆。疆吏:守卫边疆的官吏。尼父(fǔ):对孔子的尊称。孔子字仲尼,故称。父,对男子的尊称、美称。

⑪"函谷关人"句:指老子李耳出函谷关,被关令尹喜强留下著作《道德经》一事。《史记·老子韩非列传·老子》:"老子修道德,其学以自隐无名为务。居周久之,见周之衰,乃遂去。至关,关令

(函谷关的守吏)尹喜曰:'子将隐矣,强为我著书。'于是老子乃著书上下篇,言道德之意五千余言而去,莫知其所终。"老聃:即老子,姓李名耳,字聃,道家学派创始人。曾担任周朝的守藏史(掌藏国家图籍的官吏),后见天下大乱,遂弃官归隐,行至函谷关时,受关令尹喜之请著《道德经》,共五千余字。

⑫"江相归池"二句:指南宋末年宰相江万里闻元军攻破襄樊,于自家后园凿作一池,名曰'止水',后元军破饶州,万里遂投池自杀之事。事见《宋史·江万里传》:"江万里,字子远,都昌(今江西都昌县)人。……度宗即位,召同知枢密院事,又兼权参知政事,迁参知政事。……万里闻襄樊失守,凿池芝山后圃,扁其亭曰'止水',人莫谕(明白,知晓)其意,及闻警,执门人陈伟器手,曰:'大势不可支,余虽不在位,当与国为存亡。'及饶州(在今江西鄱阳县,时江万里辞官定居于此)城破,军士执万顷(江万顷,江万里之弟),索金银不得,支解(同'肢解')之。万里竟赴止水死。左右及子镐相继投沼中,积尸如叠。翼日(明日,次日。翼,通'翌'),万里尸独浮出水上,从者草敛之。……事闻,赠太傅、益国公,后加赠太师,谥文忠。"止水:静止的水。自盟:自己发誓。盟,向神、天发誓。

⑬"吴公作宰"二句:指东晋吴隐之为官清廉守正,任广州刺史时,郡之石门有贪泉,传言饮者即贪欲无厌,隐之不信,故意饮之,而操守却更加廉洁之事。典出《晋书·良吏传·吴隐之传》:"隆安(东晋安帝年号,时朝政由桓玄掌管)中,以隐之为龙骧将军、广州刺史、假节,领平越中郎将。未至州二十里,地名石门,有水曰贪泉,饮者怀无厌之欲。隐之既至,语其亲人曰:'不见可欲,使心不乱。越岭丧清,吾知之矣。'乃至泉所,酌而饮之,因赋诗曰:'古人云此

水,一歃怀千金。试使夷齐饮,终当不易心。'及在州,清操愈厉,常食不过菜及干鱼而已,帷帐器服皆付外库,时人颇谓其矫(时人都认为他是故意违反世俗人情),然亦终始不易。"吴公:指吴隐之,字处默,东晋官员。博涉文史,清廉守正。曾任晋陵太守、广州刺史、光禄大夫等。

【译文】闻听与看见相对,知晓与熟悉相对。陆绩怀藏三橘回家孝母与戴颙携带双柑春日出游相对。幼童与老人相对,娴静的姑娘与奇特的男子相对。殷七七能让杜鹃花在秋季开放,蒋诩在家中辟有三条小径独与羊仲、求仲往来。海上的景色与山间的雾气相对。銮铃的响声是多么和谐有节奏,老虎正以贪婪凶狠的目光注视着。守卫仪地边疆的官吏知道孔子是上天借来宣扬大道的,函谷关的守吏尹喜知道老子将隐强行留下他著作《道德经》。南宋宰相江万里曾在止水池前发誓要与国家共存亡,后来他真就投池自尽了。东晋官员吴隐之在广州任刺史时虽然饮下了贪泉水,却丝毫没有变得贪心。

十四　盐

宽对猛①,冷对炎②。清直对尊严③。云头对雨脚④,鹤发对龙髯⑤。风台谏⑥,肃堂廉⑦。保泰对鸣谦⑧。五湖归范蠡⑨,三径隐陶潜⑩。一剑成功堪佩印⑪,百钱满卦便垂帘⑫。浊酒停杯,容我半酣愁际饮⑬;好花傍座,看他微笑悟时拈⑭。

【注释】①宽:政策宽和。猛:政策严厉。《左传·昭公二十年》:"政宽则民慢(怠慢),慢则纠之以猛;猛则民残(受到伤害),残则施之以宽。宽以济猛,猛以济(补充,调节)宽,政是以和。"意为施政宽和,民众就会怠慢,民众怠慢就要以严厉的措施来纠正;施政严厉,民众就会受到伤害,民众受到伤害就要以宽和的政策来纠正。以宽和调节严厉,以严厉调节宽和,政事就会和谐。

②炎:热,灼热。《诗经·大雅·云汉》:"赫赫炎炎,云我无所。"毛传:"炎炎,热气也。"

③清直对尊严:清直:清廉正直。尊严:庄重威严。

④云头对雨脚:云头:云端。唐罗隐《北邙山》:"羡他缑岭吹箫客,闲访云头看俗尘。"雨脚:雨点。唐杜甫《茅屋为秋风所歌》:

"床头屋漏无干处,雨脚如麻未断绝。"

⑤鹤发对龙髯:鹤发:白发。发白如鹤羽,故称。唐杜甫《遣闷奉呈严公二十韵》:"白水鱼竿客,清秋鹤发翁。"龙髯:龙的胡须,常借指帝王的胡须。典出《史记·封禅书》:"黄帝采首山铜,铸鼎于荆山下。鼎既成,有龙垂胡髯下迎黄帝。黄帝上骑,群臣后宫从上者七十余人,龙乃上去。余小臣不得上,乃悉持龙髯,龙髯拔,堕,堕黄帝之弓。百姓仰望黄帝即上天,乃抱其弓与胡髯号(大呼,痛哭),故后世因名其处曰鼎湖,其弓曰乌号。"

⑥风台谏:鼓励台谏官直言进谏。风:勉励,激励。台谏:台官和谏官的合称。古时台官主管监察纠弹(举发弹劾),谏官主管进言谏诤(直言规劝,使人改正过错),因两者职责相似,故多以"台谏"合称之。

⑦肃堂廉:整肃朝堂纲纪。肃:整肃,肃正。堂廉:殿堂的侧边,后借指殿堂或朝廷。廉,厅堂的侧边。

⑧保泰对鸣谦:保泰:保持安定。泰,安定平和,《周易》中有泰卦。鸣谦:因谦恭的德行而声名远播。《周易·谦》:"鸣谦,贞吉。"唐孔颖达疏:"鸣谦者谓声名也,处正得中,行谦广远,故曰鸣谦。"后以"鸣谦"指态度谦恭。

⑨五湖归范蠡:详见本书上卷"六鱼"第三段注释⑬。

⑩三径隐陶潜:详见本书上卷"九佳"第二段注释⑫和本书上卷"六鱼"第三段注释⑫。

⑪"一剑成功"句:详见本书上卷"十二文"第二段注释⑧。按:正史中无苏秦佩剑之说,其说见于小说《东周列国志》。明冯梦龙《东周列国志》第九十回:"于是六王合封苏秦为纵约长,兼佩六

国相印,金牌宝剑,总辖六国臣民,又各赐黄金百镒(yì,古代重量单位,合二十四两为一镒,或曰二十两为一镒),良马十乘。"另,民间传说苏秦背剑,剑柄在下,剑尖朝上,斜跨于背,故传统武术中有"苏秦背剑"一式,即持剑者手握剑柄,自下而上,剑尖向上,跨于背后。

⑫"百钱满卦"句:相传西汉时人严君平卖卜成都,每日得百钱,即闭户垂帘。事见《汉书·王贡两龚鲍传·严君平》:"其后谷口有郑子真,蜀有严君平,皆修身自保,非其服弗服,非其食弗食。……君平卜筮于成都市……裁日(择日,选日)阅数人,得百钱足自养,则闭肆(关闭店铺)下帘而授《老子》。博览亡(同'无')不通,依老子、严周之指著书十余万言。"按:"卦"有的版本作"挂",误。"钱挂杖头"虽古人熟语,然多用于放荡不羁的人物身上,且多用某人出游之时,如《晋书·阮修传》:"常步行,以百钱挂杖头,至酒店,便独酣畅。"(此事亦见《世说新语·任诞》)如北宋苏轼《赠王子直秀才》:"万里云山一破裘,杖端闲挂百钱游。"严君平非任诞之人,卖卜事业亦非出门游玩,故不可将"卦"置换为"挂"。若不然,则与文义不协矣。

⑬"浊酒停杯"二句:浊酒停杯:语出唐杜甫《登高》:"艰难苦恨繁霜鬓,潦倒新停浊酒杯。"浊酒:混浊的酒。停杯:停止饮酒。半酣:酒喝至一半,还未尽兴的样子,此时往往酒兴正浓。

⑭"好花傍座"二句:典出《五灯会元·七佛·释迦牟尼佛》:"世尊在灵山会上,拈花示众。是时众皆默然,唯迦叶尊者破颜微笑。世尊云:'吾有正法眼藏,涅槃妙心,实相无相,微妙法门,不立文字,教外别传。付嘱摩诃迦叶。'世尊至多子塔前,命摩诃迦叶,分

座令坐,以僧伽黎围之。遂告曰:'吾以正法眼藏,密付于汝,汝当护持。'"后遂以"拈花""拈花一笑"等指传授妙法或领会妙法。傍座:靠近座位。傍,靠近,临近。

【译文】宽和与严厉相对,寒冷与炎热相对。清廉正直与庄重威严相对。云端与雨脚相对,鹤发与龙须相对。鼓励台谏官们上书直言与整肃朝廷的法度纲纪相对。保持安定与处世谦恭相对。范蠡乘舟归隐五湖,陶潜辞官隐居三径。苏秦游说六国成功后佩戴着宝剑相印光荣还乡,严君平卖卜成都每天赚满百钱就闭门垂帘教授《老子》。正当饮至半酣、愁绪满腹的时候,杜甫放下酒杯停止饮酒;正当佛祖传授佛法、拈花示众的时候,迦叶尊者破颜微笑表示领悟。

连对断,减对添。淡泊对安恬①。回头对极目②,水底对山尖。腰袅袅③,手纤纤④。凤卜对鸾占⑤。开田多种粟,煮海尽成盐⑥。居同九世张公艺⑦,恩给千人范仲淹⑧。箫弄凤来,秦女有缘能跨羽⑨;鼎成龙去,轩臣无计得攀髯⑩。

【注释】①安恬:安然恬淡,不追名逐利。与"淡泊"意近。

②极目:用尽目力远望。东汉王粲《登楼赋》:"平原远而极目兮,蔽荆山之高岑。"

③袅袅:纤细柔软貌。南北朝萧衍《白纻辞二首·其二》:"纤腰袅袅不任衣。娇怨独立特为谁。"

④纤纤:细长柔美貌。唐秦韬玉《咏手》:"一双十指玉纤纤,不是风流物不拈。"

⑤凤卜对鸾占："凤卜""鸾占"本义皆指占卜时预示得到佳偶，后借指择偶或觅得佳偶。详见本书上卷"五微"第二段注释⑦。鸾：传说中凤凰一类的神鸟，赤色多者为凤，青色多者为鸾。

⑥煮海尽成盐：煮海成盐是古代的一种制盐方法，即将海水引入盐田，利用太阳照射或其它方法使海水蒸发，然后提炼制盐。

⑦居同九世张公艺：典出《旧唐书·张公艺传》："郓州寿张（今河南台前县孙口镇）人张公艺，九代同居。北齐时，东安王高永乐诣（到，至）宅慰抚旌表（由官府赐予匾额，以示表彰，泛指表彰）焉。隋开皇中，大使、邵阳公梁子恭亦亲慰抚，重表其门。贞观中，特敕吏加旌表。麟德中，高宗有事泰山，路过郓州，亲幸其宅，问其义由。其人请纸笔，但书百余'忍'字。高宗为之流涕，赐以缣帛（绢类的丝织物。古代多用作赏赐酬谢之物。缣，读jiān，双丝的细绢）。"张公艺：中国古代著名寿星，一生经历北齐、北周、隋、唐四朝。其家族九代同居，合家九百余人，团聚一起，和睦相处，"父慈子孝，兄友弟和，夫正妇顺，姑婉媳听"，是当时和后世历代治家的典范。

⑧"恩给千人"句：指范仲淹在里巷中建立义庄，广泛施与，赡养族人，深受百姓爱戴之事。事见《宋史·范仲淹传》："仲淹内刚外和，性至孝，以母在时方贫，其后虽贵，非宾客不重肉。妻子衣食，仅能自充。而好施予，置义庄里中，以赡族人。泛爱乐善，士多出其门下，虽里巷之人，皆能道其名字。死之日，四方闻者，皆为叹息。为政尚忠厚，所至有恩，邠、庆二州之民与属羌，皆画像立生祠事之。及其卒也，羌酋数百人，哭之如父，斋三日而去。"范仲淹：字希文，北宋名臣。仁宗时，与韩琦共同经略陕西，使西夏不敢犯。后出任参知政事，发起"庆历新政"，不久失败。皇祐四年（1052年），知颍州，

病逝于上任途中。谥号"文正",世称"范文正公"。

⑨"箫弄凤来"二句:详见本书上卷"一东"第三段注释⑬。

⑩"鼎成龙去"二句:详见本篇第一段注释⑤。轩:指黄帝。黄帝居轩辕之丘,号轩辕氏,故世人又称其为"轩辕黄帝"。或曰,轩辕乃黄帝之名。另,黄帝者,乃其有土德之瑞,故号黄帝。《史记·五帝本纪》:"黄帝者,少典之子,姓公孙,名曰轩辕。……有土德之瑞,故号黄帝。"

【译文】连续与断开相对,减少与添加相对。淡泊与安恬相对。回头与极目相对,水底与山尖相对。腰肢纤柔与手指细长相对。卜得佳婿与觅得贤妻相对。开垦荒田多种粟,晒干海水制取盐。张公艺的家族九代同居,范仲淹的恩惠广被千人。箫声引来凤凰,秦女弄玉有缘和萧史一起跨凤飞去;铜鼎铸成后黄帝乘龙飞升,他的臣子们却无法攀附着龙须跟随。

人对己,爱对嫌。举止对观瞻①。四知对三语②,义正对辞严③。勤雪案④,课风檐⑤。漏箭对书签⑥。文繁归獭祭⑦,体艳别香奁⑧。昨夜题梅更一字⑨,早春来燕卷重帘⑩。诗以史名,愁里悲歌怀杜甫⑪;笔经人索,梦中显晦老江淹⑫。

【注释】①举止对观瞻:举止:举动,行动。观瞻:观赏,观看,引申为外观、形象。

②四知对三语:四知:详见本书下卷"十二侵"第一段注释⑧。三语:三个字。典出《晋书·阮籍列传(附〈阮瞻传〉)》:"(阮瞻)见司徒王戎,戎问曰:'圣人贵名教(以正名定分为主的封建礼教),老

庄明自然,其旨同异?'瞻曰:'将无同(大概没有什么不同)。'戎咨嗟(叹赏)良久,即命辟(征辟,聘用)之。时人谓之'三语掾'。"另,《世说新语》载此事为阮修。《世说新语·文学》:"阮宣子(即阮修,字宣子)有令闻(美好的鸣声),太尉王夷甫(即王衍,字夷甫)见而问曰:'老、庄与圣教同异?'对曰:'将无同?'太尉善其言,辟之为掾。世谓'三语掾'。"

③义正对辞严:义正:理由正当充足。义,道理。辞严:措词严正有力,辞,言辞。南宋张孝祥《明守赵敷文》:"欧公书岂惟翰墨之妙,而辞严义正,千载之下,见者兴起,某何足以辱公此赐也哉。"

④勤雪案:指勤奋读书。雪案:本指映雪读书时的几案,后泛指书桌,亦可借指勤学苦读。《初学记》卷二引《宋齐语》:"孙康(东晋人)家贫,常映雪读书。"元王实甫《西厢记》第一本第一折:"暗想小生萤窗雪案,刮垢磨光,学成满腹文章,尚在湖海飘零。"

⑤课风檐:在风檐下学习。课:按规定的内容和数量教书讲学或攻读学习,如课子(教子读书)、课读(教授或学习)。从上句的"勤雪案"来看,此处的"课"应指攻读学习。风檐:风中的屋檐。

⑥漏箭对书签:漏箭:详见本书上卷"九佳"第三段注释③。书签:有的版本作"书笺",误。"笺"在平水韵里属下平"一先",不属下平"十四盐"。

⑦獭(tǎ)祭:即"獭祭鱼"。獭,一种栖息于水边的动物,以鱼为食,捕鱼后常将鱼陈列水边,如同陈列供品祭祀,故名"獭祭"。《吕氏春秋·孟春》:"鱼上冰,獭祭鱼。"东汉高诱注:"獭猵(biān,一种獭类动物),水禽也。取鲤鱼置水边,四面陈之,世谓之祭。"后世常以"獭祭"形容罗列典故、堆砌成文。宋吴炯《五

总志》:"唐李商隐为文,多检阅书史,鳞次堆集左右,时谓为獭祭鱼。"北宋贺铸《夏夜雨晴遣怀》:"从嗤獭祭鱼,聊学蠹书虫。"

⑧香奁:古代妇女盛放香粉、镜子等物的匣子,后称专以歌咏绮罗、脂粉等妇女闺阁琐事的诗词为"香奁体"。南宋严羽《沧浪诗话·诗体》:"香奁体,韩偓之诗,皆裾裙脂粉之语。有《香奁集》。"

⑨"昨夜题梅"句:典出南宋魏庆之《诗人玉屑·一字师》:"郑谷(晚唐诗人)在袁州,齐己(当时的诗僧)携诗诣(yì,到,造访)之。有《早梅》诗云:'前村深雪里,昨夜数枝开。'谷曰:'数枝,非早也。未若一枝。'齐己不觉下拜。自是士林以谷为'一字师'。"

⑩重帘:层层的帘幕。唐温庭筠《菩萨蛮》:"夜来皓月才当午,重帘悄悄无人语。"

⑪"诗以史名"二句:唐朝诗人杜甫感痛时事,发之于诗,人称"诗史"。详见本书下卷"四豪"第二段注释②。

⑫"笔经人索"二句:详见本书上卷"四支"第一段注释⑤。显晦:明暗,此指文才的彰显与衰退。

【译文】他人与自己相对,喜爱与嫌恶相对。行为举止与外观形象相对。东汉杨震因四知(天知,神知,我知,子知)拒金与西晋阮瞻以三语("将无同"三个字)得官相对,理由正当充足与言辞严正有力相对。在书桌前映雪勤读与在屋檐下临风苦学相对。漏箭与书签相对。典故繁多好比獭祭鱼,诗语艳丽别属香奁体。郑谷把齐己题梅诗里的句子改为"昨夜一枝开",人们卷起层层帘幕迎接早春飞来的燕子。杜甫的诗被称为"诗史",是因为他的诗里充满感伤时事的情怀;江淹晚年才华衰退,是因为梦中被人索去了五色彩笔。

十五 咸

　　栽对植,薙对芟①。二伯对三监②。朝臣对国老③,职事④对官衔。鹿麌麌⑤,兔毚毚⑥。启牍对开缄⑦。绿杨莺睍睆⑧,红杏燕呢喃⑨。半篱白酒娱陶令⑩,一枕黄粱度吕岩⑪。九夏炎飙,长日风亭留客骑⑫;三冬寒冽,漫天雪浪驻征帆⑬。

　　【注释】①薙(tì)对芟(shān):"薙"与"芟"本义皆指除去杂草,泛指删削、删除。

　　②二伯对三监:二伯:指西周初年主管国事的两位重臣,即周公和召公。《礼记·王制》:"八伯各以其属,属于天子之老二人,分天下以为左右,曰二伯。"东汉郑玄注:"自陕以东,周公主之,自陕以西,召公主之。"三监:周武王灭商后,将商都封给商纣王之子武庚,并将商都周围的地区分为卫、墉(yōng)、邶(bèi)三个封区,分别命他的三个弟弟管叔、蔡叔、霍叔去统治,以监视武庚,此之谓"三监"。周成王时,"三监"勾结武庚发动叛乱,后被周公平息。另一种说法是"三监"指管叔(治墉)、蔡叔(治卫)和商纣王的儿

子王庚（治邶）。《逸周书·作雒（营造洛邑。雒，同'洛'，指洛邑）篇》："武王克殷，乃立王子禄父（即武庚，字禄父，商纣王之子），俾（使，让）守商祀。建管叔于东，建蔡叔、霍叔于殷，俾监殷臣。"东汉班固《汉书·地理志》："河内本殷之旧都，周既灭殷，分其畿内为三国，《诗·风》为邶、鄘、卫国是也。邶，以封纣子武庚；鄘，管叔尹之；卫，蔡叔尹之；以监殷民，谓之三监。"

③朝臣对国老：朝臣：朝中大臣。国老：国之重臣。另，上古时称国之卿、大夫、士之致仕者为"国老"。从"朝臣"一词来看，此处的"国老"当取第一义。

④职事：职务，职业。唐白居易《首夏同诸校正游开元观因宿玩月》："官小无职事，闲于为客时。"

⑤鹿麌麌（yǔ yǔ）：语出《诗经·小雅·吉日》："兽之所同，麀（yōu，母鹿，这里泛指母兽）鹿麌麌。"毛传："麌麌，众多也。"

⑥兔毚毚：语出《诗经·小雅·巧言》："跃跃毚兔（狡兔，大兔），遇犬获之。"毛传："毚兔，狡兔也。"唐孔颖达疏引《仓颉解诂》曰："毚，大兔也。大兔必狡猾，又谓之狡兔。"毚，狡猾。

⑦启牍对开缄（jiān）："启牍"与"开缄"都是拆开信件的意思。牍，古代写字用的木片，此处代指信件。"牍"在平水韵里属入声"一屋"，《韵会》作"徒谷切"，《正韵》作"杜谷切"。缄，信函，信封，常代指信件。

⑧睍睆（xiàn huǎn）：形容鸟声美好。《诗·邶风·凯风》："睍睆黄鸟，载好其音。"毛传："睍睆，好貌。"朱熹集传："睍睆，清和圆转之意。"

⑨呢喃（ní nán）：形容燕子的叫声。唐孙合《宫词二首·其

二》:"双双紫燕语呢喃,怪引春宫梦不甘。"

⑩"半篱白酒"句:典出南朝梁萧统《陶渊明传》:"尝九月九日出宅边菊丛中坐,久之,满手把菊,忽值弘(王弘,时任江州刺史)送酒至,即便就酌,醉而归。"另,南朝宋檀道鸾《续晋阳秋》亦载此事:"陶潜尝九月九日无酒,于宅边东篱下菊丛中摘盈把。坐其侧。未几(没有多久),望见一白衣人至,乃刺史王弘送酒也。即便就酌(过去饮酒)而后归。"陶令:指陶潜,东晋诗人。因其曾任彭泽县令,故称"陶令"。

⑪"一枕黄粱"句:指钟离权度化吕洞宾之事。事见明张岱《夜航船·九流部·八仙》:"汉钟离(指钟离权,神话传说中的八仙之一。因其为东汉末年人,故称'汉钟离'。钟离乃复姓),名权,字云房,以裨将(副将。裨,读pí,副,偏)从周处与齐万年战,败,逃终南山,遇东华王真人。至唐始一出,度吕岩,自称天下都散汉。吕纯阳,名岩,字洞宾。举进士不第,遇钟离,同憩一肆(店铺)中,钟离自起炊爨(cuàn,烧火做饭)。吕忽昏睡,以举子赴京,状元及第,历官清要(地位显贵、职司重要而政务不繁的官职),前后两娶贵家女,五子十孙,簪笏(冠簪和手版,古代仕宦所用,此处代指官员)满门,如此四十年。后居相位,独相十年,权势熏灼(声威气势逼人),忽被重罪,籍没(登记并没收家产)家资,押赴云阳,身首异处。忽然惊醒,方兴浩叹(长叹,大声叹息)。钟离在傍,炊尚未熟,笑曰:'黄粱犹未熟,一梦到华胥(即华胥氏之国,《列子·黄帝篇》中所载的安乐和平的理想国家)。'吕惊曰:'君知我梦耶?'钟离曰:'子适来(刚才)之梦,升沉万态,荣瘁(犹盛衰)多端,五十年间,止为俄顷(片刻,顷刻),非有大觉,焉知人世真一大梦也。'洞宾感悟,遂

拜钟离求其超度。"吕岩：字洞宾，号纯阳子，自称回道人，唐末、五代著名道士，民间神话传说中的八仙之一，世称"吕祖"或"纯阳祖师"。

⑫ "九夏炎飙（biāo）"二句：九夏：即夏天。夏季共九十天，为九旬，故称"九夏"。炎飙：炎热的疾风。飙，迅猛的风，常泛指风。长日：漫长的白日。夏季白昼较长，故曰"长日"。风亭：亭子。因通风，故名。客骑（jì）：骑马出行的游子。骑，马。

⑬ "三冬寒冽"二句：三冬：即冬天。冬季共三个月，故称"三冬"。寒冽（liè）：寒冷。冽，寒冷。征帆：远行的帆船。

【译文】栽与植相对，除草与割草相对。分管东西诸侯的周公、召公与监管殷旧都的管叔、蔡叔、霍叔相对。朝中大臣与国之重臣相对，职务与官衔相对。群鹿众多与大兔狡猾相对。打开信件与拆开信函相对。绿杨枝上黄莺的啼鸣清和圆转，红杏林中燕子的叫声叽喳轻微。在篱菊旁陶潜欢快饮酒，黄粱梦醒后吕岩拜求钟离权超度。夏日白昼漫长，疾风炎热，骑马出行的旅客在通风的凉亭中停马暂歇；冬天寒风凛冽，雪花漫飞，乘船远行的游子被迫在滔天的巨浪前靠岸停泊。

梧对竹，柏对杉。夏濩对韶咸①。涧瀍对溱洧②，巩洛对崤函③。藏书洞④，避诏岩⑤。脱俗对超凡⑥。贤人羞献媚⑦，正士嫉工谗⑧。霸越谋臣推少伯⑨，佐唐藩将重浑瑊⑩。邺下狂生，羯鼓三挝羞锦袄⑪；江州司马，琵琶一曲湿青衫⑫。

【注释】①夏濩（hù）对韶咸："夏""濩""韶""咸"皆古代

乐曲名。《夏》乃夏禹时的乐曲,《濩》乃商汤时的乐曲,《韶》乃虞舜时的乐曲,《咸》(即《咸池》)乃黄帝时的乐曲,尧增修沿用。详见本书下卷"二萧"第二段注释⑤。

②涧瀍(jiàn chán)对溱洧(zhēn wěi):涧瀍:涧水与瀍水,均流经今河南洛阳,注入洛水。《尚书·洛诰》:"我乃卜涧水东、瀍水西,惟洛食(即食墨,龟卜术语,指灼龟时龟兆与事先画好的墨画相合,为吉兆)。"孔传:"又卜涧瀍之间,南近洛,吉。"溱洧:溱水与洧水,均在今河南省。《诗经·郑风·溱洧》:"溱与洧,方涣涣兮,士与女,方秉兰兮。"

③巩洛对崤函:巩洛:巩和洛,皆古地名。巩,今河南巩义市(原为巩县)。洛,今河南洛阳市。古人常以"巩洛"泛指通都大邑。唐许浑《颍州从事西湖亭宴饯》:"独想征帆去巩洛,此中霜菊正花开。"崤函:崤山和函谷,均为险要之地,古人常在此设立关隘。东汉张衡《西京赋》:"左有崤函重险,桃林之塞。"

④藏书洞:详见本书上卷"七虞"第三段注释⑧。明董其昌《赠陈仲醇徵君东佘山居诗三十首·其二》:"山开窈窕藏书洞,径翳荒榛避诏岩。"

⑤避诏岩:在今华山南峰天门西北。相传宋代隐士陈抟(tuán)曾在此躲避朝廷征诏,故名。又传,其上之"避诏岩"三字乃抟手书。《宋史·陈抟传》:"陈抟,字图南,亳州真源(今河南省鹿邑县)。……后唐长兴中,举进士不第,遂不求禄仕,以山水为乐。……移居华山云台观,又止少华石室。每寝处,多百余日不起。……太平兴国(北宋太宗年号)中来朝,太宗待之甚厚。九年复来朝,上益加礼重,谓宰相宋琪等曰:'抟独善其身,不干势利,所

谓方外之士也。抟居华山已四十余年,度其年近百岁。自言经承五代离乱,幸天下太平,故来朝觐。与之语,甚可听。'……上益重之,下诏赐号'希夷先生'……二年(指端拱二年,公元989年,时宋太宗在位)秋七月,石室成,抟手书数百言为表,其略曰:'臣抟大数有终,圣朝难恋,已于今月二十二日化形于莲花峰下张超谷中。'如期而卒,经七日支体犹温。有五色云蔽塞洞口,弥月不散。"

⑥脱俗对超凡:脱俗:脱离世俗,不沾染俗气。超凡:超越凡俗,异乎寻常。今有成语"超凡脱俗"多指人具有与众不同、超脱世俗的高雅境界。

⑦献媚:贬义词,指卑贱地讨好、恭维别人。媚,奉承,逢迎。

⑧正士嫉工谗:正士:正直之士。嫉:憎恶。工谗:善于说坏话陷害别人。谗,在别人面前说陷害某人的坏话。

⑨"霸越谋臣"句:指春秋末期范蠡为越王勾践出谋划策,助其灭吴称霸之事。《史记·越王勾践世家》:"范蠡事越王勾践,既苦身戮力(尽心竭力),与勾践深谋二十余年,竟灭吴,报会稽之耻。北渡兵于淮以临齐、晋,号令中国,以尊周室,勾践以霸,而范蠡称上将军。"少伯:指范蠡,字少伯。本楚人,后奔越,被拜为上大夫。曾献策扶助越王勾践复国,兴越灭吴,后隐去。

⑩"佐唐藩将"句:事见《新唐书·浑瑊(jiān)传》:"浑瑊,本铁勒九姓之浑部也……善骑射……禄山反,从李光弼定河北……从郭子仪复两京,讨安庆绪……吐蕃盗塞深入,瑊会泾原节度使马璘讨之。吐蕃引去,瑊邀击破之,悉夺所掠而还。……贞元二年,吐蕃相尚结赞陷盐、夏,阴窥京师……帝乃诏约盟平凉川,以瑊为会盟

使。……会吐蕃复入盗,使琊镇奉天。虏罢,还河中。"藩将:镇守一方的将领。浑瑊:唐朝名将,精通骑射、武艺过人。十一岁即随父出征,屡立战功。曾官奉天行营兵马副元帅、检校司空、中书令等。死后获赠太师,谥号"忠武"。按:"藩将"有的版本作"蕃将",亦可。蕃将:少数民族的将领。浑瑊是当时西北少数民族铁勒族浑部皋兰州(今宁夏青铜峡南)人,故称"蕃将"。蕃,域外,外族。译文从"藩将"。

⑪"邺下狂生"二句:指祢衡裸衣击鼓以羞辱曹操之事。典出《后汉书·祢衡传》:"祢衡字正平,平原般人也。少有才辩,而尚气刚傲,好矫时慢物(对现实不满,态度傲慢。矫时,矫正时俗)。……操欲见之,而衡素相轻疾(蔑视厌恶),自称狂病,不肯往,而数有恣言(放肆之言)。操怀忿,而以其才名,不欲杀之。闻衡善击鼓,乃召为鼓史(掌管鼓的官吏),因大会宾客,阅试音节,诸史过者,皆令脱其故衣(平时穿的衣服),更著岑牟(cén mù,古代鼓吏所戴的帽子)、单绞(暗黄色的薄衣)之服。次至衡(按次序轮到祢衡击鼓),衡方为《渔阳》参(sān,古同'叁','三'的大写)挝,踥蹀(dié tà,小步走路的样子)而前,客态有异,声节悲壮,听者莫不慷慨。衡进至操前而止,吏诃(同'呵',呵斥)之曰:'鼓史何不改装,而轻敢进乎?'衡曰:'诺。'于是先解衵衣(yì yī,贴身穿的内衣),次释余服,裸身而立,徐(慢,缓)取岑牟、单绞而着之,毕,复参挝而去,颜色不怍(zuò,脸色改变)。操笑曰:'本欲辱衡(本想侮辱祢衡),衡反辱孤(祢衡却侮辱了我)。'"邺下:古时邺城的别称。邺城,故址在今河北临漳县邺镇一带。东汉建安年间,曹操据守于此。狂生:指祢衡。羯(jié)鼓:古代的一种细腰

鼓，因起源于羯族，故称。此处泛指鼓。唐杜佑《通典·乐四》："羯鼓，正如漆桶，两头俱击。以出羯中，故号羯鼓，亦谓之两杖鼓。"三挝（zhuā）：指《渔阳参挝》（或作《渔阳三挝》），古代鼓曲名。一说是将《渔阳》鼓曲击奏三遍（如作此解释，则《渔阳参挝》当作"《渔阳》参挝"）。参挝是击鼓之法，或曰是击奏鼓曲三遍。挝，敲打，击。或言"挝"乃击鼓之音节。从此句的句义来看，"三挝"当取"击奏鼓曲三遍"之意。另，"羞"有的版本作"捐"，亦可。从句义的丰富性来说，用"羞"比用"捐"好。但从语法结构来说，"羞"不能与"锦袄"搭配，则用"捐"为宜。捐：除去，舍弃，引申为脱掉、脱下。译文从"羞"。

⑫"江州司马"二句：唐代诗人白居易，被贬为江州司马，一次到浔阳江边送客，遇到一位善弹琵琶的商人妇，"遂命酒使快弹数曲"。听完曲子及妇人的自叙身世，白居易生出了"同是天涯沦落人"之感，遂作《琵琶行》以赠之，中有"座中泣下谁最多，江州司马青衫湿"的诗句。事见《〈琵琶行〉并序》："元和十年，予左迁（贬官，降职。古人尊右卑左，故称降职为左迁）九江郡司马。明年秋，送客湓浦口，闻舟中夜弹琵琶者，听其音，铮铮然有京都声。问其人，本长安倡女（歌女。倡，古时歌舞艺人），尝学琵琶于穆、曹二善才（当时对琵琶师或曲师的通称，是'能手'的意思），年长色衰，委身（托身，这里指嫁给）为贾人（商人）妇。遂命酒（叫手下人摆酒）使快弹数曲。曲罢悯然，自叙少小时欢乐事，今漂沦憔悴，转徙于江湖间。予出官二年，恬然自安，感斯人言，是夕始觉有迁谪（贬官降职或流放）意。因为长句，歌以赠之，凡六百一十六言，命曰《琵琶行》：'浔阳江头夜送客，枫叶荻花秋瑟瑟。……同是天涯沦落人，相逢

何必曾相识。……座中泣下谁最多，江州司马青衫湿。'"江州：即九江郡，又称"浔阳郡"，治所在今江西省九江市。司马：官名，古时协助刺史处理一州事务。唐代的司马实际上是闲职。青衫：唐朝八品、九品文官的服色，后泛指官职卑微，或代指失意遭贬之人。

【译文】梧桐与竹子相对，柏树与杉树相对。《夏》《濩》之曲与《韶》《咸》之乐相对。涧水、瀍水与溱水、洧水相对，巩、洛大邑与崤、函险关相对。藏书洞与避诏岩相对。脱离世俗与超出寻常相对。贤能之人羞于奉承取悦，正直之士憎恶谗言害人。辅佐越王勾践称霸的谋臣首推范蠡，保卫唐朝边疆的名将先说浑瑊。邺下狂生祢衡，击奏鼓曲三遍后脱掉衣服羞辱曹操；江州司马白居易，听完琵琶女的弹奏后泪水湿透了青衫的衣襟。

袍对笏①，履对衫。匹马对孤帆②。琢磨对雕镂③，刻划对镌镵④。星北拱⑤，日西衔⑥。卮漏对鼎馋⑦。江边生杜若⑧，海外树都咸⑨。但得恢恢存利刃⑩，何须咄咄达空函⑪。彩凤知音，乐典后夔须九奏⑫；金人守口，圣如尼父亦三缄⑬。

【注释】①袍对笏（hù）：袍：此特指朝服、官袍。笏：详见本书下卷"五歌"第四段注释⑧。

②匹马对孤帆：匹马：一匹马，喻指单身一人。唐杜甫《曲江三章，章五句·其三》："短衣匹马随李广，看射猛虎终残年。"孤帆：一张船帆。喻指孤舟。唐李白《黄鹤楼送孟浩然之广陵》："孤帆远影碧空尽，惟见长江天际流。"

③琢磨对雕镂：琢磨：雕刻磨治。《荀子·大略》："人之于文学

也,犹玉之于琢磨也。"雕镂:雕刻刻画。《魏书·铁弗昌传》:"台榭高大,飞阁相连,皆彤镂图画,被以绮绣,饰以丹青,穷极文采。"

④刻划对镌镵(juān chán):刻划:雕刻,刻印。唐韩愈《游青龙寺赠崔大补阙》:"南山逼冬转清瘦,刻划圭角出崖窾(kuǎn,空隙,洞穴)。"镌镵:雕凿,刻画。北宋欧阳修《紫石屏歌》:"不经老匠先指决,有手谁改施镌镵。"

⑤星北拱:即"众星拱北",天上众星拱卫北极星。拱:环绕,拱卫。北:指北极星。《论语·为政》:"为政以德,譬如北辰,居其所而众星共之。"后常以"众星拱北""众星拱辰"比喻有德的国君在位,得到天下臣民的拥戴。

⑥日西衔:即"日衔西山",太阳西斜落入山间,像被山衔着一样,故称。衔,口含。唐韦庄《李氏小池亭十二韵》:"访僧舟北渡,贳酒日西衔。"

⑦卮(zhī)漏对鼎馋:卮漏:卮,古代的盛酒器。如果卮上有孔,注水就漏,虽引江河之水亦不能注满,故《淮南子》云"江河不能实漏卮"。后常用以比喻钱财等物流失得极快,也常用以说明事物出现了小的缺漏,如不及时堵塞就会后患无穷。鼎馋:古有"馋鼎",又作"谗鼎"("馋鼎"乃'谗鼎'之形误),本为天子的宝器,春秋时为鲁国所得。上有疾谗之铭文,故名"谗鼎"。或曰,谗乃地名。禹铸九鼎于甘谗之地,故曰"谗鼎"。《左传·昭公三年》:"叔向曰:'然。虽吾公室,今亦季世也。……谗鼎之铭曰:"昧旦丕显,后世犹怠。"况日不悛(quān,悔改),其能久乎?'"唐孔颖达疏::"服虔云:'谗鼎,疾谗之鼎,《明堂位》所云崇鼎是也。'"《韩非子·说林下》:"齐伐鲁,索谗鼎,鲁以其雁(同'赝',假的,伪造的)往。

齐人曰：'雁也。'鲁人曰：'真也。'齐曰：'使乐正子春（战国初期鲁人，为人诚实至孝）来，吾将听子。'鲁君请乐正子春，乐正子春曰：'胡不以其真往也（为什么不把真的送给他呢）？'君曰：'我爱之。'答曰：'臣亦爱臣之信（臣一样珍爱我的诚信啊）。'"另，古人称茶叶在茶鼎中不易煮成茶汁为"馋鼎"。明谢肇淛《五杂俎·物部三》："今造团（指茶团）之法皆不传，而建茶之品亦远出吴会诸品之下。其武夷、清源二种虽与上国争衡，而所产不多，十九馋鼎，故遂令声价靡不复振。"从前面的"卮漏"来看，"卮漏"包含警戒之意，故此处的"鼎馋"也应当包含教训警惕之意，如此，则"鼎馋"应当释为"将疾谗之文铭于鼎上以作箴戒"。

⑧杜若：一种香草，多生长在水边。战国楚屈原《九歌·湘君》："采芳洲兮杜若，将以遗兮下女。"

⑨海外树都咸：海外：四海之外，泛指边远之地。都咸：亦称"都咸子""都咸树"，一种生长于热带地区的果树。明李时珍《本草纲目·果部·都咸子》引陈藏器《本草拾遗》："都咸子，生广南山谷。"又引嵇含《南方草木状》："都咸树出日南（指日南郡，汉武帝时设立，在今越南中部）。三月生花，仍连着实，大如指，长三寸，七、八月熟，其色正黑。"

⑩"但得"句：典出《庄子·养生主》："彼节者有间，而刀刃者无厚。以无厚入有间，恢恢乎其于游刃必有余地矣，是以十九年而刀刃若新发于硎（这把刀用了十九年还像新磨的一样。发，磨。硎，读xíng，磨刀石）。"故事讲的是一个名叫丁的厨师善于宰牛，他的刀用了十九年，宰过数千头牛，依旧像新磨的一样。之所以会这样，他解释说："我是顺着牛体的自然结构用刀，不去碰触筋骨盘结的地方，

更不会碰触那些大骨头。牛骨关节是有空隙的,而刀刃很薄,用很薄的刀刃伸入有空隙的筋骨,自然会宽宽绰绰地游刃有余。所以,我的刀用了十九年还像新磨的一样。"后遂以"恢恢有余"指宽广而有余裕。恢恢:宽绰有余的样子。

⑪"何须"句:典出《晋书·殷浩列传》:"浩虽被黜放(贬退,放逐),口无怨言,夷神委命(神态轻松,顺从命运),谈咏不辍,虽家人不见其有流放之戚。但终日书空,作'咄咄怪事'四字而已。……后温(指桓温,当时朝廷的掌权者)将以浩为尚书令,遗书(寄信)告之,浩欣然许焉。将答书,虑有谬误,开闭者数十,竟达空函,大忤(违背、触犯)温意,由是遂绝。永和十二年卒。"意为东晋殷浩被放逐后,口无怨言,神态轻松,只是整天用手在空中书写"咄咄怪事"四字。后来桓温打算让殷浩担任尚书令,派人送信给殷浩,殷浩欣然答应。准备写回信,但又顾虑其中有诈,心中犹豫不决,反复将信纸开合了数十次,最终给桓温回了一封空白信函,使桓温大失所望,从此两人绝交。后遂以'咄咄书空'作为叹息、感慨、惊诧之典或形容人的失志、懊恨之态。咄咄:感叹声。

⑫"彩凤知音"二句:相传舜时的乐官夔(kuí)演奏《箫韶》之乐,能令百兽起舞,《箫韶》九奏后,有凤凰飞来。典出《尚书·虞夏书·益稷》:"夔曰:'戛(jiá,敲击)击鸣球(即玉磬,一种乐器)、搏拊(bó fǔ,外面用皮革制作,里面装满糠的打击乐器)、琴、瑟、以咏。'祖考来格(先祖、先父的灵魂降临了。格,至,神降临),虞宾(虞舜的宾客)在位,群后(各个诸侯国君)德让。下管鼗(táo,一种小鼓)鼓,合止柷(zhù,古代打击乐器。乐曲开始时,先打柷)敔(yǔ,古代打击乐器,奏乐结束时击奏),笙(一种管乐器)镛

(yōng,大钟,古代的一种乐器)以间。鸟兽跄跄(舞蹈的样子),《箫韶》(即《韶乐》,舜时的乐曲名)九成(变更演奏九次),凤皇来仪(凤凰来舞,仪表非凡。仪,容仪)。"意为夔说:"敲起玉磬,打起搏拊,弹起琴瑟,唱起歌来吧。"祖先、亡父的灵魂降临了,我们舜帝的宾客就位了,各个诸侯国君登上了庙堂互相揖让。庙堂下吹起管乐,打着小鼓,击柷作为演奏乐曲的开始,敲敔作为演奏乐曲的结束,中间笙和大钟交替演奏。鸟兽(实际指扮演鸟兽的舞队)踏着节奏跳舞,韶乐变换演奏了九次以后,仪表非凡的凤凰(实际指扮演凤凰的舞队)也飞来跳舞了。乐典:即典乐,官名,掌管朝廷的音乐事务。典,主持,掌管。后夔:即夔,舜时的掌乐之官。九奏:(变更乐调)演奏九次。

⑬"金人守口"二句:相传孔子入周太庙,见一铜人,三缄其口,背后还有许多警戒人们不要多言多事的铭文。于是,孔子借此教导弟子一定要谨言慎行。典出《孔子家语·观周》:"孔子观周,遂入太祖后稷之庙,庙堂右阶之前,有金人焉,三缄其口(在金人嘴上贴了三张封条),而铭其背曰:'古之慎言人也!戒之哉!无多言,多言多败。无多事,多事多患。……'孔子既读斯文也,顾谓弟子曰:'小人(古时长辈对晚辈的称呼)识之,此言实而中,情而信。诗曰:'战战兢兢,如临深渊,如履薄冰。'行身如此,岂以口过患(过失与祸患)哉?"后遂以"三缄"或"三缄其口"形容说话谨慎。缄,封。金人:铜人。金,铜。古人常称"铜"为"金"。尼父:详见本书下卷"十三覃"第二段注释⑩。

【译文】官袍与朝笏相对,鞋子与衣衫相对。"匹马"喻指单身一人与"孤帆"喻指孤舟一艘相对。琢磨与雕镂相对,刻画与雕凿相对。众星拱北与斜日坠西相对。"卮漏"比喻财物、权势等流失极快与"鼎馋"告诫人们不要以谗言害人相对。杜若草生长在江边,都咸树种植在海外。应该像庖丁解牛那样练就游刃有余的才能,不要像被贬逐的殷浩一样咄咄书空、回达空函。舜时的乐官后夔变换演奏《箫韶》九次之后,引来知晓音律的凤凰翩翩起舞;圣明通达如孔子,也要学习周太庙中三缄其口的铜人谨慎讲话。

谦德国学文库丛书

(已出书目)

弟子规·感应篇·十善业道经	诗经
三字经·百家姓·千字文·德育启蒙	史记
	汉书
千家诗	后汉书
幼学琼林	三国志
龙文鞭影	道德经
女四书	庄子
了凡四训	世说新语
孝经·女孝经	墨子
增广贤文	荀子
格言联璧	韩非子
大学·中庸	鬼谷子
论语	山海经
孟子	孙子兵法·三十六计
周易	素书·黄帝阴符经
礼记	近思录
左传	传习录
尚书	洗冤集录

- 颜氏家训
- 列子
- 心经·金刚经
- 六祖坛经
- 茶经·续茶经
- 唐诗三百首
- 宋词三百首
- 元曲三百首
- 小窗幽记
- 菜根谭
- 围炉夜话
- 呻吟语
- 人间词话
- 古文观止
- 黄帝内经
- 五种遗规
- 一梦漫言
- 楚辞
- 说文解字
- 资治通鉴
- 智囊全集

- 酉阳杂俎
- 商君书
- 读书录
- 战国策
- 吕氏春秋
- 淮南子
- 营造法式
- 韩诗外传
- 长短经
- 虞初新志
- 迪吉录
- 浮生六记
- 文心雕龙
- 幽梦影
- 东京梦华录
- 阅微草堂笔记
- 说苑
- 竹窗随笔
- 国语
- 日知录